Tysiąc pocałunków

Tillie Cole

Tysiąc pocałunków

Przełożyła
Katarzyna Agnieszka Dyrek

FILIA

Tytuł oryginału: A Thousand Boy Kisses

Copyright © Tillie Cole, 2016

Copyright for the Polish edition © 2022 by Wydawnictwo FILIA

Wszelkie prawa zastrzeżone

Żaden z fragmentów tej książki nie może być publikowany w jakiejkolwiek formie bez wcześniejszej pisemnej zgody Wydawcy. Dotyczy to także fotokopii i mikrofilmów oraz rozpowszechniania za pośrednictwem nośników elektronicznych.

Wydanie II, Poznań 2022

Projekt okładki: © Hang Le

Redakcja, korekta, skład i łamanie: EDITIO

ISBN: 978-83-8280-050-0

Wydawnictwo FILIA
ul. Kleeberga 2
61-615 Poznań
wydawnictwofilia.pl
kontakt@wydawnictwofilia.pl

SERIA: HYPE

Druk i oprawa: Abedik SA

*Dla tych, którzy wierzą w prawdziwą,
legendarną, zapadającą w duszę miłość.
Ta historia jest właśnie dla Was.*

PROLOG

Rune

Istniały dokładnie cztery momenty, które znacząco wpłynęły na moje życie.
To był pierwszy z nich.

***

Blossom Grove, Georgia
Stany Zjednoczone Ameryki
Dwanaście lat temu
Wiek: pięć lat

– Jeg vil dra! Nå! Jeg vil reise hjem igjen! – *krzyczałem tak głośno, jak potrafiłem, przekazując mamie, że natychmiast chcę stąd odjechać i wrócić do domu.*
– Nie wrócimy do tamtego domu, Rune. Nie wyjedziemy. Teraz mieszkamy tutaj – *odparła po angielsku. Kucnęła i spojrzała mi prosto w oczy.* – Rune – *powiedziała cicho* – Wiem, że nie chciałeś wyjeżdżać z Oslo, ale tata dostał tutaj, w Georgii, nową pracę.* – *Pogłaskała mnie po ręce, ale wcale nie poprawiła mi nastroju. Nie chciałem tu zostać.*
Chciałem wrócić do domu.
– Slutt å snakke engelsk! – *warknąłem. Nienawidziłem mówić po angielsku. Odkąd wyjechaliśmy z Norwegii, by zamieszkać w Ameryce, rodzice mówili do mnie wyłącznie w tym języku. Twierdzili, że muszę go ćwiczyć.*
Nie chciałem!

Mama wstała i podniosła leżące na podłodze pudełko.

– Jesteśmy w Ameryce, Rune. Tutaj mówi się po angielsku. Używasz tego języka tak długo jak norweskiego. Czas, byś się przestawił.

Stałem, piorunując mamę wzrokiem. Ta wyminęła mnie i weszła do domu. Rozejrzałem się po niewielkiej ulicy, przy której mieliśmy teraz mieszkać. Stało tu osiem domów. Wszystkie były duże, ale każdy wyglądał inaczej. Nasz pomalowano na czerwono, miał białe okna i wielką werandę. Mój pokój był spory, znajdował się na parterze. Fajnie. Przynajmniej tak mi się wydawało. Nigdy wcześniej nie spałem na parterze. W Oslo miałem pokój na piętrze.

Spojrzałem na inne domy. Wszystkie pomalowano na jasne kolory: błękity, żółcie, róże... Popatrzyłem na budynek, który sąsiadował bezpośrednio z naszym. Stał tuż obok – mieliśmy wspólny trawnik. Oba domy były duże, podobnie jak przylegające do nich ogródki. Jednak nie odgradzał ich płot ani żaden mur. Gdybym chciał, mógłbym wejść do ogródka sąsiadów i nic by mnie nie powstrzymało.

Dom był biały, otaczała go weranda. Z przodu stały fotele na biegunach i huśtawka. Okiennice pomalowano na czarno. Naprzeciw okna mojego pokoju znajdowało się jedno z okien sąsiadów. Dokładnie naprzeciw! Nie spodobało mi się to. Nie miałem zamiaru oglądać ich sypialni. Nie chciałem też, by oni zaglądali do mojej.

Na ziemi leżał kamień. Kopnąłem go, obserwując, jak toczy się ulicą. Odwróciłem się, by pójść za mamą, ale nagle coś usłyszałem. Dźwięk dochodził z sąsiedniego domu. Spojrzałem na jego drzwi. Nikt nie wyszedł. Wchodząc po schod-

kach na werandę, zauważyłem ruch z boku domu – w oknie sąsiadów, tym wychodzącym wprost na moje okno.

Zamarłem, trzymając rękę na barierce i przyglądając się siadającej na oknie dziewczynce ubranej w jasnoniebieską sukienkę. Zeskoczyła na trawę i wytarła ręce o uda. Zmarszczyłem czoło i ściągnąłem brwi, czekając, aż uniesie głowę. Miała brązowe włosy związane w rozwalający się kok. Z boku głowy odstawała doczepiona wielka biała kokarda.

Kiedy dziewczynka uniosła spojrzenie, popatrzyła wprost na mnie. Uśmiechnęła się. Szeroko. Pomachała pospiesznie, następnie podbiegła i zatrzymała się tuż przede mną.

Wyciągnęła rękę.

– Cześć, nazywam się Poppy Litchfield, mam pięć lat i mieszkam obok.

Wpatrywałem się w nią. Miała zabawny akcent. Sprawiał, że angielskie słowa brzmiały inaczej, niż kiedy uczyłem się ich w Norwegii. Poppy miała na twarzy nieco błota. Na jej żółtych kaloszach namalowane były po bokach duże czerwone balony.

Wyglądała dziwacznie.

Uniosłem głowę i skupiłem wzrok na jej ręce. Wciąż trzymała ją wyciągniętą. Nie wiedziałem, co zrobić. Nie rozumiałem, czego ode mnie chciała.

Westchnęła. Kręcąc głową, wzięła mnie za rękę i ścisnęła ją. Potrząsnęła nią dwukrotnie i powiedziała:

– Uścisk dłoni. Babcia mówi, że kiedy się kogoś poznaje, należy uścisnąć mu dłoń. – Wskazała na nasze ręce. – To właśnie uścisk dłoni. Nie znam cię, więc tego wymaga grzeczność.

Nic nie odpowiedziałem. Z jakiegoś powodu nie mogłem wydobyć z siebie głosu. Gdy spojrzałem w dół, pomyślałem, że to może przez nasze ręce, które wciąż pozostawały złączone.

Poppy miała ubłocone również palce. Właściwie cała była brudna.

– Jak masz na imię? – *zapytała, przechylając głowę na bok. W jej włosach tkwiła mała gałązka.* – Hej – *powiedziała, ciągnąc mnie za rękę.* – Pytałam o twoje imię.

Odchrząknąłem.

– Jestem Rune, Rune Erik Kristiansen.

Skrzywiła się, jej różowe usta przybrały śmieszny wyraz.

– Dziwnie mówisz – *palnęła.*

Wyrwałem rękę.

– Nei det gjør jeg ikke! – *warknąłem.*

Skrzywiła się jeszcze bardziej.

– Co powiedziałeś? – *zapytała, gdy odwróciłem się, by wejść do domu. Nie chciałem z nią już rozmawiać.*

Zawrzała we mnie złość, więc ponownie zwróciłem się do dziewczynki:

– Powiedziałem: „Nie, wcale nie!". Mówiłem po norwesku! – *odparłem tym razem po angielsku.*

Wytrzeszczyła zielone oczy. Znowu się do mnie zbliżyła i zapytała:

– Po norwesku? Jak wikingowie? Babcia czytała mi o wikingach. W książce napisane było, że pochodzili z Norwegii. – *Jeszcze szerzej otworzyła oczy.* – Jesteś wikingiem, Rune? – *pisnęła.*

Poczułem się lepiej. Nadąłem pierś. Tata zawsze mówił, że jestem wikingiem. Podobnie jak wszyscy mężczyźni w mojej rodzinie. Byliśmy wielkimi, silnymi wikingami.

– Ja – *powiedziałem*. – *Jesteśmy prawdziwymi wikingami z Norwegii*.

Uśmiechnęła się pogodnie, z jej ust wymknął się głośny chichot. Uniosła rękę i pociągnęła mnie za jeden z luźnych kosmyków.

– Dlatego masz takie jasne długie włosy i błękitne oczy. Jesteś wikingiem, a ja na początku myślałam, że jesteś dziewczyną.

– Nie jestem dziewczyną! – *rzuciłem, ale Poppy to nie zniechęciło. Powiodłem ręką po swoich długich kosmykach, które spływały mi na ramiona. Wszyscy chłopcy w Oslo nosili takie fryzury.*

– Teraz już wiem, że to dlatego, że jesteś prawdziwym wikingiem. Jak Thor. On też miał długie jasne włosy i błękitne oczy! Jesteś podobny do Thora!

– Ja – *przytaknąłem*. – Thor też takie miał. A do tego jest najsilniejszym bogiem.

Skinęła głową i złapała mnie za ramiona. Spoważniała i szepnęła:

– Rune, nie mówię o tym każdemu... ale chodzę na wyprawy.

Skrzywiłem się. Nie zrozumiałem. Poppy przybliżyła się jeszcze bardziej i popatrzyła mi prosto w oczy. Chwyciła mnie za ramiona. Przechyliła głowę na bok. Rozejrzała się i wreszcie wyznała:

– Zazwyczaj nie biorę nikogo na moje wyprawy, ale ty jesteś wikingiem. Wszyscy wiedzą, że wikingowie wyrastają na wielkich i silnych, a do tego są bardzo, ale to bardzo dobrzy w wyprawach, odkrywaniu tajemnic, długich wędrówkach, porywaniu wrogów i... w ogóle! – *Wciąż* byłem zdezorientowany, ale odsunęła się i ponownie wyciągnęła rękę. – Rune – powiedziała poważnym, zdecydowanym głosem – mieszkasz obok, jesteś wikingiem, a ja uwielbiam wikingów. Myślę, że powinniśmy zostać przyjaciółmi.

– Przyjaciółmi? – zapytałem.

Skinęła głową i jeszcze bliżej podsunęła mi swoją rękę. Powoli wyciągnąłem moją, ścisnąłem jej dłoń i potrząsnąłem nią dwa razy, jak mi wcześniej pokazała.

Uścisk dłoni.

– Więc teraz jesteśmy przyjaciółmi? – zapytałem, gdy zabrała rękę.

– Tak! – powiedziała z ekscytacją. – Poppy i Rune. – Położyła sobie palec na podbródku i spojrzała w górę. Ponownie się skrzywiła, jakby bardzo mocno się nad czymś zastanawiała. – Dobrze brzmi, nie? Poppy i Rune, przyjaciele po wsze czasy!

Przytaknąłem, bo rzeczywiście dobrze brzmiało. Poppy znów złapała mnie za rękę.

– Pokaż mi swój pokój! Chcę ci opowiedzieć o wyprawie, na którą możemy się wybrać. – Zaczęła mnie ciągnąć, więc wbiegliśmy do domu.

Kiedy znaleźliśmy się w mojej sypialni, natychmiast podbiegła do okna.

– Masz pokój dokładnie naprzeciwko mojego! – Przytaknąłem, a ona pisnęła, podbiegła do mnie i jeszcze raz wzięła mnie za rękę. – Rune! – powiedziała uradowana – będziemy mogli rozmawiać w nocy, zrobimy sobie telefon z puszek i sznurka. Gdy wszyscy pójdą spać, będziemy szeptać sobie sekrety i planować przygody, planować...

Mówiła nadal, lecz nie skupiałem się już na słowach. Podobał mi się dźwięk jej głosu. Podobał mi się jej śmiech i wielka biała kokarda w jej włosach. Może Georgia mimo wszystko nie będzie taka zła, *pomyślałem*. Jeśli Poppy Litchfield będzie moją przyjaciółką…

***

Od tamtej pory byliśmy nierozłączni.
Poppy i Rune.
Przyjaciele po wsze czasy.
Przynajmniej tak myślałem.
Zabawne, że wszystko może się zmienić.

1
ZŁAMANE SERCA I SŁOIKI NA POCAŁUNKI CHŁOPAKA

Poppy
Dziewięć lat temu
Wiek: osiem lat

– Gdzie jedziemy, tato? – zapytałam, gdy wziął mnie delikatnie za rękę, prowadząc do samochodu. Spojrzałam przez ramię na budynek szkoły, zastanawiając się, dlaczego zabrał mnie wcześniej z lekcji. Byłam na przerwie śniadaniowej. Nie powinnam jeszcze wracać do domu.
Gdy szliśmy, tata milczał. Ściskał jedynie moją dłoń. Z dziwnym przeczuciem wpatrywałam się w ogrodzenie. Uwielbiałam chodzić do szkoły i się uczyć. Zaraz miała się zacząć historia. Mój najukochańszy przedmiot. Nie chciałam opuszczać tej lekcji.
– Poppy! – Przy ogrodzeniu stał mój przyjaciel Rune. Przyglądał mi się, mocno zaciskając palce na metalowych prętach ogrodzenia. – Gdzie idziesz?! – krzyknął. Siedziałam obok niego na lekcjach. Zawsze byliśmy razem. Szkoła nie była taka fajna, gdy któregoś z nas w niej nie było.
Popatrzyłam na tatę, szukając odpowiedzi. Jednak on nie patrzył na mnie. Wciąż milczał. Spojrzałam znów na Rune'a i odkrzyknęłam:
– Nie wiem!

Przyjaciel nie odrywał ode mnie wzroku, gdy szłam do samochodu. Wskoczyłam na tylne siedzenie i usiadłam, a tata zapiął mnie pasem bezpieczeństwa na siedzisku.

Na podwórzu rozległ się dzwonek obwieszczający koniec przerwy. Wyjrzałam przez szybę i zauważyłam, że wszystkie dzieci oprócz Rune'a wracają do budynku. Chłopak stał przy ogrodzeniu, wpatrując się we mnie. Wiatr rozwiewał jego długie jasne włosy. Mój przyjaciel bezgłośnie zapytał:

– Wszystko dobrze?

Nim zdołałam odpowiedzieć, tata usiadł za kierownicą i odjechał.

Rune biegł wzdłuż ogrodzenia za naszym samochodem. W końcu pani Davis zmusiła go do powrotu do szkoły.

Kiedy budynek zniknął mi z oczu, tata odezwał się:

– Poppy?

– Tak, tato?

– Od jakiegoś czasu mieszka z nami babcia... – zaczął.

Kiwnęłam głową. Babcia jakiś czas temu zamieszkała w pokoju znajdującym się naprzeciwko mojego. Mama powiedziała, że to dlatego, iż potrzebuje pomocy. Kiedy byłam malutka, umarł dziadek. Babcia mieszkała przez lata sama, a potem przeniosła się do nas.

– Pamiętasz, co było powodem tej decyzji? Dlaczego babcia nie mogła mieszkać już dłużej sama?

Wypuściłam powietrze przez nos i powiedziałam:

– Tak. Potrzebuje naszej pomocy, bo jest chora. – Żołądek ścisnął mi się, gdy to powiedziałam. Babcia była moją bratnią duszą. Ona i Rune widnieli na samym szczycie listy moich przyjaciół. Mawiała, że jestem do niej podobna.

Zanim zachorowała, odbyłyśmy razem wiele wypraw. Co noc czytała mi o wielkich odkrywcach tego świata. Świetnie znała historię. Opowiadała mi o Aleksandrze Wielkim, Rzymianach i samurajach z Japonii, których wręcz uwielbiała.

Wiedziałam, że jest chora, choć nigdy na taką nie wyglądała. Zawsze była uśmiechnięta, ściskała mnie mocno i rozśmieszała. Mawiała, że ma w uśmiechu promienie słońca, a w sercu poświatę księżyca. Tłumaczyła, że to oznacza, że jest szczęśliwa.

Dzięki niej i ja tak się czułam.

Przez ostatnie tygodnie więcej spała. Była zbyt zmęczona, by cokolwiek robić. Właściwie przez większość wieczorów to ja jej czytałam, a ona z uśmiechem głaskała mnie po głowie. Cudownie było patrzeć na ten uśmiech.

– Tak, kwiatuszku, jest chora. Właściwie bardzo, bardzo chora. Rozumiesz, o czym mówię?

Zmarszczyłam brwi, ale skinęłam głową i odparłam:

– Tak.

– Właśnie dlatego wracamy wcześniej do domu – wyjaśnił. – Czeka na ciebie. Chciała się z tobą spotkać. Chciała zobaczyć się ze swoją małą towarzyszką.

Nie pojmowałam, dlaczego tata musiał zabrać mnie wcześniej ze szkoły, żebym zobaczyła się z babcią. Przecież każdego dnia po powrocie do domu ze szkoły szłam do jej pokoju i rozmawiałam z nią, gdy leżała w łóżku. Lubiła słuchać o tym, co mnie spotkało.

Skręciliśmy w naszą ulicę, tata zaparkował przed domem. Przez chwilę nie poruszał się, ale w końcu obrócił się do mnie i powiedział:

– Wiem, że masz tylko osiem lat, kwiatuszku, ale musisz być dzisiaj dużą, dzielną dziewczynką, dobrze?

Przytaknęłam. Tata uśmiechnął się ze smutkiem i odparł:

– Moja kochana córeczka.

Wysiadł, obszedł samochód i rozpiął mi pas bezpieczeństwa. Wziął mnie za rękę i poprowadził do domu. Zauważyłam, że stoi przed nim więcej aut niż zwykle. Już otwierałam usta, żeby zapytać, co te samochody tu robią, gdy pani Kristiansen, mama Rune'a, wyszła na trawnik dzielący nasze domy, trzymając w rękach wielki talerz z jedzeniem.

– James! – zawołała, więc tata odwrócił się, by się z nią przywitać.

– Adelis, cześć – odpowiedział. Mama Rune'a zatrzymała się przed nami. Jej długie jasne włosy były dziś rozpuszczone. Miały tę samą barwę co włosy jej syna. Pani Kristiansen wyglądała naprawdę ładnie. Uwielbiałam ją. Była miła i mówiła, że jestem jej przyszywaną córką.

– Zrobiłam to dla was. Proszę, przekaż Ivy, że jestem z wami myślami.

Tata puścił moją rękę, by wziąć talerz od sąsiadki.

Pani Kristiansen kucnęła i pocałowała mnie w policzek.

– Bądź grzeczna, Poppy, dobrze?

– Tak, proszę pani – odparłam. Po chwili spoglądałam, jak wraca przez trawnik do domu.

Tata westchnął. Ruchem głowy nakazał mi wejść do środka. Za drzwiami zastałam siedzących na kanapach wujków i ciotki. Kuzyni zajmowali miejsca na podłodze w salonie i bawili się zabawkami. Ciocia Silvia siedziała z moimi siostrami, młodszymi ode mnie Savannah i Idą – jedna z nich była czteroletnia, druga miała dwa latka. Gdy mnie zobaczyły, pomachały mi, ale ciocia Silvia nie puściła ich ze swoich kolan.

Nikt nic nie mówił, wiele osób ocierało oczy. Większość płakała.

Byłam bardzo zdezorientowana.

Oparłam się o nogę taty, ściskając go mocno. Ktoś stał w wejściu do kuchni. Była to ciocia Della. DeeDee – tak ją zawsze nazywałam. Moja ulubiona krewna. Młoda i zabawna, nieustannie mnie rozśmieszała. Mimo że mama była starsza od swojej siostry, obie wyglądały bardzo podobnie. Jednak DeeDee była taka ładna... Chciałabym wyglądać kiedyś jak ona.

– Hej, Pops – powiedziała. Zauważyłam, że jej oczy są zaczerwienione, a głos dziwnie drży. DeeDee spojrzała na tatę. Wzięła od niego talerz z jedzeniem i stwierdziła: – Możesz zaprowadzić Poppy, James. Już czas.

Poszłam z tatą, jednak obejrzałam się jeszcze za siebie. Spojrzałam w miejsce, gdzie została DeeDee. Otworzyłam usta, by ją zawołać, ale ta odwróciła się nagle, odłożyła talerz na blat i zakryła twarz dłońmi. Bardzo płakała, słyszałam jej głośny szloch.

– Tato? – szepnęłam z obawą.

Tata objął mnie i poprowadził.

– W porządku, kwiatuszku. DeeDee potrzebuje przez chwilę zostać sama. – Podeszliśmy do pokoju babci. Zanim jednak tata otworzył drzwi, powiedział: – Babcia nie jest sama, kwiatuszku. Jest z nią pielęgniarka, Betty.

Ściągnęłam brwi.

– Dlaczego jest u niej pielęgniarka?

Tata otworzył drzwi do pokoju. W tej samej chwili mama wstała od łóżka babci. Zobaczyłam jej czerwone oczy i zmierzwione włosy. A przecież mama zawsze miała idealną fryzurę.

W głębi pokoju zauważyłam pielęgniarkę, która zapisywała coś na podkładce. Uśmiechnęła się do mnie i pomachała w moją stronę. Skierowałam wzrok na łóżko i leżącą w nim babcię. Żołądek podszedł mi do gardła, gdy zobaczyłam wbitą w jej rękę igłę, którą przeźroczysta rurka łączyła z torebką z płynem zawieszoną na metalowym stojaku.

Przestraszona stanęłam nieruchomo. Mama podeszła bliżej, a babcia spojrzała na mnie. Wyglądała inaczej niż ubiegłego wieczoru. Była bledsza, jej oczy były zgaszone.

– Gdzie moja mała towarzyszka? – zapytała cichym, wesołym głosem, a jej uśmiech sprawił, że zrobiło mi się ciepło.

Zachichotałam i podeszłam do łóżka babci.

– Tutaj! Przyjechałam wcześniej ze szkoły, żeby się z tobą zobaczyć!

Babcia uniosła palec i postukała mnie nim po nosie.

– Moja wnusia!

Uśmiechnęłam się szeroko w odpowiedzi.

– Chciałam, żeby twoja wizyta potrwała nieco dłużej. Zawsze poprawia mi się nastrój, gdy światełko mojego życia przychodzi ze mną porozmawiać.

Ponownie się uśmiechnęłam. Byłam „światełkiem jej życia", „oczkiem w głowie". Zawsze mnie tak nazywała. Powiedziała mi w tajemnicy, że mówi tak o mnie, ponieważ jestem jej ulubienicą. Dodała jednak, że nie mogę tego nikomu powtórzyć, aby nie zdenerwować kuzynostwa i małych siostrzyczek. To był nasz sekret.

Tata niespodziewanie złapał mnie w pasie i posadził na łóżku obok babci, która wzięła mnie za rękę. Ścisnęła moje palce. Poczułam jej chłodną skórę. Babcia odetchnęła głęboko. Jednak brzmiało to dziwnie. Jakby coś trzeszczało w jej piersi.

– Babciu, dobrze się czujesz? – zapytałam, pochylając się, by pocałować ją ostrożnie w policzek. Zazwyczaj pachniała dymem wypalanych papierosów, jednak dzisiaj nie czułam tej woni.

Uśmiechnęła się.

– Jestem zmęczona, maleńka. I... – Wzięła kolejny wdech i na chwilę zamknęła oczy. Kiedy ponownie je otworzyła, przesunęła się na łóżku i powiedziała: – I niedługo odejdę.

Zmarszczyłam czoło.

– Gdzie się wybierasz, babciu? Mogę iść z tobą? – Zawsze razem chodziłyśmy na wyprawy.

Babcia uśmiechnęła się, ale pokręciła głową.

– Nie, maleńka. Nie możesz pójść tam, dokąd idę. Jeszcze nie teraz. Jednak na pewno któregoś dnia spotkamy się ponownie. Za wiele, wiele lat znów mnie zobaczysz.

Za plecami usłyszałam szloch mamy, jednak zdezorientowana nadal wpatrywałam się w babcię.

– Ale gdzie idziesz? Nie rozumiem.

– Do domu, kochanie – odparła. – Idę do domu.

– Przecież jesteś w domu – upierałam się.

– Nie. – Pokręciła głową. – To nie jest nasz prawdziwy dom, maleńka. To życie... Wielkie wyzwanie, które podejmujemy. Podróż, którą cieszymy się i którą kochamy całym sercem, nim wybierzemy się w najważniejszą spośród wszystkich innych wypraw.

Popatrzyłam na nią z ekscytacją, lecz poczułam smutek. Wielki smutek. Dolna warga zaczęła mi drżeć.

– Ale jesteśmy najlepszymi towarzyszkami, babciu. Zawsze razem chodzimy na wyprawy. Nie możesz iść beze mnie. – Łzy zaczęły spływać po moich policzkach.

Babcia uniosła rękę i mi je otarła. Palce drugiej ręki były równie zimne jak tej, którą trzymałam.

– Zawsze chodziłyśmy razem, maleńka, jednak tym razem nie możemy.

– A nie boisz się iść sama? – zapytałam, a babcia westchnęła.

– Nie, maleńka, nie czuję strachu. W ogóle się nie boję.

– Ale ja nie chcę, żebyś szła – nalegałam ze ściśniętym gardłem.

Dłoń babci pozostała na moim policzku.

– Wciąż będziesz mnie widywać w snach. To nie jest pożegnanie.

Zamrugałam kilkakrotnie.

– Tak jak ty widujesz dziadka? Zawsze mówiłaś, że odwiedza cię w snach. Mówi do ciebie i całuje cię w rękę.
– Dokładnie tak – powiedziała. Otarłam łzy. Babcia ścisnęła moją dłoń i spojrzała na znajdującą się za mną mamę. Kiedy jej spojrzenie ponownie skupiło się na mnie, powiedziała: – Chcę zaproponować ci nową przygodę.

Znieruchomiałam.

– Tak?

Do moich uszu dobiegł dźwięk przesuwanego po stole szkła. Nim jednak odwróciłam się, by sprawdzić, co się dzieje, babcia zapytała:

– Poppy, o czym wielokrotnie lubiłam opowiadać? Co było moim ulubionym wspomnieniem? Co zawsze sprawiało, że się uśmiechałam?

– Pocałunki dziadka. Słodkie pocałunki chłopaka. Wszystkie twoje wspomnienia o pocałunkach wiążą się tylko z nim. Mówiłaś mi, że to właśnie twoje ulubione. Nie o pieniądzach czy rzeczach, ale właśnie o pocałunkach. Tych, które dostawałaś od dziadka, bo były wyjątkowe. To dzięki nim uśmiechałaś się i czułaś się kochana, bo on był twoją bratnią duszą. Twoim chłopakiem na wieki wieków.

– Zgadza się, maleńka – odparła. – Chcę podarować ci coś, co pomoże przeżyć tę przygodę… – Babcia ponownie spojrzała na swoją córkę. Tym razem obejrzałam się i zobaczyłam, że mama trzyma słoik po brzegi wypełniony różowymi papierowymi serduszkami.

– Wow! Co to jest? – zapytałam z ekscytacją.

Mama podała mi naczynie, a babcia zabębniła palcami o pokrywkę.

– To tysiąc pocałunków chłopaka. Na pewno tyle ich będzie, gdy wypełnisz cały słój.

Wytrzeszczyłam oczy, starając się policzyć serduszka, ale mi się nie udało. *Tysiąc to strasznie dużo!*

– Poppy – powiedziała babcia, więc spojrzałam w jej zielone, błyszczące oczy. – To właśnie nowa przygoda. Chcę, byś właśnie tak mnie zapamiętała, gdy mnie już nie będzie.

Ponownie popatrzyłam na słoik.

– Nie rozumiem.

Babcia wzięła ze stolika nocnego długopis. Podając mi go, powiedziała:

– Od jakiegoś czasu byłam chora, maleńka, ale nastrój zawsze poprawiały mi wspomnienia pocałunków twojego dziadka. Nie tych codziennych, zwyczajnych, ale pocałunków naprawdę wyjątkowych. Tych, przy których serce niemal wyrywało mi się z piersi. Tych, których dzięki twojemu dziadkowi miałam nigdy nie zapomnieć. Pocałunki w deszczu, pocałunki o zachodzie słońca, pocałunek, który dzieliliśmy na balu… Ten, który ofiarował mi, gdy mnie tulił i szeptał do ucha, że jestem najładniejszą dziewczyną na sali.

Słuchałam uważnie i czułam, jak rośnie mi serce. Babcia wskazała na serduszka w szkle.

– Ten słój jest dla ciebie, byś wypełniła go pocałunkami twojego chłopaka, Poppy. Chowaj w nim wszystkie te, dzięki którym twoje serce niemal wyrwie ci się z piersi. Te naprawdę wyjątkowe. Te, które będziesz chciała pamiętać, gdy będziesz stara i siwa jak ja teraz. Te, które sprowadzą uśmiech na twoją twarz, gdy sobie o nich przypomnisz. – Stukając długopisem, ciągnęła: – Kiedy znajdziesz chłopaka, który będzie już na zawsze twój, za każdym razem, gdy dostaniesz od niego niezwykły pocałunek, wyjmij serduszko. Zapisz, gdzie byłaś, gdy cię całował. Potem, sama będąc już babcią, opowiesz o tym swoim wnukom, swoim najlepszym towarzyszom, tak jak ja opowiadałam o pocałunkach tobie. Będziesz miała słój skarbów wypełniony niezapomnianymi pocałunkami, dzięki którym urosło twoje serce.

Westchnęłam, patrząc na naczynie.

– Tysiąc to sporo. To strasznie dużo pocałunków, babciu!

Zaśmiała się.

– Nie tak wiele, jak ci się wydaje, maleńka. Sama przekonasz się o tym, gdy znajdziesz już swoją bratnią duszę. Wszystko przed tobą.

Babcia wzięła wdech i skrzywiła się, jakby cierpiała.

– Babciu! – zawołałam przestraszona. Ścisnęła moją dłoń. Kiedy otworzyła oczy, na jej blady policzek spłynęła łza. – Babciu? – powtórzyłam nieco ciszej.

– Jestem zmęczona, maleńka. Jestem zmęczona i już niemal czas, bym odeszła. Chciałam tylko zobaczyć cię po raz ostatni, by dać ci ten słój i cię pocałować. Będę o tobie pamiętać każdego dnia w raju. Aż do chwili, gdy ponownie cię zobaczę.

Znów zaczęła mi drżeć dolna warga.

Babcia pokręciła głową.

– Nie płacz, maleńka. To nie koniec. To tylko mała przerwa w naszej wspólnej wyprawie. Każdego dnia będę cię pilnowała. Będę w twoim sercu. Będę w słońcu i w wietrze, w wiśniowym sadzie, który tak bardzo uwielbiamy.

Powieki babci drgnęły, a dłonie mamy spoczęły na moich ramionach.

– Poppy, pocałuj babcię. Jest zmęczona. Musi odpocząć.

Wzięłam głęboki wdech, pochyliłam się i pocałowałam ją w policzek.

– Kocham cię, babciu – szepnęłam.

Odgarnęła mi włosy.

– Też cię kocham, maleńka. Jesteś światełkiem mojego życia. Nigdy nie zapominaj, że kochałam cię tak bardzo, jak tylko babcia może kochać swoją wnusię.

Trzymałam ją za rękę, nie chcąc puścić. Jednak tata zabrał mnie z łóżka i musiałam rozewrzeć palce. Ściskałam więc bardzo mocno nowy słój, a łzy kapały mi na podłogę. Gdy tata mnie postawił, odwróciłam się, by wyjść. Wtedy babcia zawołała:

– Poppy? – Obróciłam się i zobaczyłam, że się uśmiecha. – Pamiętaj, w uśmiechu promienie słońca, w sercu poświata księżyca…

– Zawsze będę pamiętała – powiedziałam, ale nie czułam się szczęśliwa. W moim sercu gościł jedynie smutek. Słyszałam dochodzący zza pleców płacz mamy. DeeDee zatrzymała się w korytarzu. Ścisnęła moje ramię. Ona również była smutna.

Nie chciałam tu być. Nie chciałam dłużej przebywać w tym domu. Odwróciłam się i popatrzyłam na ojca.

– Tato, mogę iść do sadu?

– Tak, kochanie – westchnął. – Później po ciebie przyjdę. Bądź ostrożna. – Widziałam, jak wyjmuje telefon i do kogoś dzwoni. Poprosił tę osobę, by przypilnowała mnie, gdy będę w sadzie. Wyszłam, nim zdążyłam się dowiedzieć, z kim rozmawiał. Udając się do drzwi, ściskałam mocno swój słój na tysiąc pocałunków chłopaka. Wybiegłam z domu na werandę i puściłam się nieprzerwanym biegiem.

Łzy spływały mi po twarzy. Słyszałam, że ktoś mnie woła.

– Poppy! Poppy, zaczekaj!

Obróciłam głowę i zauważyłam przyglądającego mi się Rune'a. Stał na werandzie swojego domu, ale natychmiast ruszył za mną przez trawę. Nie zatrzymałam się. Nawet dla niego. Musiałam dostać się do wiśniowego sadu. Było to ukochane miejsce babci. Chciałam się tam znaleźć, ponieważ byłam smutna, że ona odchodzi. Byłam smutna, że babcia idzie do raju.

Do jej prawdziwego domu.

– Poppy, czekaj! Zwolnij! – krzyczał Rune, gdy skręciłam za róg w kierunku sadu. Wbiegłam przez bramę między wielkie drzewa wiśni kwitnących w pełni i tworzących tunel nad moją głową. Pod moimi stopami rozpościerała się zielona trawa, u góry roztaczało się błękitne niebo. Korony drzew pokryte były milionami jasnoróżowych kwiatów. Na końcu sadu znajdowało się największe z drzew. Jego konary zwisały ku ziemi, a pień był najgrubszy w całym sadzie.

Było to ulubione drzewo moje i Rune'a.

I babci.

Gdy dotarłam w nasze miejsce, opadłam na ziemię, sapiąc i wciąż ściskając słoik. Łzy nadal płynęły mi po policzkach. Słyszałam, że Rune zatrzymał się tuż obok, ale nie popatrzyłam na niego.

– *Poppymin?* – zapytał. Tak właśnie mnie nazywał. Po norwesku znaczyło to „Moja Poppy". Uwielbiałam, gdy mówił do mnie w tym języku. – *Poppymin*, nie płacz – szepnął.

Jednak ja nie potrafiłam się opanować. Nie chciałam, by babcia odchodziła, mimo że wiedziałam, że tak już musi być. Zdawałam sobie sprawę, że gdy wrócę do domu, babci już nie będzie – ani teraz, ani nigdy.

Rune usiadł obok i mnie przytulił. Płacząc, przywarłam do jego piersi. Uwielbiałam tulić się do tego chłopaka, ponieważ zawsze mocno mnie ściskał.

– Moja babcia, Rune. Jest chora i odchodzi.

– Wiem, mama powiedziała mi o tym, gdy wróciłem ze szkoły.

Skinęłam głową przy jego piersi. Kiedy już nie mogłam płakać, usiadłam i otarłam twarz. Spojrzałam na przyjaciela, który mi się przyglądał. Spróbowałam się uśmiechnąć. Gdy to zrobiłam, wziął mnie za rękę i położył ją sobie na sercu.

– Przykro mi, że jesteś smutna – powiedział, ściskając moją dłoń. Jego koszulka była ciepła od słońca. – Nie chcę, żebyś była smutna, *Poppymin*. Zawsze się uśmiechasz. Zawsze jesteś szczęśliwa.

Pociągnęłam nosem i położyłam głowę na jego ramieniu.

– Wiem, ale babcia jest moją przyjaciółką, Rune. A odtąd już jej nie będzie.

Początkowo milczał, po chwili jednak powiedział:
– Ja też jestem twoim przyjacielem. I nigdzie się nie wybieram. Przyrzekam. Zostanę z tobą na wieki wieków.

Ból w mojej piersi nagle zelżał. Skinęłam głową.
– Popy i Rune po wsze czasy – powiedziałam.
– Po wsze czasy – powtórzył.

Przez chwilę siedzieliśmy w ciszy, po czym Rune zapytał:
– Po co ci ten słoik? Co w nim jest?

Zabrałam rękę, by przytrzymać słój. Uniosłam go.
– Babcia dała mi go, bym mogła przeżyć nową przygodę. Taką, która będzie trwała całe moje życie.

Rune ściągnął brwi, blond włosy opadły mu na oczy. Odgarnęłam kosmyki z jego czoła, a on uśmiechnął się krzywo. Wszystkie dziewczyny w szkole chciały, by się tak do nich uśmiechał. Słyszałam to wiele razy. Jednak on uśmiechał się tak jedynie do mnie. Wiedziałam, że żadnej z nich nie uda się go zdobyć. Był tylko moim przyjacielem. Nie chciałam się dzielić.

Machnął ręką w kierunku słoja.
– Nie rozumiem.
– Pamiętasz, jakie były ulubione wspomnienia mojej babci? Mówiłam ci wcześniej.

Widziałam, jak się zastanawia. Wreszcie zapytał:
– Pocałunki dziadka?

Przytaknęłam i zerwałam z wiszącej obok mnie gałęzi jasnoróżowy kwiat wiśni. Zapatrzyłam się na jego płatki. Były to ulubione kwiaty babci. Podobały jej się, ponieważ żyły bardzo krótko. Babcia mawiała, że to, co najpiękniejsze w życiu, nie trwa długo. Twierdziła, że wiśniowy sad jest zbyt piękny, by drzewa mogły kwitnąć cały rok. Kruche istnienie kwiatów sprawiało, że stawał się bardziej wyjątkowy. Piękni samuraje również umierali niezwykle młodo. Nie do końca wiedziałam, co to wszystko oznacza, ale babcia tłumaczyła mi, że zrozumiem, gdy będę starsza.

Chyba miała rację. Ona sama – nie bardzo stara – odchodziła przedwcześnie. Przynajmniej tak twierdził tata. Może właśnie dlatego tak bardzo kochała kwiaty wiśni. Była jak one.

– *Poppymin?* – Głos Rune'a sprawił, że uniosłam wzrok. – Mam rację? Ulubionymi wspomnieniami twojej babci były te o pocałunkach dziadka?

– Tak – odparłam, upuszczając kwiat. – Wszystkie te pocałunki sprawiały, że serce niemal wyrywało jej się z piersi. Babcia mówiła, że pocałunki dziadka były najlepsze na świecie, bo oznaczały, że ją kochał, że się o nią troszczył i że lubił ją za to, jaka była.

Rune spojrzał na słój i prychnął.

– Ciągle nie rozumiem, *Poppymin*.

Roześmiałam się, gdy zacisnął usta i się skrzywił. Miał naprawdę ładne usta. Pełne. Górna warga układała się w idealny łuk. Otworzyłam słoik i wyjęłam puste papierowe serduszko. Trzymałam je między nami.

– To pusty pocałunek. – Wskazałam na słój. – Babcia dała mi je, bym przez całe życie zebrała tysiąc. – Odłożyłam serce do naczynia i wzięłam przyjaciela za rękę. – Nowa przygoda, Rune. Nim umrę, mam do zebrania tysiąc pocałunków chłopaka. Mojej bratniej duszy.

– Że co… Poppy? Nie łapię – stwierdził, ale tym razem w jego głosie dało się słyszeć gniew. Rune czasami bywał humorzasty.

Wyciągnęłam z kieszeni długopis.

– Gdy chłopak, którego pokocham, pocałuje mnie, a pocałunek ten będzie tak niezwykły, że poczuję, jak serce niemal wyrywa mi się z piersi, na jednym z tych serduszek mam zapisać szczegóły. Kiedy się zestarzeję, będę mogła opowiedzieć swoim wnukom o tych wyjątkowych pocałunkach. I o słodkim chłopaku, który mi je dał. – Podniosłam się nagle podekscytowana. – To właśnie tego chciała babcia, Rune. Muszę niedługo zacząć! Chcę to dla niej zrobić.

Rune również wstał. W tej samej chwili wiatr poruszył kwitnącymi wokół nas gałązkami wiśni. Uśmiechnęłam się. Jednak Rune się nie uśmiechał. Właściwie patrzył na mnie ze złością.

– Masz całować chłopaka, żeby zapełnić ten słoik? Wyjątkowego i kochanego chłopaka? – pytał.

Przytaknęłam.

– Tysiąc pocałunków, Rune. Tysiąc!

Przyjaciel pokręcił głową i ponownie zacisnął usta.

– Nie! – wykrzyknął.

Przestałam się uśmiechać.

– Co? – zapytałam.

Zbliżył się do mnie, jeszcze mocniej kręcąc głową.

– Nie! Nie chcę, żebyś całowała kogoś tylko po to, by wypełnić ten słoik! Nie podoba mi się to!

– Ale… – próbowałam z nim dyskutować, lecz wyciągnął dłoń.

– Jesteś moją przyjaciółką – powiedział, wypiął tors i pociągnął mnie za rękę. – Nie chcę, żebyś całowała się z chłopakami.

– Ale muszę – wyjaśniłam, wskazując na słoik. – Muszę, żeby przeżyć przygodę. Tysiąc to strasznie dużo, Rune. Ogromnie dużo! Nadal będziesz moim przyjacielem. Nikt nigdy nie będzie znaczył dla mnie aż tyle.

Spojrzał na mnie ostro, następnie przeniósł wzrok na słój. Jeszcze raz zabolało mnie w piersi. Poznałam po jego minie, że nie był szczęśliwy. Znów miał te swoje humory.

Podeszłam do przyjaciela, a on popatrzył mi w oczy.

– *Poppymin* – powiedział głębszym, silniejszym głosem. – *Poppymin* znaczy „moja Poppy". Moja po wsze czasy. Na wieki wieków. Jesteś MOJĄ Poppy!

Otworzyłam usta, by też na niego krzyknąć. Chciałam wykrzyczeć mu, że to przygoda, którą muszę rozpocząć. Zanim jednak zdążyłam cokolwiek przekazać, Rune przysunął się nagle i przywarł do mnie wargami.

Zamarłam. Gdy to poczułam, nie mogłam się ruszyć. Jego usta były ciepłe. Smakowały jak cynamon. Wiatr przeniósł jego długie włosy na mój policzek. Łaskotały mnie w nos.

Mój przyjaciel odsunął się nieznacznie, ale jego twarz nadal pozostawała blisko mojej. Próbowałam oddychać, jednak moja pierś zachowywała się śmiesznie. Tak, jakby była lekka i puszysta. Serce biło w niej zbyt szybko. Tak szybko, że położyłam na nim rękę, chcąc poczuć, jak się wyrywa.

– Rune – szepnęłam. Uniosłam dłoń i dotknęłam palcami swoich warg. Zamrugał kilkakrotnie, wpatrując się we mnie. Odsunęłam dłoń i dotknęłam jego ust. – Pocałowałeś mnie – powiedziałam cicho, oszołomiona. Wziął mnie za rękę i opuścił nasze złączone dłonie.

– Dam ci tysiąc pocałunków, *Poppymin*. Wszystkie, których ci trzeba. Nikt inny nigdy nie będzie cię całował.

Wytrzeszczyłam oczy. Moje serce nie chciało zwolnić.

– Ale to będzie na zawsze, Rune. Jeśli nie chcesz, by ktoś inny mnie całował, będziesz musiał zostać ze mną już na wieki wieków!

Skinął głową i się uśmiechnął. Nie robił tego zbyt często. Zwykle na jego twarzy gościł krzywy, drwiący uśmieszek. Rune powinien zacząć cieszyć się szczerze. Jak teraz. Był naprawdę przystojny, gdy okazywał zadowolenie.

– Wiem. I tak mamy być ze sobą na wieki wieków. Po wsze czasy, pamiętasz?

Pokiwałam powoli głową i przechyliłam ją na bok.

– Podarujesz mi wszystkie te pocałunki? Wystarczająco dużo, by wypełnić cały słój? – zapytałam.

Posłał mi kolejny uśmiech.

– Wszystkie. Wypełnimy ten słoik i jeszcze zabraknie na nie miejsca. Zbierzemy ich więcej niż tysiąc.

Sapnęłam z wrażenia. Nagle przypomniałam sobie o słoiku. Zabrałam rękę, by wyciągnąć długopis i odkręcić wieczko. Wyjęłam ze środka jedno serduszko, usiadłam i zaczęłam pisać. Rune klęknął obok i nakrył moją dłoń palcami, uniemożliwiając mi pisanie.

Spojrzałam na niego zdezorientowana. Przełknął ślinę, założył długie włosy za ucho i zapytał:
– Czy... kiedy cię... pocałowałem.... twoje serce... niemal wyrwało ci się z piersi? Było to niezwykłe? Mówiłaś, że do słoja mogą trafić tylko wyjątkowe pocałunki.
– Jego policzki były jasnoczerwone. Spuścił wzrok.

Przysunęłam się i bez namysłu objęłam go za szyję. Położyłam policzek na jego piersi, wsłuchując się w bicie serca.

Biło tak szybko, jak moje.
– Tak, Rune. Pocałunek był bardzo wyjątkowy.

Poczułam, jak uśmiecha się tuż przy mojej głowie, więc również się uśmiechnęłam. Skrzyżowałam nogi i położyłam papierowe serce na pokrywce słoika. Rune również usiadł po turecku.

– Co napiszesz? – zapytał. Zamyślona postukałam długopisem po ustach. Usiadłam prosto, a następnie pochyliłam się, przyciskając długopis do papieru.

Pocałunek numer jeden.
Z moim Runem.
W sadzie wiśniowym.
Serce niemal wyrwało mi się z piersi.

Kiedy skończyłam pisać, włożyłam serduszko do słoja i zakręciłam wieczko. Spojrzałam na Rune'a, który przez cały czas mi się przyglądał, i wyznałam z dumą:
– Gotowe. Mój pierwszy pocałunek chłopaka!

Rune skinął głową, a jego spojrzenie skupiło się na moich ustach.
– *Poppymin?*
– Tak? – szepnęłam.

Wziął mnie za rękę, zaczął kreślić na niej kciukiem kółka.

– Mógłbym... mógłbym cię jeszcze raz pocałować?

Przełknęłam ślinę, ponieważ poczułam w brzuchu trzepot motyli.

– Już... chcesz mnie pocałować po raz drugi?

Przytaknął.

– Już dawno chciałem cię pocałować... Jesteś moja. Podobało mi się. Lubię cię całować. Smakujesz jak cukier.

– Na lunch jadłam ciastko. Z masłem orzechowym. Ulubione babci – wyjaśniłam.

Wziął głęboki wdech i przysunął się do mnie. Włosy opadły mu na czoło.

– Chcę to powtórzyć.

– Dobrze.

Pocałował mnie.

Potem raz jeszcze, powtórnie i... kolejny raz.

Wieczorem miałam w słoiku kolejne cztery pocałunki chłopaka.

Kiedy wróciłam do domu, mama powiedziała mi, że babcia poszła do raju. Natychmiast pobiegłam do swojego pokoju. Chciałam jak najszybciej zasnąć. Babcia pojawiła się w moich snach, tak jak obiecała. Opowiedziałam jej więc o moim pierwszym pocałunku od Rune'a.

Uśmiechnęła się szeroko i pocałowała mnie w policzek.

Wiedziałam, że to będzie najlepsza przygoda mojego życia.

2
NUTY I PŁOMIENIE OGNISKA

Rune
Dwa lata temu
Wiek: piętnaście lat

Zajęła miejsce na scenie. Zapadła cisza. Jednak nie wszystko umilkło – szum pędzącej żyłami krwi grzmiał w moich uszach, gdy Poppy usiadła ostrożnie. Wyglądała przepięknie w czarnej sukience bez rękawów, z długimi włosami upiętymi w kok i białą kokardą na czubku głowy.

Uniosłem aparat, który nieustannie znajdował się na mojej szyi. Gdy dziewczyna zatrzymała smyczek przy strunach wiolonczeli, przystawiłem oko do wizjera. Uwielbiałem ten moment. Chwilę, w której zamykała swoje wielkie, zielone oczy. Chwilę, w której jej twarz przybierała najbardziej perfekcyjny wyraz tuż przed rozpoczęciem gry. Wymowną oznakę czystej fascynacji dźwiękiem, który miał zaraz popłynąć.

Zrobiłem zdjęcie z idealnym wyczuciem. W tym samym momencie popłynęła melodia. Opuściłem aparat i skupiłem się wyłącznie na Poppy. Nie potrafiłem robić zdjęć, gdy grała. Wyglądała na scenie tak cudownie, że nie mogłem oderwać od niej oczu.

Uśmiechnąłem się lekko, gdy zaczęła kołysać się do rytmu. Uwielbiała ten utwór. Grała go, odkąd pamiętam.

Nie potrzebowała nut. *Greensleeves*[1] spływało na smyczek prosto z jej duszy.

Nie mogłem przestać patrzeć. Moje serce zabiło mocniej, gdy jej usta drgnęły. Skupiała się na trudnych przejściach. Na jej policzkach pojawiały się dołeczki. Nadal miała zamknięte oczy, ale wiedziałem, którą część melodii kocha najbardziej. Przechyliła głowę na bok, a na jej twarzy odmalował się szeroki uśmiech.

Wszyscy wokół dziwili się, jak to możliwe, że po tylu latach nadal jesteśmy razem. Poppy miała zaledwie piętnaście lat. Odkąd jednak pocałowałem ją w wiśniowym sadzie, gdy byliśmy jeszcze ośmioletnimi dziećmi, nie było w jej życiu nikogo innego. Ja również nie zauważałem innych dziewczyn. Widziałem jedynie ją. Poppy. W moim świecie istniała tylko ona.

Była inna niż reszta koleżanek w naszej klasie. Wyróżniała się, ponieważ nie zabiegała o uwagę pozostałych. Nie przejmowała się tym, co o niej myślano. Nigdy. Grała na wiolonczeli, ponieważ kochała muzykę. Uczyła się i czytała książki dla zabawy. Budziła się o świcie, by móc obejrzeć wschód słońca.

Właśnie dlatego była całym moim światem. Moja na wieki wieków. Niezwykła. Oryginalna w mieście pełnym plastikowych podróbek. Nie chciała uganiać się za chłopakami, obgadywać dziewczyn czy kibicować szkolnej drużynie. Oboje wiedzieliśmy, że należymy tylko do siebie.

Nie potrzebowaliśmy niczego więcej.

---

[1] *Greensleeves* – angielska piosenka ludowa pochodząca prawdopodobnie z drugiej połowy XVI wieku (przyp. tłum.).

Melodia wiolonczeli stała się delikatniejsza. Poppy wygrywała końcówkę. Przesunąłem się na miejscu i ponownie uniosłem aparat. Zrobiłem zdjęcie, gdy dziewczyna odsunęła smyczek od strun, a na jej twarzy zagościło zadowolenie.

Wokół rozbrzmiały brawa. Opuściłem aparat. Poppy skłoniła się, a potem rozejrzała po sali audytorium. Gdy nasze spojrzenia się skrzyżowały, jej twarz rozjaśnił uśmiech.

Myślałem, że serce wyrwie mi się z piersi.

Odpowiedziałem uśmiechem, zakładając długie jasne włosy za uszy. Poppy zarumieniła się i odwróciła w lewą stronę, by zejść ze sceny. Reflektory zalały widownię światłem. Poppy występowała jako ostatnia. Zawsze zamykała recital. Była najlepsza w swojej grupie wiekowej. Moim zdaniem była lepsza nawet od muzyków, którzy grali w trzech starszych grupach.

Zapytałem kiedyś, co robi, by tak pięknie grać. Odpowiedziała, że przekazanie melodii za pomocą smyczka przychodzi jej z taką łatwością jak oddychanie. Nie potrafiłem nawet sobie wyobrazić, jak wielki posiadała talent. Jednak taka właśnie była – najbardziej niesamowita dziewczyna na świecie.

Aplauz ucichł i wszyscy zaczęli wychodzić z sali. Ktoś złapał mnie za rękę. Pani Litchfield otarła łzę. Zawsze płakała na występach córki.

– Rune, skarbie, musimy zabrać córki do domu. Zaopiekujesz się Poppy?

– Tak, proszę pani – odparłem, śmiejąc się w duchu z młodszych sióstr mojej przyjaciółki. Dziewięcioletnia

Ida i jedenastoletnia Savannah spały na fotelach. Nie przepadały za muzyką. Nie tak, jak Poppy.

Pan Litchfield przewrócił oczami i mi pomachał, następnie zaczął budzić córki, by zabrać je do domu. Jego żona pocałowała mnie w czoło i po chwili cała czwórka wyszła.

Kiedy przechodziłem między rzędami, z prawej strony dobiegł do mnie chichot i szepty. Rozglądając się, zauważyłem wpatrzoną we mnie grupkę koleżanek z pierwszej klasy. Pochyliłem głowę, ignorując ich spojrzenia.

To zdarzało się dosyć często. Nie wiedziałem, dlaczego tak wiele dziewczyn zwracało na mnie uwagę. Od zawsze byłem z Poppy. Nie pragnąłem nikogo innego. Chciałem, by przestały próbować odciągnąć mnie od mojej dziewczyny – nic nie było w stanie nas rozdzielić.

Przedostałem się do wyjścia i podszedłem do drzwi wiodących na tyły. Było duszno i wilgotno. Czarna koszulka przywarła do mojego torsu. Jeansy w tym samym kolorze oraz wysokie buty nie były zbyt odpowiednim ubraniem na taki upał, jednak lubiłem ten styl i nosiłem się tak codziennie. Bez względu na pogodę.

Widząc wychodzących muzyków, oparłem się o ścianę audytorium i postawiłem nogę na pomalowanej na biało cegle. Skrzyżowałem ręce na piersi, rozkładając je jedynie po to, by odgarnąć włosy z oczu.

Obserwowałem muzyków ściskanych przez swoich bliskich. Zauważyłem też te same dziewczyny. Znów mi się przyglądały. Spuściłem głowę. Nie chciałem, by do mnie podeszły. Nie miałem im nic do powiedzenia.

Wciąż wpatrywałem się w ziemię. Nagle usłyszałem jej kroki. Uniosłem głowę w chwili, kiedy Poppy rzuciła mi się na szyję, obejmując mnie i mocno ściskając.

Parsknąłem krótkim śmiechem i również ją przytuliłem. Miałem już ponad metr osiemdziesiąt, więc byłem znacznie wyższy od mojej dziewczyny, która mierzyła zaledwie metr pięćdziesiąt dwa. Jednak podobało mi się to, ponieważ idealnie do mnie pasowała.

Chłonąc słodki zapach jej perfum, przysunąłem policzek do jej twarzy. Poppy ścisnęła mnie po raz ostatni i odsunęła się z uśmiechem. Miała wielkie zielone oczy, które podkreślał delikatny makijaż. Jej różowe usta muśnięte były wiśniowym błyszczykiem.

Przesunąłem dłońmi po jej ciele, zatrzymując się dopiero na jej miękkich policzkach. Poppy zatrzepotała rzęsami. Wyglądała przy tym uroczo.

Nie mogłem się powstrzymać, więc pochyliłem głowę w jej stronę, by ją pocałować. Na dźwięk znajomego westchnienia, które za każdym razem wymykało się jej, gdy nasze wargi miały się spotkać, niemal zacząłem ponownie się uśmiechać.

Gdy nasze usta wreszcie się zetknęły, wypuściłem przez nos powietrze. Poppy zawsze smakowała tak samo. Czułem na języku wiśnie. Bezzwłocznie odpowiadała na pocałunek, zaciskając niewielkie palce na moich plecach.

Całowałem ją czule i powoli. Wreszcie odsunąłem się, złożywszy uprzednio trzy krótkie delikatne cmoknięcia na jej pełnych wargach. Wziąłem wdech, przyglądając się, jak unosi powieki.

Miała rozszerzone źrenice. Przesunęła końcówką języka po swojej dolnej wardze i uśmiechnęła się promiennie.
– Pocałunek numer trzysta pięćdziesiąt dwa. Z moim Runem przy ścianie audytorium. – Wstrzymałem oddech, oczekując na następne zdanie. Błysk w jej oczach podpowiedział mi, że słowa, których się spodziewam, padną zaraz z jej ust. Przysuwając się i stając na palcach, szepnęła: – Serce niemal wyrwało mi się z piersi. – Zapisywała jedynie wyjątkowe pocałunki. Te, przy których rosło jej serce. Dlatego za każdym razem, gdy się całowaliśmy, czekałem właśnie na te słowa.

Wypowiedziała to zdanie i poraziła mnie uśmiechem.

Kiedy się śmiała, mimowolnie sam uśmiechnąłem się szeroko na widok jej szczęścia. Ponownie cmoknąłem ją w usta. Odsunąwszy się, objąłem jej ramiona i przyciągając ją z powrotem do siebie, zbliżyłem policzek do jej twarzy. Poppy objęła mnie w pasie, więc odsunąłem się od ściany. Gdy to zrobiłem, poczułem, jak dziewczyna trzęsie się z zimna.

Uniosłem głowę i zobaczyłem, że grupka dziewczyn wskazuje na nas i coś do siebie szepcze. Ich spojrzenia skupione były na Poppy, którą trzymałem w ramionach. Zacisnąłem usta. Nie znosiłem, gdy traktowano ją w ten sposób – z zazdrością. Większość koleżanek w szkole nie lubiła jej tylko dlatego, że pragnęły tego, co miała. Mówiła, że ma to gdzieś, ale ja widziałem, że się tym przejmuje. Jej spięte ciało zdawało się potwierdzać jak bardzo.

Stanąłem przed nią, czekając, aż uniesie głowę. Kiedy to zrobiła, poleciłem:

– Zignoruj je.

Zdenerwowałem się, widząc, jak sili się na uśmiech.

– Ignoruję, Rune. Nie przeszkadzają mi.

Przechyliłem głowę na bok i uniosłem brwi.

Poppy pokręciła głową.

– Naprawdę. Przyrzekam – próbowała kłamać. Spojrzała przez moje ramię i machnęła ręką. Popatrzyła mi w oczy i powiedziała: – To jasne, Rune. Spójrz tylko na siebie. Jesteś przystojny. Wysoki, tajemniczy, egzotyczny... Z Norwegii! – Zaśmiała się i położyła mi dłoń na sercu. – Wyglądasz jak łobuz i buntownik. Dziewczyny lecą na ciebie instynktownie. Jesteś idealny.

Przysunąłem się, obserwując, jak rozszerzają się jej zielone oczy.

– I jestem twój – dodałem. Napięcie opuściło jej ramiona. Nakryłem swoją dłonią jej dłoń wciąż spoczywającą na mojej piersi. – Nie jestem tajemniczy, *Poppymin*. Wszystko o mnie wiesz, nie mam żadnych tajemnic.

– Przede mną – powiedziała, ponownie patrząc mi w oczy. – To dla mnie nie jesteś tajemniczy. Większość dziewczyn w szkole postrzega cię całkiem inaczej. Wszystkie cię pragną.

Westchnąłem, bo zaczynało mnie to wkurzać.

– A ja pragnę jedynie ciebie. – Przyglądała mi się, jakby próbowała odczytać coś z wyrazu mojej twarzy. To jeszcze bardziej mnie zirytowało. Splotłem razem nasze palce i szepnąłem: – Po wsze czasy.

W końcu na jej ustach zagościł szeroki uśmiech.

– Po wsze czasy – odparła również szeptem.

Pochyliłem się, objąłem jej twarz i oparłem czoło na jej czole, a następnie zapewniłem:

– Pragnę ciebie i tylko ciebie. Wiem to od chwili, gdy jako pięcioletnia dziewczynka uścisnęłaś moją dłoń. Żadna inna tego nie zmieni.

– Tak? – zapytała, ale usłyszałem dźwięczącą w jej głosie wesołość.

– *Ja* – odpowiedziałem po norwesku. W moich uszach zabrzmiał jej słodki chichot. Uwielbiała, gdy mówiłem w ojczystym języku. Pocałowałem ją w czoło i odsunąłem się, nie puszczając jej ręki. – Twoi rodzice zabrali dziewczynki do domu. Prosili, bym się tobą zajął.

Skinęła głową, ale spojrzała na mnie zdenerwowana.

– Co myślisz o tym wieczorze?

Przewróciłem oczami i zmarszczyłem nos.

– Jak zwykle było okropnie – powiedziałem oschle.

Zaśmiała się i szturchnęła mnie w ramię.

– Runie Kristiansenie! Nie bądź złośliwy! – skarciła mnie.

– No dobra – powiedziałem, udając irytację. Przycisnąłem ją do siebie, objąłem i przytuliłem. Pisnęła, gdy zacząłem całować ją po policzku, ani na chwilę nie wypuszczając jej z objęć. Przesunąłem usta na jej szyję. Dech uwiązł jej w gardle, śmiech zamarł.

Sunąłem wargami po jej skórze... Skubnąłem zębami płatek jej ucha.

– Byłaś wspaniała – szepnąłem. – Jak zawsze idealna. Zawładnęłaś sceną. I wszystkimi na sali.

– Rune – mruknęła. Gdy wypowiadała moje imię, usłyszałem zadowolenie.

Wciąż obejmując Poppy, odsunąłem lekko głowę.

– Byłem naprawdę dumny, oglądając cię na tej scenie – przyznałem.

Zaczerwieniła się.

– Rune – powiedziała zawstydzona. Pochyliłem głowę i spojrzałem jej prosto w oczy, choć próbowała unikać kontaktu wzrokowego.

– Carnegie Hall, pamiętaj. Pewnego dnia będę świadkiem twojego występu w Carnegie Hall.

Udało jej się uwolnić jedną rękę i pogłaskać mnie po ramieniu.

– Schlebiasz mi.

Pokręciłem głową.

– Wcale nie. Po prostu mówię prawdę.

Pocałowała mnie w usta. Poczułem ten pocałunek aż w palcach u stóp. Kiedy się odsunęła, puściłem ją i ponownie splotłem palce naszych dłoni.

– Idziemy na łąkę? – zapytała, gdy przechodziliśmy przez parking. Przyciągnąłem ją do siebie nieco bardziej, bo znów mijaliśmy grupkę dziewczyn z pierwszej klasy.

– Wolę być z tobą sam na sam – powiedziałem.

– Jorie prosiła, żebyśmy przyszli. Wszyscy tam będą. – Spojrzała na mnie. Jej usta drgnęły, wiedziałem, że zaraz się skrzywi. – To piątkowy wieczór, Rune. Mamy po piętnaście lat, a ty spędzasz większość czasu, przyglądając się, jak gram na wiolonczeli. Musimy być w domu dopiero za dziewięćdziesiąt minut, więc jak większość normalnych nastolatków powinniśmy spotkać się z rówieśnikami.

– Dobra – odparłem i objąłem jej ramiona. Pochyliłem się do jej ucha i powiedziałem: – Ale jutro będę miał cię wyłącznie dla siebie.

Objęła mnie w pasie i mocno ścisnęła.

– Przyrzekam.

Usłyszeliśmy, że z ust dziewczyn znajdujących się za nami pada moje imię. Westchnąłem sfrustrowany, a Poppy się spięła.

– To dlatego, że jesteś inny, Rune – powiedziała, nie patrząc na mnie. – Jesteś artystą, zajmujesz się fotografią. Zawsze ubierasz się na czarno. – Zaśmiała się i pokręciła głową. Założyłem włosy za uszy, a Poppy zauważyła: – Jednak głównie przez to.

Ściągnąłem brwi.

– Przez co?

Uniosła rękę i pociągnęła za pasmo moich jasnych włosów.

– Przez to. Sposób, w jaki zakładasz je za uszy... – Zdumiony uniosłem brwi. Poppy wzruszyła ramionami. – Trudno się temu oprzeć.

– *Ja*? – zapytałem, stając przed nią i energicznie zakładając włosy za uszy. Robiłem to tak przesadnie, że się roześmiała. – Trudno się oprzeć, co? Tobie też?

Chichocząc, wzięła mnie za rękę. Gdy szliśmy ścieżką na łąkę – do parku, gdzie dzieciaki z naszej szkoły spędzały wieczór – powiedziała:

– Nie przeszkadza mi, że inne dziewczyny na ciebie lecą, Rune. Wiem, co do mnie czujesz, ponieważ ja czuję do ciebie dokładnie to samo. – Przygryzła dolną wargę. Wiedziałem, że to oznaka zdenerwowania. Nie znałem jego powodu, póki nie dodała: – Przeszkadza mi jedynie Avery. Ma na ciebie ochotę od bardzo dawna i jestem pewna, że zrobi wszystko, by cię zdobyć.

Pokręciłem głową. Nie przepadałem za Avery. Jednak należała do naszej paczki i zawsze się przy mnie kręciła. Wszyscy ją lubili. Kumple uważali, że jest najładniejsza ze wszystkich dziewczyn. Ja nigdy tego nie dostrzegałem. Nie podobało mi się, że na mnie leciała. Nie podobało mi się, że Poppy tak się przez nią czuła.

– Nic dla mnie nie znaczy, *Poppymin* – zapewniłem. – Nic.

Przylgnęła do mojej piersi, gdy skręciliśmy w prawo, idąc w kierunku naszych przyjaciół. Im bliżej byliśmy, tym mocniej ją ściskałem. Avery wyprostowała się, gdy nas zauważyła.

Obracając głowę w kierunku Poppy, powtórzyłem:
– Nic.

Poppy zacisnęła palce na mojej koszulce, dając znać, że słyszała. Jej przyjaciółka, Jorie, poderwała się z miejsca.

– Poppy! – zawołała z ekscytacją, podchodząc, by ją uścinać. Lubiłem Jorie. Może była zbyt spontaniczna, najpierw mówiła, a dopiero później myślała, jednak uwielbiała Poppy. Była jedną z niewielu dziewczyn w naszym małym mieście, która uważała niecodzienne zainteresowania swojej przyjaciółki za urocze, a nie dziwaczne.

– Jak tam, cukiereczki? – zapytała koleżanka, odsuwając się. Spojrzała na czarną sukienkę Poppy. – Pięknie wyglądasz! Cholernie uroczo!

Poppy w podziękowaniu skłoniła głowę. Ponownie wziąłem ją za rękę i poprowadziłem do niewielkiego ogniska, przy którym usiedliśmy. Oparłem się na długiej ławce, przyciągając do siebie Poppy, by zajęła miejsce między moimi kolanami. Nim usiadła, uśmiechnęła się do mnie. Oparła się plecami o mój tors, kładąc głowę tuż przy mojej szyi.

– Jak poszło, Pops? – zapytał mój przyjaciel Judson siedzący po drugiej stronie ogniska. Mój drugi kumpel Deacon znajdował się obok niego. Kiwnął głową, witając się, a jego dziewczyna Ruby pomachała do nas.

Poppy wzruszyła ramionami.

– Chyba dobrze.

Objąłem ją mocno i powiedziałem, patrząc na ciemnowłosego kolegę:

– Gwiazda koncertu. Jak zawsze.

– To tylko wiolonczela, Rune. Nic specjalnego – spierała się cicho Poppy.

Pokręciłem głową, protestując.

– Powaliłaś wszystkich na kolana.

Zobaczyłem, że Jorie się uśmiecha. Dostrzegłem również, że Avery przewraca oczami. Poppy zignorowała tę drugą i zaczęła rozmawiać z Jorie o szkole.

– No weź, Pops. Przysięgam, że pan Millen to jakiś okrutny kosmita. Albo demon. Do diabła... On nie jest stąd. Dyrektor sprowadził go, by torturował młodych Ziemian matematyką. Millen czerpie z tego swoją siłę życiową, jestem tego pewna. I myślę, że się na mnie uwziął. Wiesz... pewnie dlatego, że odkryłam, że nie pochodzi z tej planety. Boże! Ten facet ciągle się mnie czepia, krzywi się nawet wtedy, gdy na mnie patrzy!

– Jorie! – Poppy parsknęła śmiechem tak mocnym, że cała zaczęła się trząść. Uśmiechnąłem się, dostrzegając jej radość. Oparłem się mocniej o ławkę, słuchając rozmów toczących się wokół. Leniwie wodziłem palcami po ręce Poppy. Miałem ochotę się stąd ulotnić. Nie przeszkadzało mi spędzanie czasu z kolegami, ale wolałem być z nią sam na sam. Towarzysząc jej we wszystkim, pragnąłem tylko jej obecności.

Poppy ponownie roześmiała się z czegoś, co powiedziała Jorie, i niechcący szturchnęła aparat, który nadal miałem na szyi. Natychmiast przeprosiła mnie uśmiechem. Pochyliłem się, złapałem ją za podbródek i przyciągnąłem, by pocałować. Chciałem, by był to krótki, czuły pocałunek, ale kiedy dziewczyna odpowiedziała na moją pieszczotę, przerodziło się to w coś więcej. Rozchyliła usta, więc wsunąłem w nie język, dotykałem nim jej języka, przez chwilę tracąc dech.

Wsunęła palce w moje włosy. Objąłem jej policzek, by maksymalnie przedłużyć pocałunek. Gdybym nie musiał oddychać, prawdopodobnie nigdy bym go nie przerwał.

Zatraciliśmy się w nim. Nagle odchrząknął ktoś po drugiej stronie ogniska. Uniosłem głowę i zauważyłem uśmiechającego się Judsona. Kiedy spojrzałem ponownie na Poppy, jej policzki płonęły rumieńcem. Nasi przyjaciele stłumili śmiech. Objąłem mocniej swoją dziewczynę. Nigdy nie wstydziłem się jej całować.

Znów dało się słyszeć rozmowy. Wziąłem aparat, by sprawdzić, czy nic się z nim nie stało. Rodzice kupili mi go na trzynaste urodziny, gdy zauważyli, że przejawiam zainteresowanie fotografią. Był to stary canon z tysiąc dziewięćset sześćdziesiątego roku. Zabierałem go ze sobą wszędzie i robiłem tysiące zdjęć. Nie wiedziałem dlaczego. Fascynowało mnie utrwalanie chwil na kliszy. Czasami pozostawały nam po nich tylko zdjęcia. W rzeczywistości nie ma powtórek. Cokolwiek przedstawiały utrwalone przez aparat momenty, definiowało nasze życie – ukazywało jego sens. Zatrzymanie chwili na zdjęciu sprawiało, że pozostawała ona wiecznie żywa. Fotografia niczym nie różniła się od magii.

Przewinąłem film w aparacie. Były tam zdjęcia przyrody i zbliżenia drzew w wiśniowym sadzie. Na końcu znajdowały się klatki z dzisiejszego recitalu Poppy. Jej śliczna twarz, gdy przeżywała muzykę. Istniał zaledwie jeden moment, w którym mogłem oglądać tę minę. Moment, kiedy patrzyła na mnie. Byłem dla niej wyjątkowy, zupełnie jak jej muzyka.

Nikt nie mógłby zerwać żadnej z tych więzi.

Wyciągnąłem komórkę i zatrzymałem ją przed nami, kierując wbudowany aparat ku naszym twarzom. Poppy przestała brać udział w rozmowie. W ciszy wodziła palcami po mojej ręce. Zaskoczyłem ją, robiąc zdjęcie, gdy uniosła głowę, by na mnie spojrzeć. Zaśmiałem się krótko, kiedy skrzywiła się zirytowana. Wiedziałem, że nie jest zła, choć usilnie próbowała na taką wyglądać. Uwielbiała zdjęcia, które robiłem, nawet jeśli powstawały one w chwilach, w których najmniej się tego spodziewała.

Kiedy spojrzałem na ekran komórki, moje serce puściło się galopem. Patrząca na mnie z powstałego przed chwilą zdjęcia Poppy była piękna. Zachwycił mnie wyraz jej twarzy, spojrzenie jej zielonych oczu.

W tym uchwyconym momencie było wszystko. Na obliczu dziewczyny malowała się ta sama fascynacja, która gościła na nim, gdy Poppy oddawała się muzyce. Na zdjęciu widać było, że jest moja. Ja też byłem jej. Zapewniała, że zostanie ze mną na zawsze. Twierdziła, że mimo młodego wieku, wiedzieliśmy, że jesteśmy swoimi bratnimi duszami.

– Pokaż. – Z zamyślenia wyrwał mnie jej cichy głos. Uśmiechnęła się do mnie, więc opuściłem telefon, by mogła zobaczyć zdjęcie.

Przyglądałem się jej, gdy wodziła wzrokiem po ekranie. Widziałem, jak subtelnieje jej spojrzenie, a usta rozjaśnia niewielki uśmiech.

– Rune – szepnęła i wzięła mnie za drugą rękę. Gdy ścisnąłem jej dłoń, powiedziała: – Chcę to zdjęcie. Jest idealne.

Skinąłem głową i pocałowałem ją w skroń.

Właśnie dlatego kocham robić zdjęcia, pomyślałem. *Mogę wydobyć emocje z każdej sekundy.*

Wyłączając aparat w komórce, zobaczyłem na jej ekranie, która godzina.

– *Poppymin* – powiedziałem cicho – musimy wracać. Jest już późno.

Dziewczyna skinęła głową. Podniosłem się i pomogłem jej wstać.

– Idziecie już? – zapytał Judson.

Przytaknąłem.

– Tak. Zobaczymy się w poniedziałek.

Machnąłem kumplom i wziąłem Poppy za rękę. Po drodze do domu nie odzywaliśmy się zbyt wiele. Kiedy stanęliśmy przed drzwiami jej domu, objąłem ją i przytuliłem do siebie. Położyłem dłoń na jej szyi. Poppy uniosła głowę.

– Jestem z ciebie bardzo dumny, *Poppymin*. Nie mam wątpliwości, że dostaniesz się do Julliard. Spełni się twoje marzenie, by zagrać w Carnegie Hall.

Uśmiechnęła się promiennie i pociągnęła za aparat, który nadal miałem zawieszony na szyi.

– A ty dostaniesz się do Tisch School of the Arts. Będziemy razem w Nowym Jorku. Od zawsze było nam to przeznaczone. Zawsze tego pragnęliśmy.

Przytaknąłem i pocałowałem ją lekko w policzek.

– Wtedy nie będziemy już musieli stawiać się o wyznaczonej godzinie do domu – mruknąłem drwiąco. Parsknęła śmiechem. Pocałowałem ją czule i odsunąłem się.

Pan Litchfield otworzył drzwi w tej samej chwili, w której puściłem dłonie dziewczyny. Zauważył, że odsuwam się od jego córki, lecz – śmiejąc się – tylko pokręcił głową. Mógłbym przysiąc, że dobrze wiedział, co robiliśmy.

– Dobranoc, Rune – powiedział oschle.

– Dobranoc, panie Litchfield – odparłem, widząc, jak Poppy rumieni się, gdy ojciec gestem wskazuje, by weszła do środka.

Przeszedłem przez trawnik do swojego domu. Otworzyłem drzwi, przemierzyłem salon, gdzie na kanapie siedzieli rodzice. Oboje byli wyprostowani i wyglądali na spiętych.

– *Hei* – powiedziałem. Mama podniosła głowę.

– *Hei*, kochanie – rzuciła.

Zmarszczyłem czoło.

– Co się stało? – zapytałem.

Mama posłała tacie ostre spojrzenie. Pokręciła głową.

– Nic, kochanie. Jak poszło Poppy? Przykro mi, że nie daliśmy rady pójść na recital.

Wpatrywałem się w rodziców. Wiedziałem, że coś ukrywają. Gdy uświadomiłem sobie, że niczego nie ujawnią, skinąłem głową, odpowiadając na pytanie mamy:

– Jak zawsze świetnie. – Wydawało mi się, że mamie błyszczą oczy od łez. Natychmiast zamrugała. Poczułem się niezręcznie i chciałem uciec spojrzeniem, więc złapałem za aparat. – Wywołam fotki i pójdę spać.

Odwróciłem się, by odejść, ale tata powiedział:

– Jutro czeka nas rodzinny wypad, Rune.

Zatrzymałem się natychmiast.

– Nie mogę. Planuję spędzić dzień z Poppy.

Tata pokręcił głową.

– Dobrze, ale nie jutro.

– Ale... – zacząłem się kłócić, jednak ojciec przerwał mi stanowczym głosem:

– Powiedziałem nie. Jedziesz z nami. Koniec dyskusji. Możesz zobaczyć się z Poppy po powrocie. Nie zabawimy tam całego dnia.

– Co się tak naprawdę dzieje?

Tata podniósł się z miejsca i stanął przede mną. Położył dłoń na moim ramieniu.

– Nic, Rune. Pracuję całymi dniami i w ogóle cię już nie widuję. Chcę to zmienić, więc spędzimy razem dzień na plaży.

– W takim razie... czy mogę zabrać Poppy? Uwielbia plażę. To jedno z jej ulubionych miejsc.
– Nie jutro, synu.
Milczałem wkurzony, ale wiedziałem, że już nie zmieni zdania.
Tata westchnął.
– Wywołaj zdjęcia, Rune, i przestań się martwić.
Wykonując polecenie, zszedłem do piwnicy i skierowałem się do małego pomieszczenia, które znajdowało się z boku. Tata przerobił je dla mnie na ciemnię. Nadal wywoływałem staromodne filmy zamiast przerzucić się na aparat cyfrowy. Sądziłem, że w ten sposób uzyskam lepszy efekt.
Po dwudziestu minutach miałem już nowy zestaw zdjęć. Wydrukowałem również fotkę z telefonu przedstawiającą mnie i Poppy na łące. Wziąłem to wszystko i poszedłem do siebie. Przechodząc obok pokoju Altona, zajrzałem tam, by sprawdzić, jak miewa się mój dwuletni braciszek. Spał już, tuląc mocno brązowego pluszowego miśka. Jasne włoski malca rozrzucone były na poduszce.
Wszedłem do siebie i włączyłem światło. Spojrzałem na zegarek, była już niemal północ. Przeczesałem palcami włosy i podszedłem do okna. Uśmiechnąłem się, gdy zobaczyłem, że w domu Litchfieldów panuje mrok i tylko z szafki nocnej Poppy dochodzi nikłe światło. Był to dla mnie znak, że mogłem bez przeszkód zakraść się do dziewczyny przez okno.
Zamknąłem drzwi i zgasiłem lampę. Pokój pogrążył się w ciemnościach. Natychmiast przebrałem się w spodnie od piżamy i koszulkę. Otworzyłem po cichu okno

i wyszedłem przez nie. Przemierzyłem trawnik między naszymi domami i wdrapałem się przez okno do pokoju Poppy, zamykając je najciszej, jak tylko potrafiłem.

Moja dziewczyna leżała już w łóżku pod kołdrą. Miała zamknięte oczy, oddychała lekko i spokojnie. Leżała z twarzą na dłoni. Był to uroczy widok. Uśmiechając się, podszedłem bliżej, zostawiłem prezent na szafce nocnej i usiadłem obok.

Po chwili położyłem się, kładąc głowę na jej poduszce.

Było tak od lat. Pierwszy raz zrobiłem to niezamierzenie – gdy miałem dwanaście lat, poszedłem pogadać z Poppy, ale zasnąłem w trakcie rozmowy. Na szczęście obudziłem się nad ranem i udało mi się niepostrzeżenie wymknąć z powrotem do siebie. Jednak już następnej nocy zostałem z Poppy świadomie. Od tamtego czasu robiłem to prawie co noc. Dzięki Bogu nigdy nie zostaliśmy na tym przyłapani. Nie byłem pewien, co zrobiłby mi pan Litchfield, gdyby znalazł mnie w łóżku swojej córki.

Sypianie z nią stawało się coraz trudniejsze. Miałem teraz piętnaście lat i czułem się przy niej inaczej. Inaczej również ją postrzegałem. Ona też patrzyła już na mnie w inny sposób. Coraz więcej się całowaliśmy. Nasze pocałunki były głębsze, zaczęliśmy odkrywać dłońmi zakazane obszary naszych ciał. Coraz trudniej było nam się powstrzymać. Pragnąłem więcej. Pragnąłem być z moją dziewczyną w każdy możliwy sposób.

Jednak byliśmy jeszcze bardzo młodzi. Wiedziałem o tym.

Cała sytuacja stawała się po prostu męcząca.

Poppy poruszyła się przy mnie.

– Zastanawiałam się, czy przyjdziesz. Czekałam na ciebie, ale nie było cię w pokoju – powiedziała zaspana, odgarniając mi włosy z twarzy.

Wziąłem ją za rękę i pocałowałem w dłoń.

– Musiałem wywołać film, poza tym rodzice dziwnie się zachowywali.

– Dziwnie? To znaczy jak? – zapytała, przysuwając się i całując mnie w policzek.

Pokręciłem głową.

– Po prostu... dziwnie. Chyba coś się dzieje, ale nie chcą mnie martwić.

Nawet w tak słabym świetle zauważyłem, że z niepokojem ściągnęła brwi. Chcąc ją uspokoić, ścisnąłem jej rękę.

Przypomniałem sobie, że przyniosłem jej prezent, sięgnąłem za siebie i wziąłem zdjęcie z szafki nocnej. Oprawiłem je wcześniej w prostą srebrną ramkę. Włączyłem latarkę w komórce, by Poppy mogła się przyjrzeć.

Westchnęła cicho i zobaczyłem, jak uśmiech rozświetla całą jej twarz. Wzięła ode mnie ramkę i dotknęła palcami szybki.

– Bardzo podoba mi się to zdjęcie, Rune – szepnęła i postawiła je na szafce. Wpatrywała się w nie jeszcze przez dłuższą chwilę, następnie wróciła wzrokiem do mnie.

Uniosła kołdrę i przytrzymała ją w górze, bym mógł pod nią wpełznąć. Wsunąłem rękę pod talię Poppy i przysunąłem się, zasypując jej policzki i szyję pocałunkami.

Kiedy pocałowałem ją w czułe miejsce tuż za uchem, zaczęła chichotać i odsunęła się.
– Rune! – szepnęła ostro. – Łaskoczesz!
Cofnąłem się i wziąłem ją za rękę.
– Co będziemy jutro robić? – zapytała, unosząc drugą rękę, by pobawić się długimi pasmami moich włosów.
Przewracając oczami, odparłem:
– Nic, bo tata zarządził jutro rodzinny dzień. Na plaży.
Usiadła podekscytowana.
– Serio? Uwielbiam plażę!
Ścisnął mi się żołądek.
– Powiedział, że mamy być sami, *Poppymin*. Tylko rodzina.
– Och – rzuciła z rozczarowaniem i z powrotem się położyła. – Zrobiłam coś złego? Twój tata zawsze mnie zapraszał.
– Nie – zapewniłem ją. – Jak mówiłem wcześniej, zachowują się dziwnie. Ojciec powiedział, że chce spędzić dzień tylko z rodziną. Myślę, że chodzi o coś więcej.
– Okej – powiedziała, ale usłyszałem smutek w jej głosie.
Objąłem jej twarz i przyrzekłem:
– Wrócę na kolację. Spędzimy razem jutrzejszy wieczór.
Chwyciła mnie za nadgarstek.
– Dobrze.
Patrzyła na mnie. Jej zielone oczy wydawały się większe w słabym świetle. Pogłaskałem ją po włosach.

– Jesteś taka piękna, *Poppymin*.

Nie potrzebowałem światła, by wiedzieć, że się zarumieniła. Przysunąłem się i przywarłem do jej ust. Westchnęła, gdy wsunąłem język między jej wargi. Przesunęła ręce, by chwycić mnie za włosy.

Było cudownie. Całowaliśmy się długo. Jej usta stawały się coraz cieplejsze. Przesunąłem dłońmi po jej nagich ramionach, wreszcie dotarłem do jej talii.

Odwróciła się na plecy. Powiodłem palcami po jej skórze i dotknąłem jej nogi. Przysunąłem się, zawisając nad dziewczyną. Zdyszana oderwała ode mnie usta, jednak nie przestałem jej całować. Musnąłem wargami jej policzek i szyję, wsuwając palce pod jej koszulkę, by móc dotykać jej skóry na brzuchu.

Poppy pociągnęła mnie za włosy, zakładając nogę na moje udo. Jęknąłem tuż przy jej szyi, ponownie biorąc w posiadanie jej wargi. Gdy mój język zaczął tańczyć w jej ustach, śmielej przesunąłem dłonią po jej ciele. Przerwała pocałunek.

– Rune...

Opuściłem głowę, układając ją w zagłębieniu między ramieniem a szyją dziewczyny. Oddychałem głęboko. Bardzo jej pragnąłem, ledwo nad tym panowałem.

Wciągnąłem powietrze do płuc i wypuściłem je. Poppy głaskała mnie po plecach. Skupiłem się na rytmie, w jakim poruszały się jej palce, wymuszając u siebie spokój.

Mijały minuty. Nie poruszałem się. Byłem zadowolony, leżąc wtulony w nią. Wdychając jej delikatny zapach, trzymałem dłoń na jej płaskim brzuchu.

– Rune? – szepnęła.

Uniosłem głowę.
Poppy natychmiast położyła dłoń na moim policzku.
– Kochanie? – szepnęła ponownie. W jej głosie dało się słyszeć troskę.
– Nic mi nie jest – odpowiedziałem cicho, pilnując, by przypadkiem nie obudzić jej rodziców. Spojrzałem jej głęboko w oczy. – Bardzo mocno cię pragnę. – Oparłem czoło na jej twarzy i dodałem: – Kiedy do tego dochodzi… kiedy posuwamy się tak daleko, szaleję.
Przeczesała palcami moje włosy. Zamknąłem oczy, rozkoszując się jej dotykiem.
– Przepraszam, ja…
– Nie – powiedziałem stanowczo, nieco głośniej niż zamierzałem. Odsunąłem się. Patrzyła na mnie szeroko otwartymi oczami. – Nie. Nie przepraszaj mnie za to. Nigdy nie powinnaś za to przepraszać.
Rozchyliła nabrzmiałe od pocałunków wargi i westchnęła przeciągle.
– Dziękuję – szepnęła.
Przesunąłem dłoń i splotłem nasze palce. Obróciłem się na bok, rozchyliłem ramiona i ruchem głowy wskazałem, by się przytuliła. Oparła głowę na moim torsie. Zamknąłem oczy, starając się uspokoić oddech.
W końcu zacząłem odpływać w sen. Poppy wodziła palcami po moim brzuchu. Już zasypiałem, gdy szepnęła:
– Jesteś dla mnie wszystkim, Runie Kristiansenie, mam nadzieję, że o tym wiesz.
Na jej słowa otworzyłem oczy. Poczułem, jak rośnie mi serce. Chwyciłem ją lekko za podbródek i odchyliłem jej głowę. Jej usta czekały na pocałunek.

Całowałem ją miękko i czule, następnie powoli się wycofałem. Uśmiechała się, trzymając zamknięte oczy. Gdy zobaczyłem zadowolenie na jej twarzy, poczułem, że serce zaraz wyskoczy mi z piersi. Szepnąłem więc:
– Po wsze czasy.
Ponownie przytuliła do mnie twarz i odpowiedziała:
– Po wsze czasy.
Oboje zasnęliśmy.

3
WYDMY I SŁONE ŁZY

Rune

– Rune, musimy z tobą porozmawiać – powiedział tata, gdy jedliśmy obiad w restauracji z widokiem na plażę.
– Rozwodzicie się?
Tata pobladł.
– Boże, nie – zapewnił pospiesznie i wziął mamę za rękę, jakby chciał to podkreślić. Mama uśmiechnęła się do mnie, ale widziałem wzbierające w jej oczach łzy.
– To o co chodzi? – zapytałem.
Tata powoli przysunął się do stołu.
– Mama denerwuje się z powodu mojej pracy, Rune. – Byłem całkowicie zdezorientowany, słysząc jego słowa. Po chwili dodał: – Przenoszą mnie z powrotem do Oslo. Firma się sypie, więc wysyłają mnie, bym to naprawił.
– Na jak długo? – zapytałem. – Kiedy wrócisz?
Tata przeczesał palcami gęste, krótkie, jasne włosy w podobny sposób, jak sam często to robiłem.
– Chodzi o to, Rune – zaczął ostrożnie – że może to potrwać kilka miesięcy, a nawet lat. – Westchnął. – Patrząc realnie, od roku do trzech lat.
Wytrzeszczyłem oczy.
– Zostawisz nas w Georgii na tak długo?
Mama wzięła mnie za rękę. Popatrzyłem tępo na jej dłoń. Powoli zaczęło to do mnie docierać.

– Nie – powiedziałem pod nosem, wiedząc, że nie może mi tego zrobić. Przecież nie mógł mi tego zrobić.

Uniosłem głowę. Na twarzy ojca malowało się poczucie winy.

Wiedziałem już, że moje przypuszczenia to jednak prawda.

Zrozumiałem, dlaczego przyjechaliśmy na plażę. Dlaczego chciał, byśmy byli sami. Dlaczego nie życzył sobie towarzystwa Poppy.

Moje serce puściło się galopem, niespokojnie bębniłem palcami o blat. W mojej głowie panował chaos. *Nie mogą... Nie mogą... Nie mogą!*

– Nie – rzuciłem głośno, zwracając na siebie uwagę kilku osób siedzących nieopodal. – Nie jadę. Nie zostawię jej.

Szukając poparcia, obróciłem się do mamy. Jednak ona tylko spuściła głowę. Wyrwałem rękę, którą trzymała.

– Mamo? – nalegałem. Pokręciła jedynie głową.

– Jesteśmy rodziną, Rune. Nie możemy rozdzielić się na tak długo. Musimy jechać. Jesteśmy rodziną.

– Nie! – krzyknąłem, odsuwając się od stołu. Wstałem, zaciskając dłonie w pięści. – Nie zostawię jej! Nie zmusicie mnie! To nasz dom. Jest tutaj! Nie chcę wracać do Oslo!

– Rune – powiedział tata, wstając od stołu i wyciągając ręce w moją stronę. Nie potrafiłem znieść jego bliskości. Odwróciłem się i tak szybko, jak potrafiłem, wybiegłem z restauracji. Pognałem na plażę. Słońce schowało się za gęstymi chmurami, chłodny wiatr rozwiewał piasek. Biegłem dalej, na wydmy. Grube ziarna piachu obsypywały mi twarz.

Jednocześnie walczyłem ze wzbierającym we mnie gniewem. *Jak mogli mi to zrobić? Wiedzieli, jak bardzo potrzebowałem Poppy.*

Trząsłem się ze złości, wspinając się na najwyższą wydmę. Po chwili siedziałem już na jej wierzchołku. Położyłem się, spoglądając w szare niebo. Spróbowałem wyobrazić sobie życie bez mojej dziewczyny w Norwegii. Żółć podeszła mi do gardła. Było mi niedobrze na samą myśl, że mogłoby mnie nie być przy Poppy. Na myśl, że mógłbym nie trzymać jej za rękę, nie całować...

Nie mogłem oddychać.

Miałem gonitwę myśli. Szukałem pretekstu, by móc zostać. Rozważałem wiele możliwości, jednak dobrze znałem swojego ojca. Kiedy coś postanowił, nic nie mogło zmienić jego decyzji. Miałem wyjechać. Jego wyraz twarzy dał mi jasno do zrozumienia, że nie ma innego wyjścia. Odbierali mi dziewczynę... i duszę. I gówno mogłem w tej sprawie zrobić.

Usłyszałem, że ktoś wchodzi na wydmę. Wiedziałem, że to ojciec. Usiadł obok mnie. Nie spojrzałem na niego, utkwiłem wzrok we wzburzonych falach. Nie chciałem jego obecności.

Milczeliśmy. W końcu nie wytrzymałem i zapytałem:
– Kiedy wyjeżdżamy?

Wyczułem jego zdenerwowanie. Wpatrywał się we mnie, a na jego twarzy malowało się współczucie. Żołądek skurczył mi się jeszcze bardziej.

– Kiedy? – naciskałem.

Tata zwiesił głowę.

– Jutro.

Wszystko zamarło.

– Co? – szepnąłem w szoku. – Jak to możliwe?

– Wiemy o tym z mamą już jakiś miesiąc. Postanowiliśmy nie mówić ci aż do ostatniej chwili, ponieważ wiedzieliśmy, jak będziesz się czuł. W poniedziałek muszę stawić się w biurze, Rune. Załatwiliśmy już wszystko związane z twoją szkołą, przenieśliśmy twoje oceny. Wujek przygotowuje dom w Oslo na nasz powrót. Firma zatrudniła ekipę od przeprowadzek, by zabrała wszystko z domu w Blossom Grove i przewiozła nasze rzeczy do Norwegii. Zrobią to niedługo po naszym wyjeździe.

Piorunowałem ojca wzrokiem. Po raz pierwszy w życiu nienawidziłem tego człowieka. Zacisnąłem usta i odwróciłem wzrok. Było mi niedobrze od wściekłości gotującej się w moich żyłach.

– Rune – powiedział cicho tata, kładąc rękę na moim ramieniu.

Straciłem panowanie nad sobą.

– Nie – syknąłem. – Nigdy mnie już nie dotykaj i nie odzywaj się do mnie. – Spojrzałem na niego ostro. – Nigdy ci tego nie wybaczę – przyrzekłem. – Nigdy nie wybaczę ci tego, że mi ją odbierasz.

– Rune, rozumiem... – próbował powiedzieć, ale mu przerwałem.

– Nie rozumiesz. Nie masz zielonego pojęcia, jak się czuję i co to oznacza dla mnie i dla Poppy. Nie masz pieprzonego pojęcia, bo gdybyś miał, nie odbierałbyś mi jej. Powiedziałbyś w firmie, że się nie przeniesiesz i że musimy zostać.

Tata westchnął.

– Jestem kierownikiem technicznym, Rune, muszę jechać tam, gdzie mnie potrzebują, a w tej chwili tym miejscem jest Oslo.

Milczałem. Miałem gdzieś, że był kierownikiem technicznym w jakiejś upadającej firmie. Byłem wściekły, że powiedział mi o wyjeździe dopiero teraz. Byłem wściekły, że wyjeżdżaliśmy, i kropka.

Kiedy nadal się nie odzywałem, tata powiedział:

– Pozbieram nasze rzeczy, synu. Przyjdź za pięć minut do samochodu. Chcę, byś spędził dzisiejszy wieczór z Poppy. Przynajmniej tyle mogę dla ciebie zrobić.

Napłynęły mi do oczu gorące łzy. Odwróciłem wzrok, by ich nie widział. Byłem zły, tak bardzo wściekły, że nie potrafiłem powstrzymać tego cholernego płaczu. Nigdy nie płakałem, gdy byłem smutny czy zdenerwowany. Jednak w tej chwili byłem tak rozwścieczony, że nie mogłem oddychać.

– Nie wyjeżdżamy na zawsze, Rune. Za kilka lat tu wrócimy. Obiecuję. Moja praca, nasze życie jest tutaj, w Georgii. Jednak teraz muszę jechać tam, gdzie potrzebuje mnie firma – powiedział. – W Oslo nie będzie nam źle, w końcu to stamtąd przyjechaliśmy. Wiem, że mama będzie szczęśliwa, wracając do rodziny. Myślałem, że ty też.

Nie odpowiedziałem, ponieważ kilka lat bez Poppy oznaczało dla mnie wieczność. Miałem w dupie rodzinę.

Zatraciłem się w widoku fal rytmicznie uderzających o brzeg. Czekałem, aż będę w stanie się podnieść. Chciałem wracać do Poppy, ale nie wiedziałem, jak przekazać jej, że wyjeżdżam. Nie mogłem znieść myśli, że złamię jej tym serce.

Rozbrzmiał klakson, więc pobiegłem do samochodu, gdzie czekała na mnie rodzina. Mama próbowała się do mnie uśmiechać, ale zignorowałem ją i wskoczyłem na tylne siedzenie. Gdy opuszczaliśmy wybrzeże, gapiłem się przez szybę.

Poczułem, że ktoś mnie dotyka. Odwróciłem głowę i zobaczyłem, że to Alton ciągnie mnie za rękaw. Przechylał głowę na bok.

Poczochrałem go po jasnych włoskach. Roześmiał się, ale jego uśmiech szybko zniknął, za to mały wpatrywał się we mnie przez całą powrotną podróż do domu. Uznałem to za ironię. Odnosiłem wrażenie, że braciszek doskonale wiedział, jak bardzo cierpiałem. Mogło się wydawać, że był tego bardziej świadomy niż rodzice.

Jazda ciągnęła się w nieskończoność. Kiedy stanęliśmy na podjeździe, niemal wyskoczyłem z samochodu i pobiegłem od razu do domu Litchfieldów.

Zapukałem do drzwi. Sekundę później stała w nich już pani Litchfield. Gdy tylko popatrzyła na moją twarz, w jej oczach pojawiły się łzy współczucia. Rzuciła spojrzeniem na podjazd, gdzie rodzice rozpakowywali samochód. Pomachała im.

Wiedziała o wszystkim.

– Jest Poppy? – wydusiłem przez zaciśnięte gardło.

Pani Litchfield objęła mnie.

– Jest w sadzie wiśniowym, kochanie. Spędziła tam z książką całe popołudnie. – Pocałowała mnie w czoło.

– Przykro mi, Rune. Po waszym wyjeździe mojej córce pęknie serce. Jesteś dla niej wszystkim.

Ona dla mnie także, chciałem odpowiedzieć, ale nie potrafiłem wydusić słowa.

Pani Litchfield puściła mnie, więc cofnąłem się, zszedłem z werandy i pobiegłem do sadu.

Gdy tam dotarłem, od razu odnalazłem Poppy. Siedziała pod naszym ulubionym drzewem. Zatrzymałem się w niewidocznym miejscu i przypatrywałem się jej, jak czyta z fioletowymi słuchawkami na uszach. Osłaniały ją obsypane jasnoróżowymi kwiatami gałęzie, chroniąc przed promieniami ostrego słońca. Miała na sobie krótką sukienkę bez rękawów. Rozpuszczone brązowe włosy ozdabiała z boku biała kokarda. Czułem się jak we śnie.

Ścisnęło mi się serce. Widywałem ją codziennie, odkąd mieliśmy po pięć lat. Całowałem ją, odkąd mieliśmy po osiem. Spałem obok niej niemal co noc, odkąd mieliśmy po dwanaście. I kochałem całym sercem tyle czasu, że nie byłem w stanie tego policzyć.

Nie wiedziałem, jak bez niej przetrwać. Jak oddychać, nie mając jej przy sobie.

Uniosła głowę znad książki, jakby wyczuła moją obecność. Kiedy znalazłem się na trawie, uśmiechnęła się do mnie szeroko. Był to uśmiech przeznaczony wyłącznie dla mnie.

Próbowałem odpowiedzieć uśmiechem, jednak mi się to nie udało.

Noga za nogą powlokłem się przez sad. Ścieżka, po której szedłem, usłana była płatkami kwiatów i wyglądała pod moimi stopami jak różowy kobierzec. Im bardziej zbliżałem się do Poppy, tym wyraźniej dostrzegałem, jak znika jej uśmiech. Nie potrafiłem nic przed nią ukryć. Znała mnie na wskroś. Widziała, że jestem zdenerwowany.

Tak jak jej mówiłem, nie miałem tajemnic. Nie przed nią. Była jedyną osobą, która w pełni mnie znała.

Poppy zamarła i wyciągnęła z uszu słuchawki. Położyła książkę na ziemi i objęła ugięte kolana. Czekała.

Przełknąłem ślinę i uklęknąłem przed dziewczyną, zwieszając głowę w geście porażki. Walczyłem z uciskiem w piersi. W końcu uniosłem spojrzenie.

Oczy Poppy przepełniał lęk, jakby wiedziała, że cokolwiek wydostanie się teraz z moich ust, wszystko między nami zmieni.

Zmieni nas.

Zmieni całe nasze życie.

Zatrzyma nasz świat.

– Wyjeżdżamy – wykrztusiłem w końcu. Odwróciłem wzrok, wziąłem płytki oddech i dodałem: – Jutro, *Poppymin*. Wracamy do Oslo. Tata zabiera mnie od ciebie. Nawet nie próbował nic zrobić, byśmy mogli zostać.

– Nie – szepnęła w odpowiedzi. Pochyliła się. – Musi być coś, co możemy zrobić. – Jej oddech przyspieszył. – Może mógłbyś zostać z nami? Wprowadzić się do nas? Coś byśmy wymyślili. Moglibyśmy...

– Nie – przerwałem jej. – Mój tata na to nie pozwoli, znasz go. Wiedzą o wszystkim od tygodni, przenieśli mnie ze szkoły. Nie powiedzieli mi, bo domyślali się mojej reakcji. Muszę jechać, *Poppymin*. Nie mam wyjścia. Muszę.

Wpatrywałem się w kwiat wiśni, który opadł z pobliskiej gałęzi. Frunął z wiatrem ku ziemi. Wiedziałem, że od tej chwili, gdy zobaczę wiśniowe kwiaty, będę myślał o Poppy. O czasie, który spędziliśmy razem w tym sadzie. Było to jej ulubione miejsce.

Zacisnąłem mocno powieki. Wyobraziłem ją sobie samą w tym miejscu – nikt nie pójdzie już z nią na wyprawę, nikt nie będzie słuchał jej śmiechu... nikt nie da jej wyjątkowych pocałunków, by zapełnić słój.

Serce pękało mi boleśnie, więc spojrzałem na Poppy. Wciąż nie ruszała się spod drzewa, jednak jej piękną twarz zalewały potoki łez. Zaciskała małe dłonie w piąstki tuż przy kolanach.

– *Poppymin* – wychrypiałem, uwalniając w końcu całą gorycz. Objąłem ją mocno. Wtuliła się we mnie, przywierając do mojego torsu. Zamknąłem oczy. Czułem jej ból.

Cierpiałem razem z nią.

Siedzieliśmy tak przez dłuższą chwilę. W końcu Poppy uniosła głowę i położyła drżącą dłoń na moim policzku.

– Rune – powiedziała łamiącym się głosem. – Co mam... Co mam bez ciebie począć?

Pokręciłem głową, przekazując tym gestem, że nie mam pojęcia. Nie mogłem mówić, słowa uwięzły mi w ściśniętym gardle. Poppy ponownie oparła się o mój tors i objęła mnie w pasie.

Mijały godziny, a my milczeliśmy. Zaczęło zachodzić słońce, pozostawiając na niebie pomarańczową poświatę. Niedługo potem pojawiły się gwiazdy i pełny, jasny księżyc.

Chłodny wiatr powiał po sadzie, unosząc różowe płatki, które tańczyły lekko wokół nas. Kiedy poczułem, że dziewczyna drży w moich ramionach, wiedziałem, że czas stąd odejść.

Uniosłem ręce, pogłaskałem ją po gęstych włosach i szepnąłem:
- *Poppymin*, musimy iść.

W odpowiedzi tylko mocniej mnie objęła.
- Poppy? - spróbowałem raz jeszcze.
- Nie chcę iść - odparła niemal niesłyszalnie. Jej słodki głos zachrypł. Spojrzałem niżej i zauważyłem, że wpatruje się we mnie zielonymi oczami. - Jeśli wyjdziemy z tego sadu, będzie to oznaczało, że już niemal czas na twój wyjazd.

Pogłaskałem ją po policzkach. Były lodowato zimne.
- Bez pożegnań, pamiętasz? - przypomniałem jej. - Zawsze mówiłaś, że pożegnania nie istnieją, ponieważ możemy spotykać się w snach. Jak ty i twoja babcia. - Z jej oczu popłynęły łzy, które natychmiast otarłem opuszkami kciuków. - Jest ci zimno - dodałem cicho. - Zrobiło się już naprawdę późno, więc muszę cię odprowadzić, byś nie miała problemów z powodu spóźnienia.

Posłała mi słaby, wymuszony uśmiech.
- Myślałam, że prawdziwych wikingów nie obchodzą zasady.

Parsknąłem krótkim śmiechem i oparłem głowę o jej czoło. Złożyłem dwa pocałunki w kącikach jej ust i odpowiedziałem:
- Odprowadzę cię do drzwi, a kiedy twoi rodzice pójdą spać, po raz ostatni przyjdę do ciebie przez okno.

Może być? Czy jako wiking wystarczająco złamię zasady?

Zachichotała.

– Tak – odparła, odsuwając mi włosy z twarzy. – Jesteś wikingiem, na którego zawsze czekałam.

Wziąłem ją za ręce, pocałowałem każdy z jej palców, a potem wstałem. Pomogłem jej się podnieść i przytuliłem do siebie. Objąłem ją i nie puszczałem, wdychając jej słodki zapach. Przyrzekłem sobie zapamiętać tę chwilę.

Wzmógł się wiatr. Odsunąłem się i wziąłem ją za rękę. Milcząc, ruszyliśmy usłaną kwiatami ścieżką. Poppy oparła głowę na moim ramieniu, odchylając ją nieco, by móc patrzeć w nocne niebo. Pocałowałem ją we włosy i usłyszałem, jak wzdycha.

– Zwróciłeś kiedyś uwagę, jak ciemne jest niebo nad sadem? Wydaje się ciemniejsze niż w jakimkolwiek innym miejscu w mieście. Jest czarne jak atrament, ale połyskują na nim gwiazdy i jasno błyszczy księżyc. Przy różowych drzewach wygląda to jak sceneria ze snu. – Zadarłem do góry głowę. Na moich ustach odmalował się cień uśmiechu. Miała rację. Wszystko wokół nas zdawało się niemal nierealne.

– Tylko ty mogłaś zauważyć coś takiego – powiedziałem, opuszczając głowę. – Zawsze inaczej postrzegałaś świat. To jedna z tych cech, które tak kocham w tobie, wędrowniczce, którą poznałem, gdy miałem pięć lat.

Ścisnęła moją rękę.

– Wiesz, babcia mawiała, że raj wygląda tak, jak tego chcemy. – Smutek w jej głosie sprawił, że dech uwiązł mi w gardle. Westchnęła. – Ulubione miejsce babci znajdowało się pod naszym drzewem wiśniowym. Kiedy siedziałam tam, patrząc na rzędy drzew i czarne niebo, czasami zastanawiałam się, czy babcia siedzi w tym samym miejscu w raju, spoglądając na sad i wpatrując się w ciemne niebo tak jak my w tej chwili.

– Jestem pewien, że tak, *Poppymin*. I uśmiecha się do ciebie, jak obiecała.

Poppy wyciągnęła rękę i złapała opadający różowy kwiat. Zapatrzyła się na płatki w swoich palcach.

– Babcia mawiała również, że to, co najlepsze, nie trwa zbyt długo. Jest jak kwiat wiśni. Tak piękne, że nie może trwać wiecznie... nie powinno istnieć w nieskończoność. Pojawia się jedynie na krótką chwilę, by przypomnieć nam, jak cenne jest życie, które odchodzi tak szybko, jak przyszło. Każdy kwiat wiśni swoim krótkim istnieniem wydaje się przypominać o wszystkim, co pozostaje niezmienne.

Gardło ścisnęło mi się z powodu bólu w jej głosie.

Spojrzała na mnie i ciągnęła:

– Nic, co piękne, nie może trwać wiecznie, prawda? Jak spadające gwiazdy. Zazwyczaj widzimy je nieruchome. Większość z nas myśli, że są stałe, zapominając nawet o ich istnieniu. Jednak gdy ktoś zauważa, że jedna z tych gwiazd spada, pamięta tę chwilę na zawsze, wypowie nawet życzenie. – Wzięła głęboki wdech. – Spadająca gwiazda znika tak szybko, że ludzie doceniają krótki moment, gdy mogli ją dostrzec. – Poczułem, jak kropla spada na nasze złączone dłonie. Byłem zdezorientowany, niepewny, dlaczego poruszyła tak smutny temat. – Coś tak idealnego i wyjątkowego musi zniknąć. Rozwiać się w końcu na wietrze. – Uniosła wiśniowe płatki, które wciąż trzymała w palcach. – Tak jak choćby ten kwiat. – Wyrzuciła go w górę w chwili, w której powiał silniejszy wiatr. Ostry podmuch poniósł płatki ponad drzewami... do nieba.

Kwiat zniknął nam z oczu.

– Poppy... – zacząłem, ale nie dopuściła mnie do głosu.

– Może jesteśmy jak ten wiśniowy kwiat, Rune. Jak spadająca gwiazda. Może kochaliśmy za mocno, zbyt wcześnie. Może płonęliśmy tak jasno, że musimy zniknąć. – Wskazała na sad za naszymi plecami. – Uderzające piękno, nagła śmierć. Nasza miłość, która przyszła, by dać nam lekcję. By pokazać, jak naprawdę jesteśmy zdolni kochać.

Jeszcze raz ścisnęło mi się serce. Obróciłem Poppy twarzą do siebie. Głęboko w swoim sercu czułem ból dziewczyny.

– Posłuchaj mnie – powiedziałem spanikowany. Objąłem jej twarz i przyrzekłem: – Wrócę do ciebie. Przeprowadzka do Oslo nie jest na zawsze. Będziemy codziennie rozmawiać, będziemy do siebie pisać. Będziemy nadal Poppy i Runem. Nic tego nie zmieni, *Poppymin*. Już zawsze będziesz moja, już zawsze pozostaniesz częścią mojej duszy. To nie koniec.

Pociągnęła nosem i zamrugała, walcząc ze łzami. Moje serce przyspieszyło na myśl, że chciała się poddać. Taka myśl w ogóle nie przyszła mi wcześniej do głowy. Nic nie miało się skończyć.

Zbliżyłem się do niej.

– To nie koniec – powiedziałem stanowczo. – Będziemy razem na wieki wieków, *Poppymin*. Po wsze czasy. To nie koniec. Nie możesz tak myśleć. Nie o nas.

Stanęła na palcach i również objęła moją twarz.

– Przyrzekasz, Rune? Zostało jeszcze kilkaset pocałunków, którymi musisz mnie obdarować – powiedziała nieśmiało, ze wstydem... i strachem.

Roześmiałem się, czując, że ulatują ze mnie obawy, a ich miejsce zajmuje ulga.

– Na zawsze. Ofiaruję ci więcej pocałunków niż tysiąc. Podaruję ci dwa, trzy lub cztery tysiące.

Jej wesoły uśmiech trochę mnie uspokoił. Pocałowałem ją czule i powoli, trzymając ją tak blisko, jak tylko mogłem. Kiedy odsunęliśmy się od siebie, otworzyła oczy i powiedziała:

– Pocałunek numer trzysta pięćdziesiąt cztery. Z moim Runem, w wiśniowym sadzie... Serce niemal wyrwało mi się z piersi. – Następnie przyrzekła: – Wszystkie moje pocałunki należą tylko do ciebie, Rune. Nikt z wyjątkiem ciebie nigdy nie zdobędzie tych ust.

Pocałowałem ją ponownie i powtórzyłem:

– Moje pocałunki należą wyłącznie do ciebie. Nikt z wyjątkiem ciebie nigdy nie zdobędzie tych ust.

Wziąłem ją za rękę i poprowadziłem w kierunku domu. W moim paliły się wszystkie światła. Kiedy stanęliśmy pod jej drzwiami, pochyliłem się i pocałowałem ją w czubek nosa. Przesunąłem usta bliżej jej ucha i szepnąłem:

– Przyjdę do ciebie, daj mi godzinę.

– Dobrze – odpowiedziała cicho. Wzdrygnąłem się, gdy położyła dłoń na mojej piersi. Zbliżyła się do mnie.

Jej poważna mina bardzo mnie zdenerwowała. Dziewczyna patrzyła na swoją rękę, powiodła nią powoli w dół, aż do mojego brzucha.

– *Poppymin*? – zapytałem, nie wiedząc, co się dzieje.

Zabrała rękę i bez słowa przesunęła się w kierunku drzwi. Czekałem, aż się obróci i mi to wyjaśni, lecz tego nie zrobiła. Weszła do domu, pozostawiając mnie na podjeździe. Wciąż czułem na sobie ciepło jej dotyku.

Kiedy zapaliło się światło w kuchni Litchfieldów, ruszyłem do siebie. Wchodząc do domu, zastałem w przedpokoju górę pudeł.

Musiały być wcześniej gdzieś schowane, bym ich nie widział.

Przeszedłem obok nich i minąłem rodziców siedzących w salonie. Tata zawołał mnie, ale się nie zatrzymałem. Wszedłem do siebie, więc poszedł za mną.

Stanąłem przy stoliku nocnym, zbierając wszystko, co chciałem ze sobą zabrać. Szczególnie oprawione zdjęcie z Poppy, które zrobiłem poprzedniego wieczoru. Kiedy moje spojrzenie padło na fotografię, znów ścisnął mi się żołądek. Jeśli było to możliwe, już brakowało mi mojej dziewczyny. Już tęskniłem za domem.

Za moją Poppy.

Wyczuwając, że ojciec nadal za mną stoi, powiedziałem cicho:

– Nienawidzę cię za to, że mi to robisz.

Usłyszałem, jak gwałtownie wciągnął powietrze. Odwróciłem się i zobaczyłem stojącą za nim mamę. Na jej twarzy, jak u ojca, znać było poruszenie. Nigdy nie byłem na nich zły. Nie rozumiałem, jak większość nastolatków mogła nie lubić własnych rodziców.

Jednak teraz już wiedziałem, jak to jest.

Właśnie znienawidziłem swoich.

Nigdy wcześniej nie czułem do nikogo tak wielkiej urazy.

– Rune... – zaczęła mama, ale jej przerwałem.

– Nigdy wam tego nie wybaczę. Nienawidzę was obojga tak bardzo, że nie potrafię znieść waszego widoku.

Zaskoczył mnie mój ostry ton, w którym wciąż rozbrzmiewał gniew. Wściekłość, której nigdy bym się po sobie nie spodziewał. Większość ludzi uważała mnie za kapryśnego i humorzastego, jednak naprawdę rzadko odczuwałem gniew. Teraz czułem go z całą mocą. W moich żyłach płynęła jedynie nienawiść.

I furia.

Oczy matki wypełniły się łzami, ale po raz pierwszy zupełnie mnie to nie obchodziło. Chciałem, by w tej chwili rodzice czuli się równie podle jak ja.

– Rune – powiedział tata, ale odwróciłem się do niego plecami.

– O której wyjeżdżamy? – warknąłem, przerywając mu, cokolwiek miał zamiar powiedzieć.

– O siódmej – odparł cicho.

Zamknąłem oczy – zostało mi z Poppy jedynie kilka godzin. Za jakieś osiem będę musiał ją opuścić. Zostawić za sobą wszystko. Prócz złości. Wiedziałem, że ją na pewno ze sobą zabiorę.

– To nie jest na zawsze, Rune. Minie trochę czasu i będzie ci łatwiej. Poznasz kogoś. Pogodzisz się...

– Nie! – ryknąłem, odwracając się i rzucając przez pokój lampką nocną. Na skutek uderzenia rozbiła się żarówka. Oddychałem płytko, serce galopowało mi w piersi. Spiorunowałem ojca wzrokiem. – Nigdy więcej tak nie mów! Nie pogodzę się z utratą Poppy. Kocham ją! Nie rozumiesz? Jest dla mnie wszystkim, a ty mi ją odbierasz. – Widziałem, jak pobladł. Odsunąłem się od niego. Trzęsły mi się ręce. – Wiem, że nie mam wyjścia i muszę z wami jechać, rozumiem. Mam tylko piętnaście lat, ale nie jestem na tyle głupi, by łudzić się, że mógłbym tu zostać. – Zacisnąłem dłonie w pięści. – Ale będę was nienawidził. Każdego dnia. Aż do powrotu tutaj. Będę was oboje nienawidził. Możecie myśleć, że skoro mam piętnaście lat, zapomnę o Poppy, gdy tylko jakaś dziwka zacznie flirtować ze mną w Oslo. Jednak to się nigdy nie stanie. Będę was nienawidził każdej sekundy, póki ponownie nie spotkam się ze swoją dziewczyną – urwałem, by wziąć wdech, i dodałem: – Będę was nienawidził nawet wtedy. Za to, że kazaliście mi ją zostawić. Przez was nie przeżyję z nią tych kilku lat. Nie myślcie, że jestem młody, nic jeszcze nie rozumiem i nie czuję tak głęboko jak wy. Kocham ją. Kocham bardziej, niż możecie to sobie wyobrazić. A wy mi ją odbieracie, nie myśląc w ogóle, co to będzie dla mnie oznaczać. – Podszedłem do szafy i zacząłem wyciągać ubrania. – Zatem od tej chwili mam w dupie to, jak się czujecie. Nigdy wam tego nie wybaczę. Żadnemu z was. Zwłaszcza tobie, tato.

Zacząłem pakować walizkę, którą musiała położyć na moim łóżku mama. Tata pozostał na miejscu, w ciszy patrząc pod nogi. W końcu odwrócił się i powiedział:

– Prześpij się, Rune. Musimy wcześnie wstać. – Włoski stanęły mi na karku z irytacji. Nie takiej odpowiedzi spodziewałem się po moim wyznaniu. Po chwili ojciec cicho dodał: – Bardzo mi przykro, synu. Wiem, ile Poppy dla ciebie znaczy. Chciałem powiedzieć ci o wyjeździe w ostatniej chwili, by zaoszczędzić ci tygodni cierpienia. Najwyraźniej nic to nie dało. Jednak takie jest życie, a ja muszę stawić się w pracy. Pewnego dnia to zrozumiesz.

Gdy wyszedł i zamknął za sobą drzwi, usiadłem na łóżku. Otarłem dłonią twarz, zgarbiłem się i zapatrzyłem na pustą szafę. Jednak gniew wciąż we mnie wrzał, bulgocząc w moim żołądku. Właściwie palił mocniej niż wcześniej.

Byłem pewny, że będzie tak już zawsze.

Wrzuciłem ostatnie koszulki do walizki, nie dbając nawet o to, by je poskładać. Podszedłem do okna i zobaczyłem, że w domu Poppy zrobiło się już ciemno. Lampka przy łóżku dziewczyny dawała znać, że droga wolna.

Zamknąłem drzwi na zamek, otworzyłem okno i przemierzyłem trawnik. Jej okno było uchylone, czekała na mnie. Wskoczyłem przez nie do pokoju Poppy i zamknąłem je za sobą.

Siedziała na środku łóżka, miała rozpuszczone włosy i świeżo umytą twarz. Przełknąłem ślinę, widząc, jak pięknie wygląda w białej koszuli nocnej odsłaniającej gładką skórę nóg i ramion.

Podszedłem bliżej i zobaczyłem, że trzyma oprawione zdjęcie. Uniosła głowę. Wiedziałem, że płakała.

– *Poppymin* – powiedziałem cicho łamiącym się głosem.

Odłożyła ramkę i ułożyła głowę na poduszce, klepiąc materac obok siebie. Natychmiast znalazłem się przy niej. Przysunąłem się. Dzieliły nas zaledwie centymetry.

Gdy tylko spojrzałem w jej zaczerwienione oczy, mój gniew rozgorzał na nowo.

– Kochanie – powiedziałem, biorąc ją za ręce – nie płacz, proszę. Nie mogę znieść widoku twoich łez.

Przełknęła ślinę.

– Mama powiedziała, że wyjeżdżacie wcześnie rano.

Zwiesiłem głowę, chwilę później powoli przytaknąłem.

Poppy powiodła palcami po moim czole.

– Została nam więc tylko ta noc – stwierdziła.

Poczułem, jak w serce wbija mi się sztylet.

– *Ja* – odparłem, mrugając, by nie popłynęły łzy.

Przyglądała mi się jakoś dziwnie.

– No co? – zapytałem.

Przysunęła się do mnie. Znalazła się tak blisko, że stykały się nasze piersi, jej usta znalazły się tuż nad moimi. W jej oddechu poczułem miętową pastę do zębów.

Zwilżyłem wargi językiem, moje serce galopowało coraz szybciej. Poppy powiodła palcami po mojej twarzy, szyi, torsie… Dotarła na dół mojej koszulki. Przesunąłem się na łóżku, chcąc stworzyć nieco przestrzeni, nim jednak zdołałem ruszyć się dalej, Poppy znów się przysunęła. Wsunęła język do moich ust.

Całowała mnie powoli, głębiej niż zazwyczaj. Kiedy uniosła moją koszulkę i położyła dłoń na nagim brzuchu, oderwałem usta od warg dziewczyny i przełknąłem z trudem ślinę. Czułem, jak palce Poppy drżą przy mojej skórze. Spojrzałem jej w oczy, a moje serce zgubiło rytm.

– *Poppymin* – szepnąłem, głaszcząc ją po nagim ramieniu. – Co robisz?

Przesunęła dłoń wyżej, aż do mojej piersi, a ja poczułem ucisk w gardle.

– Rune? – szepnęła, pochylając głowę i ostrożnie całując mnie u podstawy szyi. Zamknąłem oczy, gdy ciepłe wargi znalazły się na mojej skórze. Ponownie odezwała się tuż przy moim ciele: – Pra... pragnę cię.

Czas się zatrzymał. Natychmiast uniosłem powieki. Poppy westchnęła i odchyliła głowę. Popatrzyła na mnie zielonymi oczami.

– Poppy, nie – zaprotestowałem, kręcąc głową, ale dziewczyna położyła mi palec na ustach.

– Nie mogę... – urwała na chwilę, a zebrawszy się w sobie, dodała: – Nie mogę pozwolić ci odejść, nie wiedząc, jak to jest być z tobą. – Zamilkła na chwilę. – Kocham cię, Rune. Bardzo. Mam nadzieję, że o tym wiesz.

Moje serce, zapewnione o miłości swojej drugiej połowy, biło teraz zupełnie nowym rytmem. Jego uderzenia stały się mocniejsze i szybsze. Znacznie silniejsze niż poprzednio.

– Poppy – szepnąłem porażony jej słowami. Wiedziałem, że mnie kocha, ponieważ sam ją kochałem. Jednak pierwszy raz wypowiedziała te słowa na głos.

Kocha mnie...

Czekała w ciszy. Nie wiedząc, jak inaczej mógłbym odpowiedzieć, powiodłem końcówką nosa po jej policzku, odsuwając się na krótką chwilę, by spojrzeć jej w oczy.
– *Jeg elsker deg*.
Przełknęła ślinę i uśmiechnęła się.
Odpowiedziałem uśmiechem.
– Kocham cię – przetłumaczyłem na angielski, by mieć pewność, że całkowicie mnie zrozumiała.
Usiadła na środku łóżka, a jej twarz spoważniała. Wzięła mnie za rękę i pociągnęła za sobą, bym usiadł naprzeciw niej. Chwyciła brzeg mojej koszulki.
Wzięła wdech i ściągnęła mi ją przez głowę. Zamknąłem oczy, gdy poczułem na piersi ciepły pocałunek. Otworzyłem je znów i zobaczyłem zawstydzony uśmiech Poppy. Wzruszyło mnie jej onieśmielenie.
Nigdy wcześniej nie wyglądała tak pięknie.
Walcząc z własnym zdenerwowaniem, położyłem dłoń na jej policzku.
– Nie musimy tego robić, Poppy. Nie musisz tego dla mnie robić tylko dlatego, że wyjeżdżam. Wrócę, jestem tego pewien. Mogę poczekać, aż będziesz gotowa.
– Jestem gotowa, Rune – odpowiedziała szczerze.
– Jeśli myślisz, że jesteśmy zbyt młodzi…
– Niedługo będziemy mieć po szesnaście lat.
Uśmiechnąłem się, słysząc w jej głosie namiętność.
– Dla większości ludzi to nadal zbyt wcześnie.
– Romeo i Julia byli mniej więcej w naszym wieku – sprzeczała się. Mimowolnie się roześmiałem. Umilkłem jednak, gdy przysunęła się i powiodła dłonią po moim torsie. – Rune – szepnęła – jestem gotowa już od dawna.

Nie spieszyło mi się, bo mieliśmy dla siebie wiele czasu. Nie było pośpiechu. Jednak teraz nie możemy czekać. Nasz czas jest ograniczony. Zostały nam jedynie godziny. Kocham cię. Kocham cię ponad wszystko. I... i myślę, że ty czujesz to samo.

– *Ja* – odparłem natychmiast. – Kocham cię.

– Na wieki wieków – powiedziała, wzdychając, po czym odsunęła się. Patrząc mi w oczy, uniosła dłoń i chwyciła ramiączko koszuli nocnej. Zsunęła je. To samo uczyniła z drugim. Koszulka opadła jej do talii.

Zamarłem. Nie mogłem się ruszyć, gdy siedziała przede mną naga.

– *Poppymin* – westchnąłem przekonany, że nie zasługuję na tę dziewczynę... nie w tej chwili.

Przysunąłem się i znalazłem tuż przy niej. Patrząc jej w oczy, zapytałem:

– Jesteś pewna, *Poppymin*?

Wzięła mnie za rękę i położyła ją sobie na ciepłej skórze.

– Tak, Rune. Jestem pewna. Chcę tego.

Nie potrafiłem dłużej się powstrzymać. Pocałowałem ją. Zostały nam jedynie godziny. Pragnąłem spędzić je z moją dziewczyną, będąc z nią w każdy możliwy sposób.

Zabrała rękę i położyła mi ją na klatce. Odkrywała moje ciało, nie przerywając pocałunków. Głaskałem ją po plecach, przysuwając do siebie. Drżała. Opuściłem dłoń na brzeg jej koszulki leżącej na udach. Przesunąłem palce wyżej zakłopotany, że posuwam się za daleko.

Przerwała pocałunek i oparła czoło na moim.

– Nie przerywaj – poleciła bez tchu. Spełniłem prośbę, przełykając ślinę w ściśniętym nerwami gardle.

– Rune – mruknęła.

Słysząc jej słodki głos, zamknąłem oczy. Bardzo ją kochałem. Dlatego nie chciałem jej skrzywdzić. Nie chciałem na nią naciskać. Pragnąłem, by czuła się wyjątkowo. Pragnąłem, by wiedziała, że jest dla mnie wszystkim.

Przez chwilę nie ruszaliśmy się zatraceni w chwili, czekając, co przyniesie następna.

Poppy przesunęła palce do guzika moich jeansów, więc otworzyłem oczy. Przyglądała mi się uważnie.

– W porządku...? – zapytała ostrożnie. Skinąłem głową, nie mogąc wydusić ani słowa. Nakierowała mnie drugą ręką, bym ją rozebrał. Nasze ubrania szybko znalazły się na podłodze.

Siedziała przede mną, w milczeniu trzymając dłonie na kolanach. Długie brązowe włosy spływały jej na jedno ramię, policzki czerwieniły się.

Nigdy nie widziałem jej tak zdenerwowanej.

Ja również nigdy się tak nie czułem.

Opuszkami palców dotknąłem jej rozpalonego policzka.

Zamknęła oczy i uśmiechnęła się zawstydzona.

– Kocham cię, *Poppymin* – szepnąłem.

Z jej ust wymknęło się miękkie westchnienie.

– Też cię kocham, Rune.

Chwyciła mnie za rękę i powoli położyła się na plecach, pociągając mnie za sobą. Znalazłem się nad nią. Nakryłem ją swoim ciałem.

Pochyliłem głowę i złożyłem miękki pocałunek na zaczerwienionych policzkach i czole, następnie na jej ciepłych ustach. Poppy wsunęła drżące palce w moje włosy i przyciągnęła mnie jeszcze bliżej.

Sekundę później poruszyła się pode mną, przerywając pocałunek. Położyła dłoń na mojej twarzy i powiedziała:

– Jestem gotowa.

Wsłuchując się w jej słowa, przytuliłem twarz do jej dłoni, całowałem jej palce. Obróciła się na bok i wyjęła coś z szuflady. Podała mi niewielkie opakowanie i szybko zabrała rękę, a ja poczułem nagłe zdenerwowanie.

Spojrzałem na Poppy i zauważyłem, że jest jeszcze bardziej czerwona ze wstydu.

– Wiedziałam, że ten dzień się zbliża, Rune. Chciałam być przygotowana.

Całowałem ją, aż poczułem odwagę, by to zrobić. Nie trzeba było wiele czasu, by dotykiem ukoiła szalejącą we mnie burzę. Miałem pewność, że jestem gotowy.

Otworzyła ramiona, więc położyłem się na niej. Znów przywarłem do niej ustami i przez dłuższą chwilę po prostu się całowaliśmy. Smakowałem wiśniowy balsam z jej warg, rozkoszując się ciepłą skórą przyciśniętą do mojego ciała.

Przerwałem pocałunek, by zaczerpnąć powietrza. Popatrzyłem jej w oczy, a ona skinęła głową. Widziałem, jak bardzo mnie pragnie, równie bardzo, jak ja pragnąłem jej. Nie odrywałem od niej spojrzenia, ani razu nie zamknąłem oczu.

Nawet na krótką chwilę...

***

Po wszystkim tuliłem ją do siebie. Leżeliśmy pod kołdrą z twarzami zwróconymi ku sobie. Skóra Poppy była ciepła, jej oddech powoli wracał do normalnego rytmu. Nasze złączone dłonie leżały na poduszce. Ściskaliśmy je, ponieważ drżały.

Nie odzywaliśmy się. Widząc, jak Poppy uważnie mi się przygląda, modliłem się w duchu, by nie żałowała tego, co właśnie zrobiliśmy.

Przełknęła ślinę i wzięła powolny wdech. Kiedy wypuściła powietrze, spojrzała na nasze złączone dłonie. Powoli dotknęła ustami naszych splecionych palców.

Nie ruszałem się.

– *Poppymin* – powiedziałem, więc uniosła spojrzenie. Długie pasmo włosów opadło na jej policzek, więc delikatnie je odsunąłem, zakładając je za jej ucho. Nadal nic nie mówiła. Chciałem, by wiedziała, co znaczyło dla mnie to, co dzieliliśmy, więc szepnąłem:

– Bardzo cię kocham. To, co właśnie zrobiliśmy... Bycie z tobą w taki sposób... – urwałem niepewny, jak wyrazić to, co czułem.

Nie odpowiedziała. Obawiałem się, że zrobiłem coś nie tak. Poczułem, jak kurczy mi się żołądek. Sfrustrowany zamknąłem oczy, ale Poppy oparła czoło na moim i lekko pocałowała mnie w usta. Przysunąłem się, znów byliśmy bardzo blisko.

– Zapamiętam tę noc do końca życia – wyznała, więc moje obawy ucichły.

Zamrugałem i mocniej ścisnąłem ją w talii.

– Czy... czy było to dla ciebie wyjątkowe, *Poppymin*? Tak wyjątkowe, jak było dla mnie?

Uśmiechnęła się tak szeroko, że dech uwiązł mi w gardle.

– Bardzo wyjątkowe – odparła cicho, powtarzając to, co powiedziała, gdy pocałowałem ją po raz pierwszy, kiedy mieliśmy po osiem lat. W odpowiedzi mogłem jedynie pocałować ją mocno w usta, wkładając w ten pocałunek całe swoje uczucie.

Chwilę później Poppy ścisnęła moją dłoń, a w jej oczach pojawiły się łzy.

– Pocałunek numer trzysta pięćdziesiąt pięć, z moim Runem w mojej sypialni… po tym, jak kochaliśmy się po raz pierwszy. – Wzięła moją dłoń i położyła ją sobie na dekolcie, dokładnie tam, gdzie biło jej serce. Czułem pod palcami jego równy rytm. Uśmiechnąłem się. Wiedziałem, że jej łzy są oznaką szczęścia, nie smutku.

– Było to tak wyjątkowe, że serce niemal wyrwało mi się z piersi – dodała z uśmiechem.

– Poppy – szepnąłem, czując, jak ściska mnie w klatce.

Jej uśmiech osłabł, widziałem jej łzy spływające na poduszkę.

– Nie chcę, żebyś wyjeżdżał – powiedziała łamiącym się głosem.

Nie potrafiłem znieść jej bólu ani świadomości, że łzy znów wyrażały smutek.

– Nie chcę jechać – wyznałem szczerze.

Nie powiedzieliśmy nic więcej, ponieważ nie pozostały nam już żadne słowa. Bawiłem się jej włosami, a ona głaskała mnie po klatce. Niedługo potem oddech Poppy wyrównał się. Zatrzymała dłoń na mojej skórze.

Rytm jej oddechu ukołysał mnie do snu, więc zamknąłem oczy. Bardzo starałem się nie zasnąć. Chciałem wykorzystać czas, który nam jeszcze pozostał. Jednak nie wytrzymałem i – błądząc między szczęściem a smutkiem – odpłynąłem w sen.

Wydawało mi się, że zamknąłem powieki tylko na chwilę... Promienie porannego słońca skupiły się na mojej twarzy. Zamrugałem i zobaczyłem, że przez okno Poppy zagląda już zupełnie nowy dzień.

Dzień mojego wyjazdu.

Żołądek ścisnął mi się, gdy spojrzałem na zegarek. Miałem wyjechać już za godzinę.

Popatrzyłem na Poppy śpiącą na mojej piersi. Nigdy nie była piękniejsza. Jej skóra różowiała od żaru naszych ciał. Uśmiechnąłem się na widok naszych dłoni, które – nadal złączone – leżały na moim brzuchu.

Nagłe wspomnienie nocy wywołało we mnie niepokój.

Poppy wyglądała na usatysfakcjonowaną, gdy spała. Jednak bałem się, że po przebudzeniu pożałuje tego, co zrobiliśmy. Bardzo chciałem, by jej się podobało. Tak jak mnie. Wiedziałem, że na długo zapamiętam tę noc. Pragnąłem, by wspomnienie naszego aktu pozostało na długo również w jej pamięci.

Powoli otworzyła oczy, jakby wiedziała, że jej się przyglądam. Wyczytałem z jej twarzy, że powróciła myślami do zeszłej nocy. Spojrzała z zaskoczeniem na nasze ciała i dłonie, a moje serce zamarło. Jednak już po chwili na jej twarzy zagościł piękny uśmiech. Przysunąłem się na jego widok. Wtuliła twarz w moją szyję. Objąłem jej ciało. Tuliłem ją tak długo, jak tylko było to możliwe.

Gdy w końcu uniosłem głowę, by ponownie popatrzeć na zegarek, wczorajsza wściekłość powróciła z obezwładniającą siłą.

– *Poppymin* – szepnąłem niezdolny ukryć gniewu w ochrypłym głosie. – Muszę... muszę iść.

Zesztywniała w moich ramionach. Kiedy obróciła się na plecy, zauważyłem jej mokre policzki.

– Wiem.

Po mojej twarzy również płynęły łzy, ale Poppy delikatnie je otarła. Chwyciłem ją za rękę i złożyłem na niej czuły pocałunek. Leżałem tak jeszcze przez dłuższą chwilę, pochłaniając wzrokiem twarz mojej dziewczyny. Wreszcie zmusiłem się, by wstać z łóżka. Założyłem ubranie. Nie oglądając się za siebie, wyszedłem przez okno i przemierzyłem biegiem trawnik, choć z każdym krokiem pękało mi serce.

Wspiąłem się do siebie. Drzwi pokoju zostały otwarte od zewnątrz. Przy moim łóżku stał tata. Zdenerwowałem się, ponieważ zostałem przyłapany. Z powrotem zawrzała we mnie furia. Uniosłem głowę, w wyzywającym geście czekając, by ojciec coś powiedział. Cokolwiek.

Chciałem tej kłótni.

Nie pozwoliłbym mu robić mi wyrzutów za spędzenie nocy z moją ukochaną. Tą, którą właśnie mi odbierał.

Jednak on odwrócił się tylko i wyszedł bez słowa.

Następne pół godziny minęło w okamgnieniu. Po raz ostatni rozejrzałem się po pokoju. Zarzuciłem plecak na ramię, zawiesiłem na szyi aparat i wyszedłem.

Państwo Litchfield stali na naszym podjeździe, Ida i Savannah ściskały moich rodziców na pożegnanie.

Widząc, że jestem na werandzie, wszyscy podeszli do schodków, by i mnie uściskać.

Dziewczynki podbiegły do mnie i rzuciły się, by objąć mnie w pasie. Poczochrałem je po głowach. Gdy małe się odsunęły, usłyszałem dźwięk otwieranych drzwi. Uniosłem głowę i zobaczyłem biegnącą Poppy. Miała mokre włosy, najwyraźniej wyszła dopiero spod prysznica. Wyglądała przepięknie. Pędziła, patrząc tylko na mnie.

Zatrzymała się na krótką chwilę na naszym podjeździe, aby uściskać moich rodziców i Altona. Następnie odwróciła się twarzą do mnie. Moi rodzice wsiedli do samochodu, a rodzice Poppy wraz z córkami wrócili do siebie, dając nam czas. Natychmiast porwałem dziewczynę w ramiona. Tuliłem ją mocno, zaciągając się słodkim zapachem jej włosów.

Chwyciłem ją za podbródek, odchyliłem jej głowę i pocałowałem po raz ostatni. Z całą miłością, którą miałem w sercu.

Kiedy odsunęliśmy się od siebie, Poppy powiedziała przez łzy:

– Pocałunek numer trzysta pięćdziesiąt sześć. Z moim Runem przed jego domem… przed wyjazdem.

Zamknąłem oczy. Nie mogłem znieść bólu malującego się na jej twarzy – ja również go czułem.

– Synu? – Spojrzałem nad ramieniem Poppy na ojca. – Musimy jechać – powiedział przepraszającym tonem.

Poppy zacisnęła palce na mojej koszulce. Wielkie zielone oczy błyszczały od łez, wydawało się, że próbuje zapamiętać każdy szczegół mojej twarzy. Zabrałem ręce, uniosłem aparat i pstryknąłem zdjęcie.

Uchwyciłem tę wyjątkową chwilę. Moment, w którym pękło jej serce.

Idąc do samochodu, czułem, jakby moje stopy ważyły tonę. Kiedy wsiadałem na tylne siedzenie, nie próbowałem nawet powstrzymywać łez. Wpatrywałem się w stojącą obok samochodu Poppy. Widziałem jej mokre włosy rozwiewane wiatrem, gdy machała na pożegnanie, obserwując, jak ruszamy.

Ojciec uruchomił silnik. Opuściłem szybę. Wyciągnąłem rękę, którą chwyciła Poppy. Gdy po raz ostatni spojrzałem jej w twarz, powiedziała:

– Zobaczysz mnie w snach.

– Zobaczę cię w snach – odparłem szeptem i niechętnie puściłem jej dłoń, gdy ojciec wyjechał na ulicę. Spoglądałem na moją Poppy przez tylną szybę, patrzyłem, jak macha... Wreszcie zniknęła mi z zasięgu wzroku.

Zatrzymałem ten obraz w pamięci.

Przyrzekłem sobie, że zachowam go, póki ponownie nie wrócę do domu.

Póki ponownie się nie przywitamy.

4
CISZA

Rune
Oslo, Norwegia

Dzień później znajdowałem się już w Oslo. Oddzielał mnie od Poppy ocean.

Przez dwa kolejne miesiące rozmawialiśmy codziennie. Próbowałem się cieszyć, że możemy pobyć ze sobą przynajmniej w taki sposób, ale z każdym dniem bez niej wściekłość rosła we mnie coraz bardziej. Nienawiść do ojca była jeszcze większa. Wreszcie coś we mnie pękło i stałem się w środku pusty. Nie chciałem przyjaźnić się z nikim w szkole. Nie miałem ochoty w nic się angażować, by ponownie nie zacząć czuć się w tym miejscu jak w domu.

Mój dom był w Georgii.

Tam, gdzie była Poppy.

Moja dziewczyna, jeśli w ogóle coś zauważyła, nie mówiła nic o zmianie mojego nastroju. Miałem nadzieję, że dobrze to ukrywam. Nie chciałem jej martwić.

Jednak pewnego dnia przestała odbierać ode mnie telefony, nie odpisywała na e-maile czy SMS-y.

Dała sobie ze mną spokój.

Po prostu zniknęła.

Nie napisała nawet słowa, nie zostawiła żadnego śladu.

Odeszła ze szkoły. Wyjechała z miasta.

Cała jej rodzina zniknęła bez wyjaśnienia.

Poppy na dwa lata zostawiła mnie po drugiej stronie Atlantyku, bym zastanawiał się, co się z nią stało. Bym rozważał, gdzie może być. Bym myślał, czy nie zrobiłem czegoś nie tak. Bym uznał, że w noc przed wyjazdem zbyt wiele od niej wymagałem.

Był to drugi moment, który naznaczył moje życie.

Życie bez Poppy.

Nie było po wsze czasy.

Nie było na wieki wieków.

Nie było już nic.

5
DAWNI KOCHANKOWIE DZIŚ ZUPEŁNIE OBCY

Poppy
Blossom Grove, Georgia
Dzień obecny
Wiek: siedemnaście lat

– Wraca.
Zaledwie jedno słowo. Pojedynczy wyraz, który wywrócił moje życie do góry nogami. Przerażający zlepek liter. *Wraca.*
Przyciskając książkę do piersi, wpatrywałam się w Jorie, moją najbliższą przyjaciółkę. Serce waliło mi jak młotem, a żołądek ściskał się z nerwów.
– Co powiedziałaś? – szepnęłam, ignorując otaczających nas na korytarzu, spieszących na lekcje uczniów.
Jorie położyła dłoń na moim ramieniu.
– Dobrze się czujesz, Poppy?
– Tak – odparłam słabo.
– Na pewno? Zbladłaś. Wyglądasz, jakby coś ci było.
Zaprzeczyłam, starając się, by zabrzmiało to przekonująco, i zapytałam:
– Kto... Kto ci powiedział, że wraca?
– Judson i Deacon – odparła. – Miałam z nimi lekcję. Mówili, że firma przenosi tu znów jego ojca. – Wzruszyła ramionami. – Tym razem na stałe.

Przełknęłam ślinę.

– Do tego samego domu?

Jorie skrzywiła się, ale przytaknęła.

– Przykro mi, Pops.

Zamknęłam oczy i wzięłam uspokajający wdech. Ponownie miał być moim sąsiadem... Jego pokój znów miał znajdować się naprzeciw mojego.

– Poppy? – odezwała się Jorie. Otworzyłam oczy. Patrzyła na mnie ze współczuciem. – Na pewno nic ci nie jest? Sama jesteś tu dopiero od kilku tygodni. Wiem, że widok Rune'a będzie...

Posłałam jej wymuszony uśmiech.

– Nic mi nie będzie, Jor. Jesteśmy dla siebie obcy. Dwa lata to strasznie długo, a przez cały ten czas nie zamieniliśmy nawet słowa.

Jorie zmarszczyła czoło.

– Pops...

– Nic mi nie będzie – powtórzyłam, unosząc rękę. – Muszę iść na lekcję.

Odsunęłam się od niej, a w mojej głowie zakiełkowało sporo pytań. Spojrzałam przez ramię na Jorie, jedyną osobę, z którą przez dwa lata utrzymywałam kontakt. Podczas gdy wszyscy w mieście myśleli, że wyjechaliśmy stąd, by zaopiekować się chorą ciotką mamy, jedynie Jorie znała prawdę.

– Kiedy? – zapytałam, gdy już zebrałam się na odwagę.

Twarz dziewczyny złagodniała, gdy przyjaciółka uzmysłowiła sobie, o co pytam.

– Dzisiaj, Pops. Będzie tu wieczorem. Judson i Deacon organizują imprezkę na łące, by go przywitać. Wszyscy się wybierają.

Jej słowa raniły moje serce jak sztylety. Nie zaproszono mnie, ale przecież i tak bym nie poszła. Wyjechałam z Blossom Grove bez słowa wyjaśnienia. Kiedy wróciłam do szkoły, bez Rune'a stałam się tym, za kogo zawsze mnie brano – niewidzialną w tłumie popularnych dzieciaków dziwaczką, która nosiła kokardy i grała na wiolonczeli.

Nikt – z wyjątkiem Jorie i Ruby – nawet nie zapytał, dlaczego wyjechałam.

– Poppy? – ponownie zagadnęła przyjaciółka.

Zamrugałam, wracając do rzeczywistości, i zauważyłam, że korytarz niemal się wyludnił.

– Lepiej idź do klasy, Jor.

Zbliżyła się o krok.

– Dasz sobie radę, Pops? Martwię się.

Parsknęłam oschłym śmiechem.

– Bywało gorzej.

Zwiesiłam głowę i poczłapałam do sali, nie chcąc oglądać, jak na twarzy przyjaciółki pojawia się współczucie czy litość. Weszłam do klasy i zajęłam swoje miejsce, gdy nauczyciel zaczynał wykład.

Gdyby ktoś zapytał mnie później, o czym mówił, nie potrafiłabym odpowiedzieć. Przez pięćdziesiąt minut myślałam wyłącznie o dniu, w którym po raz ostatni widziałam Rune'a. O czasie, gdy po raz ostatni mnie tulił i po raz ostatni całował. O nocy, gdy się ze mną kochał. Przed oczami miałam jego piękną twarz, w którą wpatrywałam się, gdy znikał z mojego życia.

Zastanawiałam się, jak Rune wygląda teraz. Zawsze był wysoki i dobrze zbudowany, miał szerokie ramiona...

Jednak przez ostatnie dwa lata mógł całkowicie się zmienić. Sama byłam tego przykładem.

Rozmyślałam o tym, czy jego oczy nadal w pełnym słońcu były krystalicznie niebieskie. Czy nadal miał długie włosy i czy wciąż co chwilę zakładał je za uszy tym ruchem, któremu nie można było się oprzeć i który fascynował wszystkie dziewczyny.

Przez krótką chwilę zadawałam sobie też pytania, czy wciąż myśli o mnie – o swojej sąsiadce. Czy kiedykolwiek zastanawiał się, co robię w danym momencie. Czy wspominał tamtą noc. Naszą noc. Najwspanialszą noc w moim życiu.

W mojej głowie szybko pojawiły się mroczne myśli. Wyobrażenia, od których robiło mi się niedobrze… Czy w ciągu minionych dwóch lat całował inne dziewczyny? Czy komukolwiek oddał swoje usta, choć obiecał, że na zawsze będą tylko moje?

A może, co gorsza, kochał się z inną?

Z zamyślenia wyrwał mnie przenikliwy dźwięk szkolnego dzwonka. Wstałam i wyszłam na korytarz. Byłam wdzięczna, że to ostatnia z moich dzisiejszych lekcji.

Odczuwałam zmęczenie, wszystko mnie bolało. Najbardziej serce, ponieważ wiedziałam, że wieczorem w domu obok znajdzie się Rune. Jutro zastanę go w szkole i nie będę mogła z nim rozmawiać. Nie będę mogła go dotykać ani się do niego uśmiechać, o czym marzyłam, odkąd przestałam odbierać jego telefony. Nie będę mogła już całować jego słodkich ust.

Będę musiała trzymać się od niego z daleka.

Żołądek ścisnął mi się na myśl, że prawdopodobnie nie zależy mu już na mnie. Nie po tym, jak odsunęłam go od siebie bez żadnego wyjaśnienia.

Wyszłam z budynku i odetchnęłam głęboko chłodnym, rześkim powietrzem. Natychmiast poczułam się lepiej. Założyłam przycięte na krótkiego boba włosy za uszy, ale gest ten nie był naturalny. Tęskniłam za moimi długimi kosmykami.

Idąc do domu, uśmiechałam się do błękitnego nieba i ptaków przelatujących wśród koron drzew. Przyroda uspokajała mnie, zawsze tak było.

Gdy uszłam zaledwie kilkaset metrów, zauważyłam samochód Judsona i stojących obok niego dawnych kolegów Rune'a. Wśród grupy chłopaków wyróżniała się jedna z koleżanek. Avery. Spuściłam głowę, starając się przejść obok nich niezauważona, ale zawołała mnie po imieniu. Zatrzymałam się i zmusiłam, by na nią spojrzeć. Dziewczyna odepchnęła się od samochodu, o który się opierała, i ruszyła w moim kierunku. Deacon próbował ją zatrzymać, ale ona mu się wyrwała. Po jej minie odgadłam, że nie miała zamiaru być dla mnie miła.

– Słyszałaś? – zapytała z uśmiechem. Była piękna. Kiedy wróciłam do miasta, nie mogłam uwierzyć, że tak wyładniała. Jej makijaż zawsze był nienaganny, a długie blond włosy idealnie uczesane. Miała wszystko to, co podobało się chłopakom, i co pragnęły mieć wszystkie dziewczyny.

Założyłam włosy za uszy, jak miałam w zwyczaju, gdy się denerwowałam.

– Co słyszałam? – zapytałam, wiedząc oczywiście, o co jej chodziło.

– Wieści o Runie. Wraca do Blossom Grove.

W jej niebieskich oczach pojawił się błysk szczęścia. Odwróciłam wzrok, nie chcąc okazywać emocji, i pokręciłam głową.

– Nie, Avery, nic nie słyszałam. Sama niedawno wróciłam.

Widziałam, jak Ruby – dziewczyna Deacona – podchodzi do samochodu, a Jorie idzie za nią. Kiedy zobaczyły, że rozmawiam z Avery, pospieszyły do nas. Uwielbiałam je. Obie. Tylko Jorie wiedziała, co się ze mną działo, gdy wyjechałam. Jednak Ruby od chwili mojego powrotu zachowywała się tak, jakbym w ogóle nie zniknęła. Zrozumiałam, że były moimi prawdziwymi przyjaciółkami.

– Co się tu dzieje? – zapytała od niechcenia Ruby, chociaż w jej głosie dało się słyszeć troskę.

– Pytałam Poppy, czy słyszała już, że Rune wraca dzisiaj do Blossom Grove – odparła cierpko Avery.

Ruby przyjrzała mi się z ciekawością.

– Nie wiedziałam – powiedziałam jej.

Ruby uśmiechnęła się do mnie smutno.

Deacon stanął za swoją dziewczyną i położył rękę na jej ramieniu. Skinął mi głową na powitanie.

– Cześć, Pops.

– Cześć – odpowiedziałam.

Deacon zwrócił się do Avery:

– Ave, Rune nie rozmawiał z Poppy od lat, mówiłem ci. Są dla siebie obcy. Oczywiste więc, że nie wiedziała nic o jego powrocie. Dlaczego miałby jej w ogóle o tym mówić?

Wiedziałam, że Deacon nie chciał być wobec mnie okrutny. Jednak to wcale nie oznaczało, że jego słowa nie zakłuły mnie mocno w serce. Teraz już wiedziałam – wiedziałam, że Rune nigdy się już do mnie nie odezwie. Było jasne, że pozostał w kontakcie z Deaconem. Zrozumiałam, że w tej chwili nic dla niego nie znaczyłam, że o mnie nie wspominał.

Avery wzruszyła ramionami.

– Tak się tylko zastanawiałam. Do jego wyjazdu byli nierozłączni.

Widząc, że nadarza się okazja, by uciec od dalszej rozmowy, pomachałam im.

– Muszę już iść. – Odwróciłam się szybko i pospieszyłam do domu. Postanowiłam skrócić sobie drogę, idąc przez park i wiśniowy sad. Gdy przechodziłam pośród drzew, które nie miały na gałęziach liści, ogarnął mnie smutek.

Konary były puste. Czułam się podobnie. Nagie drzewa tęskniły zapewne za czymś, co by je dopełniało. Jednak, bez względu na starania, musiały czekać na to aż do wiosny.

Taki był po prostu świat.

Kiedy dotarłam do celu, zastałam mamę w kuchni. Ida i Savannah siedziały przy stole, odrabiając lekcje.

– Cześć, kochanie – powiedziała mama. Podeszłam do niej i przytuliłam ją, ściskając w talii nieco mocniej niż zazwyczaj.

Uniosła głowę i popatrzyła na mnie ze zmartwieniem.

– Co się stało?

– Jestem tylko zmęczona. Pójdę się położyć.

Nie dała się nabrać.

– Na pewno? – zapytała, dotykając mojego czoła, by sprawdzić temperaturę.

– Tak – zapewniłam, odsuwając jej rękę i całując w policzek.

Poszłam do swojego pokoju i zagapiłam się w okno Kristiansenów. Było takie samo jak w dniu, w którym cała rodzina wyjechała do Oslo.

Nie sprzedali domu. Pani Kristiansen powiedziała mamie, że wiedzieli, iż wrócą, więc chcieli go zatrzymać. Uwielbiali zarówno okolicę, jak i te cztery ściany. Co jakiś czas firma sprzątająca zajmowała się porządkami i naprawami, by wszystko było gotowe na powrót rodziny.

Jednak dzisiaj odsunięto zasłony i otwarto okna, by przewietrzyć mieszkanie. Najwyraźniej firma od rana przygotowywała dom na przyjazd sąsiadów, powitania których się obawiałam.

Zaciągnęłam własne zasłony, które zamontował mi tata, gdy wróciliśmy tu kilka tygodni temu. Położyłam się na łóżku i zamknęłam oczy. Nienawidziłam nieustannego zmęczenia. Z natury byłam ruchliwa, uważałam sen za stratę czasu, bo przecież zamiast spać mogłam odkrywać świat, przeżywać przygody i tworzyć wspomnienia.

Jednak w tej chwili nie miałam wyboru.

Zasypiając, wyobrażałam sobie Rune'a, miałam jego twarz przed oczami. To o nim śniłam niemal każdej nocy. W snach byłam bezpieczna w jego ramionach, całowałam jego usta, słuchałam, jak mówi, że mnie kocha.

Nie wiem, jak długo spałam, ale kiedy się obudziłam, usłyszałam warkot zbliżającej się ciężarówki. Z drugiej strony dochodził głośny stukot oraz dźwięk znajomych głosów.

Usiadłam i przetarłam zaspane oczy. Zrozumiałam, co się dzieje.

Był tutaj.

Moje serce natychmiast przyspieszyło. Biło za szybko. Złapałam się za nie w obawie, że wyskoczy mi z piersi.

Był tutaj.

Był tutaj.

Wstałam i podeszłam do zaciągniętych zasłon. Przysunęłam twarz do okna, by lepiej słyszeć, co się dzieje. W zgiełku rozpoznałam zarówno znajome głosy moich rodziców, jak i państwa Kristiansenów.

Uśmiechając się, wyciągnęłam rękę, by odsłonić okno, jednak nie zrobiłam tego. Nie chciałam, by mnie widzieli. Cofnęłam się i pobiegłam na górę, do gabinetu taty. Znajdowało się tu drugie w całym domu okno wychodzące na posiadłość sąsiadów. W tym miejscu mogłam wszystko obserwować, sama pozostając niezauważona. W cieniu, z dala od słonecznych promieni.

Stanęłam po lewej stronie, w razie gdyby ktoś jednak spojrzał w górę. Ponownie uśmiechnęłam się na widok rodziców Rune'a. Niemal nic się nie zmienili. Pani Kristiansen była jak zawsze piękna. Miała tylko krótsze włosy. Oprócz tego nie zauważyłam w jej wyglądzie żadnej metamorfozy. Pan Kristiansen posiwiał i wydało mi się, że nieznacznie schudł.

Z ich domu wybiegł chłopiec o jasnych włosach. Zakryłam usta dłonią, uświadamiając sobie, że to mały Alton. Wyliczyłam szybko, że musi mieć w tej chwili cztery lata. Bardzo urósł. Miał włosy zupełnie jak jego brat, długie i proste. Ścisnęło mi się serce. Wyglądał dokładnie tak, jak mały Rune.

Przyglądałam się, jak firma zajmująca się przeprowadzkami uwija się ze wszystkim, jednak nigdzie nie było widać mojego dawnego przyjaciela.

W końcu moi rodzice wrócili do domu, jednak ja pozostałam przy oknie, czekając cierpliwie, aż pojawi się chłopak, który od tak dawna był całym moim światem.

Minęła godzina. Nastał wieczór, a ja zaczynałam tracić nadzieję, że zobaczę Rune'a. Gdy już miałam wyjść z gabinetu taty, zobaczyłam ruch za domem Kristiansenów.

Każdy mięsień mojego ciała pozostawał napięty, kiedy w ciemności ukazał się niewielki płomyk. Biały obłoczek dymu uleciał w powietrze nad trawnikiem łączącym nasze domy. Na początku nie byłam pewna, co to ma znaczyć. Jednak po chwili z cienia wyłoniła się wysoka, odziana na czarno postać.

Gdy człowiek ten stanął w świetle ulicznej latarni, moje płuca przestały przyjmować powietrze. Miał skórzaną kurtkę motocyklową, czarną koszulkę, czarne wąskie jeansy, zamszowe buty... i długie, jasne włosy.

Wpatrywałam się ze ściśniętym gardłem, jak chłopak o szerokich ramionach i niesłychanie wysokiej sylwetce unosi rękę i zakłada za uszy blond kosmyki.

Moje serce zgubiło rytm, ponieważ znałam ten gest. Znałam tę mocną szczękę. Znałam go. Znałam go tak dobrze, jak samą siebie.

Rune.

Mój Rune.

Z jego ust ponownie uleciała chmurka dymu, jednak minęła dłuższa chwila, nim uświadomiłam sobie, co tak naprawdę widzę.

Palił.

Rune palił papierosa. Wcześniej nigdy nie tknąłby tytoniu. Babcia paliła przez całe życie i zmarła przedwcześnie na raka płuc. Obiecaliśmy sobie, że nigdy nie sięgniemy po to świństwo.

Najwyraźniej złamał tę obietnicę.

Przyglądałam się, jak się zaciąga i po raz trzeci w ciągu kilku minut zakłada włosy za uszy, ale w pewnym momencie gwałtownie ścisnął mi się żołądek. Rune uniósł głowę w kierunku światła, wydmuchując dym w chłodne wieczorne powietrze.

Zatem wrócił. Siedemnastoletni Rune Kristiansen, który był piękniejszy, niż mogłam to sobie wyobrazić. Jego oczy pozostały krystalicznie niebieskie. Jego twarz, niegdyś chłopięca, teraz całkowicie zapierała dech. Przed dwoma laty żartowałam, że jest przystojny niczym nordycki bóg. Przypatrując się teraz jego obliczu, miałam pewność, że był po stokroć atrakcyjniejszy.

Nie potrafiłam oderwać od niego wzroku.

Skończył palić i rzucił niedopałek na ziemię. Żar znikał stopniowo w krótkiej trawie. Z zapartym tchem czekałam, co chłopak zrobi dalej. Na werandzie stanął jego tata i powiedział coś do syna.

Zauważyłam, jak Rune spiął się natychmiast, gdy spojrzał na ojca. Nie rozumiałam, co mówili, jednak słyszałam, że głos Rune'a był wyraźnie podniesiony. Chłopak agresywnie zwrócił się do ojca po norwesku.

Starszy mężczyzna zwiesił głowę i pokonany wrócił do domu. Najwyraźniej zraniły go słowa syna. Kiedy pan Kristiansen odchodził, chłopak wyprostował środkowy palec, opuszczając rękę dopiero wtedy, gdy drzwi domu zamknęły się z hukiem.

Patrzyłam zszokowana. Chłopak, którego niegdyś tak dobrze znałam, stał się kimś obcym. Gdy Rune przechodził trawnikiem łączącym nasze domy, poczułam rozczarowanie i smutek. Był poirytowany. Niemal mogłam wyczuć bijącą od niego wściekłość.

Moja największa obawa właśnie się urzeczywistniła: chłopak, którego znałam, przestał istnieć.

Wciąż nie mogłam w to uwierzyć. Zamarłam, gdy zatrzymał się i spojrzał w okno mojego pokoju, który znajdował się w miejscu dokładnie pode mną. W ogrodzie powiał wiatr, uniósł jasne włosy chłopaka... Przez sekundę w jego oczach dostrzegłam niesamowity ból oraz silne pragnienie. Wyraz skrzywionej twarzy skierowanej w moje okno uderzył we mnie mocniej, niż zrobiłby to pociąg. W tym zagubionym spojrzeniu odnalazłam mojego Rune'a.

Tego, którego mogłam rozpoznać.

Podszedł do mojego okna. Przez chwilę myślałam, że spróbuje przez nie wejść, jak robił to przed laty, ale on nagle zatrzymał się i zacisnął dłonie w pięści. Zamknął oczy i ściągnął usta tak mocno, że z miejsca, w którym stałam, mogłam zauważyć, jak pracują mięśnie na napiętym policzku.

Po chwili odwrócił się na pięcie i odszedł w kierunku swojego domu, najwyraźniej zmieniwszy zdanie. Zostałam w oknie, ukryta w cieniu gabinetu. To, czego byłam świadkiem, tak mocno mnie zszokowało, że nie mogłam się ruszyć.

W pokoju Rune'a zapaliło się światło. Widziałam, jak chłopak chodzi po pomieszczeniu, zbliża się do okna i siada na parapecie. Otworzył okno i odpalił kolejnego papierosa, wydmuchując dym na zewnątrz.

Niedowierzając, pokręciłam głową. Drzwi gabinetu otworzyły się i stanęła za mną mama. Kiedy wyjrzała przez okno, już wiedziała, o co chodzi.

Przyłapana na gorącym uczynku poczułam, że się rumienię. Wreszcie mama powiedziała:

– Adelis mówi, że Rune nie jest już chłopcem, którego znaliśmy. Mówiła, że od powrotu do Oslo sprawiał im jedynie kłopoty. Jej mąż jest załamany i nie wie, co robić. Naprawdę się cieszą, że firma przeniosła tu Erika. Chcą odsunąć Rune'a od złego towarzystwa, w jakie wpadł w Norwegii.

Ponownie spojrzałam na sąsiada. Wyrzucił papierosa na trawę i oparł głowę o szybę. Wpatrywał się tylko w jeden punkt – w okno mojej sypialni.

Kierując się do wyjścia z gabinetu, mama położyła dłoń na moim ramieniu.

– Może to jednak dobrze, że zerwałaś z nim kontakt, kochanie. Usłyszałam to wszystko od jego matki i nie wydaje mi się, że byłby w stanie poradzić sobie z tym, przez co musiałaś przejść.

Łzy napływały mi do oczu, gdy zastanawiałam się, dlaczego taki się stał. Dlaczego zmienił się w kogoś obcego. Odcięłam się od świata, by oszczędzić mu bólu.

By mógł wieść spokojne życie. Świadomość, że gdzieś w Norwegii żyje chłopak z sercem pełnym światła, ułatwiała mi codzienną egzystencję.

Jednak fantazja ta legła w gruzach, gdy zobaczyłam sobowtóra Rune'a.

Jego światło było przygaszone, w ogóle nie błyszczało. Było zacienione, skąpane w mroku. Wydało mi się, że chłopak, którego niegdyś kochałam, gdzieś w odległej Norwegii zagubił samego siebie.

Pod domem sąsiadów zaparkował Deacon. Widziałam, że w dłoni Rune'a rozjaśnił się ekran komórki. Chłopak powoli przeszedł przez pokój i wyszedł na werandę. Niedbałym, nonszalanckim krokiem zbliżył się do Deacona i Judsona, którzy wysiedli z samochodu. Poklepali Rune'a po plecach na powitanie.

Serce mi pękło, gdy z tylnego siedzenia wysiadła Avery i uściskała mocno Rune'a. Miała na sobie kusą spódniczkę i top z dekoltem podkreślające jej idealną figurę. Rune nie odpowiedział uściskiem. Jednak to nie ukoiło mojego bólu. Avery i Rune stojący obok siebie wyglądali idealnie. Oboje wysocy. Oboje z włosami blond. Oboje piękni.

Wszyscy wrócili do samochodu. Rune wsiadł ostatni, z przodu. Odjechali niespiesznie i zniknęli mi z oczu.

Westchnęłam, przyglądając się niknącym w mroku tylnym światłom auta. Kiedy ponownie spojrzałam na dom Kristiansenów, zauważyłam, że tata Rune'a stoi na werandzie, zaciskając palce na barierce. Patrzył w kierunku, w którym właśnie odjechał jego syn. Chwilę później mężczyzna uniósł głowę, spojrzał w okno gabinetu i uśmiechnął się ze smutkiem.

Zobaczył mnie.

Pomachał mi przelotnie. Gdy odmachałam, zauważyłam niesamowity smutek malujący się na jego twarzy.

Wyglądał, jakby był zmęczony.

Jakby cierpiał.

Jakby tęsknił za swoim synem.

Wróciłam do swojego pokoju, położyłam się na łóżku i wzięłam do rąk swoje ulubione zdjęcie. Wpatrywałam się w pięknego chłopaka i uśmiechniętą dziewczynę patrzących na siebie. Zakochanych. Zastanawiało mnie, co stało się w ciągu ostatnich dwóch lat, że Rune aż tak się buntował i był tak niespokojny.

Rozpłakałam się.

Płakałam nad chłopakiem, który był moim słońcem.

Opłakiwałam chłopaka, którego kochałam niegdyś całym sercem.

Opłakiwałam Poppy i Rune'a – piękny związek, który spotkała nagła śmierć.

6
ZATŁOCZONE KORYTARZE I PĘKNIĘTE SERCA

Poppy

– Na pewno dobrze się czujesz? – zapytała mama, głaszcząc mnie po ręce. Zatrzymała samochód.
Uśmiechnęłam się i skinęłam głową.
– Tak, mamo, wszystko w porządku.
Miała zaczerwienione oczy, w których wzbierały łzy.
– Poppy, kochanie. Jeśli nie chcesz, nie musisz iść dzisiaj do szkoły.
– Mamo, uwielbiam się uczyć. Chcę tu być. – Wzruszyłam ramionami. – Poza tym na piątej lekcji mam historię, a wiesz, że ją kocham. To moje ulubione zajęcia.
Mama posłała mi wymuszony uśmiech i otarła oczy.
– Jesteś zupełnie jak twoja babcia. Uparta jak osioł, zawsze potrafisz dostrzec słońce wychodzące zza chmur. Gdy codziennie patrzę w twoje oczy, widzę ją.
Poczułam, jak w mojej piersi rozchodzi się ciepło.
– Dzięki temu jestem naprawdę szczęśliwa, mamo. Mówiłam szczerze – wyznałam.
Oczy mamy ponownie wypełniły się łzami, więc przegoniła mnie z samochodu, podając mi wcześniej informację od lekarza.
– Masz, zanieś do sekretariatu.
Wzięłam kartkę, ale nim zamknęłam drzwi, pochyliłam się i powiedziałam:

– Kocham cię, mamo. Całym sercem.

Mama spojrzała na mnie, a na jej twarzy zagościło słodko-gorzkie szczęście.

– Też cię kocham, Pops. Całym sercem.

Zamknęłam drzwi i odwróciłam się w kierunku szkoły. Gdy przyjeżdżałam tak późno, zawsze czułam się dziwnie. Miejsce wyglądało na spokojne i ciche, jakby niedawno przeszedł tu jakiś kataklizm. Ta atmosfera stanowiła całkowite przeciwieństwo gwaru, który panował podczas lunchu, czy szaleństwa, które między lekcjami wypełniało korytarze.

Skierowałam się do sekretariatu, by zanieść pani Greenway wiadomość od lekarza. Kobieta, wręczając mi przepustkę na poruszanie się po szkole, zapytała:

– Jak się czujesz, skarbie? Trzymasz się, prawda?

Uśmiechając się do jej przyjaznej twarzy, odparłam:

– Tak, proszę pani.

Puściła do mnie oko, rozśmieszając mnie.

– Moja dziewczynka.

Spojrzałam na zegarek i uświadomiłam sobie, że moja lekcja trwa dopiero od piętnastu minut. By nie tracić więcej czasu, przemierzałam korytarze tak szybko, jak tylko było to możliwe. Wybiegłam przez podwójne drzwi. Udało mi się dotrzeć do szafki w rekordowym tempie. Otworzyłam drzwiczki i wyciągnęłam książki do literatury, których potrzebowałam na lekcji.

Usłyszałam, że drzwi na końcu krótkiego korytarza otwierają się, jednak nie spojrzałam w tamtą stronę. Gdy miałam wszystko, co było mi potrzebne, zamknęłam szafkę łokciem. Walcząc z naręczem książek, udałam się do klasy. W pewnej chwili uniosłam głowę i zamarłam.

Byłam pewna, że zarówno serce, jak i płuca przestały mi pracować. Dwa i pół metra ode mnie stał – jakby przyklejony do podłogi – Rune. Wysoki, dobrze zbudowany Rune.

Wpatrywał się we mnie. Więziło mnie spojrzenie jego kryształowobłękitnych oczu. Nawet gdybym chciała, nie potrafiłabym odwrócić wzroku.

Wreszcie zdołałam sobie przypomnieć, jak się oddycha, i moje płuca napełniły się tlenem. Moje serce, niby pobudzone rozrusznikiem, zaczęło bić pospiesznie w reakcji na intensywne spojrzenia chłopaka. Chłopaka, którego – będąc ze sobą całkowicie szczera – nadal kochałam. Bardziej niż kogokolwiek innego na świecie.

Rune ubrany był jak zwykle. Miał czarną opiętą koszulkę, czarne wąskie jeansy i zamszowe buty. Jednak jego ręce stały się masywniejsze, brzuch był teraz płaski, szczuplejszy, biodra wąskie. Uniosłam spojrzenie do twarzy chłopaka i wszystko przewróciło mi się w żołądku. Myślałam, że wczoraj, gdy stał w świetle ulicznej lampy, udało mi się w pełni dostrzec jego urodę. Jednak myliłam się.

Starszy i dojrzalszy, był z pewnością najpiękniejszą istotą, jaką kiedykolwiek widziałam. Miał mocną szczękę, która perfekcyjnie podkreślała jego skandynawskiej urody twarz. Jego kości policzkowe były dość widoczne, jednak nie przypominały kobiecych – skórę znaczył jasny, krótki zarost. Spostrzegłam, że brwi w niezmiennym odcieniu ciemnego blondu wciąż pozostawały ściągnięte nad jasnoniebieskimi oczami o migdałowym kształcie.

Oczami, których nie mogłam zapomnieć, mimo że dzieliło nas sześć i pół tysiąca kilometrów, i upłynęły dwa lata.

Jednak spojrzenie, które właśnie krzyżowało się z moim, nie należało do Rune'a, którego znałam. Pełne było oskarżeń i nienawiści. Te obce oczy raziły mnie nieskrywaną pogardą.

Przełknęłam ból, który ściskał mi gardło, wywołany przez ten piorunujący wzrok. Kiedy Rune mnie kochał, nieustannie wypełniało mnie ciepło. Kiedy nienawidził, stałam na szczycie arktycznej góry lodowej.

Mijały minuty, a żadne z nas się nie poruszyło. Powietrze między nami zdawało się iskrzyć. Widziałam, jak Rune zaciska dłonie w pięści. Wydawało się, że walczy w myślach sam ze sobą. Zastanawiałam się, na czym polegała ta walka. Jego twarz wciąż miała ostry wyraz. Nagle za plecami chłopaka otworzyły się drzwi i na korytarz wyszedł dyżurny William.

Spojrzał na Rune'a i na mnie. Nadarzyła się więc świetna okazja, by przerwać tę niezręczną chwilę. Musiałam zebrać myśli.

William odchrząknął.

– Mogę zobaczyć wasze przepustki?

Skinęłam głową. Balansując książkami na uniesionym kolanie, wręczyłam mu karteczkę, ale Rune wepchnął swoją wcześniej.

Nie zareagowałam na jego chamstwo.

William sprawdził najpierw jego przepustkę. Rune spóźnił się, ponieważ poszedł jeszcze odebrać plan zajęć. Dyżurny oddał mu świstek, mimo to chłopak nadal nie ruszał się z miejsca. William wziął moją przepustkę. Spojrzał na mnie i powiedział:

– Mam nadzieję, że wkrótce wyzdrowiejesz, Poppy.

Zbladłam, zastanawiając się, skąd wiedział, ale szybko uświadomiłam sobie, że na druku zaznaczono wizytę u lekarza. William po prostu był dla mnie uprzejmy. Nic nie wiedział.

– Dziękuję – powiedziałam zdenerwowana, niepewnie unosząc głowę. Rune wciąż mi się przyglądał, tym razem jego czoło znaczyły zmarszczki. Rozpoznałam tę minę. Martwił się. Gdy tylko jednak zorientował się, że na niego patrzę i widzę jego emocje, troska pospiesznie przekształciła się we wcześniejszy grymas.

Rune Kristiansen był zbyt przystojny, by tak się krzywić. Tak piękną twarz nieustannie powinien zdobić uśmiech.

– Idźcie na lekcje – powiedział William, ściągając mnie do rzeczywistości. Wyminęłam ich i poszłam do drzwi. Kiedy tylko skręciłam w kolejny korytarz, obejrzałam się za siebie i zauważyłam, że Rune wciąż wpatruje się we mnie przez szybę.

W reakcji na jego intensywne spojrzenie zaczęły mi się trząść ręce. Nagle chłopak ruszył z miejsca, niemal zmusił się do tego, by zostawić mnie w spokoju.

Poczekałam kilka sekund, by się uspokoić, i weszłam do sali.

Godzinę później nadal byłam roztrzęsiona.

***

Minął tydzień. Siedem dni, w ciągu których za wszelką cenę unikałam Rune'a. Zostawałam w sypialni dotąd, dopóki nie miałam pewności, że nie było go w domu. Na wszelki wypadek zamykałam i zasłaniałam okno pokoju. W szkole widziałam chłopaka kilka razy. Albo mnie wtedy ignorował, albo piorunował wzrokiem, jakbym była jego najgorszym wrogiem.

Bolało równie mocno.

Podczas przerw na lunch trzymałam się jak najdalej od stołówki. Jadłam w sali muzycznej, gdzie spędzałam czas, ćwicząc grę na wiolonczeli. Muzyka wciąż była moją oazą spokoju, dzięki niej mogłam uciec przed światem.

Kiedy smyczek dotykał strun, zatapiałam się w morzu tonów i nut. Znikał wszelki ból i smutek, których doświadczałam przez ostatnie dwa lata. Samotność, gniew i łzy ulatniały się, pozostawiając spokój, którego nie potrafiłam odnaleźć nigdzie indziej.

Po okropnym spotkaniu z Runem na korytarzu w zeszłym tygodniu musiałam od tego wszystkiego uciec. Musiałam zapomnieć o tych oczach, które spoglądały na mnie z tak wielką nienawiścią. Muzyka zawsze była dla mnie lekarstwem, więc poświęciłam czas na ćwiczenia. Problem polegał na tym, że za każdym razem, gdy kończyłam jakiś utwór, gdy tylko wybrzmiewała ostatnia nuta i odsuwałam smyczek od strun, ból powracał. I nie chciał odejść. Nie inaczej było dzisiejszego dnia – kiedy na przerwie skończyłam ćwiczenia, smutek prześladował mnie do końca lekcji. Tkwił w moim umyśle, gdy wychodziłam ze szkoły.

Wszyscy wybierali się do domów. Podwórze pełne było uczniów. Przepychałam się między nimi ze zwieszoną głową, ale wychodząc zza rogu, zobaczyłam Rune'a siedzącego z kolegami na ławce w parku. Jorie i Ruby też z nimi były. Oczywiście nie mogło zabraknąć Avery.

Próbowałam się w nią nie wpatrywać. Zajmowała miejsce obok Rune'a, który odpalał sobie papierosa. Próbowałam nie patrzeć, jak chłopak pali, trzymając luzacko ułożony na kolanie łokieć i opierając się o drzewo. Próbowałam zignorować ucisk w brzuchu, gdy pospiesznie przechodziłam obok, a mój dawny przyjaciel obrzucił mnie spojrzeniem zmrużonych oczu.

Natychmiast odwróciłam głowę. Jorie wstała i pobiegła za mną. Starałam się odejść jak najdalej od Rune'a i jego kumpli, by nie słyszeli naszej rozmowy.

– Poppy – zawołała za mną. Odwróciłam się do niej, wciąż czując na sobie badawcze spojrzenie mojego sąsiada. – Jak się czujesz? – zapytała.

– Dobrze – odparłam. Choć sama słyszałam w swoim głosie lekkie drżenie.

Jorie westchnęła.

– Rozmawiałaś już z nim? Wrócił tydzień temu.

Zaczerwieniłam się i pokręciłam głową.

– Nie. Nie sądzę, by był to dobry pomysł. – Wzięłam głęboki wdech i wyznałam: – I tak nie wiem, co miałabym mu powiedzieć. To chyba nie ten sam chłopak, którego znałam i kochałam przez wszystkie te lata. Sądzę, że jest inny. Sądzę, że się zmienił.

Oczy Jorie zabłyszczały.

– Tak, ale chyba tylko my postrzegamy to jako coś złego, Pops.

– O czym mówisz? – W mojej piersi zakiełkowała zazdrość.

Jorie wskazała miejsce, gdzie siedział Rune. Próbował zachowywać się nonszalancko, chociaż w ogóle mu to nie wychodziło.

– Wszyscy mówią tylko o nim. Jestem pewna, że wszystkie dziewczyny w tej szkole z wyjątkiem ciebie, mnie i Ruby zaprzedałyby duszę diabłu, byle tylko Rune je zauważył. Zawsze go pragnęły, Pops. Kiedy miał ciebie, każda wiedziała, że nie zamieniłby cię na nikogo innego, ale teraz... – urwała, a moje serce zabiło mocniej.

– Ale teraz już nie jest ze mną – dokończyłam za nią. – Teraz jest wolny i może robić, co chce i z kim mu się żywnie podoba.

Jorie wytrzeszczyła oczy. Zdała sobie sprawę, że przegięła. Chcąc mnie wesprzeć, ścisnęła moją rękę w przepraszającym geście. I tak nie mogłabym się złościć na przyjaciółkę. Zawsze najpierw mówiła, a dopiero później myślała. Poza tym wszystko, co powiedziała, było prawdą.

Minęła chwila niezręcznej ciszy, więc Jorie zapytała:

– Jakie masz plany na jutrzejszy wieczór?

– Żadnych – odparłam. Nie mogłam się doczekać, by stąd odejść.

Twarz Jorie rozpaliła się.

– Super! Przyjdziesz do Deacona na imprezę. Nie możesz siedzieć sama w kolejny sobotni wieczór.

Parsknęłam śmiechem.

Przyjaciółka ściągnęła brwi.

– Jorie, ja nie chodzę na imprezy. I tak nikt by mnie nie zaprosił.

– Ja cię zapraszam. Zostaniesz moją partnerką.

Mój uśmiech natychmiast zniknął.
– Nie mogę, Jor – powiedziałam cicho. – Nie mogę być tam, gdzie Rune. Nie po tym wszystkim, co się stało.
Jorie przysunęła się do mnie.
– Jego tam nie będzie – przyznała cicho. – Powiedział Deaconowi, że się nie wybiera, bo będzie gdzie indziej.
– Gdzie? – zapytałam, bo ciekawość wzięła nade mną górę.
Wzruszyła ramionami.
– Nie mam zielonego pojęcia. Rune nie mówi za wiele. Chyba również dlatego jest dla innych tak bardzo atrakcyjny. – Jorie przygryzła wargę i szturchnęła mnie w ramię. – Proszę, Pops. Nie było cię tak długo, stęskniłam się za tobą. Chcę spędzić z tobą czas, ale ciągle się gdzieś chowasz. Mamy do nadrobienia dwa lata. Ruby też przyjdzie. Wiesz przecież, że nie zostawiłabym cię samej.

Patrzyłam pod nogi, usilnie próbując wymyślić jakąś wymówkę. Uniosłam głowę i zrozumiałam, że moja odmowa zrani przyjaciółkę.

Zapominając o wszystkich swoich obawach, ustąpiłam:

– Dobrze, pójdę z tobą.

Na twarzy Jorie zagościł ogromny uśmiech.
– Super! – powiedziała. Zaśmiałam się, gdy porwała mnie i pospiesznie uścisnęła.
– Muszę iść do domu – stwierdziłam, kiedy już mnie puściła. – Wieczorem mam recital.
– Dobrze, przyjdę po ciebie jutro o siódmej. Okej?

Skinęłam jej na potwierdzenie i ruszyłam w stronę domu. Uszłam zaledwie kilka metrów, gdy poczułam, że ktoś również idzie przez sad. Zerknęłam przez ramię i spostrzegłam, że to Rune.

Moje serce puściło się galopem, gdy spojrzałam chłopakowi w oczy. Nie odwrócił ode mnie wzroku. To ja spuściłam głowę. Bałam się, że będzie próbował ze mną porozmawiać. Co jeśli będzie chciał, bym mu wszystko wyjaśniła? Albo, co gorsza, jeśli będzie chciał mi powiedzieć, że nic dla niego nie znaczyło to, co było wcześniej między nami?

Zniszczyłoby mnie to.

Przyspieszyłam, trzymając głowę nisko i kierując się prosto do domu. Czułam, że śledzi mnie przez całą drogę. Nie próbował mnie wyprzedzić.

Kiedy wskoczyłam na schodki werandy, spojrzałam w bok i zobaczyłam, że opiera się o dom w pobliżu swojego okna. Gdy założył włosy za uszy, w moim sercu zawirowało. Musiałam skupić się na tym, by pozostać na miejscu. By nie rzucić plecaka i nie pobiec do Rune'a. Nie zacząć wyjaśniać mu, dlaczego się od niego odsunęłam. Dlaczego tak okrutnie odebrałam mu siebie. Dlaczego oddałabym dosłownie wszystko, by pocałował mnie jeszcze choć jeden raz... Zmusiłam się, by wejść do środka.

Przeszłam przez salon, weszłam do sypialni i położyłam się na łóżku. Wróciły do mnie wcześniejsze słowa mamy: „Może to jednak dobrze, że zerwałaś z nim kontakt, kochanie. Usłyszałam to wszystko od jego matki i nie wydaje mi się, że byłby w stanie poradzić sobie z tym, przez co musiałaś przejść".

Zamknęłam oczy i przyrzekłam sobie w duchu, że zostawię Rune'a w spokoju. Nie chciałam być dla niego ciężarem. Pragnęłam oszczędzić mu bólu.

Wciąż kochałam go tak mocno jak kiedyś.

Nawet jeśli mój ukochany nienawidził mnie każdą cząstką swojej istoty.

7
ZDRADZIECKIE USTA I BOLESNE PRAWDY

Poppy

Poruszałam jedną ręką, w drugiej trzymając wiolonczelę i smyczek. Co jakiś czas drętwiały mi palce, więc musiałam je rozruszać i poczekać, bym ponownie mogła grać. Gdy Michael Brown skończył swoje skrzypcowe solo, wiedziałam, że nic nie powstrzyma mnie przed zajęciem miejsca na scenie. Pragnęłam zagrać swój utwór i rozkoszować się każdą sekundą tworzenia muzyki, którą tak bardzo kochałam.

Michael uniósł smyczek nad struny. Rozległ się entuzjastyczny aplauz publiczności. Chłopak skłonił się szybko i zszedł na drugą stronę sceny.

Konferansjer stanął przy mikrofonie, by mnie zapowiedzieć. Kiedy widownia usłyszała, że nastąpi mój długo oczekiwany powrót, zaczęła klaskać jeszcze głośniej, witając mnie ponownie na tej muzycznej scenie.

Na dźwięk zachęty i pokrzykiwań zarówno rodziców, jak i przyjaciół zasiadających w audytorium moje podekscytowane serce zaczęło pędzić galopem. Wiele kolegów i koleżanek z orkiestry przyszło mnie wesprzeć i mi pogratulować, co bardzo mnie wzruszyło. Wyprostowałam się wreszcie, usiłując stłumić rosnące emocje. Wchodząc na scenę, by zająć miejsce, skłoniłam głowę publiczności. Reflektor zawieszony pod sufitem zaświecił prosto na mnie.

Usadowiłam się wygodnie, czekając, aż zabrzmią oklaski. Jak zawsze uniosłam głowę, by poszukać wzrokiem rodziny siedzącej dumnie w trzecim rzędzie. Mama i tata uśmiechali się szeroko. Machały do mnie obie siostry. Odpowiedziałam uśmiechem, by dać im wszystkim znać, że ich widzę. Zwalczyłam ból palący moją pierś, gdy zobaczyłam państwa Kristiansenów siedzących tuż obok moich bliskich. Machał mi również Alton.

Brakowało jedynie Rune'a.

Nie występowałam od dwóch lat, jednak wcześniej mój chłopak był na każdym z moich recitali. Nawet wtedy, gdy musiał dojechać, nie opuścił żadnego. Siedział z aparatem w ręce, uśmiechając się do mnie tym swoim krzywym uśmieszkiem, kiedy patrzyłam w ciemności na jego twarz.

Odchrząknęłam, zamknęłam oczy i złapałam za gryf, następnie opuściłam smyczek na struny. Policzyłam w myślach do czterech i zaczęłam grać *Preludium* ze *Suit wiolonczelowych* Jana Sebastiana Bacha. Był to jeden z moich ulubionych utworów – skomplikowana melodia wymagająca zręcznej pracy smyczka i doskonała barwa dźwięku niosąca się echem po sali.

Za każdym razem, gdy zajmowałam to miejsce, pozwalałam, by muzyka przepływała przez całe moje ciało. Melodia wypływała niemal wprost z mojego serca, a ja wyobrażałam sobie, że siedzę na środku Carnegie Hall. Było to moim największym marzeniem. Wyobrażałam sobie wtedy również siedzącą przede mną publiczność. Ludzi, którzy – podobnie jak ja – żyli dla dźwięku, idealnie zagranej nuty. Tych, którzy zachwycali się, mogąc uczestniczyć w podróży wypełnionej brzmieniem. Wszystkich, którzy muzykę odczuwali sercem, a jej magię duszą.

Gdy zmieniłam tempo przy końcowym crescendo, kołysałam się do rytmu... Zapomniałam o zdrętwiałych palcach. Na krótką chwilę zapomniałam o wszystkim.

Kiedy w powietrzu wybrzmiała ostatnia nuta, uniosłam smyczek znad wibrujących strun i, odchylając głowę do tyłu, powoli otworzyłam oczy. Gdy oślepiło mnie jasne światło zamrugałam, i nim widownia zaczęła klaskać, uśmiechnęłam się wsłuchana z rozkoszą w milknący dźwięk. Był to drogocenny moment. Dzięki adrenalinie czułam się tak bardzo żywa, że mogłabym podbić świat. Osiągnęłam najczystszej postaci spokój.

Aplauz zagłuszył tę magię. Opuściłam głowę, uśmiechnęłam się, wstając z miejsca, i skłoniłam w podziękowaniu za brawa.

Chwyciłam wiolonczelę za gryf i odruchowo poszukałam spojrzeniem rodziny. Sięgnęłam wzrokiem aż po tylną ścianę sali, patrząc na oklaskujących mnie ludzi. Początkowo nie wiedziałam, czy dobrze widzę, lecz gdy serce zaczęło obijać się o moje żebra, zatrzymałam spojrzenie po lewej stronie pomieszczenia. Zauważyłam długie blond włosy znikające za drzwiami... Wysokiego, umięśnionego chłopaka ubranego na czarno, wychodzącego właśnie z audytorium. Nim się ulotnił, spojrzał po raz ostatni przez ramię i zdołałam uchwycić błysk jego krystalicznoniebieskich oczu...

Zdumiona rozchyliłam usta, nim jednak zdołałam się upewnić, czego byłam świadkiem, chłopak wyszedł, pozostawiając po sobie powoli zamykające się drzwi.

Czy to...? Czy on...?

Nie, niemożliwe, starałam się przekonać samą siebie. To nie mógł być Rune. Nie było szans, by tu przyszedł. Nienawidził mnie.

Wspomnienie chłodu w jego oczach na szkolnym korytarzu utwierdziło mnie w tym przekonaniu – pragnęłam tego, co nie mogło się zdarzyć.

Ukłoniłam się po raz ostatni i zeszłam ze sceny. Zostałam, by posłuchać trzech występujących po mnie muzyków, po czym wyszłam tylnymi drzwiami, wiedząc, że na parkingu czeka na mnie moja rodzina oraz bliscy Rune'a.

Jako pierwsza zauważyła mnie moja trzynastoletnia siostra Savannah.

– Pops! – krzyknęła i podbiegła do mnie, a potem objęła w talii.

– Cześć – odparłam, ściskając ją. Chwilę później ściskała mnie jedenastoletnia Ida. Tuliłam je obie do siebie tak mocno, jak tylko potrafiłam. Kiedy się odsunęły, ich oczy błyszczały. Przechyliłam głowę na bok.

– Hej, ale bez płaczu, pamiętacie?

Savannah parsknęła śmiechem, a Ida pokiwała głową. Uwolniły mnie. Nadeszła kolej na pochwały od moich dumnych rodziców.

W końcu odwróciłam się do państwa Kristiansenów i ogarnęła mnie fala nerwowego niepokoju. Miała to być nasza pierwsza rozmowa od ich powrotu z Oslo.

– Poppy – powiedziała cicho sąsiadka i wyciągnęła do mnie ręce. Podeszłam do kobiety, która była dla mnie jak druga matka, i ją objęłam. Tuliła mnie do siebie i pocałowała w czubek głowy. – Tęskniłam za tobą, kochana – powiedziała z silniejszym akcentem, niż to zapamiętałam.

Moje myśli skupiły się na Runie. Zastanawiałam się, czy jego akcent również stał się mocniejszy.

Kiedy kobieta mnie puściła, stłumiłam te myśli. Ściskał mnie już pan Kristiansen. Gdy mężczyzna się odsunął, zauważyłam, że jego nogi mocno trzyma się mały Alton. Pochyliłam się do chłopczyka, lecz ten zawstydzony spuścił głowę, zerkając na mnie spod jasnych pasm długich włosów.

– Cześć, słoneczko – powiedziałam, łaskocząc go w bok. – Pamiętasz mnie?

Alton przyglądał mi się przez dłuższą chwilę i pokręcił głową.

Roześmiałam się.

– Byłam twoją sąsiadką. Czasami zabieraliśmy cię z Runem do parku. I do sadu wiśniowego, gdy było ładnie – bez zastanowienia wspomniałam o Runie. Przypomniało to wszystkim, że kiedyś byliśmy nierozłączni. Zapanowała niezręczna cisza.

Poczułam ból w piersi. Taki sam jak wtedy, gdy tęskniłam za babcią. Wyprostowałam się i zobaczyłam, że wszyscy przyglądają mi się ze współczuciem. Już miałam zmienić temat, ale ktoś pociągnął mnie za brzeg sukienki. Kiedy spojrzałam w dół, zobaczyłam wpatrzone we mnie wielkie niebieskie oczy. Pogłaskałam Altona po miękkich włoskach.

– Alton, wszystko dobrze?

Mały zarumienił się, ale zapytał słodkim głosikiem:

– Jesteś przyjaciółką Rune'a?

Moje serce ponownie przepełnił wielki ból. Spanikowana spojrzałam w stronę naszych rodzin. Mama Rune'a skrzywiła się. Nie wiedziałam, co powiedzieć. Alton ponownie pociągnął mnie za sukienkę, czekając na odpowiedź.

Westchnęłam, kucnęłam przy nim i wyznałam ze smutkiem:

– Był moim najlepszym na świecie przyjacielem. – Położyłam sobie rękę na piersi. – I kochałam go całym sercem, każdą jego cząstką. – Przysunęłam się i szepnęłam, choć ścisnęło mi się gardło: – I zawsze będę.

Skurczył mi się żołądek. Była to prawda wyryta w mojej duszy. Bez względu na to, jak wyglądała w tej chwili moja relacja z Runem, zawsze już będę miała go w sercu.

– Rune... – powiedział nagle Alton. – Rune... z tobą rozmawiał?

Roześmiałam się.

– Oczywiście, słoneczko. Cały czas. Mówił o swoich sekretach. Rozmawialiśmy o wszystkim.

Malec spojrzał na tatę i ściągnął niewielkie brwi. Na jego uroczej twarzyczce odmalował się grymas.

– Rozmawiał z Poppy, tato?

Pan Kristiansen skinął głową.

– Tak, Alton. Poppy była jego przyjaciółką. Bardzo ją kochał.

Gdy chłopiec spojrzał na mnie ponownie, jego oczy stały się niemożliwie wielkie. Widziałam, jak drży jego dolna warga.

– Co się stało, słoneczko? – zapytałam, pocierając jego rękę.

Pociągnął nosem.

– Bo Rune ze mną nie rozmawia. – Serce mi się ścisnęło, ponieważ kiedyś Rune ubóstwiał to dziecko, zawsze troszczył się o nie i się z nim bawił. Alton uwielbiał starszego brata. Podziwiał go. – Nie zwraca na mnie uwagi – powiedział maluch łamiącym się głosem, wpatrując się we mnie. Patrzył tak intensywnie, jak potrafiła to tylko jedna osoba... Jego starszy brat, który go ignorował. Chłopczyk chwycił mnie za rękę i zapytał: – Możesz mu coś powiedzieć? Możesz go poprosić, żeby ze mną porozmawiał? Skoro jesteś jego przyjaciółką, ciebie na pewno posłucha.

Pękło mi serce. Spojrzałam nad głową dziecka na jego rodziców, następnie na własnych. Wszyscy wydawali się cierpieć, słysząc wyznanie Altona.

Ponownie skupiłam wzrok na chłopcu, który wpatrywał się we mnie nieprzerwanie, licząc na pomoc.

– Oczywiście, słoneczko – powiedziałam cicho – jednak Rune ze mną też teraz nie rozmawia.

Widziałam, jak dziecięce nadzieje uciekają niczym powietrze z przekłutego balonu. Nim chłopczyk pobiegł do mamy, pocałowałam go w główkę. Widząc, że cierpię, mój tata szybko zmienił temat. Zwrócił się do pana Kristiansena, zapraszając ich do nas na jutro. Odsunęłam się od nich i wzięłam głęboki wdech, wpatrując się pustym wzrokiem w parking.

Z zamyślenia wyrwał mnie dopiero dźwięk odpalanego samochodu. Obróciłam się w jego stronę i dech uwiązł mi w gardle, gdy zauważyłam długowłosego blondyna wskakującego na przednie siedzenie czarnego camaro. Czarnego camaro należącego do Deacona Jacobsa, przyjaciela Rune'a.

***

Spojrzałam w lustro, poprawiając ubranie. Krótka niebieska sukienka kończyła się w połowie uda. Na nogach miałam czarne balerinki. Obcięte na boba włosy przerzuciłam na bok i podpięłam białą kokardą. Z kasetki na biżuterię wyjęłam swoje ulubione srebrne kolczyki i wsunęłam je w dziurki w uszach. Ozdoby były w kształcie znaków nieskończoności. Rune podarował mi je na czternaste urodziny.

Nosiłam je przy każdej okazji.

Wzięłam jeansową kurtkę i pospiesznie wyszłam na chłodny wieczór. Jorie napisała wcześniej, że czeka przed domem. Usiadłam na przednim siedzeniu samochodu jej mamy i obróciłam się do swojej przyjaciółki, która uśmiechała się do mnie.

– Poppy, wyglądasz mega uroczo – zauważyła. Przygładziłam sukienkę na udach.

– Może być? – zapytałam zmartwiona. – Nie wiedziałam, co włożyć.

Jorie machnęła przed sobą dłonią, wyjeżdżając z podjazdu.

– Może.

Spojrzałam, jak była ubrana przyjaciółka. Miała na sobie czarną sukienkę bez rękawów i glany. Zdecydowanie był to bardziej wyzywający strój, jednak byłam wdzięczna, że nie różnił się mocno od mojego.

– Jak było na recitalu? – zaczęła, gdy wyjechałyśmy z mojej ulicy.
– Dobrze – odparłam wymijająco.
Przyjrzała mi się uważnie.
– A jak się czujesz?
Przewróciłam oczami.
– Jorie, wszystko w porządku. Proszę, daj żyć. Jesteś tak nieznośna jak moja mama.
Ten jeden raz przyjaciółce zabrakło słów. Za to pokazała mi język, czym po prostu mnie rozśmieszyła.
Podczas jazdy opowiadała mi o plotkach na mój temat rozsiewanych podczas mojej nieobecności. Uśmiechałam się od czasu do czasu i przytakiwałam, gdy było trzeba, jednak tak naprawdę nie byłam tym zainteresowana. Nigdy nie przejmowałam się szkolnymi dramatami.
Usłyszałam imprezę, nim jeszcze zdążyłam się na niej znaleźć. Z domu Deacona dochodziła głośna muzyka oraz krzyki. Rodzice kolegi wyjechali na urlop, a w tak małym miasteczku jak Blossom Grove mogło oznaczać to tylko jedno: jest miejsce, gdzie można się zabawić.
Zaparkowałyśmy w pobliżu, obserwując, jak przez drzwi domu wychodzi kilka osób. Zdusiłam zdenerwowanie. Przemierzając ulicę, trzymałam się blisko Jorie. Chwytając ją za rękę, zapytałam:
– Te imprezy zawsze są takie szalone?
Przyjaciółka parsknęła śmiechem.
– Tak. – Wzięła mnie pod rękę i pociągnęła w kierunku domu.
Kiedy weszłyśmy do środka, wzdrygnęłam się, gdyż było tu bardzo głośno. Przepchnęłyśmy się przez tłum

podpitych nastolatków – musiałam mocno, niemal boleśnie trzymać się Jorie, dopóki nie znalazłyśmy się w kuchni. Przyjaciółka spojrzała na mnie ze śmiechem. Odprężyłam się natychmiast, widząc w pomieszczeniu Ruby i Deacona. Było tu o wiele ciszej niż w pozostałej części domu.

– Poppy! – wykrzyknęła Ruby. Podbiegła do mnie i porwała mnie w ramiona. – Chcesz drinka?

– Nie, wolę wodę – odparłam. Dziewczyna skrzywiła się.

– Poppy! – skarciła. – Musisz się napić.

Zaśmiałam się, widząc jej przerażoną minę.

– Dziękuję, Ruby, zostanę przy wodzie.

– Buu! – załkała, ale zarzuciła mi rękę na ramiona i poprowadziła do miejsca, gdzie stał alkohol.

– Pops – przywitał się Deacon, wpatrując się w wiadomość na komórce.

– Cześć, Deek – odpowiedziałam i wzięłam dietetyczną oranżadę, którą nalała mi Ruby. Poszłam z dziewczynami na podwórko, gdzie na środku trawnika paliło się ognisko. Zdziwiłam się, że było tu niewiele osób, ale nawet mi to pasowało.

Nie minęło dużo czasu, a Deacon wciągnął Ruby z powrotem do domu, zostawiając mnie jedynie z Jorie. Wpatrywałam się w płomień ogniska, gdy ta powiedziała:

– Przepraszam, że palnęłam wczoraj tę głupotę na temat Rune'a. Widziałam, że cię to dotknęło. Boże! Nie zawsze pomyślę, nim otworzę usta! Tata groził, że mnie kiedyś zakneblują. – Zakryła dłonią pół twarzy, udając, że walczy o głos. – Nie mogę inaczej, Pops! Nie umiem czasem kontrolować moich ust, ale mam tylko takie!

Śmiejąc się, pokręciłam głową.

– Nic nie szkodzi, Jor. Wiem, że nie chciałaś. Nie zraniłaś mnie.

Jorie zabrała ręce i przechyliła głowę na bok.

– Ale poważnie, Pops, co myślisz o Runie? No wiesz, odkąd wrócił. – Przyglądała mi się uważnie, więc wzruszyłam ramionami. Przyjaciółka przewróciła oczami. – Mówisz, że nie masz zdania na temat tego, jak wygląda teraz miłość twojego życia, a mnie się wydaje, że jest całkiem apetycznym ciachem!

Ścisnął mi się żołądek, obracałam w palcach plastikowy kubeczek. Ponownie wzruszając ramionami, odparłam:

– Jest tak samo przystojny.

Jorie uśmiechnęła się psotnie i upiła łyk drinka. Skrzywiła się, gdy dobiegł do nas głos Avery znajdującej się gdzieś w domu. Jorie opuściła kubek.

– Uuu, wygląda na to, że przybyła zdzira.

Uśmiechnęłam się, widząc ogromny niesmak na twarzy przyjaciółki.

– Naprawdę jest aż taka zła? – zapytałam. – Naprawdę się tak puszcza?

Jorie westchnęła.

– Nie, ale nienawidzę, jak flirtuje ze wszystkimi chłopakami.

Ach, pomyślałam, wiedząc dokładnie, o którego chłopaka jej chodzi.

– Na przykład z Judsonem? – rzuciłam, a w odpowiedzi mało nie oberwałam od niej pustym kubkiem.

Roześmiałam się, gdy przeleciał obok mnie. W końcu umilkłam, a przyjaciółka powiedziała:

– Chociaż teraz, kiedy wrócił Rune, chyba zapomniała o Judsonie. – Mój dobry humor natychmiast zniknął. Kiedy Jorie zdała sobie sprawę z tego, co powiedziała, jęknęła wkurzona na siebie i natychmiast usiadła obok mnie, biorąc mnie za rękę. – Cholera, Pops. Przepraszam. Znowu to zrobiłam! Nie chciałam…
– W porządku – przerwałam jej.
Jeszcze mocniej ścisnęła moją dłoń. Na chwilę zapadła cisza.
– Żałujesz, Pops? Kiedykolwiek żałowałaś, że go tak od siebie odsunęłaś?
Wpatrując się w ognisko i zatracając się w trzaskających płomieniach, odpowiedziałam szczerze:
– Każdego dnia.
– Poppy – szepnęła Jorie ze smutkiem.
Posłałam jej słaby uśmiech.
– Tęsknię za nim, Jor. Nawet nie wiesz jak bardzo. Jednak nie mogłam mu powiedzieć, co się dzieje. Nie mogłam mu tego zrobić. Lepiej, by myślał, że mnie już nie interesuje, niż gdyby miał poznać tę okrutną prawdę. – Przyjaciółka położyła głowę na moim ramieniu. Westchnęłam. – Gdyby wiedział, z całych sił starałby się wrócić, a to byłoby niemożliwe. Jego ojciec ze względu na pracę musiał zostać w Oslo. A ja… – Zaczerpnęłam powietrza. – A ja chciałam, żeby Rune był szczęśliwy. Wiedziałam, że z czasem przeboleje brak kontaktu z mojej strony. Znam go dobrze, Jor. Nie poradziłby sobie, gdyby poznał prawdę.
Dziewczyna uniosła głowę i pocałowała mnie w policzek. Rozbawiło mnie to. Jednak na twarzy przyjaciółki nadal malował się smutek. Zapytała:

– A teraz? Co zrobisz, gdy wrócił? W końcu wszyscy dowiedzą się o twoim stanie.
Odetchnęłam głęboko i odparłam:
– Mam nadzieję, że się nie dowiedzą, Jor. Nie jestem tak popularna jak ty, Ruby czy Rune. Jeśli kiedyś ponownie zniknę, nikt tego nawet nie zauważy. – Pokręciłam głową. – I wątpię, by Rune, który tu już jest, się tym przejął. Wczoraj ponownie spotkałam go na korytarzu, a spojrzenie, którym mnie obdarzył, pokazało wyraźnie, co do mnie czuje. Teraz jestem dla niego nikim.
Zapadła niezręczna cisza. Jorie zapytała jednak nieśmiało:
– Ale i tak kochasz go równie mocno jak wtedy. Mam rację?
Nie odpowiedziałam, ale moje milczenie było wymowne. Jak krzyk.
Tak, wciąż go kochałam. Jak zawsze.
Na podwórku rozległ się huk i przerwał naszą poważną rozmowę. Uświadomiłam sobie, że od naszego przyjazdu minęło już kilka godzin. Jorie wstała i skrzywiła się.
– Pops, muszę siku! Chodź do środka.
Zaśmiałam się, widząc jej trucht w miejscu, a następnie weszłam za nią do domu. Przyjaciółka przepchnęła się przez zgromadzonych w stronę łazienki znajdującej się z tyłu domu. Czekałam na dziewczynę w korytarzu, ale usłyszałam głosy Ruby i Deacona dochodzące z salonu.
Postanowiłam poczekać z nimi na Jorie, więc otworzyłam drzwi i weszłam do pokoju. Zrobiłam trzy kroki i pożałowałam, że przyszłam na tę imprezę. W niewiel-

kiej przestrzeni ustawiono trzy kanapy. Jedną zajmowali Ruby i jej chłopak, na drugiej siedział Judson i chłopak z drużyny futbolowej. Od trzeciej natomiast nie byłam w stanie oderwać wzroku. Mimo że bardzo starałam się poruszyć nogami, te tkwiły jak wmurowane w podłogę.

Kanapę zajmowała Avery popijająca coś z kubka. Na jej ramionach spoczywała ręka, której dłoń znajdowała się na biuście dziewczyny. Palce poruszały się powoli, zataczając leniwe kółka.

Znałam tę dłoń.

Wiedziałam, jakie to uczucie znajdować się w uścisku tych rąk.

Gdy spojrzałam na siedzącego obok Avery chłopaka, poczułam, jak serce rozpada mi się na kawałki. Uniósł głowę, jakby wiedział, że na niego patrzę. Zamarł, trzymając kubek w połowie drogi do ust.

Do moich oczu napłynęły łzy.

Nie potrafiłam sobie poradzić ze świadomością tego, że Rune jednak mnie przebolał. To, co zobaczyłam, wywołało we mnie ból, którego istnienia nawet nie mogłam się spodziewać.

– Poppy? Dobrze się czujesz? – zaniepokojony głos Ruby dobiegł z drugiej strony pokoju, wyrywając mnie ze straszliwego transu.

Posłałam jej wymuszony uśmiech i szepnęłam:

– Tak, dobrze.

Wszyscy obecni skupili się na mnie, więc na drżących nogach zbliżyłam się do drzwi. Nim jednak wyszłam, zauważyłam, że Avery obróciła się do Rune'a.

Nachyliła się, by go pocałować.

Kiedy rozpadła się ostatnia cząstka mojego serca, odwróciłam się i wybiegłam. Nie zdołałabym stać się świadkiem tego pocałunku. Przepchnęłam się przez korytarz i wbiegłam do najbliższego pomieszczenia, które znalazłam. Energicznie pociągnęłam za klamkę. Wpadłam do ciemnej pralni.

Zatrzasnęłam za sobą drzwi i oparłam się o pralkę, nie będąc w stanie ustać na nogach. Twarz zalewały mi łzy. Walczyłam z mdłościami. Wszystko podchodziło mi do gardła, gdy usilnie starałam się wyrzucić z głowy ten wstrętny obraz. Przez ostatnie dwa lata myślałam, że ten ból doświadczył mnie w każdy możliwy sposób. Byłam jednak w błędzie. Nic nie mogło równać się z widokiem ukochanego w objęciach innej.

Nic nie mogło równać się z obietnicą ust złamaną w pocałunku z obcą dziewczyną.

Złapałam się za brzuch, próbując zrobić wdech. W tej samej chwili zauważyłam, że gałka w drzwiach zaczyna się obracać.

– Nie! Odejdź... – zaczęłam krzyczeć. Nim jednak zdołałam się podnieść i przycisnąć drzwi, ktoś wszedł do środka i trzasnął nimi za sobą.

Moje serce przyspieszyło jeszcze bardziej, gdy uświadomiłam sobie, że zostałam tu z kimś uwięziona. Gdy jednak odwróciłam się i zobaczyłam, kto to był, krew odpłynęła mi z twarzy. Cofałam się tak długo, że w końcu uderzyłam plecami o ścianę obok pralki.

Pomieszczenie oświetlały jedynie płomienie ogniska za oknem. Mimo to wyraźnie widziałam, kto stał się świadkiem chwili mojej słabości.

Ten sam chłopak, który był również jej powodem.

Między mną a zamkniętymi drzwiami stał Rune. Wyciągnął rękę w tył i przekręcił zamek. Przełknęłam ślinę, gdy ponownie na mnie spojrzał. Zaciskał usta, wbijając we mnie intensywne spojrzenie swoich niebieskich oczu, które w tej chwili były wręcz lodowate.

Zaschło mi w ustach. Rune zrobił krok do przodu, jego postawna sylwetka znalazła się bliżej. Słyszałam jedynie kołatanie serca tłoczącego krew w moich żyłach.

Kiedy podszedł, spuściłam głowę i zobaczyłam jego nagie ręce, jego twarde, szczupłe mięśnie, które napinały się, gdy zaciskał dłonie w pięści. Czarna koszulka opinała jego tors, na skórze wciąż były widoczne ślady opalenizny. W geście, który od zawsze powalał mnie na kolana, uniósł rękę i założył sobie długie włosy za uszy.

Ponownie z trudem przełknęłam ślinę, starając się znaleźć odwagę, by przejść obok niego i uciec. Jednak zbliżył się tak bardzo, że zablokował mi drogę powrotną. Zostałam uwięziona.

Przyglądałam mu się szeroko otwartymi oczami. Dzieliły nas zaledwie centymetry. Czułam ciepło bijące z jego ciała. Czułam jego chłodny zapach. Ten, który zawsze był dla mnie ukojeniem. Ten, który przypominał mi leniwe letnie dni spędzane w kwitnącym sadzie wiśniowym. Ten, który przynosił kolorowe obrazy nocy, kiedy się kochaliśmy.

Rune pochylił się, a ja się zaczerwieniłam. Od jego ubrania czuć było słabą woń dymu papierosowego, a w ciepłym oddechu chłopaka nutkę mięty. Moje palce drgnęły, gdy spojrzałam na niewielki zarost na jego policzku i podbródku. Miałam ochotę go dotknąć. Szczerze mówiąc, chciałam powieść palcami po jego czole, policzkach i pełnych wargach.

Jednak gdy tylko pomyślałam o jego ustach, ból ponownie uderzył w moje serce. Obróciłam głowę i zamknęłam oczy. Tymi samymi wargami dotykał Avery.

Złamał mnie, odbierając mi te usta – wargi, które na zawsze miały pozostać moje.

Poczułam, że przysuwa się jeszcze bliżej, nasze klatki piersiowe niemal się zetknęły. Wiedziałam, że uniósł ręce nad moją głowę i położył je na ścianie, odbierając mi ostatni centymetr osobistej przestrzeni. Długie kosmyki chłopaka połaskotały mnie w policzek.

Oddychał pospiesznie, miętowy zapach owiewał mi twarz. Zacisnęłam mocno powieki. Czułam, że jest niesamowicie blisko. To nie miało sensu. Wiedziona głosem serca otworzyłam oczy i obróciłam głowę. Nasze spojrzenia się skrzyżowały.

Dech uwiązł mi w gardle, gdy światło ogniska za oknem zatańczyło na twarzy chłopaka. Zdawało się, że całkiem przestałam oddychać, kiedy poruszył rękami, powoli dotykając moich włosów. Gdy tylko poczułam, że wziął w palce jeden z kosmyków, zadrżałam, a motyle w moim brzuchu poderwały się do lotu.

Wyczuwałam, że Rune nie radzi sobie lepiej ode mnie. Oddychał nierówno i zaciskał usta. Wpatrywałam się w jego przystojną twarz, a on przyglądał się mojej. Oboje porównywaliśmy zmiany, które zaszły w nas przez ostatnie dwa lata. Zarówno zmiany, jak i – co ważniejsze – szczegóły, które były nam znajome.

Sądziłam, że moje biedne serce nie zniesie więcej, jednak palce Rune'a przesunęły się z włosów na moją twarz, muskając policzki. Znajome dłonie zatrzymały się, gdy chłopak wyszeptał to jedyne słowo, jeden naładowany emocjonalnie wyraz niesiony boleśnie zdesperowanym, ochrypłym głosem:

– *Poppymin…*

Z kącika oka wymknęła mi się łza i skapnęła na dłoń Rune'a.

Poppymin.

Jego idealne pieszczotliwe określenie.

Moja Poppy.

Jego dziewczyna.

Po wsze czasy.

Na wieki wieków.

Ścisnęło mi się gardło, gdy to słodkie słowo dotarło do moich uszu i utkwiło w moim sercu. Pragnęłam zatopić ten zwrot w bólu, który przysporzyły mi ostatnie dwa lata, odniosłam jednak całkowitą porażkę i z mojej piersi wymknął się cichy szloch.

Nie miałam szans zapanować nad sobą, gdy Rune był tak blisko.

Kiedy zapłakałam, ze spojrzenia Rune'a zniknął chłód. Zmiękło, połyskując niepohamowanymi łzami. Pochylił głowę i oparł czoło o moje, przesuwając palce na moje usta.

Odetchnęłam.

On również wziął wdech.

Wbrew sobie dałam się ponieść wyobraźni, że ostatnie dwa lata nie istniały. Udawałam, że się nie wyprowadził.

Że ja również tego nie zrobiłam. Że cały ból i cierpienie nigdy nie stały się moim udziałem. Że bezdenna czarna otchłań, która zastępowała moje serce, wypełniona była światłem – najjaśniejszym z możliwych.

Miłością Rune'a. Jego czułością i pocałunkami.

Jednak to nie była nasza rzeczywistość. Ktoś zapukał do drzwi pralni i świat wrócił na swoje miejsce jak tornado uderzające w plażę.

– Rune? Jesteś tam? – zapytał kobiecy głos, który musiał należeć do Avery.

Mój towarzysz otworzył oczy, gdy pukanie przybrało na sile. Przyglądając mi się, natychmiast się odsunął. Uniosłam rękę i otarłam mokre oczy.

– Proszę... pozwól mi odejść. – Próbowałam mówić pewnym głosem. Chciałam powiedzieć coś więcej, ale słowa mnie zawiodły. Nie miałam siły, by stwarzać pozory.

Cierpiałam.

Wiedziałam, że wszystko wypisane mam na twarzy.

Położyłam dłoń na piersi Rune'a i odepchnęłam go, chcąc się wydostać. Pozwolił mi odejść, ale złapał mnie za rękę, nim dotarłam do drzwi. Zamknęłam oczy, próbując ponownie stanąć z nim twarzą w twarz. Gdy to się stało, popłynęło więcej łez.

Wpatrywał się w nasze złączone ręce, jego długie jasne rzęsy lepiły się od łez.

– Rune – szepnęłam. Na dźwięk mojego głosu poderwał głowę. – Proszę – błagałam, gdy Avery zapukała ponownie.

Przytrzymał mnie mocniej.

– Rune? – zawołała głośniej Avery. – Wiem, że tam jesteś.

Przybliżyłam się do niego. Intensywnie przyglądał się, co robię, a kiedy stanęłam tuż przed nim, uniosłam głowę, ale nie zabrałam ręki. Popatrzyłam mu w oczy. Widząc dezorientację na jego twarzy, stanęłam na palcach.

Uniosłam dłoń i opuszkami palców dotknęłam jego pełnej dolnej wargi. Uśmiechnęłam się smutno, przypominając sobie, jak cudownie te usta dotykały moich. Powiodłam palcem po ich miękkiej linii, uwalniając kilka łez, i powiedziałam:

– Cierpiałam, gdy się od ciebie odsunęłam, Rune. Cierpiałam, nie wiedząc, co robisz po drugiej stronie oceanu. – Odetchnęłam płytko. – Jednak nic nigdy nie bolało tak, jak moment, w którym zobaczyłam, jak całujesz inną dziewczynę.

Pobladł, jego policzki stały się szare.

Pokręciłam głową.

– Nie mam prawa do zazdrości. To wszystko moja wina. Wszystko. Wiem o tym. Mimo to jestem zazdrosna i cierpię tak bardzo, że z tego bólu mogłabym umrzeć. – Zabrałam palce od jego ust. Spojrzałam w górę błagalnym spojrzeniem i dodałam: – Proszę... daj mi odejść. Nie mogę tu być, nie teraz.

Nie ruszył się. Widziałam zdziwienie malujące się na jego twarzy. Wykorzystując to, zabrałam rękę z jego uścisku i natychmiast otworzyłam drzwi. Nie oglądając się za siebie, wypadłam z pomieszczenia i przepchnęłam się obok Avery, która czekała wkurzona w korytarzu.

Biegłam. Minęłam Ruby i Jorie, ominęłam Deacona i Judsona, którzy zebrali się w korytarzu, obserwując rozgrywający się tam dramat. Przebiegłam obok pijanych nastolatków. Wreszcie wydostałam się z domu na chłodne powietrze. Pobiegłam w mrok tak szybko, jak tylko potrafiłam. Byle być dalej od Rune'a.

– Rune! – Usłyszałam w oddali piskliwy głos. Zaraz potem dotarł do mnie męski krzyk:

– Gdzie się wybierasz, stary? Rune!

Nie pozwoliłam, by mnie to powstrzymało. Skręciłam ostro w prawo i znalazłam się przed wejściem do parku. Było ciemno, a miejsce to nie było dobrze oświetlone, ale droga ta służyła jako skrót do domu.

W tej chwili oddałabym wszystko, by się w nim znaleźć.

Brama była otwarta. Nogi niosły mnie coraz głębiej ciemną ścieżką pośród drzew. Oddychałam płytko. Stopy bolały mnie od uderzania balerinkami w asfalt. Skręciłam w lewo, zmierzając w stronę sadu wiśniowego, i usłyszałam za sobą kroki.

Przerażona odwróciłam głowę. Biegł za mną Rune. Moje serce przyspieszyło, lecz tym razem nie miało to nic wspólnego z wysiłkiem. Mój puls zwiększył się, gdy spostrzegłam determinację wypisaną na jego twarzy, który szybko mnie doganiał.

Udało mi się przebiec jeszcze kilka metrów, lecz zorientowałam się, że to na nic. Kiedy znalazłam się w sadzie, miejscu, które tak dobrze znałam i które on również znał na wylot, zwolniłam i w końcu się zatrzymałam.

Chwilę później Rune również pojawił się pośród nagich drzew. Słyszałam, jak dyszy.

Poczułam, jak za mną staje.

Odwróciłam się powoli i wyprostowałam się przed nim. Trzymał obie ręce na głowie, zaciskając palce we włosach. Jego niebieskie spojrzenie było pełne bólu i udręki. Chłodne powietrze wokół nas iskrzyło od napięcia, gdy wpatrywaliśmy się w siebie z zaczerwienionymi policzkami, milcząc i oddychając szybko.

Opuścił wzrok do moich ust i przysunął się o dwa kroki, zadając proste, lecz dotkliwe pytanie:

– Dlaczego? – Zacisnął usta, czekając na odpowiedź.

Opuściłam głowę, gdy łzy znów napłynęły mi do oczu. Pokręciłam głową, błagając:

– Proszę… nie…

Otarł dłonią twarz. Na znajomych rysach znać było upór.

– Nie! Boże, Poppy. Dlaczego? Dlaczego to zrobiłaś?

Na chwilę rozproszył mnie jego mocny akcent, szorstkość obecna w jego cichym, niskim głosie. Gdy byliśmy młodsi, jego norweski akcent powoli zanikał, jednak teraz angielskie słowa brzmiały nieco ostrzej. Przypomniało mi to dzień, w którym poznaliśmy się przed jego domem.

Jednak w tym momencie miałam przed sobą jego czerwoną od gniewu twarz i szybko uświadomiłam sobie, że przeszłość nie ma znaczenia. Nie mieliśmy już po pięć lat. Nie byliśmy niewinnymi dziećmi. Zbyt wiele się wydarzyło.

Nie mogłam mu powiedzieć.

– Poppy – nalegał, podnosząc głos, i ponownie się zbliżył. – Dlaczego, u diabła, to zrobiłaś? Dlaczego nie odbierałaś telefonu? Dlaczego się wyprowadziłaś? Gdzie, u licha, byłaś? Co się stało? – Zaczął chodzić tam i z powrotem, mięśnie pracowały pod jego koszulką. Chłodny wiatr powiał między drzewami i uniósł jego jasne włosy. Rune zatrzymał się wreszcie, stanął twarzą do mnie i warknął: – Przyrzekałaś. Przyrzekałaś, że poczekasz, aż wrócę. Wszystko było w porządku, dopóki pewnego dnia nie odebrałaś, gdy dzwoniłem. Wydzwaniałem wielokrotnie, ale nigdy już nie podniosłaś słuchawki. Nie napisałaś! Nic nie zrobiłaś! – Podszedł i zatrzymał się tuż przy mnie, patrząc na mnie z góry. – Powiedz! Natychmiast mi powiedz! – Jego twarz wciąż była czerwona od gniewu. – Cholera, zasługuję na to, by wiedzieć!

Wzdrygnęłam się, słysząc w jego głosie i słowach taką agresję i jad. Stał przede mną ktoś zupełnie obcy.

Tamten Rune nigdy tak się do mnie nie zwracał. Jednak w porę uświadomiłam sobie, że to nie był już mój Rune.

– Nie... nie mogę – wyjąkałam ledwie słyszalnym szeptem. Uniosłam głowę i zobaczyłam na jego twarzy niedowierzanie. – Proszę, Rune – błagałam. – Nie naciskaj na mnie. Zostaw to. – Przełknęłam ślinę i wydusiłam: – Zostaw nas... w przeszłości. Powinniśmy się z tym pogodzić.

Wzdrygnął się, jakbym go uderzyła.

Po chwili jednak zaczął się śmiać. Rechotał, choć nie było w tym słychać wesołości, a wściekłość i furię.

Odsunął się o krok. Trzęsły mu się ręce. Wciąż się śmiał. Powtórzył lodowatym głosem:

– Powiedz.

Pokręciłam głową, próbując zaprotestować.

Sfrustrowany uniósł ręce.

– Powiedz – nalegał. Obniżył głos o oktawę, by mnie przestraszyć.

Tym razem nie poruszyłam się. Smutek sprawił, że nie mogłam tego zrobić. Byłam smutna, ponieważ widziałam już Rune'a w takim stanie. Zawsze był cichy i wycofany. Jego mama kilka razy wspominała mi, że był markotny od dziecka. Obawiała się, że w przyszłości przysporzy jej wielu zmartwień. Według niej z natury pozostawał opryskliwy i skryty. Widziała jego humory i skłonność do pesymizmu.

Ale poznał ciebie, mówiła. *Poznał ciebie, a ty słowami i zachowaniem nauczyłaś go, że życie nie zawsze musi być tak poważne. Że życiem należy się cieszyć. Że życie jest wielką przygodą, więc trzeba w pełni je wykorzystać*, powtarzała nieustannie.

Spostrzegłam, że teraz z chłopaka emanuje mrok. Takiego właśnie Rune'a opisywała pani Kristiansen – a właściwie bała się, że właśnie taki się stanie. Miał przecież wrodzoną skłonność do zmiennych nastrojów, która w końcu musiała się ujawnić.

Przyciągał go mrok, nie światło.

Odwróciłam się, milcząc. Chciałam zostawić Rune'a z jego wściekłością.

W uśmiechu promienie słońca, w sercu poświata księżyca, powtarzałam w myślach mantrę babci. Zamknęłam oczy, starając się zdusić napływający ból. Próbowałam nie dopuścić go do mojej piersi. Niósł ze sobą przeświadczenie, w które nie chciałam wierzyć.

To ja mu to zrobiłam.

Próbując nad sobą zapanować, ruszyłam, by odejść. Kiedy to zrobiłam, Rune objął mnie w talii i odwrócił. Źrenice w jego oczach rozszerzyły się tak bardzo, że pochłaniały niemal całkowicie krystalicznie niebieskie tęczówki.

– Nie! Zostaniesz tutaj. Zostaniesz i mi powiesz. – Wziął głęboki wdech i tracąc nad sobą panowanie, wykrzyknął: – Powiedz mi, dlaczego mnie, kurwa, zostawiłaś!

Tym razem nie kontrolował gniewu. Jego słowa były jak uderzenie w policzek. Wiśniowy sad rozmazał mi się przed oczami, po chwili zrozumiałam, że nie widzę nic przez łzy.

Miałam mokrą twarz, jednak spojrzenie Rune'a pozostało ostre.

– Kim ty jesteś? – szepnęłam. Pokręciłam głową, a chłopak wpatrywał się we mnie nieprzerwanie, nieznacznie mrużąc oczy. Było widać, że moje słowa nie miały na niego żadnego wpływu. – Kim jesteś teraz? – Spojrzałam na jego rękę wciąż spoczywającą na mojej talii. Poczułam ucisk w gardle, ale wydusiłam: – Gdzie chłopak, którego kochałam? – Ryzykując ponowne spojrzenie na jego twarz, szepnęłam: – Gdzie mój Rune?

Wyszarpnął nagle rękę, jakby parzyła go moja skóra. Spojrzał na mnie, a z jego ust wydostał się złowieszczy śmiech. Ostrożnie pogłaskał mnie po włosach. Czuły gest stał w sprzeczności ze słowami pełnymi jadu.

– Chcesz wiedzieć, gdzie podział się ten chłopak? – Przełknęłam ślinę. Obserwował moją twarz, dostrzegając każdy jej szczegół z wyjątkiem oczu. – Chcesz wiedzieć, co stało się z Runem? – Skrzywił się z obrzydzeniem, jakby mój Rune był kimś podłym. Jakby mój Rune nie był wart całej mojej miłości. Chłopak pochylił głowę i spojrzał mi prosto w oczy tak wymownie, że po moich plecach przebiegły ciarki. Wyszeptał ostro: – Tamten Rune umarł, gdy go zostawiłaś. – Próbowałam się odsunąć, lecz zagrodził mi drogę. Nie byłam w stanie uciec przed jego bezwzględnością. Odetchnęłam z bólem, ale Rune jeszcze nie skończył. Widziałam w jego oczach, że było mu do tego daleko. – Czekałem na ciebie – powiedział. – Czekałem, żebyś zadzwoniła, żebyś wyjaśniła. Obdzwoniłem wszystkich w mieście, by cię znaleźć, ale zniknęłaś. Wyjechałaś. Niby do jakiejś chorej ciotki. Wiedziałem przecież, że żadna nie istnieje. Twój ojciec nie chciał ze mną rozmawiać, gdy próbowałem coś z niego wyciągnąć, bo mu nie pozwoliłaś. – Zacisnął usta z bólu. Widziałam. Widziałam w każdym geście, słyszałam w każdym słowie, jak mocno cierpiał. – Wmawiałem sobie, że muszę być cierpliwy, że w końcu mi to wyjaśnisz. Jednak dni zmieniały się w tygodnie, a one w miesiące. Moja nadzieja prysła. Jej miejsce zajął ból. Pogrążyłem się w mroku, który wywołałaś. Minął rok, moje wiadomości pozostały bez odpowiedzi. Pozwoliłem, by do reszty zawładnął mną ten ból. Ze starego Rune'a nie pozostało już nic. Nie mogłem dłużej patrzeć w lustro, nie mogłem być tym samym chłopakiem choćby przez jeden kolejny cholerny dzień, ponieważ to był Rune, który miał ciebie. Rune, który miał swoją *Poppymin*. Rune, który miał pełne serce. W połowie własne, w połowie twoje. Zabrałaś swoją część, pozostawiając pustkę, którą wypełnił ból, mrok i ogromny gniew. – Pochylił się, a ciepło jego oddechu owiało moją twarz. – To ty mnie takim uczyniłaś, Poppy. Rune, którego znałaś, nie żyje, odkąd stałaś się zdzirą, łamiąc wszystkie przyrzeczenia, które mu złożyłaś.

Zatoczyłam się w tył obezwładniona przez jego słowa. Uderzały w moje serce jak pociski. Rune wpatrywał się we mnie bez wyrzutów sumienia. Nie dostrzegłam w jego oczach współczucia. Widniała w nich jedynie zimna, bezlitosna prawda.

Prawdziwe było każde jego słowo.

Biorąc przykład z chłopaka, pozwoliłam, by zapanował nade mną gniew. Uwolniłam resztki wściekłości, które we mnie tkwiły. Ruszyłam do przodu i szturchnęłam go w pierś. Zdziwiłam się, gdy się cofnął, choć szybko odzyskał równowagę.

Jednak ja nie przerywałam natarcia.

Ponownie popchnęłam Rune'a, gorące łzy spływały mi po twarzy. Nieustannie uderzałam w jego pierś. Tym razem ani drgnął. Zaczęłam go bić. Szlochałam głośno, z całej siły wymierzając ciosy w jego tors. Mięśnie pod jego koszulką napinały się, gdy wyładowywałam na nim wszystko, co przez lata gromadziło się w moim sercu.

– Nienawidzę cię! – krzyczałam na całe gardło. – Nienawidzę cię za to! Nienawidzę osoby, którą się stałeś! Nienawidzę go, nienawidzę ciebie! – dusiłam się, krzycząc. W końcu zatoczyłam się w tył wyczerpana.

Na widok wymierzonego we mnie złowieszczego spojrzenia krzyknęłam, wykorzystując resztki siły:

– Chciałam cię uratować! – Przez chwilę oddychałam głęboko. W końcu dodałam ciszej: – Chciałam cię uratować, Rune! Chciałam oszczędzić ci bólu. Chciałam oszczędzić ci poczucia bezradności. Nie potrafiłam tego zrobić dla innych osób, które kochałam.

Ściągnął mocno brwi. Na jego pięknej twarzy malowała się zupełna dezorientacja.

Ponownie się od niego odsunęłam.

– Nie mogłam się z tobą kontaktować, nie mogłam znieść myśli, jak zachowasz się, mając świadomość o moim stanie. Nie mogłam ci tego zrobić, gdy byłeś tak daleko. – Szlochałam tak bardzo, że ochrypłam z wysiłku. Odkaszlnęłam więc i podeszłam do Rune'a, który stał nieruchomo jak wmurowany w ziemię. Położyłam sobie rękę na sercu i wychrypiałam: – Musiałam walczyć. Musiałam oddać się temu w całości. Musiałam spróbować. I chciałam, byś przy mnie był bardziej, niż mógłbyś to sobie wyobrazić. – Moje mokre rzęsy wysychały na zimnym wietrze. – Na pewno rzuciłbyś wszystko, starając się do mnie przyjechać. Nienawidziłeś już rodziców i życia w Oslo, słyszałam to w twoim głosie, gdy rozmawialiśmy. Byłeś taki zgorzkniały. Nie wiem, jak zdołałbyś poradzić sobie z tym, co mnie spotkało.

Huczało mi w głowie, ból zaczynał ściskać skronie. Musiałam stąd odejść. Musiałam się wycofać. Uciec.

Rune wciąż się nie poruszał. Nawet nie mrugał.

– Muszę iść, Rune. – Złapałam się za serce, wiedząc, że kolejne słowa połamią je na kawałki. – Zostawmy to tutaj, w sadzie, który tak bardzo kochaliśmy. Skończmy to, cokolwiek między nami było... cokolwiek to było... – Mój głos był ledwie słyszalny, gdy zadałam ostateczny cios: – Będę się trzymać od ciebie z daleka, a ty trzymaj się z daleka ode mnie. Dajmy sobie wreszcie ze sobą spokój. Tak już musi być. – Zwiesiłam głowę, nie chcąc widzieć cierpienia w oczach Rune'a. – Nie potrafię znieść całego tego bólu – dodałam słabo. – Potrzebuję promieni słońca w uśmiechu i serca z poświatą księżyca. – Uśmiechnęłam się do siebie. – Dzięki temu żyję. Nie przestałam wierzyć w piękno świata. Nie pozwoliłam się złamać. – Uniosłam głowę, by na niego spojrzeć. – Nie chcę być przyczyną twojego cierpienia.

Odwracając głowę, dostrzegłam na twarzy Rune'a przebłysk bólu, ale nie czekałam, co będzie dalej. Zaczęłam biec. Uciekałam. Gdy mijałam nasze ulubione drzewo, Rune chwycił mnie jednak za rękę i ponownie zwrócił mnie ku sobie.

– Co? – zapytał ostro. – O czym ty, u diabła, mówisz? – Dyszał. – Nic jeszcze nie wyjaśniłaś! Ratowałaś mnie i chroniłaś? Niby przed czym? Czego według ciebie nie mógłbym znieść?

– Rune, proszę – nalegałam, odpychając go od siebie.

Natychmiast się do mnie przysunął, złapał za ramiona i uwięził.

– Odpowiedz! – krzyknął.

Ponownie go odepchnęłam.

– Puszczaj! – Zdenerwowałam się i przeszył mnie dreszcz. Znów chciałam się odwrócić, ale chłopak zbyt mocno mnie trzymał. Walczyłam z nim, próbując schronić się za drzewem, które zawsze mnie uspokajało. – Puść mnie! – powtórzyłam.

Znów się przysunął.

– Nie. Powiedz. Wyjaśnij! – krzyczał.

– Rune…

– Wyjaśnij! – wrzeszczał, przerywając mi.

Pokręciłam szybko głową, próbując uciec. Jednak bezskutecznie.

– Błagam cię! Błagam!

– Poppy!

– NIE!

– WYJAŚNIJ!

– UMIERAM! – wykrzyknęłam w cichy sad, nie mogąc dłużej znieść tej sytuacji. – Umieram – powiedziałam i ponownie dodałam szeptem: – Umieram…

Złapałam się za pierś, próbując wziąć wdech. Mój umysł nie wytrzymał ciężaru tych słów. Serce waliło mi jak młotem. Obezwładniała je panika. Przerażająca świadomość dokonanego wyznania… spowiedzi.

Patrzyłam pod nogi. Podświadomie czułam, że Rune zamarł, nadal trzymając mnie za ramiona. Czułam ciepło jego dłoni, ale uświadomiłam sobie, że drżą. Słyszałam, jak płytki i urywany stał się jego oddech.

Zmusiłam się, by unieść głowę i spojrzeć chłopakowi w oczy. Były szeroko otwarte i przepełnione bólem.

Nienawidziłam siebie w tej chwili. Właśnie dlatego dwa lata temu złamałam przyrzeczenie – nie chciałam widzieć tego udręczonego, zbolałego spojrzenia.

Musiałam pomóc Rune'owi się ode mnie uwolnić.

Tymczasem więziłam go za kratami wściekłości.

– Poppy… – szepnął z mocnym akcentem. Jego twarz pobladła tak bardzo, że stał się biały niczym duch.

– Mam chłoniaka Hodgkina, to ziarnica złośliwa w zaawansowanym stadium. Terminalnym – powiedziałam i dodałam po chwili drżącym głosem: – Zostało mi kilka miesięcy życia, Rune. Nikt już nie może mi pomóc.

Czekałam. Czekałam na to, co powie, ale on milczał. Cofnął się. Prześledził wzrokiem moją twarz, szukając jakichkolwiek oznak kłamstwa. Kiedy ich nie znalazł, pokręcił głową.

– Nie – powiedział bezgłośnie i zaczął biec. Odwrócił się do mnie plecami i uciekł.

Minęło bardzo dużo czasu, nim znalazłam w sobie siłę, by się ruszyć.

Wiele minut później weszłam do domu, gdzie w salonie rodzice gościli Kristiansenów.

Wystarczyły sekundy, by mama zauważyła, co mi jest. Podbiegła i zaczęła mnie tulić.

Moje serce pękało, gdyż złamałam je jemu.

Temu, którego starałam się przed tym uchronić.

8
NIEPEWNE ODDECHY I UDRĘCZONE DUSZE

Rune

UMIERAM! Umieram. Umieram... Mam chłoniaka Hodgkina, to ziarnica złośliwa w zaawansowanym stadium. Terminalnym... Zostało mi kilka miesięcy życia, Rune. Nikt już nie może mi pomóc. Biegłem przez ciemny park, a słowa Poppy nieustannie krążyły w moim umyśle. *UMIERAM! Umieram. Umieram... Mam chłoniaka Hodgkina, to ziarnica złośliwa w zaawansowanym stadium. Terminalnym... Zostało mi kilka miesięcy życia, Rune. Nikt już nie może mi pomóc.*

Ból uderzał w moje serce z siłą, której nawet nie potrafiłem sobie wyobrazić. Ciął je, dźgał i krajał. Zatrzymałem się z poślizgiem i upadłem na kolana. Próbowałem oddychać, jednak ból dopiero rozpoczynał swój atak, rozrywając moje płuca tak, że zabrakło w nich powietrza. Z prędkością światła przedzierał się przez moje ciało, pochłaniając je w całości. Teraz składało się ono wyłącznie z cierpienia.

Myliłem się. Tak bardzo się myliłem.

Myślałem, że przechodziłem najgorsze, gdy dwa lata temu Poppy odsunęła się ode mnie. Tak bardzo mnie to zmieniło... Złamało moje serce, zamroziło je... Jednak to... to...

Sparaliżowany uciskiem w brzuchu upadłem na dłonie i ryknąłem w mrok parku. Wbiłem palce w twardą ziemię, rozgrzebywałem ją, a kamyki i gałązki wbijały mi się pod paznokcie.

Ten ból mnie cieszył. Ten mogłem znieść... w przeciwieństwie do goryczy, która opanowała moje serce.

Przed oczami stanęła mi Poppy. Jej idealna twarz, gdy dziewczyna wchodziła dzisiaj do pokoju Deacona. Jej uśmiech na widok Ruby, który natychmiast zniknął, gdy Poppy dostrzegła tam również mnie. Widziałem jej cierpienie, gdy zobaczyła siedzącą obok Avery i moją rękę na jej ramionach.

Jednak nie widziała, jak wcześniej obserwowałem ją przez okno w kuchni, gdy siedziała z Jorie przy ognisku. Nie widziała, że przyszedłem na tę imprezę, choć w ogóle tego nie planowałem. Kiedy Judson napisał mi, że jest na niej Poppy, nic nie mogło mnie powstrzymać.

Ignorowała mnie. Od chwili, gdy tydzień temu spotkaliśmy się na korytarzu, nie powiedziała do mnie ani słowa.

Niszczyło mnie to.

Myślałem, że po powrocie do Blossom Grove poznam odpowiedzi. Sądziłem, że dowiem się, dlaczego Poppy się odsunęła.

Szlochałem. Nigdy, nawet w najgorszym koszmarze, nie spodziewałem się, że taki był powód jej ciszy. Przecież to Poppy. *Poppymin*. Moja Poppy.

Nie mogła umrzeć.

Nie mogła mnie zostawić.

Nie mogła wszystkich opuścić.

Bez niej nic nie miało sensu. Miała przed sobą jeszcze wiele lat. Miała być ze mną na zawsze.

Poppy i Rune po wsze czasy.
Na wieki wieków.
Zostały miesiące? Nie mogłem... Nie mogła...
Trząsłem się, a z mojego gardła ponownie wydobył się krzyk. Bolało tak bardzo, jakby ktoś żywcem obdzierał mnie ze skóry i ćwiartował.

Łzy płynęły niepowstrzymanie po mojej twarzy, zwilżając ziemię przy moich dłoniach. Nadal klęczałem na czworaka niezdolny, by się ruszyć.

Nie wiedziałem, co mam zrobić. Co można było zrobić? Jak przeboleć to, że nie da się już pomóc?

Odchyliłem głowę ku wypełnionemu gwiazdami niebu i zamknąłem oczy.

– Poppy – szepnąłem, gdy słone krople spłynęły mi na usta. – *Poppymin* – wymamrotałem, a pieszczotliwe słowa rozpłynęły się na wietrze.

Przywołałem w myślach jej zielone oczy. Były tak realne, jakby naprawdę przede mną stała... *Zostało mi kilka miesięcy życia, Rune. Nikt już nie może mi pomóc.*

Krzyk nie uwiązł w moim ściśniętym gardle. Wydobył się z moich ust jeszcze wielokrotnie. Trząsłem się cały na myśl o tym, przez co dziewczyna musiała przejść. Beze mnie. Nie trzymałem jej za rękę. Nie całowałem jej w czoło. Nie tuliłem, gdy była smutna i gdy osłabiały ją leki. Stawiała czoła cierpieniu jedynie z połową serca. Z tym bólem zmagała się tylko połowa jej duszy.

Bez mojej.

Nie wiedziałem, jak wiele czasu spędziłem w parku. Wydawało mi się, że upłynęły wieki, nim odnalazłem siłę, by wstać. Kiedy odszedłem, czułem się we własnym ciele jak oszust. Jakbym utknął w koszmarze, z którego obudzę się, znów mając piętnaście lat. Nie tak miało być. Chciałbym obudzić się w sadzie pod ulubionym drzewem, trzymając Poppy w ramionach. Gdy po przebudzeniu otworzyłbym oczy, śmiałaby się, obejmując mnie mocno w pasie. Uniosłaby głowę, a ja opuściłbym swoją, by ją pocałować.

Całowalibyśmy się w nieskończoność. A kiedy wreszcie bym się odsunął, uśmiechnęłaby się ze słońcem na twarzy i szepnęła z wciąż zamkniętymi oczami: „Pocałunek numer dwa tysiące pięćdziesiąty trzeci. W sadzie wiśniowym, pod moim ulubionym drzewem. Z moim Runem... Serce niemal wyrwało mi się z piersi". Trzymając w ręku aparat, patrzyłbym, jak otwierają się oczy mojej dziewczyny. Czekałbym na ten wyjątkowy, magiczny moment, by móc dostrzec, jak na mój widok wypełniają się miłością. Powiedziałbym Poppy, że ją kocham, delikatnie głaszcząc po policzku. Zrobiłbym wtedy zdjęcie i wywołane powiesił na ścianie, by móc codziennie się w nie wpatrywać...

Marzenia przerwało pohukiwanie sowy. Zamrugałem. Świadomość, że wszystko okazało się jedynie fantazją, uderzyła we mnie jak rozpędzona ciężarówka. Wrócił ból. Porażała prawda. Nie mogłem uwierzyć, że Poppy umierała.

Świeże łzy napłynęły mi do oczu. Dopiero po chwili uświadomiłem sobie, że znajdowałem się pod drzewem z moich marzeń. Tym, pod którym zwykliśmy siadać. Jednak kiedy uniosłem głowę i spojrzałem w ciemność, żołądek ścisnął mi się na ciasny supeł. Gałęzie wiśni poruszały się na zimnym wietrze. Jej konary były nagie, nie miały liści, skręcały się i rozdzielały, oddając nastrój podłej chwili.

Chwili, w której dotarło do mnie, że moja dziewczyna odchodzi.

Zmusiłem się do marszu. Nogi same niosły mnie do domu, ale w głowie panował chaos – myśli kotłowały się jedna przez drugą. Nie wiedziałem, co mam zrobić, gdzie się udać. Łzy nie chciały przestać płynąć mi z oczu. Ból wrastał we mnie na nowo, nie oszczędzając ani jednej części mojego ciała.

Chciałam cię uratować...

Nic nie mogło mnie uratować. Myśli o niej, tak chorej, próbującej zatrzymać jasne światło, którym zawsze promieniała, pokonały mnie.

Po powrocie na podwórze spojrzałem na okno, w które wpatrywałem się przez dwanaście lat. Wiedziałem, że dziewczyna za nim jest. W jej domu było ciemno. Zbliżyłem się powoli i zatrzymałem.

Nie mogłem... Nie mogłem się z nią widzieć... Nie mogłem...

Odwróciłem się i pognałem do siebie. Gwałtownie otworzyłem drzwi. Łzy smutku oraz gniewu wciąż spływały mi po policzkach. Oba uczucia, walcząc o dominację, rozrywały mnie od środka.

Minąłem salon.

– Rune! – zawołała matka. Usłyszałem drżenie w jej głosie.

Zamarłem. Kiedy odwróciłem się twarzą do kobiety, która stała przy kanapie, zauważyłem, że ma mokre policzki.

Uderzyło we mnie jak kula burząca.

Wiedziała.

Podeszła do mnie o krok i wyciągnęła rękę. Spojrzałem na jej dłoń, lecz nie byłem w stanie jej chwycić. Nie mogłem...

Ruszyłem do siebie. Trzasnąłem drzwiami. Zatrzymałem się na środku pokoju. Stałem pośród martwej pustki, rozglądając się wokół, jakbym szukał pomysłu, co mam dalej robić.

Jednak nie znalazłem go. Uniosłem ręce i zacząłem ciągnąć nimi za włosy. Szloch wymknął się z mojego gardła. Tonąłem w cholernie gorzkich łzach, które zalewały mi twarz. Nie wiedziałem, co mam, u licha, począć.

Postawiłem krok do przodu, jednak po chwili znów stanąłem w miejscu. Podszedłem do łóżka. Ponownie się zatrzymałem. Moje serce biło powolnym, równym rytmem. Walczyłem, by wtłoczyć nieco powietrza do ściśniętych płuc. Próbowałem nie upaść.

Właśnie wtedy coś we mnie pękło.

Uwolniłem cały nagromadzony od lat gniew. Poddałem się mu i pozwoliłem, by mnie prowadził. Chwyciłem mocno za łóżko. Krzycząc głośno, podniosłem je i wywróciłem. Podszedłem do biurka i jednym ruchem zrzuciłem wszystko, co stało na blacie. W locie złapałem laptop, odwróciłem się i cisnąłem nim o ścianę. Usłyszałem, jak się rozbija. Jednak to nic nie pomogło. Nic nie mogło mi pomóc. Ból wciąż palił. Dławiła bezlitosna prawda.

I te cholerne łzy...

Zacisnąłem dłonie w pięści, odrzuciłem głowę w tył i krzyknąłem. Krzyczałem, aż mój głos stał się ochrypły i zaczęło boleć mnie gardło. Upadłem na kolana, nurzając się w smutku.

Usłyszałem zgrzyt drzwi, więc uniosłem wzrok. Do pokoju weszła mama. Pokręciłem głową, wyciągając ręce, by ją zatrzymać, jednak nic to nie dało.

– Nie – wychrypiałem, wymachując ręką, by odeszła. Jednak nie posłuchała mnie i usiadła tuż obok na podłodze. – Nie – rzuciłem ostrzej, ale mama objęła mnie za szyję. – Nie! – walczyłem, ale ona przyciągnęła mnie do siebie. Przegrałem. Wtuliłem się w nią z płaczem. Krzyczałem i płakałem, obejmując ją, z którą przez ostatnie dwa lata zamieniłem zaledwie kilka słów. Jednak w tej chwili potrzebowałem jej. Musiałem być teraz z kimś, kto zrozumie.

Zrozumie, co będzie dla mnie oznaczała utrata Poppy.

Wyrzuciłem z siebie wszystko. Ścisnąłem mamę tak mocno, że chyba zrobiłem jej kilka siniaków. Mimo to nie ruszyła się – płakała razem ze mną. Siedziała w milczeniu, tuląc mnie, aż straciłem całą siłę.

Chwilę później usłyszałem coś przy drzwiach.

Uniosłem głowę i zobaczyłem, że ojciec przygląda się nam ze smutkiem. W jego oczach błyszczały łzy. Na nowo zagotowało się w moim brzuchu. Widok człowieka, który odebrał mi wszystko, zmuszając mnie, bym opuścił Poppy, gdy ta najbardziej mnie potrzebowała, sprawił, że coś we mnie pękło.

Odsunąłem od siebie mamę i warknąłem na tatę:

– Wynoś się.

Mama zesztywniała, gdy odsunąłem ją jeszcze dalej, piorunując ojca wzrokiem. Zszokowany uniósł ręce.

– Rune... – powiedział spokojnie.

To jeszcze bardziej mnie rozjuszyło.

– Powiedziałem, wynoś się! – Wstałem.

Tata spojrzał na mamę. Kiedy ponownie zwrócił się do mnie, zacisnąłem dłonie w pięści. Zapłonęła we mnie wściekłość.

– Rune, synu. Jesteś w szoku. Cierpisz...

– Cierpię? Cierpię? Nie masz nawet o tym pieprzonego pojęcia! – ryknąłem i zbliżyłem się do niego. Mama poderwała się z podłogi. Zignorowałem ją, gdy próbowała stanąć mi na drodze. Ojciec chwycił ją i wepchnął za siebie do korytarza.

Zamknął drzwi, blokując przed nią wejście.

– Wynocha stąd – powiedziałem po raz ostatni, czując, że nie potrafię dłużej skrywać wrzącej we mnie nienawiści do tego człowieka.

– Przykro mi, synu – szepnął, uwalniając łzę. Jeszcze miał czelność stać przede mną i płakać.

Nie miał pieprzonego prawa!

– Nie – ostrzegłem surowo. – Nie waż się stać tu i płakać. Nie waż się stać tu i mówić, że ci przykro. Nie masz cholernego prawa, bo to ty mi ją odebrałeś. To ty zmusiłeś mnie, bym ją zostawił, choć nie chciałem jechać. To ty zabrałeś mnie od niej, gdy była chora. A teraz... teraz... ona um... – nie potrafiłem dokończyć zdania. Nie potrafiłem wypowiedzieć tego słowa. Niewiele myśląc, rzuciłem się na ojca. Znalazłszy się przy nim, uderzyłem dłońmi w jego szeroką pierś.

Zatoczył się do tyłu i uderzył plecami w ścianę.

– Rune! – Usłyszałem krzyk mamy zza drzwi. Ignorując ją, chwyciłem ojca za koszulę i przyciągnąłem do siebie. Jego twarz znajdowała się tuż przy mojej.

– Zabrałeś mnie od niej na dwa lata. Nie było mnie, więc odsunęła się, by mnie uratować. Mnie. Chciała oszczędzić mi bólu, ponieważ byłem zbyt daleko. Nie mogłem jej pocieszyć i trzymać za rękę, gdy cierpiała. To przez ciebie nie mogłem być przy niej, gdy walczyła. – Przełknąłem ślinę i dodałem z trudem: – A teraz jest już za późno. Zostały jej miesiące… – Głos mi się załamał. – Miesiące… – Puściłem go i odsunąłem się, czując jeszcze większy ból i ponownie napływające do oczu łzy.

Stojąc do niego tyłem, powiedziałem:

– Nie ma odwrotu. Nigdy ci tego nie wybaczę. Nigdy. Skończyłem z tobą.

– Rune…

– Wynoś się – syknąłem. – Wynoś się z mojego pokoju i z całego mojego życia. Skończyłem z tobą. Definitywnie.

Minęła chwila, nim usłyszałem zgrzyt otwieranych i zamykanych drzwi. Zaraz zapanowała cisza, choć mnie wciąż wydawało się, że cały dom krzyczy.

Założyłem włosy za uszy, opadłem na leżący na podłodze materac i oparłem się o ścianę. Mijały minuty, może godziny, a ja wciąż wpatrywałem się w jeden punkt. Pokój oświetlała tylko stojąca w kącie niewielka lampka, która jakimś sposobem przetrwała mój atak wściekłości.

Uniosłem głowę i skupiłem wzrok na wiszącym na ścianie zdjęciu. Zmarszczyłem brwi, uświadamiając sobie, że go tam nie wieszałem. Musiała je tam umieścić mama, kiedy rozpakowywała moje rzeczy.

Wpatrywałem się w nie.

Patrzyłem na Poppy tańczącą w sadzie wiśniowym na dzień przed moim wyjazdem. Wokół niej rozciągały się gałęzie pełne różowych kwiatów, które tak uwielbiała. Kręciła się, wyciągając ręce ku niebu i odchylając ze śmiechem głowę.

Serce ścisnęło mi się na widok mojej *Poppymin*. Dziewczyny, która sprawiała, że się uśmiechałem. Dziewczyny, z którą biegałem do sadu, by śmiać się i tańczyć.

Dziewczyny, która nie chciała utrzymywać ze mną kontaktu. *Będę się trzymać od ciebie z daleka, a ty trzymaj się z daleka ode mnie. Dajmy sobie wreszcie ze sobą spokój...*

Nie mogłem tego zrobić. Nie mogłem jej tak zostawić. Nie mogła się odsunąć. Potrzebowała mnie, a ja jej. Miałem gdzieś to, co powiedziała. Nie było mowy, bym zostawił ją z tym wszystkim samą... Nie mógłbym tego zrobić, nawet gdybym chciał.

Bez namysłu poderwałem się z miejsca i podbiegłem do szyby. Spojrzałem w tę naprzeciw i pozwoliłem prowadzić się instynktowi. Tak cicho, jak tylko potrafiłem, otworzyłem okno i wyszedłem przez nie. Moje serce biło w rytm kroków stawianych na trawie. Zatrzymałem się. Wziąłem głęboki wdech, wsunąłem palce pod okno dziewczyny i uniosłem je. Poruszyło się.

Nie było zamknięte.

Miałem wrażenie, że dwa lata wcale nie upłynęły. Wszedłem do środka i ostrożnie zamknąłem za sobą okno. Przede mną znajdowała się zasłona, której nie było tu wcześniej. Odsunąłem ją po cichu, zrobiłem krok w głąb pokoju i zacząłem delektować się jego znajomym widokiem.

Nie minęła chwila, a do mojego nosa dotarł słodki zapach perfum Poppy. Zamknąłem oczy, starając się stłumić głęboki ból. Kiedy je otworzyłem, zobaczyłem na łóżku dziewczynę. Spała, oddychając równo, zwrócona twarzą do mnie. Oświetlało ją niewielkie światło lampki.

Ścisnął mi się żołądek. Jak, u licha, mogła myśleć, że będę się od niej trzymał z daleka? Nawet gdyby nie powiedziała, dlaczego się ode mnie odsunęła, znalazłbym sposób, by do niej wrócić. Mimo całego mojego cierpienia i gniewu zostałbym przy niej, przyciągany do światła jak ćma.

Nie potrafiłbym trzymać się na dystans.

Gdy wpatrywałem się w dziewczynę, w jej różowe usta zaciśnięte we śnie, policzki zaróżowione od ciepła, poczułem, jakby moją pierś przeszyła włócznia. Miałem ją stracić.

Miałem stracić jedyny powód do życia.

Kołysałem się na piętach, próbując uporać się z myślami. Łzy spłynęły mi po policzkach, a pod stopami zatrzeszczała stara deska. Zacisnąłem mocno powieki. Kiedy je uniosłem, zobaczyłem, że Poppy przygląda mi się zaspana. Na widok moich załzawionych, zatroskanych oczu jej twarz wypełniła się cierpieniem. Dziewczyna powoli wyciągnęła do mnie ręce.

Zadziałałem intuicyjnie. Poppy zawsze pobudzała mój instynkt. Nogi same zaniosły mnie w kierunku jej rąk. Nogi, które w końcu poddały się, gdy znalazły się przy jej łóżku. Opadłem na kolana, kładąc głowę na udach dziewczyny. Rozpłakałem się, jakby coś we mnie pękło. Łzy płynęły nieprzerwanym strumieniem, kiedy Poppy objęła dłońmi moją głowę.

Uniosłem ręce i mocno ścisnąłem ją w talii. Poppy drżącymi palcami głaskała mnie po włosach, gdy załamany moczyłem łzami jej nocną koszulę.

– Ciii – szepnęła, kołysząc mnie. Ten słodki dźwięk przynosił ukojenie. – Już dobrze – dodała. Przeszkadzało mi, że to ona pociesza mnie, jednak nie potrafiłem zapanować nad bólem. Nie umiałem wyzbyć się żalu.

Tuliłem ją. Tuliłem mocno, myśląc, że każe mi odejść. Jednak tak się nie stało. Nie mógłbym jej puścić. Nie śmiałbym unieść głowy, wiedząc, że jej przy mnie nie ma.

Potrzebowałem jej.

Musiała zostać.

– Już dobrze – powtórzyła. Tym razem jednak uniosłem głowę i spojrzałem jej w oczy.

– Nie, nie jest dobrze – powiedziałem ochryple. – Nic nie jest dobrze.

Oczy Poppy lśniły, ale nie było w nich łez. Uniosła moją głowę i pogładziła mnie po mokrych policzkach.

Wstrzymując oddech, wpatrywałem się w dziewczynę. Zobaczyłem, jak na jej ustach zagościł słaby uśmiech. Wszystko przewróciło mi się w żołądku jak wtedy, gdy o wszystkim się dowiedziałem i w moim życiu zapanowała pustka.

– Jest – powiedziała tak cicho, że niemal nie usłyszałem. – Mój Rune.

Serce przestało mi bić.

Odsunęła włosy z moich oczu, powiodła palcem po moim nosie i linii żuchwy, a na jej twarzy zagościło najprawdziwsze szczęście. Nie poruszałem się, próbując zatrzymać w pamięci tę chwilę – utrwalić w myślach, jak na obrazie, dłonie Poppy okrywające moją twarz i bijące od niej szczęście.

– Zastanawiałam się wielokrotnie, jak będziesz wyglądał po latach. Czy obetniesz włosy. Czy urośniesz jeszcze i nabierzesz ciała. Czy twoje oczy pozostaną niezmienne. – Drgnął kącik jej ust. – Zastanawiałam się, czy będziesz jeszcze bardziej przystojny, choć wydawało mi się to nierealne. – Jej uśmiech osłabł. – Teraz widzę, że chyba jednak jest możliwe... Kiedy zobaczyłam cię tydzień temu na korytarzu, nie mogłam uwierzyć, że jesteś, że stoisz naprzeciw mnie. Piękniejszy niż mogłam to sobie wyobrażać. – Pociągnęła mnie lekko za kilka kosmyków. – Nadal z długimi włosami. Z tęczówkami tak intensywnie niebieskimi jak niegdyś. Wysoki i dobrze zbudowany. – Popatrzyła mi w oczy i dodała cicho: – Mój wiking.

Opuściłem powieki, próbując pozbyć się ucisku w gardle. Kiedy je uniosłem, Poppy wciąż przyglądała mi się z całkowitym uwielbieniem.

Uklęknąłem i podsunąłem się wyżej. Spojrzenie Poppy złagodniało, gdy oparłem czoło na jej czole. Zrobiłem to tak ostrożnie, jakby była laleczką z chińskiej porcelany. Wziąłem głęboki wdech i szepnąłem:

– *Poppymin*. – Tym razem to jej popłynęły łzy. Wsunąłem palce w jej włosy i przytuliłem ją do siebie. – Nie płacz, *Poppymin*. Nie mogę znieść widoku twoich łez.

– Mylisz ich znaczenie – odpowiedziała cicho. Odsunąłem się nieco, wpatrując się w jej oczy. Uśmiechnęła się. Widziałem na jej ślicznej twarzy zadowolenie, gdy wyjaśniła: – Nigdy nie sądziłam, że ponownie usłyszę to słowo z twoich ust. – Przełknęła z trudem ślinę. – Nie sądziłam, że będziesz znów tak blisko. Nie śniłam nawet, że ponownie się tak poczuję.

– Jak? – zapytałem.

– Tak – powtórzyła, kładąc sobie moją dłoń na galopującym sercu. Zamarłem, czując, że w mojej piersi coś budzi się do życia. Dziewczyna dodała: – Nie przypuszczałam, że ponownie się obudzę. – Po jej policzku popłynęła łza i skapnęła na moje palce. – Nie sądziłam, że odzyskam drugą połówkę serca, nim… – urwała, ale oboje wiedzieliśmy, co chciała powiedzieć. Patrzyła mi w oczy, a jej uśmiech osłabł. – Poppy i Rune. Dwie połowy całości. W końcu razem. Teraz, gdy to najważniejsze.

– Poppy… – powiedziałem, ale rosnący we mnie ból nie dał mi dokończyć.

Zamrugała kilkakrotnie, aż w jej oczach zniknęły łzy. Popatrzyła na mnie, przechylając głowę na bok, jakby próbowała rozwikłać łamigłówkę.

– Poppy – powiedziałem ochryple. – Pozwól mi zostać. Nie mogę… Nie mogę… Nie wiem, co robić…

Położyła ciepłą dłoń na moim policzku.

– Nie możesz nic zrobić, Rune. Nie da się nic zrobić, by przetrwać tę burzę. – Zamknąłem oczy, gdyż słowa uwięzły mi w gardle. Kiedy ponownie uniosłem powieki, zobaczyłem, że dziewczyna mi się przygląda. – Nie boję się – zapewniła z odwagą. Widziałem, że mówiła prawdę. Z całą pewnością wierzyła we własne słowa. Moja Poppy. Jej ciało, choć kruche, wypełnione było odwagą i światłem.

Kochałem ją tyle lat, jednak nigdy nie byłem bardziej dumny niż w tej chwili.

Spojrzałem na łóżko. Było większe od tego, które stało tu przed dwoma laty. Na tym wielkim materacu Poppy wydawała się taka drobna... Siedząc pośrodku, wyglądała jak mała dziewczynka.

Widząc, gdzie powędrował mój wzrok, przesunęła się. W tym ruchu zauważyłem jednak wahanie. Nie mogłem jej za nie winić. Wiedziałem, że nie byłem chłopakiem, któremu dwa lata temu machała na pożegnanie. Zmieniłem się.

Nie byłem pewien, czy ponownie zdołam być jej Runem.

Przełknęła ślinę. Po chwili konsternacji poklepała łóżko obok siebie. Moje serce przyspieszyło. Pozwalała mi zostać. Po tym wszystkim, co jej zrobiłem. Po wszystkim, co wydarzyło się między nami od mojego powrotu, i tak pozwalała mi zostać.

Zachwiałem się na niepewnych nogach, podnosząc się z klęczek. Łzy wyschły mi na policzkach, gardło bolało od smutku, ale gniew, ten niewyobrażalny ból wywołany wiadomością o chorobie Poppy zniknął, pozostawiając jedynie odrętwienie. Czułem się tak, jakby na każdą otwartą ranę położono mi plaster.

Na chwilę.

Na darmo.

Bez sensu.

Zdjąłem buty i usiadłem na łóżku. Poppy jak zawsze położyła się na plecach, ja niezdarnie tuż obok. Wykonując dobrze znane nam ruchy, ułożyliśmy się na bokach. Leżeliśmy twarzami do siebie.

Nie czułem się jednak tak jak kiedyś. Poppy się zmieniła. Ja się zmieniłem. Wszystko było już inne. Nie wiedziałem, jak do tego przywyknąć.

Mijały minuty wypełnione całkowitą ciszą. Poppy wydawała się zadowolona, mogąc mi się przyglądać, jednak w mojej głowie wciąż tkwiło pytanie. Jedno pytanie, które chciałem jej zadać, odkąd urwał się nasz kontakt. Pytanie, które wrosło gdzieś głęboko we mnie i oczekując odpowiedzi, stopniowo przeradzało się w mrok. Pytanie, na myśl o którym robiło mi się niedobrze. Pytanie, które wciąż zdołałoby rozerwać mnie na strzępy. Nawet teraz, kiedy mój świat nie mógł się już bardziej zawalić.

– Zapytaj – powiedziała nagle Poppy cichym głosem, by nie obudzić rodziców. Na mojej twarzy musiało pojawić się zdziwienie, ponieważ dziewczyna wzruszyła ramionami, wyglądając przy tym cholernie uroczo. – Może i nie znam chłopaka, którym jesteś teraz, ale poznaję tę minę. Tę, którą robisz zawsze, gdy w twojej głowie roi się od pytań.

Powiodłem palcami po pościeli znajdującej się między nami, skupiając na tym ruchu spojrzenie.

– Znasz mnie – szepnąłem w odpowiedzi. Bardzo chciałem w to wierzyć. Poppy była jedyną osobą, która znała mnie naprawdę. Nawet teraz, po dwóch latach braku kontaktu, rozpoznawała to przytłoczone gniewem i smutkiem serce.

Przysunęła palce do moich, zatrzymując je na istniejącej między nami neutralnej przestrzeni. Na dzielącej nasze ciała ziemi niczyjej. Gdy wpatrywałem się w nasze zbliżające się do siebie, choć wciąż pozostające w oddaleniu dłonie, powróciło do mnie pragnienie, by użyć aparatu, którego tak długo nie miałem już w rękach.

Chciałem uwiecznić ten moment.

Chciałem mieć to zdjęcie. Chciałem zatrzymać tę chwilę na zawsze.

– Chyba znam niektóre twoje wątpliwości – powiedziała Poppy, wyrywając mnie z zamyślenia. Zaczerwieniła się, jej jasna skóra nabrała koloru. – Szczerze mówiąc, odkąd wróciłeś, prawie cię nie rozpoznałam. Jednak udało mi się dostrzec w tobie niektóre cechy chłopaka, którego kiedyś kochałam. Żywiłam nadzieję, że on na pewno gdzieś tam nadal jest i czeka. – Na jej twarzy widniała determinacja. – Niczego nie pragnę tak bardzo, jak zobaczyć, że ten chłopak walczy, by znów się otworzyć. Moim największym marzeniem, nim odejdę, jest móc ponownie ujrzeć tamtego Rune'a.

Odwróciłem głowę, nie chcąc słuchać o jej odejściu, o tym, jak bardzo ją rozczarowałem, o tym, że jej czas dobiegał końca. W tej samej chwili Poppy wyciągnęła rękę i położyła ją na mojej, zachowując się niczym odważny żołnierz na wojnie. Ponownie spojrzałem na dziewczynę. Rozchyliłem palce, by móc jej dotykać. Pogłaskała mnie po dłoni, śledząc wzrokiem jej linię.

Na jej twarzy pokazał się cień uśmiechu. Żołądek ścisnął mi się na myśl o tym, ile razy jeszcze zobaczę ten uśmiech. Zastanawiałem się, skąd ta dziewczyna w ogóle czerpie siłę, by się uśmiechać.

Poppy powoli zabrała rękę i położyła ją tam, gdzie znajdowała się ona wcześniej. Wciąż na mnie patrząc, cierpliwie czekała na pytanie, którego nadal nie zadałem.

Czując, jak drży mi serce, otworzyłem usta i zapytałem:

– Czy ta cisza... spowodowana była... wyłącznie twoją chorobą... czy może... – Przed oczami stanęły mi wspomnienia z naszej ostatniej nocy. Przypomniałem sobie, jak leżałem na Poppy, całując ją powoli. Powiedziała, że jest gotowa. Zdjęliśmy ubrania. Wpatrywałem się w jej twarz, będąc w jej ciele. Po wszystkim leżeliśmy razem objęci. Zasnąłem obok niej. Nie trzeba nam było słów.

– Co? – zapytała, wytrzeszczając oczy.

Wziąłem szybki wdech i wypaliłem:

– Wydarzyło się to między nami dlatego, że za bardzo na ciebie naciskałem? Zmusiłem cię do tego? Zrobiłaś to pod presją? – Zdecydowałem się zapytać wprost: – Żałujesz tego?

Spięła się, oczy znów zaczęły jej błyszczeć. Przez chwilę miałem wrażenie, że rozpłacze się i przyzna, że to, czego obawiałem się przez te dwa lata, było jednak prawdą. Zastanawiałem się, czy wypomni mi, że ją zraniłem... że ją wykorzystałem, choć ona tak bardzo mi ufała.

Jednak Poppy wyszła z łóżka i uklękła. Wyciągnęła coś spod łóżka. Kiedy się wyprostowała, zobaczyłem, że to znajomy słój wypełniony setkami różowych papierowych serduszek.

Słoik na tysiąc pocałunków chłopaka.

Klęcząc obok łóżka, Poppy skierowała słoik w stronę lampki, otworzyła pokrywkę i zaczęła szukać. Gdy jej ręka wirowała w środku, ja przyglądałem się serduszkom znajdującym się po mojej stronie. Większość z nich była pusta. Po zakurzonym wieczku dało się zauważyć, że nikt nie otwierał go przez bardzo długi czas.

Moje serce wezbrało smutkiem i nadzieją.

Nadzieją, że żaden inny chłopak nie dotykał jej ust.

Smutkiem, że największa z przygód jej życia została nagle przerwana. Poppy nie otrzymała więcej pocałunków.

Ten smutek pozostawił w moim sercu pustkę.

Kilka miesięcy. By wypełnić ten słój, zostało jej zaledwie kilka miesięcy. Nie miała na to całego życia. Nie zapisze pocałunku z własnego ślubu, tak jak tego pragnęła. Nie zostanie babcią i nie przeczyta wiadomości z serduszek wnukom. Nie przeżyje nawet w pełni swych nastoletnich lat.

– Rune? – zapytała, kiedy nowe łzy spłynęły mi po policzkach. Spoglądając jej w oczy, zawahałem się. Nie chciałem jej zasmucać. Kiedy jednak uniosłem głowę, zobaczyłem na twarzy Poppy zrozumienie. Szybko zmieniło się ono w zawstydzenie.

Denerwowała się.

Wyciągnęła do mnie rękę z różowym serduszkiem, które nie było puste. Po obydwu jego stronach widniały litery zapisane równie różowym atramentem, przez co wiadomość stawała się niemal niewidoczna.

Podsunęła karteczkę bliżej.

– Weź – nalegała.

Spełniłem jej prośbę.

Usiadłem i przesunąłem się w stronę światła. Skupiłem się na różowych słowach. Wreszcie byłem w stanie je odczytać.

Pocałunek numer trzysta pięćdziesiąt pięć.

W mojej sypialni. Po tym, jak kochałam się z moim Runem.

Serce niemal wyrwało mi się z piersi.

Odwróciłem serduszko i zacząłem czytać.

Oddech uwiązł mi w gardle.

Była to najpiękniejsza noc w moim życiu...
Nie mogło nam się przydarzyć nic bardziej wyjątkowego.

Zamknąłem oczy. Przez moje ciało przepływały kolejne emocje. Gdybym stał, z pewnością upadłbym teraz na kolana.

Podobało jej się.

Pragnęła wszystkiego, co wtedy zrobiliśmy. Nie skrzywdziłem jej.

Z mojego gardła wymknął się szloch. Poppy położyła rękę na moim ramieniu.

– Myślałem, że to przeze mnie... że nas zniszczyłem – szepnąłem, patrząc jej w oczy. – Myślałem, że tego żałujesz.

– Nie żałowałam – odpowiedziała równie cicho. Drżącą ręką odsunęła mi włosy z twarzy. Zbyt długa rozłąka sprawiła, że niemal zapomniałem ten gest. Czując jej dotyk, zamknąłem oczy. Otworzyłem je, gdy ta powiedziała: – Kiedy to wszystko się stało... – wyjaśniała. – Kiedy zaczęłam się leczyć... – Tym razem łzy popłynęły po jej policzkach. – Kiedy moje leczenie nie przynosiło rezultatu... często myślałam o tamtej nocy. – Opuściła powieki, a na jej policzkach układały się ciemne rzęsy. Po chwili uśmiechnęła się, wciąż trzymając palce w moich włosach. – Myślałam o tym, jak delikatny byłeś. Jak to było... być z tobą tak blisko, jakbyśmy naprawdę stanowili dwie połówki całości. Zawsze tak o sobie mówiliśmy. – Westchnęła. – Czułam się, jakbym była w domu. Ty i ja. Razem. Złączeni na zawsze. To właśnie tamta chwila, gdy oddychaliśmy pospiesznie, a ty tuliłeś mnie mocno... była najlepszym momentem mojego życia. – Ponownie otworzyła oczy. – Wspominałam ją, gdy bolało. Myślę o niej, gdy się gubię i gdy zaczynam się bać. Pamiętam, jak wielkie spotkało mnie szczęście. Tamtej nocy doświadczyłam miłości, przygody, na którą namawiała mnie babcia, pragnąc, bym napełniła słój tysiącem pocałunków chłopaka. Wiedziałam wtedy, że jestem bardzo kochana, że jestem centrum twojego świata, że żyję w pełni... choć trwało to tylko chwilę.

Trzymając różowe papierowe serce w jednej ręce, drugą chwyciłem dłoń Poppy i przysunąłem ją sobie do ust. Pocałowałem dziewczynę w nadgarstek. Na wargach poczułem jej puls. Gwałtownie wciągnęła powietrze.

– Nikt inny cię nie całował, prawda? – zapytałem.

– Nie – powiedziała. – Obiecałam ci to. Mimo że nie rozmawialiśmy. Mimo że nie sądziłam, że cię jeszcze zobaczę. Nigdy nie złamałabym tej obietnicy. Moje usta należą do ciebie. Na zawsze są twoje.

Moje serce zgubiło rytm, więc puściłem jej rękę i uniosłem palce, by dotknąć jej warg – warg, które mi ofiarowała.

Gdy dotknąłem jej ust, oddech Poppy zwolnił. Zatrzepotała rzęsami i zarumieniła się. Mój oddech przyspieszył. Posiadałem je – te usta wciąż były moje...

Już na wieki wieków.

– Poppy – szepnąłem i pochyliłem się. Dziewczyna zamarła. Nie pocałowałem jej jednak. Nie mógłbym tego zrobić. Widziałem, że nie jest w stanie zrozumieć mojego zachowania. Nie znała mnie takiego. Ostatnio sam ledwie siebie rozpoznawałem.

Pocałowałem własne palce, które wciąż spoczywały na jej ustach, pilnując do nich dostępu. Oddychałem. Zaciągałem się płynącym od niej słodkim zapachem wanilii. Moje ciało, jak zawsze w obecności Poppy, było pobudzone.

Serce pękło mi na pół, gdy dziewczyna odsunęła się i zapytała zbolałym głosem:

– Ile? – Zmarszczyłem brwi. Wpatrywałem się w jej twarz, szukając wskazówki, o co pyta. Przełknęła ślinę. Tym razem sama położyła palce na moich ustach. – Ile? – powtórzyła.

Zrozumiałem, co miała na myśli. Wpatrywała się w moje wargi, jakby ją zdradziły. Patrzyła na nie, jakby utraciła to, co najbardziej kochała, i nie mogła już tego odzyskać.

Gdy zabrała drżącą dłoń, przeszył mnie lodowaty dreszcz. Panowała nad emocjami, wstrzymując oddech, jakby próbowała uchronić się przed tym, co zaraz powiem. Jednak milczałem. Nie mogłem nic z siebie wydusić. Zabijał mnie sam jej wzrok.

Wypuściła powietrze i powiedziała:

– Oczywiście wiem o Avery, ale... czy były jakieś w Oslo? To znaczy... wiem, że na pewno były, ale... było ich dużo?

– A czy to ważne? – zapytałem cicho. Wciąż trzymałem jej papierowe serduszko. Utrwalone na nim znaczenie paliło mnie w palce.

Obietnica naszych ust.

Przyrzeczenie naszych serc.
Na wieki wieków.
Poppy powoli zaczęła kręcić głową. Nagle przestała i skinęła.
– Tak – szepnęła. – Ma znaczenie. Nie powinno, bo przecież dałam ci wolność. – Spuściła wzrok. – Jednak ma. Większe niż możesz zrozumieć.
Myliła się. Rozumiałem, dlaczego ma to tak wielkie znaczenie. Dla mnie również miało.
– Byłem daleko przez bardzo długi czas – powiedziałem. W tej chwili poczułem, że gniew, który nieustannie mnie więził, znów przejął nade mną kontrolę. Z nieuzasadnionego powodu chciałem zranić dziewczynę tak mocno, jak ona zraniła mnie.
– Wiem – zgodziła się, wciąż patrząc w dół.
– Mam siedemnaście lat – ciągnąłem.
Popatrzyła na mnie i zbladła.
– Och – powiedziała. W tym krótkim westchnieniu usłyszałem odrobinę bólu. – Zatem moje obawy okazały się słuszne. Byłeś z innymi... intymnie... tak jak byłeś ze mną. Ja... tylko...
Przesunęła się na skraj łóżka, ale chwyciłem ją za nadgarstek.
– Dlaczego ma to znaczenie? – zapytałem i zobaczyłem, jak do oczu napływają jej łzy.
Moja złość zaczęła znikać, ale powróciła nagle, gdy pomyślałem o tych wszystkich straconych latach. Latach, które spędziłem na piciu i imprezowaniu, próbując zagłuszyć ból i nie wiedząc, że Poppy była chora. Z wściekłości prawie zacząłem się trząść.

– Nie wiem – powiedziała i pokręciła głową. – Nie, to kłamstwo. Dobrze wiem dlaczego. Byłeś mój. Mimo że tyle się między nami wydarzyło, ślepo wierzyłam, że dotrzymasz obietnicy. Na próżno łudziłam się, że dla ciebie to przyrzeczenie również wiele znaczyło. Mimo wszystko.

Puściłem jej rękę, więc dziewczyna wstała. Podeszła do drzwi. Kiedy chwyciła za klamkę, powiedziałem cicho.

– Znaczyło.

Zamarła. Stała teraz odwrócona do mnie plecami.

– Co?

Nie odwróciła się. Wstałem i podszedłem do niej. Pochyliłem się, by mieć pewność, że usłyszy moje wyznanie. Mój oddech poruszył włosami przy jej uchu, gdy szepnąłem tak cicho, że sam ledwie mogłem usłyszeć własne słowa:

– Ta obietnica znaczyła dla mnie tak wiele, jak wiele znaczyła dla ciebie. Ty znaczyłaś dla mnie bardzo wiele... Nadal znaczysz. Cały ten gniew jest nieważny... jesteś ty i tylko ty. Zawsze już tak będzie. – Wciąż się nie poruszała, więc przysunąłem się do niej. – Na wieki wieków.

Odwróciła się, a nasze klatki piersiowe się zetknęły. Popatrzyła w moją twarz wielkimi zielonymi oczami.

– Ale ty... Nie rozumiem – stwierdziła.

Powoli uniosłem rękę i odsunąłem włosy z jej policzków. Zamknęła oczy. Po chwili jednak ponownie je otworzyła.

– Dotrzymałem obietnicy – wyznałem, spoglądając, jak na jej twarzy maluje się zaskoczenie.

Pokręciła głową.

– Przecież widziałam... Całowałeś...

– Dotrzymałem obietnicy – przerwałem jej. – Odkąd wyjechałem, nie całowałem nikogo innego. Moje usta nadal są twoje. Nigdy nie było nikogo innego. I nigdy nie będzie.

Rozchyliła wargi, a po chwili je zacisnęła. Kiedy ponownie otworzyła usta, powiedziała:

– Ale z Avery...

Zacisnąłem usta.

– Wiedziałem, że tam jesteś. Byłem wkurzony. Chciałem cię zranić, jak ty zraniłaś mnie. – Z niedowierzaniem pokręciła głową. Zbliżyłem się jeszcze bardziej. – Wiedziałem, co poczujesz, gdy zobaczysz mnie z Avery. Usiadłem więc obok niej i poczekałem, aż się zjawisz. Chciałem, abyś uwierzyła, że zamierzałem ją pocałować... Aż do chwili, gdy zobaczyłem twoją minę. Gdy zobaczyłem, jak wybiegasz z pokoju. Gdy nie mogłem znieść widoku bólu, który spowodowałem.

Łzy popłynęły jej po policzkach.

– Dlaczego tego chciałeś? Rune, nie zrobiłbyś...

– A dlaczego nie? – rzuciłem.

– Dlaczego? – szepnęła.

Parsknąłem oschłym śmiechem.

– Bo miałaś rację. Nie jestem chłopakiem, którego znałaś. Kiedy zostałem zmuszony do wyjazdu, czułem w sobie nieopisany gniew. Po jakimś czasie stał się on jedynym uczuciem, które mnie wypełniało. Gdy rozmawialiśmy, próbowałem go ukrywać. Walczyłem z nim, wiedząc, że nadal jesteśmy razem, mimo że dzieli nas wiele tysięcy kilometrów. Jednak kiedy przestałaś się odzywać, nie dbałem już o to. Pozwoliłem, by niepohamowana wściekłość zawładnęła mną do reszty. Pochłonęła mnie i w końcu stała się mną. – Wziąłem ją za rękę i położyłem sobie jej dłoń na piersi.

– Mam tylko połowę serca. Jestem taki, ponieważ żyłem bez ciebie. Ten mrok, ten gniew… zrodziły się przez to, że nie mogłem przy tobie być. *Poppymin*. Moja przygodo. Moja dziewczyno. – Wrócił ból. Na krótką chwilę zapomniałem o nowych okolicznościach, w których się znaleźliśmy. – A teraz – syknąłem przez zaciśnięte zęby – mówisz, że odchodzisz na dobre. Jednak ja… – zakrztusiłem się własnymi słowami.

– Rune – mruknęła Poppy i objęła mnie gorączkowo w pasie.

Natychmiast odpowiedziałem, obejmując ją. Odetchnąłem, gdy się do mnie przytuliła. Był to pierwszy pełny oddech od długiego czasu. Jednak po chwili znów zacząłem się dusić, szepcząc do dziewczyny:

– Nie mogę cię stracić, *Poppymin*. Nie mogę. Nie mogę pozwolić ci odejść. Nie mogę bez ciebie żyć. Jesteś moja na wieki wieków. Miałaś być moja po wsze czasy. Potrzebujesz mnie tak jak ja ciebie, i koniec. – Poczułem, że dziewczyna drży w moich ramionach. – Nie będę w stanie pozwolić ci odejść. Gdziekolwiek będziesz, ja muszę być razem z tobą. Próbowałem żyć bez ciebie, ale to niemożliwe.

Poppy uniosła głowę powoli i ostrożnie, odsuwając się tak, by móc na mnie spojrzeć, i wyszeptała załamana:

– Nie mogę zabrać cię ze sobą.

Gdy dotarły do mnie jej słowa, odsunąłem się, zabierając ręce z jej talii. Zacząłem się cofać. Wreszcie usiadłem na skraju łóżka. Nie mogłem tego wszystkiego znieść. Jak miałem sobie z tym, do diabła, poradzić?

Nie wiedziałem, skąd Poppy czerpie tyle siły.

Jak udaje jej się z tak wielką godnością stawić czoła śmierci? Byłem gotów ruszyć z posad świat, zniszczyć wszystko na swojej drodze.

Pochyliłem głowę i znów zacząłem szlochać. Choć sądziłem, że wypłakałem już wszystkie łzy, pojawiły się nowe, gdy uderzyła we mnie powracająca fala cierpienia. Świadomość prawdy, której nie chciałem zaakceptować.

Poppymin umierała.

Naprawdę umierała.

Łóżko obok mnie ugięło się, a słodki zapach dziewczyny dotarł do mojego nosa. Pociągnęła mnie, bym się położył. Przesunąłem się. Spełniając jej ciche prośby, znalazłem się w jej ramionach. Gdy głaskała mnie po włosach, wyrzuciłem z siebie wszystko, co w sobie tłumiłem. Objąłem ją w talii, próbując zapamiętać to uczucie. Jak to jest tulić jej ciepłe ciało i słyszeć mocne bicie serca.

Nie byłem pewien, ile minęło czasu, nim przestały płynąć moje łzy. Nie odsunąłem się, a Poppy nie przestała głaskać mnie po plecach.

Odchrząknąłem, by zapytać:

– Jak do tego doszło, *Poppymin*? Jak się dowiedziałaś?

Milczała przez chwilę, a następnie westchnęła:

– To nieistotne, Rune.

Usiadłem i spojrzałem jej w oczy.

– Chcę wiedzieć.

Powiodła palcami po moim policzku i skinęła głową.

– Wiem, że chcesz. Opowiem ci, ale nie dzisiaj. Dzisiejszy wieczór jest tylko dla nas. Dziś liczymy się tylko my.

Nie mogliśmy oderwać od siebie oczu. Zapanował między nami nieokreślony spokój. Gdy pochyliłem się, chcąc ponownie poczuć usta dziewczyny, atmosfera stała się napięta.

Pragnąłem, by do słoika trafił kolejny pocałunek.

Jednak kiedy moje wargi znalazły się tuż obok jej ust, przesunąłem się i pocałowałem ją w policzek. Miękko i czule.

To nie było to.

Przysunąłem się i złożyłem na jej skórze kolejny pocałunek. I jeszcze jeden, i następny... Obsypałem pocałunkami jej policzek, czoło, nos... Poruszyła się, więc się odsunąłem. Wyczytałem z wyrazu jej twarzy, że rozumie, iż nie mam zamiaru niczego między nami przyspieszać.

Choć nie chciałem tego zaakceptować, byliśmy teraz zupełnie innymi osobami. Chłopak i dziewczyna, którym pocałunki przychodziły tak łatwo jak oddychanie, bardzo się zmienili.

Prawdziwy pocałunek mógł przyjść dopiero wtedy, gdy w pełni do siebie wrócimy.

Na koniec pocałowałem ją w nos. Cichutko zachichotała. Wydawało się, że gniew ustąpi miejsca radości, która zaczęła na nowo wypełniać moje serce.

Oparłem głowę o czoło Poppy i zapewniłem:

– Moje usta są twoje. Nikogo innego, tylko twoje.

W odpowiedzi pocałowała mnie w policzek. Jednak poczułem ten pocałunek na całym ciele. Położyłem twarz na jej ramieniu i uśmiechnąłem się lekko, gdy szepnęła mi do ucha:

– Moje usta również należą tylko do ciebie.

Obróciłem się, by wziąć ją w ramiona. Chwilę później nasze oczy zaczęły się w końcu zamykać. Zasnąłem szybciej, niż bym chciał. Byłem zmęczony, załamany i wyczerpany emocjonalnie, więc sen przyszedł natychmiast. Jednak działo się tak zawsze, gdy Poppy leżała tuż obok.

Był to trzeci znaczący moment w moim życiu. Noc, gdy dowiedziałem się, że stracę dziewczynę, którą kocham. Mając świadomość, że nasze chwile są policzone, tuliłem Poppy mocniej, nie chcąc jej puścić.

Zasnęła, odwzajemniając mój dotyk…

Tuliliśmy się, ale było to echo tego, kim byliśmy wcześniej.

**

Obudził mnie szelest.

Przetarłem zaspane oczy. Poppy podchodziła właśnie do okna.

– *Poppymin?*

Zatrzymała się i spojrzała na mnie. Z trudem przełknąłem ślinę przez wyschnięte gardło. Dziewczyna stanęła przy mnie. Miała na sobie grubą kurtkę, spodnie i sweter. Przy jej stopach leżał plecak.

Zmarszczyłem brwi. Wciąż było ciemno.

– Co robisz?

Wróciła do okna i patrząc przez ramię, zapytała wesoło:

– Idziesz?

Uśmiechnęła się, a mnie pękło serce. Rozkruszyło się na widok jej piękna. Zarażając się jej szczęściem, uniosłem kąciki ust i ponownie zapytałem:

– Gdzie się, u licha, wybierasz?

Odsunęła zasłonę i wskazała na niebo.

– Oglądać wschód słońca. – Przechyliła głowę na bok i spojrzała na mnie. – Wiem, że minęło trochę czasu, ale chyba nie zapomniałeś, że to lubię?

Poczułem, jak rośnie we mnie ciepło. Nie zapomniałem.

Wstałem i zaśmiałem się cicho. Jednak po chwili mój uśmiech zniknął. Poppy zauważyła to i westchnęła ze smutkiem, podchodząc do mnie. Spojrzałem na nią, pragnąc objąć ją za szyję i pocałować.

Przez moment przyglądała się mojej twarzy. Wzięła mnie za rękę. Z zaskoczeniem popatrzyłem na jej palce, które splotły się z moimi. Były takie małe, gdy ściskały moją dłoń.

– Warto, wiesz? – powiedziała.

– Warto... co? – zapytałem, przysuwając się.

Uniosła drugą rękę do mojej twarzy. Stanęła na palcach i położyła opuszki palców na moich ustach.

Moje serce przyspieszyło.

– Śmiać się – powiedziała głosem lekkim jak piórko. – Warto śmiać się. Warto być szczęśliwym. W przeciwnym razie życie nie miałoby sensu. – Jej słowa mocno we mnie uderzyły. Nie chciałem czuć radości. Na myśl o szczęściu miałem wyrzuty sumienia.

– Rune – zaczęła, głaszcząc mnie po szyi. – Wiem, jak się teraz czujesz. Od jakiegoś czasu sama się z tym zmagam. Muszę patrzeć na ból i smutek bliskich osób. Tych, których kocham całym sercem.

Jej oczy zaczęły błyszczeć. Poczułem się jeszcze gorzej.

– Poppy... – zacząłem, nakrywając dłonią jej rękę.

– To gorsze niż ból. Gorsze niż świadomość śmierci. Widzieć, jak moja choroba odbiera radość wszystkim moim bliskim. – Przełknęła ślinę, wzięła oddech i szepnęła: – Mój czas jest ograniczony. Wszyscy o tym wiemy. Dlatego chcę, by był wyjątkowy... – Uśmiechnęła się, a jej uśmiech był szeroki i promienny. – Tak wyjątkowy, jak to tylko możliwe.

Odwzajemniłem jej uśmiech.

Chciałem, by zobaczyła szczęście, które we mnie wywoływała. Chciałem jej pokazać, że te słowa – słowa z dzieciństwa – rozjaśniły mrok.

Przynajmniej na chwilę.

– Nie ruszaj się – powiedziała nagle, więc spełniłem prośbę. Z jej gardła wymknął się cichy chichot.

– No co? – zapytałem, wciąż trzymając ją za rękę.

– Twój uśmiech – odparła i rozchyliła usta, udając zdumienie. – Wciąż istnieje! – szepnęła. – Myślałam, że to tylko legenda, jak te o Wielkiej Stopie czy potworze z Loch Ness. Ale nie, jest! Widziałam go na własne oczy!

Złapała się za twarz i zatrzepotała wymownie rzęsami.

Pokręciłem głową, tym razem śmiejąc się głośno. Gdy ucichłem, Poppy wciąż się uśmiechała.

– Tylko ty – stwierdziłem. Jej uśmiech nieco osłabł. Poprawiłem kołnierz jej kurtki, by był bliżej szyi. – Tylko ty potrafisz mnie rozśmieszyć.

Zamknęła na chwilę oczy.
– Więc będę to robić tak często, jak tylko zdołam. – Spojrzała mi w oczy. – Będę cię rozśmieszać. – Stanęła wyżej na palcach. Nasze twarze niemal się dotykały. – I będę w tym nieustępliwa. – Na zewnątrz zaćwierkał ptak, więc popatrzyła za okno. – Musimy iść, jeśli chcemy zdążyć – nalegała, odsuwając się i przerywając ten moment.
– No to chodźmy – odparłem, zakładając buty. Wziąłem jej plecak, przerzuciłem go sobie przez ramię i poszedłem za nią. Uśmiechnęła się.
Otworzyłem okno. Dziewczyna podeszła do łóżka i zdjęła z niego koc. Spojrzała na mnie.
– Rano jest zimno.
– Twoja kurtka nie wystarczy? – zapytałem.
Przytuliła koc do piersi.
– To dla ciebie. – Wskazała na moją koszulkę. – Zmarzniesz w sadzie.
– Wiesz, że jestem Norwegiem, prawda? – zapytałem oschle.
Skinęła głową.
– Jesteś prawdziwym wikingiem. – Przysunęła się do mnie. – A tak między nami... jesteś naprawdę dobry w wyprawach. Tak jak podejrzewałam.
Z rozbawieniem pokręciłem głową.
Poppy położyła dłoń na moim ramieniu.
– Ale... Rune?
– Tak?
– Nawet wikingowie marzną.
Ruchem głowy wskazałem na okno.

– Wychodź albo przegapimy wschód słońca.

Wciąż się uśmiechając, wyszła, a ja podążyłem za nią. Ranek rzeczywiście był chłodny, wiatr wiał silniej niż wieczorem, rozwiewał włosy dziewczyny.

Martwiąc się, by nie zmarzła i się nie przeziębiła, wziąłem ją za rękę i obróciłem twarzą do siebie. Wyglądała na zaskoczoną, póki nie złapałem za jej kaptur i nie założyłem go jej na głowę.

Związałem sznurki, by się nie zsunął. Poppy przez cały czas mi się przyglądała. Bacznie obserwowała moje powolne ruchy. Zawiązałem troczki na kokardkę i zamarłem, patrząc jej głęboko w oczy.

– Rune – powiedziała po chwili milczenia. Kiwnąłem głową, czekając w ciszy, co powie. – Nadal widzę twoje światło. Pod zasłoną gniewu... Ono wciąż tam jest.

Cofnąłem się o krok zaskoczony jej słowami. Spojrzałem w niebo. Zaczynało się rozjaśniać. Ruszyłem naprzód.

– Idziesz?

Westchnęła i ruszyła, by mnie dogonić. Włożyłem ręce do kieszeni. W milczeniu skierowaliśmy się w stronę sadu. Poppy rozglądała się przez całą drogę. Próbowałem odgadnąć, na co tak patrzy, ale dostrzegałem jedynie ptaki, drzewa i trawę kołyszącą się na wietrze. Zmarszczyłem brwi, zastanawiając się, co ją tak fascynowało. Cała Poppy. Zawsze tańczyła w swoim własnym rytmie. Nieustannie zauważała więcej niż inni.

Potrafiła dostrzec promienie światła przenikające mrok. Rozpoznawała dobro ukryte pod maską zła.

Jedynie to zdawało się tłumaczyć, dlaczego nie powiedziała mi, bym jednak zostawił ją w spokoju. Wiedziałem, że postrzegała mnie inaczej, ponieważ naprawdę się zmieniłem. Nawet jeśli nie wypowiedziała tego głośno, zauważałem to w sposobie, w jaki mi się przyglądała. Jej spojrzenie czasami było ostrożne.

Nigdy wcześniej tak na mnie nie patrzyła.

Kiedy weszliśmy do sadu, wiedziałem już, gdzie usiądziemy. Podeszliśmy pod największe drzewo – nasze drzewo. Poppy otworzyła plecak. Wyciągnęła koc, byśmy mogli na nim usiąść. Rozłożyła go na ziemi i wskazała ręką, bym zajął miejsce. Usiadłem i oparłem się o pień. Poppy umościła się na środku koca i podparła się z tyłu na rękach.

Wiatr wydawał się słabnąć. Dziewczyna rozwiązała sznurki przy kapturze i zdjęła go z głowy, odsłaniając całą twarz. Spojrzała na jaśniejący horyzont, szare niebo, po którym przesuwały się pomarańczowe i czerwone smugi.

Wyciągnąłem z kieszeni papierosy i wsadziłem jednego do ust. Odpaliłem go i zaciągnąłem się dymem, który natychmiast wypełnił moje płuca.

Kłąb dymu pofrunął w górę, gdy powoli wypuściłem powietrze. Zauważyłem, że Poppy przygląda mi się uważnie. Położyłem rękę na kolanie i spojrzałem prosto na nią.

– Palisz.

– *Ja*.

– Nie chcesz rzucić? – zapytała, jednak w jej głosie usłyszałem prośbę. Widząc uśmiech błąkający się na ustach dziewczyny, poznałem, że wie, iż odgadłem jej intencję.

Pokręciłem głową. To mnie uspokajało. W najbliższym czasie nie planowałem rzucać.

Siedzieliśmy w milczeniu. Poppy popatrzyła ponownie na wschodzące słońce i zapytała:

– Obserwowałeś kiedykolwiek wschód słońca w Oslo?

Powiodłem wzrokiem po różowym horyzoncie. Na jaśniejącym niebie zaczęły znikać gwiazdy.

– Nie.

– Dlaczego? – zapytała, przysuwając się twarzą do mnie.

Ponownie zaciągnąłem się dymem i odchyliłem głowę, by go wypuścić. Przybrałem wcześniejszą pozycję i wzruszyłem ramionami.

– Nigdy o tym nie pomyślałem.

Poppy ponownie się odwróciła.

– Zmarnowałeś taką okazję... – westchnęła, wyciągając rękę w kierunku nieba. – Nigdy nie wyjechałam ze Stanów i nie mogłam zobaczyć, jak wschodzi słońce gdzie indziej, a ty byłeś w Norwegii i ani razu nie wstałeś wcześniej, by oglądać, jak budzi się nowy dzień.

– Wystarczy zobaczyć go tylko raz, zawsze wygląda tak samo – odparłem.

Ze smutkiem pokręciła głową. Kiedy na mnie spojrzała, w jej oczach dostrzegłem litość. Ścisnął mi się przez to żołądek.

– To nieprawda – spierała się. – Każdy dzień jest inny. Kolory, odcienie, ich wpływ na twoją duszę. – Westchnęła i dodała: – Każdy dzień jest darem, Rune. Nauczyłam się tego w ciągu ostatnich lat.

Milczałem.

Odchyliła głowę i zamknęła oczy.

– Jak ten wiatr. Jest chłodny, ponieważ zaraz zacznie się zima, więc ludzie kryją się przed nim. Zostają w domach, by było im ciepło. Ja wychodzę mu naprzeciw. Rozkoszuję się powiewem wiatru na twarzy, ciepłem słońca na policzkach, gdy jest lato. Chcę tańczyć w deszczu. Marzę o tym, by leżeć w śniegu, poczuć przenikliwe zimno. – Otworzyła oczy. Na horyzoncie powoli ukazała się korona słońca. – Kiedy przechodziłam leczenie i zostałam przykuta do szpitalnego łóżka, kiedy cierpiałam i odchodziłam od zmysłów, borykając się z nowymi zmartwieniami w moim życiu, poprosiłam pielęgniarki, by odwróciły moje łóżko w stronę okna. Codzienny wschód słońca uspokajał mnie. Dodawał mi siły. Wypełniał nadzieją.

Popiół opadł na trawę obok mnie. Uzmysłowiłem sobie, że nie poruszyłem się, odkąd Poppy zaczęła mówić.

Spojrzała na mnie i dodała:

– Kiedy patrzyłam przez to okno, a moja tęsknota za tobą stawała się bardziej bolesna niż sama chemioterapia, patrzyłam na wschodzące słońce i myślałam o tobie. Marzyłam, byś oglądał świt w Norwegii, i czułam spokój.

Nie odzywałem się.

– Czy chociaż raz byłeś szczęśliwy? Czy przez te dwa lata zdarzyła ci się chwila, w której nie byłbyś smutny albo zły?

Wściekłość, która opanowała moje serce, znów we mnie zapłonęła. Pokręciłem głową.

– Nie – odparłem i rzuciłem niedopałek na ziemię.

– Rune – szepnęła. Widziałem w jej oczach wyrzuty sumienia. – Myślałam, że w końcu to przebolejesz. – Spuściła wzrok, ale zaraz znów na mnie popatrzyła, całkowicie łamiąc mi serce. – Zrobiłam to, bo nie sądziłam, że dotrwam tak długo. – Na jej twarzy zagościł słaby, choć niegasnący uśmiech. – Dostałam więcej czasu. Mogę jeszcze tu być... – Odetchnęła głęboko. – A teraz zdarzył się kolejny cud. Powróciłeś do mnie.

Odwróciłem głowę niezdolny, by zachować spokój, nie potrafiąc pogodzić się ze słowami Poppy o śmierci wypowiadanymi tak nonszalancko i wspominającymi mój powrót z tak wielką radością. Poczułem, że dziewczyna usiadła tuż przy mnie. Dosięgnął mnie jej słodki zapach, więc zamknąłem oczy i odetchnąłem głęboko. Oparła się o mnie ramieniem.

Ponownie zapadła między nami niezręczna cisza. Po chwili Poppy wzięła mnie za rękę. Otworzyłem oczy, gdy wskazała na słońce, które błyskiem zapowiedziało nowy dzień. Oparłem głowę o szorstką korę. Wpatrywałem się w różową poświatę otaczającą puste gałęzie drzew w sadzie. Zadrżałem z zimna. Poppy uniosła brzeg koca i nakryła nas.

Kiedy tylko owinęliśmy się grubym wełnianym materiałem, ponownie splotła ze mną palce. Przyglądaliśmy się słońcu aż do chwili, gdy w pełni nastał dzień.

Chciałem być szczery. Wyzbywając się dumy, wyznałem:

– Zraniłaś mnie – powiedziałem ochrypłym, cichym głosem.

Czułem, że się denerwuje.

Nie spojrzałem jej w oczy. Nie mogłem tego zrobić. Dodałem:

– Całkowicie złamałaś mi serce.

Wiatr przewiał ciężkie chmury, a różowe niebo stało się niebieskie. Nastał ranek.

Poppy poruszyła się, ocierając łzę.

Skrzywiłem się. Zasmuciłem ją. Jednak sama chciała wiedzieć, dlaczego nieustannie chodziłem wkurzony. Chciała wiedzieć, dlaczego nigdy nie oglądałem cholernego wschodu słońca. Chciała poznać przyczynę mojej zmiany, a ta, o której wspomniałem, była prawdziwa. Szybko nauczyłem się, że szczerość nie zawsze bywa dobra...

Poppy pociągnęła nosem, więc uniosłem rękę i położyłem ją na jej ramionach. Spodziewałem się, że się odsunie, jednak przysunęła się do mnie lekko. Pozwoliła się tulić.

Wpatrywałem się w niebo, zaciskając usta, gdy do oczu napływały mi łzy. Powstrzymywałem je, nie chcąc ich uwalniać.

– Rune – powiedziała Poppy.

Pokręciłem głową.

– To nie ma znaczenia.

Uniosła głowę, spojrzała na mnie i położyła dłoń na moim policzku.

– Oczywiście, że ma, Rune. Zraniłam cię. – Przełknęła własne łzy. – Nie chciałam tego. Naprawdę chciałam ci tego oszczędzić.

Spojrzałem jej w oczy i zobaczyłem w nich wszystko. Widok ranił... Jednak choć pamiętałem, jak niszczyła mnie wymowna cisza, prowadząc tam, skąd nie potrafiłem się już wydostać, wiedziałem, że dziewczyna postąpiła tak, bo mnie kochała. Chciała, bym żył.

– Wiem – powiedziałem, przyciągając ją bliżej.

– Nie wyszło.

– Nie – zgodziłem się i pocałowałem ją w czoło. Kiedy na mnie spojrzała, otarłem łzy z jej policzków.

– I co teraz? – zapytała.

– A czego byś chciała?

Westchnęła i spojrzała na mnie z determinacją.

– Chciałabym, by wrócił dawny Rune. – Skurczył mi się żołądek. Cofnąłem się, jednak Poppy mnie zatrzymała. – Rune...

– Nie jestem nim. Nie wiem, czy jeszcze kiedykolwiek będę. – Spuściłem głowę, ale zmusiłem się, by ją unieść. – Wciąż tak samo cię pragnę, *Poppymin*, nawet jeśli ty nie chcesz już ze mną być.

– Rune – szepnęła. – Właśnie cię odzyskałam. Nie znam nowego ciebie. Mam chaos w głowie. Nie spodziewałam się, że znów przy mnie będziesz. Jestem... Jestem zdezorientowana. – Ścisnęła moją dłoń. – Jednocześnie czuję się pełna życia. Mam nadzieję, że znowu będziemy razem. Jestem świadoma, że zostało mi niewiele czasu, ale te dni, które są jeszcze przede mną, chciałabym dzielić z tobą. – Jej słowa zatańczyły na wietrze, gdy zapytała nerwowo: – Będę mogła być z tobą?

Pogłaskałem ją po policzku.

– *Poppymin*, jestem tylko twój. Będziesz ze mną zawsze. – Odchrząknąłem. Miałem mocno zaciśnięte gardło, więc dopiero po chwili mogłem dodać: – Być może jestem inny niż chłopak, którego znałaś, ale wciąż należę tylko do ciebie. – Uśmiechnąłem się ponuro. – Na wieki wieków.

Jej spojrzenie złagodniało. Szturchnęła mnie w ramię, po czym oparła na nim głowę.

– Przepraszam – szepnęła.

Przytuliłem ją najmocniej, jak potrafiłem.

– Chryste, to ja przepraszam, Poppy. Nie... – urwałem, ale ona czekała cierpliwie. Spuściłem głowę i kontynuowałem: – Nie mam pojęcia, jak sobie z tym wszystkim dajesz radę. Nie wiem, jak... – Westchnąłem. – Nie wiem, jak potrafisz znaleźć siłę, by żyć.

– Po prostu kocham życie. – Wzruszyła ramionami. – Zawsze tak było.

Wydawało mi się, że widzę ją z całkiem innej strony. A może tylko mi się przypomniało, że wyobrażałem sobie niegdyś, że gdy dorośnie, będzie właśnie taka.

Wskazała na niebo.

– Jestem dziewczyną, która wstaje wcześnie, by oglądać wschód słońca. Jestem dziewczyną, która we wszystkich chce widzieć dobro. Tą, którą porywa muzyka, którą inspiruje sztuka. – Popatrzyła na mnie z uśmiechem. – Taka właśnie jestem, Rune. Jestem dziewczyną, która czeka, aż przeminie burza, by móc zobaczyć tęczę. Dlaczego miałabym być smutna, skoro mogę być szczęśliwa? Dla mnie wybór jest oczywisty.

Uniosłem jej dłoń do ust i pocałowałem. Oddech Poppy zmienił się, podwoiło się jego tempo. Przysunęła nasze złączone dłonie do swoich ust i obróciła tak, by mogła pocałować tę moją. Położyła je na swoim kolanie, palcami drugiej ręki kreśląc leniwe wzory na wierzchu mojej. Moje serce rozpłynęło się, gdy zrozumiałem, co kreśli. Znaki nieskończoności. Idealne poziome ósemki.

– Wiem, co mnie czeka, Rune. Nie jestem naiwna. Jednak mocno wierzę, że jest coś więcej niż życie, które wiedziemy w tej chwili na Ziemi. Wierzę, że czeka na mnie raj. Wierzę, że kiedy wezmę ostatni oddech i zamknę oczy w tym życiu, obudzę się w następnym zdrowa i spokojna. Wierzę w to całym sercem.

– Poppy – powiedziałem ochrypłym głosem rozdzierany od środka myślą o utracie dziewczyny, choć wciąż tak dumny z jej siły. Zadziwiała mnie.

Zabrała palec i uśmiechnęła się do mnie, a na jej pięknej twarzy nie było nawet cienia strachu.

– Będzie dobrze, Rune – obiecała.

– Nie wydaje mi się, by było mi dobrze bez ciebie. – Nie chciałem jej zasmucać, ale taka była prawda.

– Będzie – powiedziała stanowczo. – Wierzę w ciebie.

Nie odpowiedziałem jej. Co niby mógłbym rzec?

Spojrzała na nagie gałęzie drzew wokół nas.

– Nie mogę się doczekać, by znów zakwitły. Brak mi widoku różowych kwiatów. Tęsknię za spacerami po sadzie i uczuciu, jakbym chodziła we śnie. – Uniosła rękę i pogłaskała zwisającą nieopodal gałązkę.

Uśmiechnęła się do mnie podekscytowana, po czym wstała, a jej włosy porwał wiatr. Stanęła na trawie i wyciągnęła ręce ku niebu. Odchyliła głowę i zaczęła się śmiać. Śmiech, który wymknął się z jej ust, był niesamowicie szczery.

Nie ruszyłem się. Nie mogłem. Hipnotyzowała mnie. Gdy zaczęła obracać się w sadzie, a wiatr niósł jej dźwięczny śmiech, nie byłem w stanie oderwać od niej wzroku.

To sen, pomyślałem. Miała rację. Obracając się w sadzie o poranku w zapiętej kurtce, była jak ze snu.

Była niczym ptak. Najpiękniejsza wtedy, gdy wolna wzbijała się do lotu.

– Czujesz to, Rune? – zapytała, wciąż nie otwierając oczu i chłonąc pierwsze promienie słońca.

– Co takiego? – zapytałem, odzyskawszy głos.

– Życie! – zawołała, śmiejąc się jeszcze głośniej, gdy wiatr zmienił kierunek, niemal ją przewracając. – Życie – powtórzyła cicho, zatrzymując się w trawie. Była zarumieniona od wiatru. Mimo to wyglądała przepięknie.

Moje palce drgnęły. Spojrzałem w dół i już wiedziałem dlaczego. Wzrosła we mnie chęć uwiecznienia tej sceny. Naturalna potrzeba. Poppy powiedziała mi kiedyś, że się z tym urodziłem.

– Chciałabym, Rune – powiedziała, wyrywając mnie z zamyślenia. – Chciałabym, by ludzie czuli się tak każdego dnia. Dlaczego trzeba stanąć w obliczu śmierci, by nauczyć się doceniać każdy dzień? Dlaczego musimy czekać, aż niemal skończy nam się czas? Dopiero wtedy zaczynamy spełniać marzenia, które mieliśmy, gdy wydawało nam się, że jesteśmy nieśmiertelni. Dlaczego nie patrzymy na ukochaną osobę, jakbyśmy mieli jej już nie zobaczyć? Gdybyśmy to robili, nasze życie byłoby cudowne. Byłoby prawdziwe i pełne.

Powoli opuściła głowę, spojrzała na mnie przez ramię i posłała uśmiech, który złamał mi serce. Patrzyłem na ukochaną dziewczynę, jakbym miał ją widzieć po raz ostatni, choć sprawiało to, że czułem, że żyję.

Czułem się szczęśliwy, że ją miałem. Nawet jeśli w tej chwili było nam ze sobą niezręcznie z powodu nowych okoliczności, w których się znaleźliśmy, wiedziałem, że Poppy jest moja.

A ja z całą pewnością byłem jej.

Wstałem, a nogi niosły mnie same... Odrzuciłem koc na trawę sadu i powoli zbliżyłem się do Poppy, pochłaniając ją wzrokiem.

Obserwowała, jak się zbliżam. Kiedy stanąłem przed nią, pochyliła głowę, a na jej policzkach odmalowało się zawstydzenie.

Gdy owiał nas wiatr, zapytała:

– Czujesz to, Rune? Tak naprawdę?

Wiedziałem, że miała na myśli podmuch na twarzy i ciepło promieni słonecznych.

Najprawdziwsze życie.

Przytaknąłem, odpowiadając na zupełnie inne pytanie.

– Czuję, *Poppymin*. Naprawdę.

Właśnie w tym momencie coś się we mnie zmieniło. Nie mogłem dłużej myśleć o tym, że pozostały jej jedynie miesiące życia.

Musiałem skupić się na tej chwili.

Musiałem pomóc dziewczynie poczuć życie. Tak jak to tylko było możliwe.

Musiałem odzyskać jej zaufanie. Jej duszę. Jej miłość.

Podeszła do mnie i pogłaskała po gołej ręce.

– Zmarzłeś – powiedziała.

Miałem to gdzieś. Chwyciłem ją za kark i pochyliłem się, patrząc na jej twarz. Chciałem z niej wyczytać, czy nie wykonałem jakiegoś niechcianego ruchu. Zielone oczy Poppy zabłyszczały, lecz nie zauważyłem w nich niechęci.

Rozchyliła usta i zatrzepotała powiekami. Zachęcony tym gestem przechyliłem głowę na bok. Ominąłem jej wargi i powiodłem czubkiem nosa po jej policzku. Wciągnęła powietrze, jednak ja nie przerywałem. Robiłem to, póki nie poczułem bijącego na jej szyi, mocno przyspieszonego pulsu.

Skóra Poppy była ciepła po tańcu na wietrze, mimo to dziewczyna drżała. Wiedziałem, że to przeze mnie.

Przysunąłem się jeszcze bardziej i przywarłem ustami do tego miejsca, smakując słodycz jej ciała. Czułem, jak moje serce przyspiesza, by bić wraz z jej w tandemie.

Żyło.

Jego życie było prawdziwe i pełne.

Z gardła Poppy wymknął się cichy jęk. Cofnąłem się i popatrzyłem jej w oczy. Zielone tęczówki były jasne, wargi różowe i pełne. Opuściłem dłoń, odsunąłem się od dziewczyny i powiedziałem:

– Chodźmy. Musisz się przespać.

Wyglądała na uroczo zdezorientowaną. Zostawiłem ją na chwilę, by pozbierać nasze rzeczy. Kiedy skończyłem, znalazłem ją dokładnie w tym samym miejscu.

Kiwnąłem głową w kierunku naszych domów. Poppy ruszyła obok mnie. Idąc, analizowałem wydarzenia z ostatnich dwunastu godzin. Przeżywałem emocjonalny rollercoaster – powróciła połowa mojego serca. Choć tylko na chwilę. Myślałem o pocałunkach, którymi pragnąłem obsypać twarz dziewczyny, leżąc obok niej w łóżku.

Następnie pomyślałem o słoju. O słoiku na tysiąc pocałunków chłopaka. O naczyniu, które stało w połowie puste. Z jakiegoś powodu najbardziej bolało mnie właśnie wspomnienie niezapisanych serduszek. Poppy uwielbiała ten słoik. Był to pomysł jej babci. Pomysł, którego nie mogliśmy realizować przez moją dwuletnią nieobecność.

Zerknąłem na dziewczynę wpatrującą się w ptaka. Przyfrunął na drzewo, a ona uśmiechała się, gdy zaczął śpiewać, siedząc na najwyższej gałęzi. Czując na sobie moje spojrzenie, obróciła do mnie głowę, więc zapytałem:

– Nadal lubisz wyprawy?

Na moje pytanie odpowiedział jej natychmiastowy uśmiech od ucha do ucha.

– Tak – odparła. – Ostatnio każdy dzień jest dla mnie jak wyprawa. – Spuściła wzrok. – Wiem, że następne kilka miesięcy będzie wyzwaniem, ale jestem gotowa je podjąć. Każdego dnia próbuję żyć pełnią życia.

Zignorowałem ból, który wywołała we mnie ta uwaga. W mojej głowie zrodził się plan. Poppy zatrzymała się na trawniku łączącym nasze domy.

Gdy stanęliśmy pod jej oknem, obróciła się do mnie twarzą, czekając na mój ruch. Przysunąłem się do niej nieznacznie, położyłem na ziemi jej plecak wraz z kocem i opuściłem ręce.

– No i co? – zapytała z nutą rozbawienia w głosie.

– No i... – odparłem. Nie potrafiłem zapanować nad uśmiechem na widok błysku w jej oczach. – Słuchaj, Poppy... – zacząłem, kołysząc się na piętach – wierzysz, że nie znasz chłopaka, którym teraz jestem. – Wzruszyłem ramionami. – Ale może dałabyś mi szansę? Chciałbym ci go pokazać. Może zaczęlibyśmy nową przygodę?

Poczułem, że rumienię się ze wstydu, ale ona nagle wzięła mnie za rękę... Oszołomiony spojrzałem na nasze złączone dłonie. Potrząsnęła nimi. Uśmiechając się tak szeroko, że w jej policzkach pokazały się dołeczki, powiedziała:

– Nazywam się Poppy Litchfield, a ty jesteś Rune Kristiansen. To uścisk dłoni. Babcia mówiła, że kiedy się kogoś poznaje, należy uścisnąć mu dłoń. Teraz jesteśmy przyjaciółmi. Najlepszymi.

Spojrzała na mnie przez rzęsy, a ja parsknąłem śmiechem. Śmiałem się tak jak w dniu, gdy ją poznałem. Mieliśmy wtedy po pięć lat. Do dziś pamiętam, jak zauważyłem ją wychodzącą przez okno w niebieskiej ubłoconej sukience, z dużą białą kokardą we włosach...

Poppy chciała zabrać rękę, ale trzymałem ją mocno.

– Umów się ze mną wieczorem.

Zamarła.

– Na randkę – ciągnąłem zmieszany. – Prawdziwą randkę.

Pokręciła głową, niedowierzając.

– Nie umawialiśmy się wcześniej na prawdziwe randki, Rune. Zawsze po prostu... byliśmy ze sobą.

– Zaczniemy więc od dziś. Przyjdę po ciebie o szóstej. Przygotuj się.

Odwróciłem się i odszedłem w stronę swojego okna, zakładając, że się zgodzi. Szczerze mówiąc, nie dałbym jej się wykręcić. Miałem zamiar zrobić to dla niej.

Miałem zamiar stanąć na uszach, byleby tylko ona była szczęśliwa.
Chciałem ją odzyskać.
Chciałem ją mieć jako Rune, którym byłem teraz.
Nie miałem wyjścia.
Chodziło o nas.
I o naszą nową przygodę.
Tę, dzięki której miała poczuć smak życia.

9
PIERWSZE RANDKI I UŚMIECHY Z DOŁECZKAMI

Poppy

– Idziesz na randkę? – zapytała Savannah leżąca obok Idy na moim łóżku. Obie wpatrywały się w moje lustrzane odbicie. Obserwowały, jak zakładam kolczyki w kształcie znaków nieskończoności i po raz ostatni poprawiam rzęsy maskarą.
– Tak, na randkę – odparłam.
Moje siostry z zaskoczeniem wymieniły spojrzenia. Ida popatrzyła na mnie ponownie.
– Z Runem? Runem Kristiansenem?
Tym razem odwróciłam twarz w ich stronę. Zaniepokoiły mnie nieco ich zdziwione miny.
– Tak, z Runem. Dlaczego tak was to dziwi?
Savannah usiadła, kładąc ręce na materacu.
– Ponieważ Rune Kristiansen, o którym wszyscy mówią, nie chodzi na randki. Rune pali i pije w parku. Z nikim nie rozmawia i ciągle się krzywi. To łobuz, który wrócił z Norwegii jako ktoś zupełnie inny. Z tym właśnie Runem idziesz?
Poruszona wpatrywałam się w siostrę. Żołądek ścisnął mi się na wiadomość o plotkach na temat Rune'a.
– Tak, ale podoba się wszystkim dziewczynom – dodała z uśmiechem Ida. – Były zazdrosne o ciebie przed jego wyjazdem. Teraz szlag je wszystkie trafi!

Widziałam, że gdy tylko wypowiedziała te słowa, jej uśmiech zniknął. Spojrzała pod nogi, a potem rozejrzała się.

– On wie?

W tej samej chwili Savannah posmutniała. Tak bardzo, że musiałam odwrócić wzrok. Nie mogłam znieść widoku wyrazu ich twarzy.

– Poppy? – zapytała Savannah.

– Wie.

– Jak to przyjął? – zapytała z wahaniem Ida.

Uśmiechnęłam się mimo bólu serca. Ponownie spojrzałam na siostry, które wpatrywały się we mnie, jakbym w każdej chwili mogła zniknąć. Wzruszyłam ramionami.

– Niezbyt dobrze.

Oczy Savannah wypełniły się łzami.

– Przykro mi, Pops.

– Nie powinnam go od siebie odsuwać – przyznałam. – Właśnie dlatego cały czas chodzi taki wkurzony. Przez to stał się taki nieprzystępny. Mocno go zraniłam. Kiedy mu o wszystkim powiedziałam, załamał się… Jednak zaprosił mnie na randkę. Po tych wszystkich latach mój Rune w końcu zabiera mnie na randkę.

Ida pospiesznie otarła policzek.

– Rodzice wiedzą?

Skrzywiłam się. Pokręciłam głową. Savannah i Ida spojrzały po sobie. Zaraz popatrzyły na mnie i natychmiast znów wszystkie się śmiałyśmy.

Ida położyła się na plecach, trzymając się za brzuch.

– Ojacie… Pops! Tata padnie! Od powrotu Kristiansenów mówi tylko o tym, że Rune zmienił się na gorsze i że jest okropny, bo pali i krzyczy na swojego ojca. – Poderwała się i usiadła. – Nie puści cię.

Przestałam się śmiać. Wiedziałam, że rodzice martwili się zachowaniem Rune'a, ale nie sądziłam, że mieli o nim aż tak złe zdanie.

– Przyjdzie po ciebie? – zapytała Savannah.

Pokręciłam głową, choć nie byłam pewna, co chłopak planuje.

Nagle rozległ się dzwonek.

Wszystkie spojrzałyśmy po sobie spanikowane.

– To nie może być Rune – pisnęłam zaskoczona. On zawsze wchodził przez okno. Nigdy nie był tak oficjalny... po prostu tak to już z nami było. Z pewnością to nie on.

Savannah spojrzała na zegarek ustawiony na mojej szafce nocnej.

– Jest szósta. O której miał przyjść?

Zerknęłam po raz ostatni w lustro, wzięłam kurtkę i wybiegłam z pokoju, a siostry poszły w ślad za mną. Przemierzyłam korytarz i zobaczyłam, że tata otwiera drzwi. Skrzywił się, gdy zobaczył, kto za nimi stoi.

Zatrzymałam się z poślizgiem.

Dziewczynki przystanęły obok. Kiedy usłyszałyśmy znajomy głos, Ida wzięła mnie za rękę.

– Dzień dobry, panie Litchfield.

Na dźwięk tych słów moje serce zgubiło rytm. Przyglądałam się, jak tata z zakłopotaniem pochylił głowę.

– Rune? – zapytał. – Co tu robisz?

Tata jak zwykle był uprzejmy, lecz w jego tonie pobrzmiewała ostrożność. Dało się też słyszeć troskę, może nawet głębszy niepokój.

– Przyszedłem po Poppy – odparł Rune. Tata zacisnął mocniej palce na klamce.

– Po Poppy? – powtórzył.

Wyjrzałam zza rogu z nadzieją, że uda mi się go zobaczyć.

Ida ścisnęła moją dłoń.

Spojrzałam na siostrę.

– O Boże! – dramatyzowała bezgłośnie.

Pokręciłam głową, cicho śmiejąc się z siostry. Znów skoncentrowała spojrzenie na tacie, jednak ja jeszcze przez moment wpatrywałam się w jej podekscytowaną twarz. W takich beztroskich chwilach jak ta, gdy – jak to siostry – plotkowałyśmy sobie o chłopakach, było mi najtrudniej.

Poczułam, że ktoś się we mnie wpatruje, więc obróciłam głowę w stronę Savannah, która bez słów przekazała, że mnie rozumie.

Ścisnęła moje ramię, gdy usłyszałyśmy, jak Rune wyjaśnia:

– Przyszedłem, by ją zabrać, proszę pana – urwał, a po chwili dodał: – Na randkę.

Tata pobladł, więc wyszłam zza rogu. Kiedy ruszyłam do drzwi – spiesząc Rune'owi na ratunek – Ida szepnęła mi na ucho:

– Poppy, jesteś moją nową bohaterką. Popatrz na tatę!

Przewróciłam ze śmiechem oczami. Savannah pociągnęła Idę do tyłu, by ta się schowała. Jednak wiedziałam, że nadal będą patrzeć. Za nic w świecie nie mogłyby tego przegapić.

Rumieniec zdenerwowania odmalował się na moich policzkach, gdy podeszłam do wyjścia. Widziałam, jak tata zaczyna kręcić głową. Spojrzał na mnie.

Zdezorientowany przyjrzał się mojej sukience, kokardzie we włosach i makijażowi na twarzy. Pobladł jeszcze bardziej.

– Poppy? – zapytał. Uniosłam wysoko głowę.

– Hej, tato – odparłam. Nadal trzymał przymknięte drzwi. Na ich środku, w witrażu, zdołałam dostrzec ciemny zarys postaci. Gdy wiatr wpadł przez szczelinę do domu, poczułam świeży zapach Rune'a.

Serce ścisnęło mi się z ekscytacji.

Tata wskazał na mojego gościa.

– Rune przyszedł i twierdzi, że gdzieś cię zabiera – powiedział zdziwiony. Według niego nie mogła to być prawda. Jednak wyczułam w jego głosie nutkę wątpliwości.

– Tak – potwierdziłam.

Usłyszałam szepty sióstr. Widziałam również, że z cienia salonu spogląda na nas mama.

– Poppy... – zaczął tata, więc podeszłam o krok i mu przerwałam.

– Jest okej – zapewniłam go. – Nic mi się nie stanie. – Miałam wrażenie, że tata zamarł oszołomiony, więc wykorzystując to, stanęłam blisko drzwi, by przywitać się z Runem.

Poczułam ucisk w piersi i moje serce przestało bić.

Rune jak zwykle ubrał się na czarno. W tym kolorze były jego zamszowe buty, jeansy, a także koszulka i skórzana kurtka motocyklowa. Długie włosy zostawił rozpuszczone. Rozkoszowałam się ich widokiem, gdy uniósł rękę i przeczesał je palcami. Opierał się o futrynę, a w jego swobodnej postawie znać było arogancję.

Kiedy spojrzał na mnie jasnymi oczami, zauważyłam w nich błysk. Chłopak powoli powiódł wzrokiem po mojej sylwetce i żółtej sukience z długim rękawem, którą miałam na sobie. Popatrzył na moje nogi, wreszcie wrócił spojrzeniem do białej kokardy przypiętej z boku głowy. Jego nozdrza poruszyły się, a źrenice powiększyły, co było jasnym dowodem na to, że mu się podobało.

Widząc jego intensywne spojrzenie, zarumieniłam się i wzięłam głęboki wdech. Powietrze stało się gęste i ciężkie. Napięcie między nami było niemal namacalne. Uświadomiłam sobie, jak mocno można za kimś tęsknić, nawet jeśli minęło zaledwie kilka godzin, odkąd się go widziało.

Z zamyślenia wyrwało mnie chrząknięcie taty. Spojrzałam na niego. Chcąc go uspokoić, położyłam rękę na jego ramieniu i powiedziałam:

– Wrócę później, dobrze?

Nie czekając na odpowiedź, przeszłam obok niego, wyszłam z domu i stanęłam na werandzie. Rune odsunął się powoli od drzwi i obróciwszy się, poszedł za mną. Kiedy dotarliśmy do końca podjazdu, spojrzałam na niego.

Nieustannie wpatrując się we mnie, zaciskał usta, choć czekałam, by się odezwał. Zerkając przez jego ramię, zobaczyłam, że tata wciąż się nam przygląda. Troska nie znikała z jego twarzy.

Spojrzał za siebie, ale nie zareagował. Nic nie powiedział. Wyciągnął jedynie kluczyki z kieszeni. Ruchem głowy wskazał range rovera matki.

– Mam samochód – rzucił i podszedł do niego.

Poszłam za nim. Serce waliło mi jak młotem, gdy zbliżyłam się do samochodu. By uspokoić skołatane nerwy, w skupieniu patrzyłam pod nogi. Kiedy uniosłam głowę, Rune otworzył drzwi pasażera. W tym momencie moje zdenerwowanie zniknęło.

Stał przede mną, przyglądając mi się niczym mroczny anioł. Czekał, aż wsiądę. Podeszłam uśmiechnięta. Wsiadłam, rumieniąc się ze szczęścia, gdy zamknął za mną drzwi i obszedł auto, by wskoczyć za kierownicę.

Bez słowa uruchomił silnik i przez przednią szybę spojrzał na mój dom. Tata nadal stał w miejscu, przyglądając się, jak odjeżdżamy.

Rune ponownie zacisnął usta.

– Chce mnie chronić, to wszystko – wyjaśniłam, przerywając ciszę. Rune spojrzał na mnie z ukosa. Bacznie obserwując ojca, wyjechaliśmy na ulicę, a im bardziej oddalaliśmy się od mojego domu, tym bardziej nasilała się niezręczna cisza.

Rune ściskał kierownicę tak mocno, że pobielały mu knykcie. Czułam, jak gniew przetacza się przez niego falami. Zasmucało mnie to. Nigdy wcześniej nie widziałam, by ktoś miał w sobie aż tyle złości.

Nie potrafiłam wyobrazić sobie ciągłego życia w takim stanie. Nie umiałabym poradzić sobie z trwałym ściskiem żołądka i bólem w sercu.

Wzdychając, obróciłam się do Rune'a i zapytałam nieśmiało:

– Dobrze się czujesz?

Odetchnął ostro przez nos. Skinął krótko głową, a potem założył włosy za uszy. Mój wzrok padł na jego motocyklową kurtkę. Uśmiechnęłam się.

Rune uniósł prawą brew.

– No co? – zapytał, a jego głęboki głos zawibrował w mojej piersi.

– Tylko ty – odparłam wymijająco.

Patrzył to na drogę, to znów na mnie. Kiedy powtórzyło się to kilkakrotnie, wiedziałam, że robił tak, bo bardzo chciał się dowiedzieć, o czym myślę.

Wyciągnęłam rękę i pogłaskałam go po ramieniu. Mięśnie chłopaka napięły się pod kurtką.

– Już rozumiem, dlaczego podkochują się w tobie wszystkie dziewczyny w mieście – powiedziałam. – Ida opowiadała mi dziś o tym. Mówiła, że wszystkie będą zazdrosne, bo idę z tobą na randkę.

Ściągnął brwi. Roześmiałam się. Szczerze się roześmiałam, widząc jego zmarszczone czoło. Przesuwał ściśniętymi wargami. Wtedy zaśmiałam się jeszcze głośniej i zauważyłam iskrę w jego oku. Widziałam, jak starał się ukryć rozbawienie.

Westchnęłam lekko i otarłam oczy. Dostrzegłam, że chłopak nie ściska już tak mocno kierownicy. Mięśnie na jego twarzy nie były już tak napięte, a oczy tak bardzo zmrużone.

Korzystając z okazji, że Rune się rozluźnił, wyjaśniłam:

– Odkąd zachorowałam, tata stał się bardzo opiekuńczy. Nie nienawidzi cię, Rune. Po prostu nie zna nowego Rune'a. Nie wiedział, że ponownie zaczęliśmy rozmawiać.

Chłopak siedział nieruchomo, nie odzywając się.

Tym razem nie próbowałam nic mówić. Najwyraźniej ponownie pogrążył się w jednym z tych swoich nastrojów... Nie wiedziałam, jak go rozbawić. Nie potrafiłabym tego zrobić. Obróciłam głowę i przez boczną szybę oglądałam mijany świat. Nie miałam pojęcia, gdzie jedziemy, ale ekscytacja nie pozwalała mi siedzieć spokojnie.

Nie mogąc już znieść panującej w aucie ciszy, włączyłam radio. Wybrałam swoją ulubioną stację. Melodia ubóstwianego przeze mnie dziewczęcego zespołu wypełniła przestrzeń.

– Uwielbiam tę piosenkę – powiedziałam z zadowoleniem, opierając się na siedzeniu. Zaczęłam wsłuchiwać się w graną na fortepianie, wolną melodię, która płynęła z głośników. Słysząc początkowe dźwięki, nuciłam cicho przy akustycznej wersji piosenki. Mojej ulubionej wersji.

Zamknęłam oczy, pozwalając, by wzruszający tekst wypełnił moje serce i wydostał się przez usta. Uśmiechnęłam się, gdy muzyka w tle przybrała na sile, pogłębiając emocje brzmieniem akordów.

Właśnie dlatego tak bardzo ją kochałam.

Jedynie muzyka była w stanie skraść mi dech i tak doskonale tchnąć życie w dany utwór. Nadać mu głębię. Otworzyłam oczy i zobaczyłam, że z twarzy Rune'a znikła cała wściekłość. Na tyle, na ile było to możliwe, wpatrywał się we mnie niebieskimi oczami. Znów mocniej zaciskał palce na kierownicy, jednak jego mina zupełnie się zmieniła.

Zaschło mi w ustach, gdy ponownie na mnie popatrzył. Tym razem wyraz jego twarzy był nieczytelny.

– Ta piosenka jest o dziewczynie, która desperacko, całym sercem kochała chłopaka. Utrzymywali swoje uczucie w tajemnicy, ale ona tego nie chciała. Pragnęła, by świat dowiedział się, że należeli do siebie.

Ku mojemu zaskoczeniu Rune odezwał się ochryple:
– Śpiewaj dalej.

Widziałam to na jego twarzy, widziałam, że potrzebuje mnie słuchać.

Śpiewałam zatem.

Nie miałam mocnego głosu, więc robiłam to cicho, choć wszystkie słowa płynęły z głębi serca. Z prawdziwą czułością wyśpiewywałam każdy wyraz piosenki o miłości, która była odwzajemniona. Całą sobą wyrażałam to przesłanie, to pełne namiętności wołanie, którym żyłam.

Wciąż żyłam.

Te słowa mówiły o Runie i o mnie. O naszym rozstaniu. O moim głupim planie, by odsunąć mojego chłopaka z dala od siebie i zaoszczędzić mu bólu, który niespodziewanie zranił nas oboje. O mojej miłości, którą żywiłam do Rune'a, będąc tu, w Ameryce, podczas gdy on kochał mnie, przebywając w Oslo.

Kiedy skończyłam śpiewać, otworzyłam oczy, moje serce pełne było głębokich emocji. W radiu rozpoczęła się kolejna piosenka, ale tej akurat nie znałam. Czułam, że Rune wpatruje się we mnie intensywnie, mimo to nie mogłam obrócić ku niemu głowy.

Coś mi to uniemożliwiało.

Obróciłam ją na zagłówku w drugą stronę i spojrzałam przez szybę.

– Kocham muzykę – powiedziałam bardziej do siebie.

– Wiem, że tak jest – odparł Rune. Jego głos był mocny, niezachwiany i czysty, jednak usłyszałam w nim nutę czułości. Delikatności. Troski. Spojrzałam wreszcie na niego. Gdy patrzyłam mu w oczy, nie powiedziałam nic. Po prostu się uśmiechnęłam. Lekko i nieśmiało. Gdy to zrobiłam, Rune powoli wypuścił powietrze.

Skręciliśmy dwa razy w lewo i zjechaliśmy w dół ciemnej wiejskiej drogi. Cały czas patrzyłam na mojego towarzysza, myśląc o tym, że jest naprawdę piękny. Spróbowałam sobie wyobrazić, jak będzie wyglądał za dziesięć lat. Byłam pewna, że będzie jeszcze lepiej zbudowany. Zastanawiałam się, czy jego włosy nadal będą długie... i nad tym, co będzie chciał zrobić ze swoim życiem.

Modliłam się, by wiązało się to z fotografią.

Robienie zdjęć wypełniało jego duszę tym samym spokojem, który gościł w mojej podczas gry na wiolonczeli. Jednak odkąd wrócił, nie widziałam go z aparatem. Sam zresztą mówił, że nie uwiecznia już chwil na kliszy.

Zasmuciło mnie to bardziej niż cokolwiek innego.

Puściłam wodze fantazji i choć wcześniej wielokrotnie zarzekałam się, że nigdy tego nie zrobię, pozwoliłam sobie pomyśleć również o nas – jak razem wyglądalibyśmy za dziesięć lat. W moim wyobrażeniu byliśmy małżeństwem i znajdowaliśmy się w mieszkaniu w SoHo w Nowym Jorku. Gotowałam obiad w ciasnej kuchni i tańczyłam do muzyki z radia, które grało w tle. Rune siedział nieopodal, wpatrując się we mnie i robiąc zdjęcia upamiętniające nasze życie. Opuścił aparat i musnął palcami mój policzek. Odepchnęłam w żartach jego rękę, śmiejąc się głośno. Utrwalił ten moment. Właśnie taką fotografię zastałam wieczorem na poduszce.

Doskonale uchwyconą chwilę.

Idealną sekundę. Miłość zatrzymaną w czasie.

Łza wymknęła mi się z oka, gdy zatrzymałam w głowie ten obraz. Chwilę, która nie miała prawa się spełnić. Pozwoliłam sobie na niewielkie cierpienie, nim głęboko ukryłam ten ból, na zewnątrz pozostawiając jedynie zadowolenie. Radość z tego, że Rune miałby szansę podążać za swoją pasją i stać się fotografem. Miałam zamiar uśmiechać się do niego i przyglądać mu się z nowego domu w raju.

Rune koncentrował uwagę na drodze. Szepnęłam:

– Tęskniłam za tobą... Bardzo, bardzo za tobą tęskniłam.

Zamarł. Spiął się każdy jego mięsień. Chłopak nagle włączył kierunkowskaz i stanął na poboczu. Usiadłam prosto, zastanawiając się, co się dzieje. Silnik samochodu wciąż mruczał, jednak Rune odsunął się od kierownicy. Spuścił głowę, położył ręce na kolanach. Zacisnął palce na jeansach i obrócił głowę, by na mnie spojrzeć. Na jego twarzy gościła udręka.

Rozdarcie.

Złagodniały one, gdy jego wzrok spoczął na mnie.

– Ja też za tobą tęskniłem – powiedział cicho i ochryple. – Cholernie mocno, *Poppymin*.

Moje serce puściło się biegiem, puls przyspieszył. Zaczęło kręcić mi się w głowie. Zachwycała mnie szczerość w ochrypłym głosie Rune'a, rozkoszowało piękno jego twarzy.

Nie wiedząc, co odpowiedzieć, położyłam dłoń między siedzeniami. Ułożyłam ją otwartą, wnętrzem do góry. Po chwili, która upłynęła w całkowitej ciszy, Rune powoli zbliżył swoją rękę i splótł ze mną palce. Zadrżałam, gdy jego wielka dłoń zamknęła się na mojej.

Jeszcze wczoraj oboje byliśmy zdezorientowani. Nie wiedzieliśmy, co zrobić, gdzie iść, jak znaleźć drogę powrotną do tego, co mieliśmy. Ta randka była naszym nowym początkiem. Złączone dłonie miały nam o tym przypominać. Przypominać, że nadal byliśmy Poppy i Runem. Gdzieś pod całym naszym bólem i cierpieniem, pod warstwą nowych doświadczeń – wciąż tam byliśmy.

Zakochani.

Dwie połówki jednego serca.

Nie dbałam o to, co kto miał na ten temat do powiedzenia. Mój czas był cenny. Jednak nie tak cenny jak Rune. Nie puszczając mojej dłoni, chłopak wrzucił bieg i ponownie wyjechał na drogę. Po chwili wiedziałam już, gdzie jedziemy.

Nad jezioro.

Uśmiechnęłam się szeroko, gdy stanęliśmy pod starą restauracją. Jej taras ozdabiały rzędy niebieskich świateł, a duże gazowe grzejniki ogrzewały stoły ustawione na zewnątrz. Kiedy samochód się zatrzymał, spojrzałam na Rune'a.

– Przywiozłeś mnie na randkę nad jezioro? Do restauracji Tony'ego?

Babcia przywoziła nas tu, gdy byliśmy dziećmi. W niedzielne wieczory. Zupełnie jak dzisiaj. Uwielbiała raki. Z ochotą przemierzała długą drogę, by ich zakosztować.

Rune skinął głową. Próbowałam zabrać rękę, ale zmarszczył brwi.

– Rune – rzuciłam – kiedyś trzeba wysiąść. Byśmy mogli to zrobić, musisz mnie puścić.

Niechętnie zabrał dłoń, trzymając ściągnięte brwi. Wzięłam kurtkę i wysiadłam. Kiedy tylko zamknęłam drzwi, stał już obok. Bez słowa ponownie wziął mnie za rękę.

Ścisnął ją mocno. Bałam się, że nigdy nie puści.

Gdy szliśmy do wejścia, od strony wody powiał wiatr. Rune przystanął. W milczeniu wziął ode mnie kurtkę i puścił moją rękę. Strzepnął okrycie i przytrzymał je, bym mogła założyć.

Chciałam zaprotestować, ale tylko westchnęłam, widząc jego minę. Odwróciłam się i włożyłam ręce w rękawy. Rune obrócił mnie, bym stanęła przed nim. W skupieniu zapiął mi szczelnie kurtkę. Wieczorny chłód nie dawał mi się już we znaki.

Czekałam, aż mnie puści, ale on się przysunął. Jego miętowy oddech owiał mój policzek. Przez chwilę Rune patrzył mi głęboko w oczy. Zaczerwieniłam się, dostrzegając jego nieśmiałość. Nie odwracając spojrzenia, przysunął się jeszcze bliżej i powiedział cicho:

– Mówiłem ci, że pięknie dziś wyglądasz?

Palce u stóp podwinęły mi się w butach, gdy usłyszałam jego mocny akcent. Być może Rune wyglądał na spokojnego i zdystansowanego, ale znałam go zbyt dobrze. Kiedy przez jego słowa przebijał akcent, oznaczało to, że chłopak się denerwuje.

Pokręciłam głową.

– Nie – szepnęłam.

Odwrócił wzrok.

Gdy ponownie na mnie spojrzał, chwycił mnie mocniej i jeszcze bardziej do siebie przysunął. Jego twarz znajdowała się teraz o milimetry od mojej. Powiedział:

– Wyglądasz pięknie. Naprawdę. Cholernie uroczo.

Moje serce przyspieszyło. Urosło. Mogłam odpowiedzieć jedynie uśmiechem, ale wydawało się, że Rune'owi to wystarcza. Właściwie zdawało się go to w pełni satysfakcjonować.

Pochylił się nieco, a jego usta musnęły moje ucho.

– Chcę, by było ci ciepło, *Poppymin*. Byłoby mi przykro, gdybyś się przeziębiła.

Nagle nabrało sensu, dlaczego tak starannie ubrał mnie w kurtkę. Troszczył się o mnie. Pilnował mnie.

– Dobrze – odpowiedziałam szeptem. – Będzie mi ciepło, nie musisz się martwić.

Wziął szybki wdech, zamknął oczy na zbyt długi czas, by można było nazwać to mrugnięciem.

Odsunął się i wziął mnie za rękę. Bez słowa zaprowadził mnie do restauracji Tony'ego i poprosił stolik dla dwóch osób. Hostessa zaprowadziła nas na patio z widokiem na jezioro. Nie byłam tutaj od lat, ale miejsce to nie zmieniło się ani trochę. Woda była spokojna. Jej tafla wyglądała jak skrawek nieba skryty pośród drzew.

Dziewczyna zatrzymała się przy stoliku na tyłach zatłoczonego patio. Uśmiechnęłam się, chcąc usiąść, ale Rune powiedział:
— Nie. — Spojrzałam na niego natychmiast, hostessa również. Wskazał na stolik znajdujący się jeszcze dalej, tuż przy wodzie. — Tamten — zażądał krótko.
Młoda kobieta skinęła głową.
— Oczywiście — odparła nieco spłoszona. Poprowadziła nas do wybranego miejsca.
Rune ruszył za nią, wciąż trzymając mnie za rękę. Kiedy przechodziliśmy między stolikami, zauważyłam, jak patrzą na niego inne dziewczyny. Nie przejęłam się jednak ich zainteresowaniem, sama próbując spojrzeć na Rune'a jak one, co stanowiło dla mnie pewne wyzwanie. Tak bardzo wrastał w moją pamięć, tak bardzo współtworzył moją tożsamość, że zmiana perspektywy graniczyła z cudem. Jednak usilnie starałam się zobaczyć go z innej strony i wreszcie dostrzegłam to, co one zdawały się w nim widzieć.
Tajemnicę. Zamyślenie.
Tylko mojego łobuza.
Hostessa zostawiła na drewnianym blacie dwa menu i zwróciła się do Rune'a:
— Może być, proszę pana?
Skinął głową, choć na jego twarzy wciąż gościł grymas.
Zarumieniona młoda kobieta powiedziała, że niedługo przyjdzie ktoś, kto nas obsłuży, i pospiesznie zostawiła nas samych. Spojrzałam na Rune'a, ale on patrzył na jezioro. Zabrałam rękę, by móc zająć miejsce. Kiedy

to zrobiłam, natychmiast obrócił głowę w moją stronę i ściągnął brwi.

Uśmiechnęłam się, widząc, jak się krzywi. Opadł na krzesło stojące naprzeciwko jeziora. Usiadłam na wprost chłopaka. Gdy tylko zajęłam miejsce, chwycił oparcie mojego krzesła. Pisnęłam, gdy zaczął przysuwać je do siebie. Siedziałam nieruchomo na przesuwającym się krześle, ściskając podłokietniki.

Ustawił je obok siebie.

Tuż obok swojego, bym również mogła patrzeć na jezioro.

Nie zareagował, gdy na mojej twarzy pojawił się niewielki rumieniec. Roztapiałam się na myśl o jego prostym geście, jednak wydawał się w ogóle tego nie zauważać. Był zbyt przejęty tym, że z powrotem może trzymać mnie za rękę, a nasze palce znów się połączyły. Nazbyt koncentrował się na tym, by mnie nigdy nie puścić.

Wyciągnął dłoń i podkręcił ogrzewanie. Gdy płomienie buchnęły wysoko za metalową osłoną gazowego grzejnika, rozsiadł się wygodnie. Serce urosło mi, gdy przysunął sobie do ust nasze złączone dłonie i w hipnotyzującym ruchu potarł grzbiet mojej wargami.

Wciąż wpatrywał się w wodę. Choć uwielbiałam widok drzew otaczających jezioro ochronną zasłoną oraz kąpiących się, nurkujących kaczek czy żurawi, które wzbijały się i szybowały nad taflą wody, w tej chwili mogłam patrzeć tylko na Rune'a.

Coś się w nim od wczoraj zmieniło. Nie wiedziałam jednak co. Wciąż był ostry i opryskliwy. Jego serce nadal wypełniał mrok, aura, którą wokół siebie roztaczał, sugerowała wyraźnie, by trzymać się od niego z daleka.

Jednak miał w życiu nową motywację związaną ze mną. We władczym spojrzeniu widziałam zapał i zdecydowanie. Czułam je również w uścisku jego dłoni.

Podobało mi się to.

Choć tęskniłam za Runem, którego znałam wcześniej, tego obserwowałam z fascynacją. W tej chwili, siedząc obok niego w miejscu, które tyle dla nas znaczyło, byłam całkowicie usatysfakcjonowana obecnością tej nowej postaci.

Więcej niż usatysfakcjonowana.

Czułam się po prostu żywa.

Przyszedł nasz kelner, chłopak miał może dwadzieścia lat. Rune mocniej ścisnął moją dłoń. Serce znów mi urosło.

Był zazdrosny.

– Witam. Podać na początek jakieś napoje? – zapytał młody mężczyzna.

– Poproszę słodką herbatę – odparłam, wyczuwając, że Rune się spina.

– Piwo korzenne – warknął. Kelner pospiesznie odszedł. Gdy zniknął, nie mogąc nas już usłyszeć, Rune rzucił: – Nie mógł od ciebie oderwać oczu.

Pokręciłam głową ze śmiechem.

– Jesteś szalony.

Sfrustrowany zmarszczył czoło. Tym razem to on pokręcił głową.

– Nawet nie masz pojęcia.

– O czym? – zapytałam, wiodąc palcem po nowych bliznach na jego knykciach. Zastanawiało mnie, skąd się one wzięły. Słyszałam, że jego oddech przyspieszył.

– O tym, jaka jesteś piękna – odparł, wpatrując się w mój palec. Kiedy go zatrzymałam, spojrzał mi w oczy.

Mogłam jedynie na niego patrzeć, ponieważ brakowało mi słów.

W końcu kącik jego ust uniósł się nieco w krzywym uśmieszku. Rune przysunął się do mnie.

– Widzę, że nadal lubisz słodką herbatę.

Pamiętał.

Szturchając go lekko w bok, powiedziałam:

– Widzę, że nadal lubisz piwo korzenne.

Wzruszył ramionami.

– Nie było go w Oslo. Po powrocie nie mogę się nim nasycić. – Uśmiechnęłam się do niego i ponownie zaczęłam wodzić palcem po jego dłoni. – Jak się okazuje, jest wiele rzeczy, których nie miałem w Oslo i którymi wciąż nie mogę się nasycić.

Zatrzymałam znów palec. Wiedziałam, że mówił o mnie.

– Rune – powiedziałam, nie kryjąc wyrzutów sumienia.

Uniosłam głowę, pragnąc go ponownie przeprosić, ale gdy to zrobiłam, nadszedł kelner i postawił na stole nasze napoje.

– Czy chcieliby państwo złożyć zamówienie?

Nie odrywając ode mnie wzroku, Rune rzucił:

– Dwa gotowane raki.

Czułam, że mężczyzna się nam przygląda. Po chwili powiedział:

– Dobrze, niedługo przyniosę. – Odszedł.

Rune skierował wzrok na moje uszy, a na jego twarzy pojawił się cień uśmiechu. Zastanawiałam się, co wywołało w nim aż taką radość. Przysunął się do mnie, wierzchem dłoni odsunął włosy z mojej twarzy i założył je za ucho.

Powiódł palcem po mojej małżowinie, wzdychając przy tym lekko.

– Wciąż je nosisz.

Kolczyki.

Znaki nieskończoności.

– Zawsze – potwierdziłam. Kiedy spojrzał na mnie znacząco, dodałam: – Na wieki wieków.

Opuścił rękę, lecz zatrzymał ją, biorąc w palce kosmyk moich włosów.

– Obcięłaś je – stwierdził, choć wiedziałam, że było to pytanie.

– Odrosły – wyznałam. Widziałam, jak się spiął. Nie chcąc psuć magii dzisiejszego wieczoru rozmową o chorobie czy leczeniu, przysunęłam się i oparłam czoło na jego czole. – Straciłam włosy. Na szczęście odrosły. – Odsunęłam się i wskazałam na swojego boba. – Poza tym podobają mi się. Chyba mi pasują. Bóg jeden wie, że o wiele mi z nimi łatwiej niż z tą kopą siana, z którą męczyłam się przez lata. – Wiedziałam, że to podziała. Rune parsknął krótkim śmiechem. Żartując nadal, dodałam: – Tylko wikingowie powinni mieć długie włosy. Wikingowie i motocykliści. – Zmarszczyłam nos, udając, że mu się przyglądam. – Niestety nie masz motocykla... – urwałam, śmiejąc się z jego krzywej miny.

Wciąż się śmiałam, a on przyciągnął mnie do swojej twardej piersi. Trzymając usta tuż przy moim uchu, powiedział:

– Mogę sprawić sobie motocykl, jeśli tego właśnie chcesz. Jeśli tego trzeba, by cię odzyskać.

Powiedział to w żartach.

Wiedziałam, że tak właśnie było.

Jednak mimo wszystko zdziwiło mnie to. Zaniepokoiło. Zamarłam, a cała moja radość prysła. Zauważył tę zmianę. Jego grdyka podskoczyła, jakby przełknął to, co chciał powiedzieć.

Idąc za głosem serca, uniosłam rękę i położyłam ją na twarzy Rune'a. Wiedząc, że skupia na mnie całą uwagę, szepnęłam:

– Nie potrzeba do tego motocykla, Rune.

– Nie? – zapytał ochrypłym głosem.

Pokręciłam głową.

– Dlaczego? – spytał zdenerwowany. Zarumienił się. By zadać to pytanie, musiał przełamać własną dumę. Wiedziałam, że nie doda nic więcej.

Przysunęłam się i wyznałam cicho:

– Bo jestem pewna, że nigdy mnie nie straciłeś.

Czekałam. Czekałam z zapartym tchem, patrząc, jak się zachowa.

Nie spodziewałam się żadnych czułości. Nie oczekiwałam, że moje serce odetchnie, że rozpłynie się moja dusza.

Zbliżył się bardzo ostrożnie i pocałował mnie w policzek. Następnie odsunął się o milimetr i przysunął usta do moich. Wstrzymałam oddech, czekając na pocałunek. Prawdziwy, upragniony pocałunek. Jednak minął moje wargi i pocałował mnie w drugi policzek, nie spełniając mojego marzenia.

Kiedy się odsunął, moje serce waliło jak młotem, wypełniając hukiem moją pierś. Oparł się wygodnie na krześle, ale zacisnął palce trzymające moją dłoń.

Moje usta spowił tajemniczy uśmiech.

Znad jeziora dochodził dźwięk – kwakanie dzikiej kaczki lecącej po ciemniejącym niebie. Kiedy spojrzałam na Rune'a, widziałam, że on również zatrzymał na niej wzrok. Ponownie popatrzył na mnie, a ja zaczęłam się przekomarzać:

– Jesteś wikingiem, niepotrzebny ci motocykl.

Tym razem to on się uśmiechnął, tak mocno, że zobaczyłam niewielki odcinek prostych zębów. Promieniałam z dumy.

Przyszedł kelner z naszymi rakami, umieścił wiaderka na stole pokrytym papierowym obrusem. Rune niechętnie puścił moją dłoń, byśmy mogli zająć się jedzeniem. Zamknęłam oczy, gdy skosztowałam mięsa, a kwas cytryny dotarł do moich kubków smakowych.

Było tak pyszne, że aż westchnęłam.

Pokręcił głową, śmiejąc się ze mnie. Rzuciłam mu na kolana kawałek skorupy. W odpowiedzi zmarszczył brwi. Wytarłam palce w serwetkę i odchyliłam głowę w kierunku bezchmurnego nieba. Na tle nocy jaśniały gwiazdy.

– Widziałeś kiedyś coś równie pięknego jak to małe jezioro? – zapytałam.

Rune uniósł głowę, rozejrzał się po spokojnej okolicy, którą rozświetlały niebieskie lampki odbijające się w wodzie.

– Pewnie odpowiedziałbym, że tak – odparł rzeczowo, wskazując na mnie. – Jednak rozumiem, co masz na myśli. Kiedy byłem w Oslo, wyobrażałem sobie to miejsce, zastanawiając się, czy do niego wracałaś.

– Nie, to pierwszy raz od dawna, gdy tu jestem. Rodzice nie przepadają za rakami, lubiła je tylko babcia.

– Uśmiechnęłam się, wyobrażając ją sobie siedzącą naprzeciw nas przy stole, gdy udało jej się nas wykraść.

– Pamiętasz... – Roześmiałam się. – ...jak przynosiła piersiówkę pełną burbona i dolewała sobie do herbaty? – Zaśmiałam się głośniej. – Albo jak przykładała palce do ust i mówiła: „Nie będziemy o tym mówić waszym rodzicom. Udało mi się was tu przywieźć, ratując przed siedzeniem w kościele, więc nie puśćcie pary z ust!"?

Uśmiechał się również, w skupieniu wpatrując się jednak w moją twarz.

– Tęsknisz za nią – stwierdził.

Przytaknęłam.

– Każdego dnia. Zastanawiam się, na jakie wyprawy mogłybyśmy jeździć. Myślę o tym, czy udałoby się nam polecieć do Włoch, by zobaczyć Asyż, tak jak o tym rozmawiałyśmy. Czy odwiedziłybyśmy Hiszpanię, by móc uciekać przed bykami. – Gdy sobie to wyobraziłam, ponownie się roześmiałam. Uspokoiłam się w końcu i dodałam: – Jednak niedługo znów ją zobaczę. – Popatrzyłam Rune'owi w oczy. – Kiedy wrócę do domu.

Jak nauczyła mnie babcia, nie postrzegałam tego, co działo się ze mną, jako umierania. Końca. Był to początek czegoś wielkiego. Moja dusza miała wrócić do domu, gdzie było jej miejsce.

Nie zdawałam sobie sprawy, że zasmuciłam Rune'a, który wstał i przeszedł niewielkim pomostem znajdującym się niedaleko naszego stolika. Pomost prowadził w głąb jeziora.

Wrócił kelner. Obserwowałam, jak znikający w ciemności Rune odpala papierosa, którego żar zdradzał miejsce, gdzie chłopak się zatrzymał.

– Mogę to zabrać? – zapytał kelner.

Uśmiechnęłam się i skinęłam głową.

– Tak, proszę. – Wstałam, ale chłopak spojrzał na mnie zdziwiony. – Możemy prosić również o rachunek?

– Oczywiście – odparł.

Przeszłam pomostem do Rune'a, kierując się tam, gdzie dostrzegłam niewielki żar papierosa. Kiedy stanęłam obok, chłopak opierał się o poręcz, patrząc w dal pustym wzrokiem.

Jego czoło było lekko zmarszczone, plecy spięte. Gdy przy nim stanęłam, jeszcze bardziej zesztywniał. Zaciągnął się głęboko dymem i wypuścił go na lekki wiatr.

– Nie mogę udawać, że nie wiem, co się ze mną dzieje, Rune – zaczęłam ostrożnie. – Nie mogę żyć w świecie fantazji. Wiem, co nadchodzi. Wiem, jak to się skończy.

Wziął drżący oddech i zwiesił głowę. Kiedy uniósł ją ponownie, powiedział łamiącym się głosem:

– To niesprawiedliwe.
Serce pękało mi z bólu. Widziałam grymas na jego twarzy i napięte mięśnie. Oddychając chłodnym powietrzem, oparłam się o barierkę. Kiedy oddech Rune'a się uspokoił, powiedziałam:
– Niesprawiedliwie byłoby wtedy, gdybyśmy nie mogli spędzić ze sobą nadchodzących miesięcy.
Powoli opuścił głowę i oparł czoło na dłoniach.
– Nie potrafisz spojrzeć na to z szerszej perspektywy, Rune? Wróciłeś do Blossom Grove kilka tygodni po tym, jak zostałam odesłana do domu, by spędzić tu resztę swojego życia, cieszyć się ograniczonym czasem zapewnianym przez leki. – Ponownie spojrzałam na gwiazdy, czując, że uśmiecha się do nas coś wielkiego. – Dla ciebie to niesprawiedliwe, lecz ja wierzę, że jest na odwrót. Wróciliśmy w to miejsce z jakiegoś powodu. Być może to lekcja, którą mamy odrobić, zanim ją zrozumiemy.
Obróciłam się i odsunęłam długie włosy z jego twarzy. W poświacie księżyca dostrzegłam łzę połyskującą na jego policzku.
Scałowałam ją.
Obrócił się do mnie i położył głowę na moim ramieniu. Objęłam go i przytuliłam.
Jego plecy uniosły się, gdy wziął głęboki wdech.
– Przywiozłem cię tu dzisiaj, by przypomnieć ci czas, gdy byliśmy szczęśliwi. Kiedy byliśmy nierozłączni, bo się przyjaźniliśmy, a może nawet było to więcej niż przyjaźń. Jednak... – umilkł.
Delikatnie odsunęłam jego głowę, by móc spojrzeć mu w twarz.

– Co? – zapytałam. – Powiedz, proszę. Obiecuję, że wszystko będzie dobrze.

Popatrzył mi w oczy, a potem ponownie na wodę. Kiedy wrócił do mnie wzrokiem, zapytał:

– Jednak co jeśli to ostatni raz, gdy możemy to zrobić?

Stanęłam między nim a barierką, wyjęłam mu z ręki papierosa i cisnęłam go do wody. Stanęłam na palcach i objęłam dłońmi jego twarz.

– Zatem mamy dzisiejszy wieczór – powiedziałam. Rune skrzywił się, słysząc moje słowa. – Będziemy mieć to wspomnienie. Będziemy pamiętać tę wspaniałą chwilę. – Przechyliłam głowę na bok i uśmiechnęłam się z nostalgią. – Znałam kiedyś chłopca, którego kochałam całym sercem. Chłopaka, który żył chwilą. Powiedział mi, że zaledwie jeden moment jest w stanie odmienić świat. Zmienić czyjeś życie. Czyjeś istnienie, które w ciągu tej jednej krótkiej chwili ma szansę stać się nieskończenie lepsze lub gorsze. – Zamknął oczy, ale ja mówiłam dalej, nie dając za wygraną: – Dzisiejszy wieczór spędzony z tobą jak kiedyś nad jeziorem – powiedziałam, odczuwając spokój wypełniający moją duszę – przypomniał mi o babci i o tym, dlaczego tak bardzo ją kochałam… Sprawił, że życie stało się nieskończenie lepsze. Ten moment, który mi podarowałeś, zapamiętam na zawsze. Zabiorę go ze sobą… gdziekolwiek się udam. – Rune otworzył oczy. Przyciągnęłam go do siebie. – Podarowałeś mi dzisiejszy wieczór. Wróciłeś. Nie zmienimy faktów, nie zmienimy przeznaczenia, ale wciąż możemy żyć. Możemy żyć mocno i szybko, mając dni, które jeszcze przed nami. Znów możemy być Poppy i Runem.

Nie przypuszczałam, że odpowie coś na te słowa, więc gdy się odezwał, poczułam przypływ nadziei.

– To nasza ostateczna przygoda.

Idealnie to wyraził, pomyślałam.

– Nasza ostateczna przygoda – szepnęłam w noc, kiedy nieoczekiwana radość wypełniła moje ciało. Rune objął mnie w talii. – Nie wolno nam jednak o czymś zapominać – powiedziałam, a on ściągnął brwi. Zmarszczki na jego czole zniknęły, gdy wyjaśniłam: – To ostateczna przygoda tego życia. Nieprzerwanie wierzę, że ponownie będziemy razem. Nawet jeśli ta przygoda się skończy, po drugiej stronie będzie na nas czekać jeszcze większa. A nie będzie raju, Rune, jeśli któregoś dnia nie wrócisz w moje ramiona.

Przycisnął do mnie całe swoje ciało. Tuliłam go. Tuliłam, nim się nie uspokoił. Kiedy się odsunął, zapytałam:

– Zatem, Runie Kristiansenie, wikingu z Norwegii, jesteś gotowy na tę przygodę?

Zaśmiał się mimowolnie. Śmiał się, gdy wyciągnęłam do niego rękę, czekając, aż ją uściśnie. Rune – mój skandynawski łobuz z twarzą stworzoną przez anioły – podał mi dłoń i dwukrotnie potrząsnął moją na znak, że składa przyrzeczenie, tak jak nauczyła nas babcia.

– Jestem gotowy – powiedział. Jego przysięgę poczułam aż w palcach u stóp.

– Przepraszam państwa. – Spojrzałam nad ramieniem Rune'a i zobaczyłam kelnera z naszym rachunkiem. – Zamykamy – wyjaśnił.

– W porządku? – zapytałam Rune'a, dając znać kelnerowi, że zaraz przyjdziemy zapłacić.

Skinął głową, układając gęste brwi w znajomy grymas. Spróbowałam naśladować jego minę, również się krzywiąc. Nie mógł się oprzeć i posłał mi dobroduszny uśmieszek.

– Tylko ty – powiedział bardziej do siebie niż do mnie. – *Poppymin*. – Wziął mnie za rękę i poprowadził z powrotem do restauracji.

Kiedy już wsiedliśmy do auta, uruchomił silnik i powiedział:

– Musimy odwiedzić jeszcze jedno miejsce.

– Będziemy mieć kolejny pamiętny moment?

Wyjeżdżając na drogę, wziął mnie za rękę i odparł:

– Mam nadzieję, *Poppymin*. Mam nadzieję.

***

Powrót do miasta zajął nam dłuższą chwilę. Nie rozmawialiśmy zbyt wiele. Uświadomiłam sobie, że Rune stał się cichszy, niż był kiedyś. Choć wcześniej nie należał do ekstrawertyków, teraz zrobił się wycofany i zamknięty. Idealnie pasował do wizerunku artysty rozmyślającego o miejscach i krajobrazach, które chciałby uwiecznić na kliszy.

O chwilach zatrzymanych w czasie.

Gdy przejechaliśmy może kilometr, włączył radio. Poprosił, bym wybrała stację, a kiedy zaczęłam cicho śpiewać piosenkę, nieco bardziej ścisnął moją dłoń.

Ziewnęłam, kiedy zbliżaliśmy się do obrzeży miasta. Walczyłam jednak, by utrzymać uniesione powieki. Chciałam się dowiedzieć, gdzie mnie zabierał.

Stanęliśmy przed teatrem Dixon. Moje serce znacznie przyspieszyło. Od zawsze marzyłam, by wystąpić w tym miejscu. Teatr znajdował się w moim rodzinnym mieście. Chciałam do niego wrócić, gdy będę starsza, i zagrać z profesjonalną orkiestrą.

Gdy wpatrywałam się w kamienne mury budynku, Rune zgasił silnik.

– Rune, co my tu robimy?

Puścił moją rękę i otworzył drzwi.

– Chodź ze mną.

Zmarszczyłam brwi, jednak serce biło mi niesamowicie szybko, gdy wysiadałam. Rune ponownie wziął mnie za rękę i poprowadził do wejścia.

Był późny niedzielny wieczór, jednak przeszliśmy przez frontowe drzwi. Gdy tylko znaleźliśmy się w słabo oświetlonym foyer, usłyszałam w głębi ciche dźwięki utworu Pucciniego.

Mocniej chwyciłam Rune'a. Spojrzał na mnie z uśmiechem.

– Rune – szepnęłam, gdy poprowadził mnie w kierunku bogato zdobionych schodów. – Dokąd idziemy?

Położył mi palec na ustach, dając znać, bym zachowała ciszę. Zastanawiałam się dlaczego, ale on poprowadził mnie przez drzwi... Drzwi prowadzące na widownię.

Gdy je otworzył, zalała mnie fala muzyki. Gwałtownie wciągnęłam powietrze, ponieważ przytłoczyła mnie intensywność dźwięku, gdy szłam za Runem w kierunku pierwszych rzędów. Przed nami prezentowała się orkiestra, której przewodził dyrygent. Natychmiast ich rozpoznałam, była to Savannah Chamber Orchestra.

Stałam zahipnotyzowana. Wpatrywałam się w muzyków, koncentrowałam na ich instrumentach, kołysząc się do rytmu. Obróciłam głowę, by popatrzeć na Rune'a, i zapytałam:

– Jak to zrobiłeś?

Wzruszył ramionami.

– Chciałem zabrać cię na ich koncert, ale okazało się, że jutro wylatują za granicę. Kiedy wyjaśniłem dyrygentowi, jak bardzo ich uwielbiasz, zgodził się, byśmy przyszli na ich próbę.

Żadne słowa nie padły z moich ust.

Po prostu mnie zatkało. Całkowicie oniemiałam.

Nie potrafiłam w odpowiedni sposób wyrazić swoich uczuć, choć byłam ogromnie wdzięczna za tę niespodziankę. Przytuliłam się więc do Rune'a i położyłam głowę na jego ramieniu. Gdy wpatrywałam się w grającą poniżej orkiestrę, czułam zapach skórzanej kurtki chłopaka.

Patrzyłam zafascynowana. Obserwowałam, jak dyrygent z wprawą prowadzi muzyków przez każdy ćwiczony utwór: solówki, ciekawe przejścia, zawiłe akordy.

Rune tulił mnie mocno. Co jakiś czas czułam na sobie jego spojrzenie. Obserwowałam muzyków, nie potrafiąc oderwać od nich wzroku. Zwłaszcza od sekcji smyczkowej. Kiedy głębokie tony rozbrzmiały przejrzyście, zamknęłam oczy.

Melodia była piękna.

Bez przeszkód mogłam wyobrazić sobie, że siedzę między nimi, moimi przyjaciółmi, wpatrując się w publikę pełną osób, które znałam i kochałam. W Rune'a z aparatem na szyi.

Było to moje najbardziej idealne marzenie trwające, odkąd sięgałam pamięcią.

Dyrygent uciszył muzyków. Patrzyłam na scenę. Widziałam, że wszyscy za wyjątkiem wiodącej wiolonczelistki opuścili instrumenty. Około trzydziestoletnia kobieta przesunęła swoje krzesło na środek sceny. Byliśmy z Runem jedyną publicznością.

Wiolonczelistka usiadła i przytknęła smyczek do strun, by rozpocząć grę. Skupiła wzrok na dyrygencie. Gdy ten uniósł pałeczkę, polecając, by kobieta zaczęła grać, z instrumentu wydobyły się pierwsze nuty. Kiedy popłynęły, całkowicie zamarłam. Nie śmiałam nawet odetchnąć. Nie chciałam słyszeć nic prócz tej najbardziej idealnej melodii.

Nad naszymi głowami poniósł się utwór solo *Łabędź* z muzycznej suity *Karnawał zwierząt*. Obserwowałam, jak wiolonczelistka zatraca się w muzyce, jak jej twarz z każdą wygrywaną nutą zdradza odczuwane emocje.

Chciałam znaleźć się na jej miejscu.

W tamtej chwili chciałam być wiolonczelistką grającą perfekcyjnie ten utwór. Chciałam zostać obdarzona zaufaniem, by móc wystąpić na tej scenie.

Gdy obserwowałam grającą kobietę, wszystko przestało mieć znaczenie. W pewnym momencie zamknęłam oczy, pozwalając, by moimi zmysłami zawładnęła jedynie muzyka. Pozwoliłam się jej zabrać w podróż. Wzrosło tempo utworu, wibracje dźwiękowe odbijały się pięknie od ścian teatru… Otworzyłam oczy.

Ukazały się w nich łzy.

Płynęły wraz z muzyką.

Rune ścisnął moją dłoń, poczułam, że na mnie patrzy. Wyczuwałam, że martwi się moim zdenerwowaniem. Jednak ja nie byłam zdenerwowana. Byłam wzruszona, wraz z tą cudowną melodią rosło mi serce.

Moje policzki stały się mokre, ale pozwoliłam łzom płynąć. Właśnie dlatego dźwięki były moją pasją. Magiczna melodia tworzona za pomocą drewnianego pudła, strun i smyczka potrafiła tchnąć w duszę życie.

Pozostałam w jednej pozycji, póki nie wybrzmiała ostatnia nuta. Wiolonczelistka uniosła smyczek. Dopiero wtedy otworzyła oczy, a jej dusza powróciła do ciała. Wiedziałam, że kobieta tak to właśnie odczuwała. Muzyka przeniosła ją do odległego miejsca, gdzieś, gdzie istniał tylko dźwięk. Poruszyła ją.

Przez chwilę zaszczyciła swoją mocą.

Dyrygent skinął głową, więc muzycy weszli za kulisy. Na pustej scenie zapanowała cisza.

Nie odwróciłam jednak głowy dotąd, dopóki Rune nie pochylił się i nie położył mi ostrożnie ręki na plecach.

– *Poppymin?* – szepnął niepewnie. – Przepraszam – powiedział cicho. – Myślałem, że będziesz szczęś...

Spojrzałam na niego i ujęłam obie jego dłonie w swoje.

– Nie – powiedziałam, przerywając mu. – Nie – powtórzyłam. – To łzy szczęścia, Rune. Absolutnej radości.

Odetchnął, zabierając jedną dłoń, by otrzeć moje policzki. Roześmiałam się, a mój głos poniósł się echem wokół nas. Odchrząknęłam, pozbywając się z gardła nadmiaru emocji, i wyjaśniłam:

– To mój ulubiony utwór, Rune. *Łabędź* z *Karnawału zwierząt*. Ta kobieta zagrała właśnie mój ulubiony utwór. Zrobiła to przepięknie. Idealnie. – Wzięłam głęboki wdech. – To właśnie tę melodię miałam w planach odtworzyć na przesłuchaniu do Julliard. Wyobrażałam sobie także, że gram ją w Carnegie Hall. Znam to na pamięć. Każdą nutę, każdą zmianę tempa, każde crescendo... Wiem o tym utworze wszystko. – Pociągnęłam nosem i otarłam oczy. – To, że mogłam go dzisiaj usłyszeć... – dodałam, ściskając jego dłoń. – Siedzieć tu obok ciebie... Sprawiłeś, że spełniło się moje marzenie.

Rune'owi brakowało słów, więc złapał mnie za ramiona i przyciągnął do siebie. Złożył pocałunek na moim czole.

– Przyrzeknij – powiedziałam. – Przyrzeknij, że gdy będziesz w Nowym Jorku... gdy będziesz studiował na Tisch, odwiedzisz tamtejszą filharmonię. Przyrzeknij, że wysłuchasz wiolonczelistki grającej ten utwór. I że w trakcie słuchania będziesz o mnie myślał, wyobrażając sobie, że to ja gram na tej scenie i spełniam swoje marzenia. – Odetchnęłam głęboko, uśmiechając się na myśl o tym. – Mnie to wystarczy – wyjaśniłam. – Wystarczy mi świadomość, że spełnię to jedyne marzenie, nawet jeśli będzie to tylko w twojej wyobraźni.

– Poppy – powiedział z bólem. – Proszę, kochanie... – Moje serce podskoczyło na dźwięk tych słów pieszczoty. Brzmiały idealnie, jak muzyka.

Uniosłam głowę, chwyciłam go za podbródek i powiedziałam:

– Przyrzeknij, Rune.

Odwrócił wzrok.

– Poppy, jeśli nie będziesz ze mną w Nowym Jorku, dlaczego, u licha, miałbym tam w ogóle jechać?

– A fotografia? Marzyłeś, by studiować ją w Nowym Jorku, tak jak ja pragnęłam uczyć się w Julliard.

Zmartwiłam się, gdy zacisnął usta.

– Rune? – zapytałam.

Po chwili powoli obrócił się do mnie. Wpatrywałam się w jego piękną twarz. Na widok jego miny opadłam na fotel.

Na jego twarzy gościła rezygnacja.

– Dlaczego nie robisz już zdjęć, Rune? – zapytałam. Znów odwrócił wzrok. – Proszę, nie ignoruj mnie.

Westchnął pokonany.

– Ponieważ bez ciebie nie mogę już patrzeć na świat tak jak kiedyś. Nic już nie jest takie samo. Wiem, że byliśmy bardzo młodzi, ale kiedy odsunęłaś się ode mnie, wszystko straciło sens. Byłem zły. Gniew pochłonął mnie do reszty. Dałem sobie więc spokój ze zdjęciami, ta pasja we mnie umarła.

Mimo że już niejeden raz martwiłam się jego zachowaniem i słowami, te zasmuciły mnie najbardziej. Niegdyś jego pasja była silna, a zdjęcia – choć miał tylko piętnaście lat – cudowne.

Wpatrywałam się w jego ostry wyraz twarzy i spojrzenie zagubione w transie. Patrzył nieobecnym wzrokiem na pustą scenę. Ponownie postawił wokół siebie mur i zacisnął usta. Powróciła jego ponura mina.

Należało zostawić go teraz w spokoju. Nie chcąc wywierać na nim presji, położyłam głowę na jego ramieniu i się uśmiechnęłam. Uśmiechałam się, ponieważ zagrany na wiolonczeli utwór wciąż rozbrzmiewał w moich uszach.

– Dziękuję – szepnęłam, gdy na scenie pogasły światła.

Uniosłam głowę, czekając, aż na mnie spojrzy. W końcu to zrobił.

– Tylko ty mogłeś wiedzieć, że to – wskazałam na scenę – będzie tyle dla mnie znaczyć. Mógł to wiedzieć tylko mój Rune.

Pocałował mnie lekko w policzek.

– Byłeś niedawno na moim recitalu, prawda?

Westchnął, a chwilę później przytaknął.

– Nigdy bym nie przegapił twojego występu, *Poppymin*. I nigdy tego nie zrobię.

Wstał. Milcząc, wyciągnął do mnie rękę. Podałam mu swoją i poszliśmy do samochodu. Droga do domu również upłynęła nam w ciszy. Chyba go zraniłam. Martwiłam się, że zrobiłam coś nie tak.

Kiedy przyjechaliśmy na miejsce, Rune wysiadł i obszedł auto, by otworzyć mi drzwi. Podałam mu rękę i wyskoczyłam z samochodu. Trzymałam ją mocno, gdy odprowadzał mnie do domu. Spodziewałam się, że staniemy przed drzwiami, ale poprowadził mnie pod okno. Zmarszczyłam brwi na widok frustracji goszczącej na jego twarzy.

Musiałam dowiedzieć się, o co chodzi, więc pogłaskałam go po policzku. Jednak gdy go dotknęłam, wydało mi się, że coś w nim pękło. Przycisnął mnie do ściany domu i przywarł do mnie, obejmując moją twarz.

Jego bliskość i intensywność spojrzenia sprawiały, że brakowało mi tchu. Wpatrywał się uważnie w moją twarz.

– Chciałem to zrobić, jak należy – powiedział. – Chciałem dać nam trochę czasu. Chodzi mi o tę randkę. O nas. O dzisiejszy wieczór. – Pokręcił głową i zmarszczył czoło, walcząc w duchu sam ze sobą. – Jednak nie mogę... Nie zrobię tego.

Rozchyliłam usta, by mu odpowiedzieć, ale powiódł kciukiem po mojej dolnej wardze, wpatrując się w moje usta.

– Jesteś moją Poppy. *Poppymin*. Znasz mnie. Tylko ty jedna mnie znasz. – Chwycił moją dłoń i położył ją sobie na sercu. – Znasz mnie. Wiesz, co znajduje się pod maską tego gniewu. – Westchnął, przysuwając się do mnie tak blisko, że dzieliły nas centymetry. – Ja też ciebie znam. – Pobladł. – Jeśli twój czas jest ograniczony, nie zamierzam go trwonić. Jesteś moja. Ja jestem twój. Reszta niech idzie w diabły.

Serce mocno zakołatało mi w piersi.

– Rune. – Udało mi się wydusić, choć tak naprawdę chciałam krzyczeć: „Tak, jestem twoja, a ty jesteś mój, nic więcej nie ma znaczenia!". Jednak słowa mnie zawiodły. Byłam nazbyt owładnięta emocjami.

– Powiedz to, *Poppymin* – nalegał. – Po prostu to powiedz.

Przysunął się ponownie, więżąc mnie ciałem. Jego serce biło przy moim. Zaczerpnęłam tchu. Rune dotknął wargami moich, ale nie pocałował mnie, czekając na pozwolenie, by móc całkowicie posiąść moje usta.

Gdy spojrzałam w jego oczy, zauważyłam, że miał bardzo rozszerzone źrenice. Niemal nie było widać niebieskich tęczówek. Tracąc kontrolę, szepnęłam:

– Tak.

Rozgrzane wargi natychmiast zetknęły się z moimi. Znajome usta zawładnęły mną, świadome i zdecydowane. Ciepły oddech niosący zapach mięty rozpalał moje zmysły. Chłopak przyciskał mnie do ściany swoją twardą piersią, więził, w pocałunku przejmując nade mną władanie. Pokazywał, że do niego należałam. Nie pozostawiał mi wyboru – musiałam mu ulec, poddać mu się po latach trzymania go na dystans.

Wsunął palce w moje włosy, zatrzymując je w miejscu. Jęknęłam, gdy jego język spotkał się z moim. Był miękki, ciepły... zdesperowany. Przesunęłam dłońmi po jego szerokich plecach, aż dotknęłam jego włosów. Mruknął w moje usta, całując mnie mocniej, co sprawiło, że strach i niepokój towarzyszące mi od jego powrotu zaczęły znikać. Całował mnie, a każda cząstka mojego ciała stawała się świadoma, do kogo należy. Całował mnie, a moje serce ponownie połączyło się z jego sercem. Znów stanowiliśmy dwie połówki całości.

Moje ciało poddawało się jego dotykowi. Chłopak wyczuwał to, jego pocałunki, składane teraz bardzo powoli, stały się delikatną pieszczotą. Kiedy skończył, oddychaliśmy ciężko, wciąż pełni emocji. Nabrzmiałymi wargami pocałował mnie w policzek i w szyję. Gdy wreszcie się odsunął, owiał mnie jego szybki oddech. Rune nie trzymał mnie już tak mocno.

Czekał.

Czekał, przyglądając mi się intensywnie.

Rozchyliłam usta i szepnęłam:

– Pocałunek numer trzysta pięćdziesiąt siedem. Przy ścianie mojego domu... Kiedy Rune zawładnął moim sercem. – Chłopak zamarł, spięły się jego mięśnie, więc dokończyłam: – A serce niemal wyrwało mi się z piersi.

Właśnie wtedy to się stało – Rune uśmiechnął się szczerze, a jego uśmiech był tak jasny, szeroki i prawdziwy, że na jego widok urosło mi serce.

– *Poppymin* – szepnął.

Chwytając go za koszulkę, odpowiedziałam cicho:

– Mój Rune.

Zamknął oczy i westchnął lekko, gdy wypowiedziałam te słowa. Powoli zabrał ręce i niechętnie odsunął się o krok.

– Lepiej wejdę do domu – powiedziałam.

– *Ja* – odparł, ale nie odwrócił wzroku. Ponownie przywarł do mnie, całując mnie szybko i lekko, nim się odsunął. Postawił kilka kroków w tył, pozostawiając między nami przestrzeń.

Dotknęłam swoich warg i powiedziałam:

– Jeśli nadal będziesz mnie tak całował, mój słoik napełni się błyskawicznie.

Odwrócił się, by pójść do siebie, ale zatrzymał się jeszcze i spojrzał na mnie przez ramię.

– O to chodzi, kochanie. Tysiąc pocałunków tylko ode mnie.

Pobiegł, zostawiając mnie wpatrzoną w jego plecy. Moje serce wypełniała nieopisana lekkość. Kiedy zmusiłam w końcu stopy do ruchu, weszłam do domu i od razu skierowałam się do swojego pokoju.

Wyciągnęłam słój spod łóżka i otarłam z niego kurz. Otworzyłam pokrywkę, wzięłam z szafki nocnej długopis i serduszko, na którym po chwili zapisałam dzisiejszy pocałunek.

Godzinę później, leżąc w łóżku, usłyszałam, jak otwiera się moje okno. Gdy zasłona odsunęła się, usiadłam. Serce podeszło mi do gardła. W moim pokoju stanął Rune.

Uśmiechnęłam się. Zbliżył się, zdejmując koszulkę i rzucając ją na podłogę. Otworzyłam szerzej oczy, rozkoszując się widokiem jego nagiego torsu. Moje serce niemal eksplodowało, kiedy uniósł palce do twarzy i założył sobie włosy za uszy.

Podszedł powoli do mojego łóżka, jednak zatrzymał się w oczekiwaniu. Przesunęłam się i uniosłam kołdrę, więc położył się obok, obejmując mnie natychmiast w pasie.

Kiedy wtuliłam się w niego plecami, westchnęłam z zadowolenia. Zamknęłam oczy. Pocałował mnie w szyję tuż przy uchu i szepnął:

– Śpij, kochanie, jesteś moja.

Tak.

Byłam jego.

A on był mój.

10
SPLECIONE DŁONIE I ROZBUDZONE MARZENIA

Rune

Obudziłem się i zastałem wpatrzoną we mnie Poppy.
– Hej – powiedziała z uśmiechem i mocniej się we mnie wtuliła. Pogłaskałem ją po włosach, po czym chwyciłem pod ręce i podciągnąłem, tak by jej twarz znalazła się przy mojej, a jej wargi naprzeciwko moich ust.
– Dzień dobry – odparłem i pocałowałem ją.
Westchnęła, rozchylając wargi w odpowiedzi na mój pocałunek. Kiedy się odsunąłem, spojrzała na okno i powiedziała:
– Przegapiliśmy wschód słońca.
Skinąłem głową. Jednak gdy ponownie na mnie popatrzyła, nie zauważyłem, by była smutna. Pocałowała mnie w policzek i przyznała:
– Zamienię wszystkie wschody słońca na taką pobudkę z tobą.
Na jej słowa ścisnęło mnie w piersi. Nieoczekiwanie obróciłem Poppy na plecy i zawisłem nad nią. Zachichotała, gdy przytrzymałem jej ręce na poduszce nad głową. Skrzywiłem się. Próbowała, choć bezskutecznie, powstrzymać się od śmiechu.
Jej policzki były zaróżowione z podniecenia. Pocałowałem ją. Potrzebowałem tego bardziej niż powietrza.

Uwolniłem jej ręce, położyła je na mojej głowie. Jej śmiech zaczął milknąć, gdy głębiej ją pocałowałem. W tej samej chwili do drzwi rozległo się głośne pukanie. Znieruchomieliśmy ze złączonymi ustami, szeroko otwierając oczy.

– Poppy! Czas wstawać, skarbie! – zawołał jej tata. Czułem, jak przyspieszyło jej serce. Moje również biło szybciej.

Przesunęła głowę na bok, przerywając pocałunek.

– Nie śpię! – odkrzyknęła.

Nie śmieliśmy się ruszyć, póki nie usłyszeliśmy, że jej tata odchodzi od drzwi.

Znów popatrzyła na mnie wielkimi oczyma.

– Boże... – szepnęła, parskając śmiechem.

Pokręciłem głową, usiadłem na skraju łóżka i podniosłem koszulkę z podłogi. Kiedy włożyłem ją przez głowę, Poppy położyła ręce na moich ramionach. Westchnęła.

– Zaspaliśmy. Nieomal nas przyłapano.

– To się więcej nie powtórzy – stwierdziłem, nie chcąc, by miała wymówkę, żeby to zakończyć. Musiałem być przy niej nocą. Po prostu musiałem. Nic się przecież nie stało, całowaliśmy się, po czym zasnęliśmy.

Mnie to wystarczało.

Poppy skinęła głową. Kiedy położyła podbródek na moim ramieniu, objęła mnie mocno w pasie i stwierdziła:

– Podobało mi się. – Ponownie się roześmiała, więc obróciłem lekko głowę, by przyjrzeć się jej pogodnej twarzy. Usiadła, chwyciła moją dłoń i położyła ją sobie na bijącym gorączkowo sercu. – Dzięki temu czuję, że żyję.

Pokręciłem głową ze śmiechem.

– Jesteś szalona.

Wstałem i założyłem buty. Poppy usiadła na brzegu łóżku.

– Wiesz, nigdy wcześniej nie robiłam zakazanych rzeczy. Jestem grzeczną dziewczynką, Rune. Chyba.

Zmarszczyłem brwi na myśl o zepsuciu jej, jednak Poppy przysunęła się i powiedziała:

– Było fajnie.

Założyłem włosy za uszy, pochyliłem się i dałem jej ostatniego czułego i słodkiego buziaka.

– Runie Kristiansenie, może mimo wszystko polubię tę twoją łobuzerską stronę. Dzięki tobie następne miesiące będą interesujące, jestem tego pewna. – Westchnęła głośno. – Słodkie pocałunki i skutkujące problemami wybryki... Jestem za!

Gdy zbliżyłem się do okna, Poppy wstała z łóżka. Już miałem wyjść, ale obejrzałem się przez ramię i zobaczyłem, że zapisuje coś na dwóch serduszkach wyjętych ze słoja. Obserwowałem ją przez chwilę. Widziałem, że uśmiecha się, pisząc.

Była taka piękna.

Z powrotem wrzuciła serduszka do naczynia, obróciła się i zamarła. Zauważyła, że się jej przyglądam. Jej wyraz twarzy złagodniał. Otworzyła usta, by coś powiedzieć, ale rozległo się ponowne pukanie do drzwi. Wytrzeszczyła oczy i machnęła na mnie ręką.

Wyskoczyłem przez okno i pobiegłem do siebie, słysząc za sobą jej śmiech. Jedynie coś tak szczerego mogło przegnać mrok z mojego serca.

Wszedłem przez okno i od razu wskoczyłem pod prysznic, by zdążyć do szkoły. Para rozchodziła się po łazience, gdy stałem pod ciepłym strumieniem.

Pochyliłem się, a woda spływała mi na głowę. Położyłem ręce na śliskich płytkach. Każdego dnia, gdy się budziłem, pochłaniał mnie gniew. Był tak wielki, że niemal mogłem poczuć na języku gorycz, żar krążący w żyłach.

Jednak dziś było inaczej.

Dzięki Poppy.

Uniosłem głowę, zakręciłem wodę i się wytarłem. Założyłem jeansy i wyszedłem z łazienki. Tata stał w drzwiach mojego pokoju. Usłyszał, że idę, więc odwrócił się do mnie.

– Dzień dobry, Rune – przywitał się. Ominąłem go w drodze do szafy. Wyjąłem z niej białą koszulkę, którą założyłem przez głowę. Kiedy sięgnąłem po buty, zauważyłem, że ojciec wciąż stoi w drzwiach.

Zatrzymałem rękę w połowie drogi i, patrząc mu w oczy, warknąłem:

– Czego chcesz?

Wszedł głębiej do pokoju, trzymając w dłoni kubek kawy.

– Jak tam wczorajsza randka z Poppy?

Nie odpowiedziałem. Nie wspominałem mu wczoraj, gdzie się wybieram, musiała mu to zdradzić mama. I tak nie zamierzałem mu nic mówić. Gnój nie zasługiwał, by wiedzieć.

Odchrząknął.

– Rune, po twoim wyjściu odwiedził nas pan Litchfield.

W tej właśnie chwili wszystko do mnie wróciło. Uderzając jak tornado, ogarnęła mnie ogromna wściekłość. Przypomniałem sobie wyraz twarzy pana Litchfielda, gdy otworzył wczoraj drzwi i gdy przyglądał się, jak odjeżdżaliśmy. Ojciec Poppy był wkurzony. Wiedziałem, że nie chciał, by ze mną wychodziła. Do diabła, wyglądał, jakby miał ochotę zabronić jej ze mną pójść.

Poppy wyszła jednak z domu. Niezależnie od tego, czego pragnęła, ojciec nie potrafił jej niczego odmówić. Nie śmiał. Tracił ją. Tylko dlatego powstrzymałem się i nie powiedziałem mu, co myślę o jego braku zgody na to, bym był z Poppy.

Mój tata stał tuż przede mną. Patrzyłem pod nogi, gdy powiedział:

– Pan Litchfield się martwi, Rune. Uważa, że to nie jest najlepszy pomysł, byście znów utrzymywali podobną relację z Poppy.

Zacisnąłem usta.

– Nie jest najlepszy dla kogo? Dla niego?

– Dla Poppy, Rune. Wiesz... Wiesz, że ona nie ma za wiele...

Poderwałem głowę, wściekłość zapiekła mnie w trzewiach.

– Tak, wiem. Nie jest łatwo zapomnieć, kiedy umiera dziewczyna, którą kochasz.

Ojciec pobladł.

– James chce, by Poppy spędzała swoje ostatnie dni spokojnie. Przyjemnie. Bezstresowo.
– A ja jestem problemem, tak? Jestem przyczyną jej nerwów?
Westchnął.
– Prosił, byś trzymał się od niej z daleka. Żebyś pozwolił jej odejść, nie robiąc scen.
– Nie ma mowy – rzuciłem, biorąc plecak z podłogi. Założyłem skórzaną kurtkę i wyminąłem go, wychodząc.
– Rune, pomyśl o Poppy – nalegał ojciec.
Zatrzymałem się i ponownie się do niego odwróciłem.
– Myślę jedynie o niej. Nie masz o tym pojęcia, więc może przestaniecie się wpieprzać w moje sprawy. Zarówno ty, jak i James Litchfield.
– To jego córka! – stwierdził ostrzej.
– Tak – odpowiedziałem – która jest miłością mojego życia. Nie mam zamiaru jej zostawić. Nawet na sekundę. Żaden z was nie ma na to wpływu.
Wypadłem z pokoju, ale usłyszałem za sobą głos ojca:
– Nie jesteś właściwym chłopakiem dla niej, Rune. Nie możesz się tak zachowywać. Nie możesz palić i pić. Twoja postawa pozostawia wiele do życzenia. Jesteś wrogo nastawiony do całego świata. Ta dziewczyna cię wielbi, zawsze tak było. Jednak ona jest dobra. Nie niszcz jej.
Zatrzymałem się w pół kroku, rzuciłem mu przez ramię mordercze spojrzenie i dodałem:
– Najwyraźniej jestem odpowiednim człowiekiem na odpowiednim miejscu, bo ona pragnie mieć w życiu takiego drania.

Minąłem kuchnię, ledwie rzucając okiem na mamę i Altona, który pomachał mi, gdy przechodziłem. Trzasnąłem drzwiami i zszedłem ze schodów, odpalając papierosa, gdy tylko moje stopy dotknęły trawy. Oparłem się plecami o barierkę na werandzie. Po słowach ojca... na wiadomość o tym, co zrobił pan Litchfield, byłem cały w nerwach. Mój sąsiad nie życzył sobie, bym utrzymywał kontakt z jego córką.

Co, u diabła, według niego mogłem jej zrobić?

Wiedziałem, jakie wszyscy mieli o mnie zdanie, ale przecież nie skrzywdziłbym tej dziewczyny. Nigdy w życiu.

Drzwi domu Poppy otworzyły się. Savannah i Ida wyszły na werandę, za nimi podążała ich starsza siostra. Rozmawiały o czymś. Czując na sobie moje intensywne spojrzenie, Poppy popatrzyła w stronę naszego domu i skupiła wzrok na mnie.

Siostry poszły w jej ślady. Na mój widok Ida roześmiała się i pomachała mi, natomiast Savannah, podobnie jak ich ojciec, przyglądała mi się z niepokojem.

Skinąłem głową na Poppy, dając jej znać, by podeszła. Spełniła niemą prośbę, siostry deptały jej po piętach. Jak zwykle wyglądała pięknie. Czerwona spódnica kończyła się w połowie jej uda, na nogach miała czarne rajstopy i niewielkie kowbojki. Spod granatowej kurtki, którą zarzuciła na ramiona, widać było białą koszulę z czarnym krawatem.

Poppy była cholernie urocza.

Gdy stanęła przede mną, a jej siostry nieopodal za nią, odepchnąłem się od barierki i wyrzuciłem peta na ziemię. Chcąc się upewnić, że należymy tylko do siebie, objąłem jej twarz i przywarłem do niej ustami w pocałunku, który nie był delikatny. Nie chciałem, by taki był. Naznaczałem ją nim, określałem jako swoją, jednocześnie oddając jej siebie.

Ten pocałunek miał być prztyczkiem w nos dla każdego, kto ośmieliłby się spróbować stanąć nam na drodze. Kiedy się odsunąłem, policzki Poppy były zaróżowione, a jej wargi wilgotne.

– Niech ten pocałunek lepiej znajdzie się w słoiku – ostrzegłem.

Oniemiała, skinęła tylko głową. Usłyszałem za nami chichot. Uniosłem wzrok i zobaczyłem, że śmieją się z nas jej siostry. Właściwie śmiała się tylko Ida, Savannah wpatrywała się w nas z rozchylonymi ustami.

Wziąłem Poppy za rękę i splotłem z nią palce.

– Gotowa?

Spojrzała na nasze dłonie.

– Wejdziemy tak do szkoły?

Ściągnąłem brwi.

– Tak. Dlaczego pytasz?

– Wszyscy będą wiedzieć. Będą plotkować i…

Ponownie zamknąłem jej usta pocałunkiem, a kiedy go przerwałem, powiedziałem:

– To niech plotkują. Wcześniej ci to nie przeszkadzało. Nie zaczynaj ponownie.

– Pomyślą, że znów jesteśmy razem.

Skrzywiłem się.

– Bo jesteśmy – odparłem stanowczo. Poppy zamrugała kilkakrotnie, po czym uśmiechnęła się i przytuliła do mojego boku, sprawiając, że mój gniew całkowicie zniknął. Oparła głowę o mój biceps.

Spoglądając w górę, powiedziała:

– Zatem dobrze, jestem gotowa.

Patrzyłem jej w oczy trochę dłużej niż zwykle. Jeśli nasz pocałunek był jak środkowy palec pokazany wszystkim tym, którzy nie chcieli, byśmy byli razem, uśmiech tej dziewczyny stał się tym samym gestem skierowanym tym razem w stronę mroku panującego w mojej duszy.

Ruszyliśmy w drogę do szkoły, siostry Poppy podbiegły do nas, byśmy mogli iść razem. Zanim jednak skręciliśmy w ścieżkę wiodącą do wiśniowego sadu, obejrzałem się przez ramię. Przyglądał się nam pan Litchfield. Na widok jego ostrego wyrazu twarzy zesztywniałem i zacisnąłem usta. Tę jedną bitwę z pewnością przyjdzie mu przegrać.

Ida przez całą drogę paplała jak nakręcona. Poppy nieustannie śmiała się z siostry. Rozumiałem dlaczego. Ida była jej miniodbiciem. Miała nawet takie same dołeczki w policzkach.

Z kolei Savannah przejawiała zupełnie inne cechy. Była bardziej skryta i zamyślona. Wyraźnie strzegła szczęścia Poppy.

Machnęła nam pospiesznie na pożegnanie i pobiegła do budynku gimnazjum. Kiedy siostra odeszła, Poppy powiedziała:

– Szybko się dziś ulotniła.

– Przeze mnie – odparłem.

Poppy spojrzała na mnie zaskoczona.

– Nie – powiedziała. – Uwielbia cię.

Zacisnąłem usta.

– Uwielbia tego Rune'a, którym byłem wcześniej. – Wzruszyłem ramionami. – Teraz martwi się, że złamię ci serce.

Poppy pociągnęła mnie za rękę, byśmy zatrzymali się pod drzewem niedaleko wejścia do budynku. Odwróciłem wzrok.

– Co się stało? – zapytała.
– Nic – odparłem.

Stanęła w zasięgu mojego spojrzenia.

– Nie złamiesz mi serca – powiedziała przekonująco. – Chłopak, który zabrał mnie nad jezioro, a później na próbę orkiestry, nie mógłby złamać mi serca.

Milczałem.

– Poza tym... jeśli moje serce zostanie złamane, twoje również, pamiętasz?

Prychnąłem, słysząc tę uwagę. Poppy szturchnęła mnie w pierś tak mocno, że oparłem się plecami o pień drzewa. Widziałem, że przygląda się nam większość uczniów wchodzących do szkoły. Już zaczynały się szepty.

– Zamierzasz mnie skrzywdzić, Rune? – zapytała stanowczo.

Pokonany przez jej upór położyłem dłoń na jej karku i zapewniłem:

– Nigdy.
– Do diabła więc z tym, co myślą o nas inni.

Roześmiałem się, słysząc ogień w jej głosie. Uśmiechnęła się, kładąc rękę na biodrze.

– I jak moja postawa? Wystarczająco buntownicza?

Niespodziewanie obróciłem ją plecami do drzewa. Pocałowałem, nim zdołała coś powiedzieć. Nasze wargi poruszały się powoli, odpłynęliśmy w głębokim pocałunku. Poppy rozchyliła usta, bym mógł wsunąć w nie język. Rozkoszowałem się ich słodyczą, nim się wreszcie odsunąłem.

Brakowało jej tchu. Przeczesując palcami moje wilgotne włosy, powiedziała:

– Znam cię, Rune. Nie zrobisz mi krzywdy. – Zmarszczyła nos i zażartowała: – Stawiam na to swoje życie.

Ból odezwał się w mojej piersi.

– To nie było śmieszne.

Zbliżyła do siebie dwa palce, jakby chciała pokazać coś niewielkiego.

– Trochę było.

Pokręciłem głową.

– Znasz mnie, *Poppymin*. Liczysz się dla mnie tylko ty. Żyję dla ciebie. Tylko dla ciebie.

Przyglądała mi się.

– Może właśnie w tym tkwi problem – stwierdziła. – Może powinieneś otworzyć się też na innych. Może gdybyś pokazał bliskim, że pod ciemnym ubraniem i gburowatym usposobieniem wciąż istnieje ten sam chłopak, nie oceniliby cię tak surowo. Kochaliby cię za to, kim jesteś, ponieważ dostrzegliby twoją prawdziwą duszę. – Milczałem, więc dodała: – Chociażby Alton. Jak wasza relacja?

– To dziecko – odparłem, nie wiedząc, o co jej chodzi.

– To chłopczyk, który cię uwielbia. Chłopczyk, który się martwi, bo z nim nie rozmawiasz ani nie poświęcasz mu czasu.

Poczułem, że przez jej słowa ściska mi się żołądek.

– Skąd wiesz?

– Powiedział mi – odparła. – Jest smutny.

Wyobraziłem sobie płaczącego Altona, jednak szybko wyrzuciłem z głowy ten obraz. Nie chciałem o tym myśleć. Choć nie byliśmy zżyci, nie chciałem, by płakał.

– Wiesz, nie bez powodu nosi długie włosy. Nie bez powodu też odgarnia je i zakłada za uszy zupełnie jak ty. To naprawdę urocze.

– Ma długie włosy, ponieważ jest Norwegiem.

Poppy przewróciła oczami.

– Nie każdy Norweg ma długie włosy, Rune. Nie wygłupiaj się. Nosi je w ten sposób, bo chce być podobny do ciebie. Naśladuje twoje nawyki i dziwactwa, bo chce być taki jak ty. Chce, byś zwrócił na niego uwagę. Adoruje cię.

Spojrzałem pod nogi, ale Poppy z powrotem uniosła moją głowę. Wyzywająco spojrzała mi w oczy.

– A twój tata? Dlaczego nie...

– Wystarczy – warknąłem oschle, nie chcąc o nim rozmawiać. Nigdy nie wybaczę mu, że mnie stąd zabrał. Ten jeden temat nie podlegał dyskusji. Nawet z Poppy, która nie wydawała się jednak urażona moim wybuchem. Na jej twarzy zagościło współczucie. Z tym również nie potrafiłem sobie poradzić.

Nie mówiąc nic więcej, wziąłem ją za rękę i poprowadziłem do szkoły. Ściskała mocno moją dłoń, kiedy inni uczniowie przystawali, wpatrując się w nas.

– Niech się gapią – powiedziałem, gdy przechodziliśmy przez frontowe drzwi budynku.

– Jasne – odpowiedziała i przysunęła się bliżej.

Wchodząc na korytarz, zauważyłem Deacona, Judsona, Jorie, Avery i Ruby. Wszyscy zebrali się w pobliżu szafek. Od imprezy nie rozmawiałem z żadnym z przyjaciół.

Nikt nie wiedział o ostatnich wydarzeniach.

Pierwsza odwróciła się Jorie, która wytrzeszczyła oczy na widok Poppy i naszych złączonych dłoni. Musiała powiedzieć coś pod nosem, ponieważ już po chwili patrzyli na nas wszyscy nasi znajomi. Na ich twarzach malowała się dezorientacja.

Zwróciłem się do Poppy:

– Chodź, lepiej z nimi porozmawiajmy.

Chciałem postawić krok do przodu, ale pociągnęła mnie do tyłu.

– Nie wiedzą o... – szepnęła, bym tylko ja usłyszał.
– Nikt nie wie. Oprócz naszych rodzin i nauczycieli. No i ciebie.

Przytaknąłem powoli, a ona dodała:

– I Jorie. Jorie też wie. – Uderzyła we mnie ta krótka informacja. Poppy musiała dostrzec ból malujący się na mojej twarzy, ponieważ wyjaśniła: – Potrzebowałam kogoś, Rune. Poza tobą to właśnie ona była moją najbliższą przyjaciółką. Pomagała mi z nauką... i w ogóle.

– Ale jej powiedziałaś, a mnie nie – rzuciłem, walcząc z pragnieniem, by wyjść i się przewietrzyć.

Jednak Poppy przytrzymała mnie na miejscu.

– Nie kochała mnie tak jak ty. A ja nie kocham jej tak, jak kocham ciebie.

Na te słowa mój gniew zniknął. *A ja nie kocham jej tak, jak kocham ciebie*....

Przysunąłem się do niej i położyłem rękę na jej ramieniu.
- I tak przyjdzie chwila, że się dowiedzą.
- Ale jeszcze nie teraz - odparła stanowczo.
Uśmiechnąłem się, widząc w jej oczach zdecydowanie.
- Jeszcze nie teraz.
- Rune? Podejdź tutaj, chyba masz nam coś do wyjaśnienia! - Nad zgiełkiem panującym na korytarzu poniósł się donośny głos Deacona.
- Gotowa? - zapytałem Poppy.
Skinęła głową, podeszliśmy więc do przyjaciół. Poppy obejmowała mnie mocno w pasie.
- Wróciliście do siebie? - zapytał Deacon.
Przytaknąłem i skrzywiłem się z niesmakiem, gdy z twarzy Avery zaczęła bić zazdrość. Widząc, że to zauważyłem, koleżanka pospiesznie skryła swoje emocje pod codzienną maską cynizmu. Miałem to gdzieś, ta dziewczyna nigdy nic dla mnie nie znaczyła.
- To Poppy i Rune znów są razem? - pragnęła potwierdzenia Ruby.
- Tak - zapewniła moja dziewczyna, uśmiechając się do mnie. Pocałowałem ją w czoło, tuląc do siebie.
- Widać świat wrócił na właściwe tory - powiedziała Jorie, ściskając rękę Poppy. - Ta wasza rozłąka nikomu nie wyszła na dobre. Cały wszechświat był jakiś… nie w formie.
- Dzięki, Jor - powiedziała Poppy. Popatrzyła jej wymownie w oczy, porozumiewając się bez słów. Zauważyłem, że pod powiekami przyjaciółki zbierają się łzy. Kiedy zagroziły powodzią, dodała: - Muszę biec na lekcję. Do zobaczenia później! - Odeszła.

Poppy stanęła przed swoją szafką, ignorując wszystkie spojrzenia. Kiedy wyciągnęła książki, oparłem ją plecami o drzwiczki i powiedziałem:
– Widzisz? Nie było tak źle.
– Nie, nie było – powtórzyła, ale widziałem, że wpatruje się w moje usta.
Pochyliłem się i przywarłem do jej warg. Pisnęła, gdy położyłem palce na jej włosach. Odsunąłem się i zobaczyłem jej jasne spojrzenie i zarumienione policzki.
– Pocałunek numer trzysta sześćdziesiąt. Przy szafce, w szkole. Gdy pokazywaliśmy światu, że znów jesteśmy razem... Serce niemal wyrwało mi się z piersi.
Przesunąłem się nieznacznie, by mogła złapać oddech.
– Rune? – zawołała, gdy zacząłem iść w kierunku sali matematycznej. Obróciłem się i skinąłem głową. Poppy zaczerwieniła się jeszcze bardziej pod moim głębokim spojrzeniem. Kiedy znów chciałem się obrócić, zawołała ponownie: – Rune?
Uśmiechnąłem się i zapytałem:
– *Ja*?
– Jakie jest twoje ulubione miejsce w Georgii? – Miała nieodgadniony wyraz twarzy. Chyba wpadła na jakiś pomysł.
– Sad wiśniowy, wiosną – odparłem, widząc, jak łagodnieją jej rysy.
– A jeśli akurat nie ma wiosny? – dociekała.
Wzruszyłem ramionami.
– To pewnie plaża. Dlaczego pytasz?

– Tak sobie pytam – stwierdziła i ruszyła w przeciwnym kierunku.
– Do zobaczenia na lunchu! – krzyknąłem za nią.
– Muszę ćwiczyć grę na wiolonczeli! – odkrzyknęła.
Nie ruszając się z miejsca, powiedziałem:
– Więc będziesz miała widownię.
Powtórzyła z promiennym uśmiechem:
– Więc będę miała widownię.
Staliśmy po przeciwległych stronach korytarza, wpatrując się w siebie. Poppy powiedziała bezgłośnie:
– Po wsze czasy.
– Na wieki wieków – odparłem w ten sam sposób.

***

Minął tydzień. Wcześniej upływ czasu nie miał dla mnie żadnego znaczenia, nie zastanawiałem się, czy dni płyną szybko czy wolno. Jednak to się zmieniło. Teraz chciałem, by minuty ciągnęły się jak godziny, a pojedyncza godzina trwała przynajmniej jeden dzień. Choć modliłem się do Tego, który mógł o tym decydować, czas pędził nieubłaganie szybko. Wszystko działo się w zawrotnym tempie.

Po kilku dniach wszyscy w szkole zdążyli się przyzwyczaić, że wróciliśmy do siebie z Poppy. Choć większość osób nadal o nas rozmawiała, nie przeszkadzało mi to. Wiedziałem, że po naszym małym mieście będą krążyć plotki. Najczęściej rozmawiano o tym, dlaczego znów byliśmy razem i jak do tego doszło.

Miałem to gdzieś.

Leżąc na łóżku, usłyszałem dzwonek do drzwi, więc wstałem i wziąłem kurtkę wiszącą na oparciu krzesła. Tym razem to Poppy zabierała mnie na randkę.

Przyszła po mnie.

Tego ranka, gdy wyszedłem z jej łóżka, kazała mi przygotować się na dziesiątą. Nie zdradziła, co zamierza ani gdzie się wybieramy, jednak spełniłem jej prośbę.

Wiedziała, że ulegnę.

Idąc korytarzem, usłyszałem jej głos.

– Cześć, mały, co u ciebie?

– Dobrze – odpowiedział nieśmiało Alton.

Zatrzymałem się przy ścianie, gdy zobaczyłem, że Poppy kuca, by być na równi z moim bratem, któremu opadały na twarz włosy. Widziałem, jak nerwowo stara się założyć je chłopczykowi za uszy tak, jak sam to robiłem. Uderzyły we mnie niedawne słowa Poppy. *Nosi je w ten sposób, ponieważ chce być podobny do ciebie. Naśladuje twoje nawyki i dziwactwa, bo chce być taki jak ty. Chce, byś zwrócił na niego uwagę. Adoruje cię.*

Obserwowałem, jak braciszek niespokojnie kołysze się na piętach. Mimowolnie uśmiechnąłem się na ten widok. Był równie cichy jak ja. Nie odzywał się pierwszy. Czekał, aż ktoś go o coś zapyta.

– Co dziś porabiałeś? – zapytała Poppy.

– Nic – odpowiedział ponuro. Jej uśmiech spełzł, a mały zapytał: – Znowu wychodzisz z Runem?

– Tak, skarbie – odpowiedziała cicho.

– On już z tobą rozmawia? – zapytał. Właśnie wtedy to usłyszałem. Usłyszałem w jego głosie smutek. Smutek, o którym mówiła mi wcześniej Poppy.

– Tak – powiedziała i dotknęła palcem jego policzka tak, jak zawsze dotykała mojego. Zawstydzony maluch spuścił głowę, lecz pośród długich kosmyków dostrzegłem cień uśmiechu.

Poppy uniosła głowę i zauważyła, że opieram się o ścianę, przyglądając się im z uwagą. Wstała powoli i podeszła do mnie, więc wziąłem ją za rękę i przysunąłem do siebie, by móc ją pocałować.

– Gotowy? – zapytała.

Przytaknąłem, wpatrując się w nią podejrzliwie.

– Nadal nie powiesz, gdzie się wybieramy?

Drocząc się, zacisnęła usta i pokręciła głową. Trzymając mnie za rękę, wyprowadziła na zewnątrz.

– Pa, Alton! – krzyknęła przez ramię.

– Pa, *Poppymin* – powiedział cicho w odpowiedzi mój brat. Słysząc pieszczotliwe słowo, którego sam używałem, zwracając się do dziewczyny, natychmiast się zatrzymałem. Poppy zakryła usta dłonią. Niemal nie rozpłynęła się z zachwytu.

Spojrzała na mnie wymownie. Wiedziałem, że chciała, bym powiedział coś do brata. Westchnąłem i odwróciłem się, a on dodał:

– Pa, Rune.

Poppy ścisnęła moją dłoń, nakłaniając, bym odpowiedział.

– Pa, Alt – rzuciłem zażenowany.

Brat uniósł głowę i uśmiechnął się szeroko. Tylko dlatego, że się z nim pożegnałem.

Na ten widok ścisnęło mnie w piersi. Zeszliśmy ze schodów, Poppy skierowała się do samochodu matki. Kiedy przed nim stanęliśmy, nie puściła mnie, póki na nią nie spojrzałem. Gdy wreszcie to zrobiłem, wyznała:

– Runie Kristiansenie, w tym momencie jestem z ciebie szalenie dumna.

Odwróciłem wzrok. Nie czułem się komfortowo z tą pochwałą.

Poppy westchnęła. Puściła moją rękę i wsiedliśmy do samochodu.

– Powiesz mi wreszcie, gdzie się wybieramy? – zapytałem.

– Nie. – Wycofała auto z podjazdu. – Wkrótce sam się domyślisz.

Włączyłem radio i ustawiłem ulubioną stację Poppy, po czym rozsiadłem się wygodnie na miejscu pasażera. Zaczęła cicho śpiewać popową piosenkę, której akurat nie znałem. Chwilę później przestałem patrzeć na drogę, całą swoją uwagę koncentrując wyłącznie na Poppy. Kiedy wyśpiewywała ulubione słowa, uśmiechała się z uwielbieniem, pogłębiły się dołeczki w jej policzkach. Zupełnie jak wtedy, gdy grała na wiolonczeli. Cała aż kołysała się do rytmu.

Znów poczułem ucisk w piersi.

To była nieustanna walka. Widok Poppy tak beztroskiej i szczęśliwej napełniał mnie najjaśniejszym światłem. Wiedziałem jednak, że te chwile mają datę ważności, odchodzą, uciekają. Świadomość tego i poczucie bezsilności roztaczały jedynie ciemność.

Nieprzenikniony mrok.

I gniew. Stale obecną, wzrastającą wściekłość, czającą się, by zaatakować.

Poppy położyła rękę na moim udzie, jakby dostrzegała moje wewnętrzne zmagania. Spojrzałem na jej dłoń, była odwrócona wnętrzem do góry, palce czekały, by spotkać się z moimi.

Wypuściłem wstrzymywane powietrze i podałem dziewczynie rękę. Nie mogłem jednak spojrzeć jej w twarz. Nie potrafiłem jej tego zrobić.

Wiedziałem, jak się czuła. Nawet jeśli rak wysysał z niej życie, tak naprawdę zabijał ją ból odczuwany przez rodzinę i bliskich. Moja cisza i smutek sprawiały, że jasnozielone oczy dziewczyny traciły swój blask. Kiedy pozwalałem, by pochłaniał mnie gniew, na twarzy Poppy gościło zmęczenie.

Była zmęczona, widząc, jak bardzo mnie to wszystko rani.

Gdy przemierzaliśmy kręte uliczki naszego miasteczka, obróciłem twarz do bocznej szyby, ściskając dłoń dziewczyny. W pewnym momencie przysunąłem sobie nasze złączone dłonie do ust i pocałowałem jej miękką skórę. Kiedy dostrzegłem znak informujący o wybrzeżu, zniknął ciężar przytłaczający moje serce i znów mogłem patrzeć na Poppy, która już zaczęła się uśmiechać.

– Zabierasz mnie na plażę – stwierdziłem.

Przytaknęła.

– Tak! W jedno z dwóch twoich ulubionych miejsc.

Pomyślałem o kwiatach wiśni w sadzie. Wyobraziłem sobie, że siedzimy pod naszym ulubionym drzewem. Choć było to wbrew mojej naturze, zmówiłem w duchu modlitwę, by doczekała tego czasu. Musiała zobaczyć drzewa wiśniowe w pełnym rozkwicie.

Po prostu musiała dotrwać do tej chwili.

– Dotrwam – szepnęła nagle. Spojrzałem w jej oczy, a ona ścisnęła moją dłoń, jakby słyszała moje błagania. – Zobaczę je. Jestem bardzo uparta.

Zapanowała cisza. Gdy policzyłem w myślach, za ile miesięcy rozkwitną drzewa, ścisnęło mi się gardło. Jeszcze cztery miesiące…

Poppy nie miała tyle czasu.

Na jej twarzy ponownie dostrzegłem ból. Cierpiała, ponieważ ja cierpiałem.

Przełknąłem gulę w gardle i powiedziałem:

– Doczekasz. Bóg wie, że nie należy wchodzić ci w paradę, gdy coś sobie postanowisz.

Jak za dotknięciem czarodziejskiej różdżki jej ból zniknął, na jego miejscu zaś pojawiło się najprawdziwsze szczęście.

Oparłem się w fotelu, wpatrując w rozmyty za oknem świat. Zamyśliłem się. Po chwili usłyszałem, jak Poppy cicho szepnęła:

– Dziękuję. – Był to ledwie słyszalny szept, mimo to zamknąłem oczy, czując, jak rozluźnia się jej dłoń.

Nie odpowiedziałem. Wiedziałem, że tego nie chciała.

Z głośników dobiegły mnie dźwięki kolejnej piosenki. Jakby nic się nie stało, Poppy znów zaczęła śpiewać. Przez resztę drogi trzymałem ją za rękę, a jej głos wypełniał kabinę samochodu.

Chłonąłem chciwie każdą nutę.

***

Gdy przyjechaliśmy nad samo wybrzeże, od razu dostrzegłem wysoką białą latarnię morską znajdującą się na krawędzi klifu. Dzień był ciepły, chłód stopniowo ustępował. Niebo stało się pogodne, płynęły po nim niewielkie chmury. Wysoko świeciło słońce, rzucając promienie na wodę.

Poppy zaparkowała i zgasiła silnik.

– To również jedno z dwóch moich ulubionych miejsc – powiedziała.

Skinąłem głową, przyglądając się rozłożonym na plaży rodzinom. W piasku bawiły się dzieci, mewy krążyły nad wszystkimi, czekając na jedzenie. Dorośli czytali oparci o wydmy. Niektórzy po prostu odpoczywali z zamkniętymi oczami, rozkoszując się ciepłem.

– Pamiętasz, jak przyjeżdżaliśmy tu w lecie? – zapytała radośnie Poppy.

– *Ja* – odparłem.

Wskazała na miejsce pod molo.

– A tam miał miejsce nasz pocałunek numer siedemdziesiąt pięć. – Obróciła się do mnie, śmiejąc się na to wspomnienie. – Uciekliśmy rodzicom i schowaliśmy się pod molo, żebyś mógł mnie pocałować... – Dotknęła swoich warg, patrząc nieobecnym wzrokiem zatracona we wspomnieniach. – Ten pocałunek smakował solą z oceanu – powiedziała. – Pamiętasz?

– *Ja* – odparłem. – Mieliśmy po dziewięć lat. Miałaś na sobie żółty strój kąpielowy.

– Tak! – powiedziała, chichocząc.

Otworzyła drzwi samochodu, spojrzała na mnie z ekscytacją i zapytała:

– Gotowy?

Wysiadłem. Ciepły wiatr sprawił, że włosy opadły mi na twarz. Zdjąłem gumkę z nadgarstka i związałem je z tyłu w luźny kucyk. Podszedłem do bagażnika, by pomóc Poppy ze wszystkim, co chciała zabrać.

Oddała mi rzeczy, które sama próbowała unieść, i nagle zamarła w bezruchu. Ta nieoczekiwana zmiana w jej zachowaniu sprawiła, że uniosłem głowę. Ściągnąłem brwi, widząc, że Poppy wpatruje się we mnie.

– No co? – zapytałem.

– Rune – szepnęła, dotykając palcami mojego policzka i czoła. Wreszcie uśmiechnęła się szeroko. – Widzę twoją twarz. – Stanęła na palcach i poklepała mój śmieszny kucyk. – Podoba mi się – przyznała. Ponownie prześledziła wzrokiem moje oblicze i westchnęła: – Runie Eriku Kristiansenie, zdajesz sobie sprawę, jak bardzo jesteś piękny?

Pochyliłem głowę, ale położyła dłonie na mojej piersi. Kiedy ponownie na nią spojrzałem, dodała:

– Wiesz, jak głębokie żywię do ciebie uczucie?

Powoli pokręciłem głową, chcąc, by mi powiedziała. Chwyciła moją dłoń i położyła ją sobie na sercu, nakrywając ją własną. Poczułem jego równy rytm, który nieco przyspieszył, gdy spojrzałem jej w oczy.

– To jest jak muzyka – wyjaśniła. – Kiedy na ciebie patrzę, kiedy cię dotykam, kiedy spoglądam w twoją twarz... kiedy się całujemy, moje serce wyśpiewuje pieśń. Śpiewa, że potrzebuje cię tak, jak ja potrzebuję powietrza. Śpiewa, że cię uwielbiam... że odnalazłam swoją brakującą połowę.

– *Poppymin* – powiedziałem cicho, ale położyła mi palec na moich ustach.

– Rune, posłuchaj – przerwała mi i zamknęła oczy. Ja uczyniłem to samo. Właśnie wtedy je usłyszałem. Usłyszałem je tak wyraźnie, jakbym znajdował się tuż obok. Nasze serca. Ich równy rytm. Nasz rytm. – Kiedy jesteś przy mnie, moje serce nie wzdryga się, ono podrywa się do lotu – szepnęła, nie chcąc zagłuszać tego dźwięku. – Myślę, że bicie serca to pieśń. Muzyka. Jesteśmy przyciągani przez szczególną, wyjątkową melodię. Słyszę pieśń twojego serca, a ty pieśń mojego.

Otworzyłem oczy. Poppy stała przede mną, dołeczki w jej policzkach pogłębiały się, gdy z uśmiechem kołysała się do rytmu. Uniosła powieki, a z jej ust wymknął się słodki chichot. Przysunąłem się i pocałowałem ją.

Położyła ręce na mojej talii. Zaciskała palce na mojej koszulce, gdy powoli pieściłem jej wargi, opadając na nią. Oparła się o samochód, zetknęły się nasze ciała.

Słyszałem bicie jej serca we własnej piersi. Poppy westchnęła, gdy wsunąłem język do jej ust. Mocniej zacisnęła palce wokół mnie. Kiedy się odsunąłem, szepnęła:

– Pocałunek numer czterysta trzydzieści dwa. Na plaży z moim Runem. Serce niemal wyrwało mi się w piersi.

Odetchnąłem z trudem, próbując ochłonąć. Poppy miała zaróżowione policzki, oddychała ciężko tak jak ja. Pozostaliśmy w tej pozycji przez dłuższą chwilę. Wreszcie udała się w stronę bagażnika, całując mnie w policzek.

Obróciła się, wzięła plecak i założyła go sobie na ramię. Chciałem jej z nim pomóc, ale powiedziała:

– Nie jestem jeszcze taka słaba, kochanie. Wciąż potrafię co nieco unieść.

W jej słowach pobrzmiewał podwójny sens. Wiedziałem, że nie mówiła o plecaku, ale o swoim sercu.

O sercu, które nieustannie starało się walczyć z mrokiem ogarniającym moją duszę. Odsunęła się, pozwalając mi zabrać resztę rzeczy. Poszedłem za nią na drugą stronę molo.

Kiedy się zatrzymaliśmy, zobaczyłem miejsce, gdzie całowałem ją parę lat temu. W mojej piersi zakiełkowało dziwne uczucie. Wiedziałem już, że znów ją tam pocałuję tuż przed powrotem do domu. W wieku siedemnastu lat odnowię tamten pocałunek.

Kolejny złożony na tej plaży trafi do jej słoja.

– Może być tutaj? – zapytała Poppy.

– *Ja* – odparłem, kładąc nasze rzeczy na piasku. Na widok parasola pomyślałem, że nie powinna przebywać zbyt długo na słońcu, więc szybko wbiłem go w podłoże i otworzyłem, by mogła usiąść w cieniu.

Gdy rozłożyłem koc, kiwnąłem głową w stronę Poppy, dając znać, by zajęła miejsce. Spełniła polecenie. Przechodząc, pocałowała mnie w dłoń.

Moje serce nie wzdryga się, ono podrywa się do lotu.

Zapatrzyłem się na leniwe fale oceanu. Poppy usiadła, zamknęła oczy i odetchnęła głęboko.

Popatrzyłem na nią. Zobaczyłem osobę, której modlitwy zostały wysłuchane. Na jej twarzy gościła bezkresna radość, duszę wypełniał spokój.

Usiadłem na piasku i złożyłem ręce na ugiętych kolanach. Nadal patrzyłem na wodę. Podziwiałem płynące w oddali łodzie i zastanawiałem się, dokąd zmierzają.

– Jak myślisz, jaką przeżywają przygodę? – zapytała Poppy, jakby czytała w moich myślach.

– Nie wiem – odpowiedziałem zgodnie z prawdą.

Przewróciła oczami i wyznała:

– Ja uważam, że pasażerowie tych statków pragną zostawić wszystko za sobą. Któregoś dnia obudzili się pewni, że gdzieś daleko czeka na nich coś więcej. Zakochani dziewczyna i chłopak postanowili, że będą zwiedzać świat. Sprzedali wszystko, co mieli, i kupili łódź. – Uśmiechnęła się, pochylając głowę, opierając ją na dłoniach i kołysząc łokciami spoczywającymi na ugiętych kolanach. – Ona uwielbia tworzyć muzykę, a on kocha uwieczniać chwile na kliszy.

Pokręciłem głową i zerknąłem na nią kątem oka.

Zdawała się tym nie przejmować i mówiła dalej:

– Świat okaże się dla nich dobry. Popłyną do odległych miejsc, stworzą muzykę i fotografie. I cały czas będą się całować. Będą się całować, kochać... będą szczęśliwi. – Zamrugała, gdy owiał nas słaby wietrzyk. Spoglądając na mnie ponownie, zapytała: – Czy to nie najcudowniejsza z przygód?

Przytaknąłem. Nie mogłem wydusić słowa.

Poppy spojrzała na moje stopy i pokręciła głową, następnie przesunęła się na kocu i znalazła tuż przy mnie. Pytająco uniosłem brew.

– Nadal masz buty, Rune! Jest piękny słoneczny dzień, a ty wciąż nosisz te buciory. – Zaczęła je rozsznurowywać i kolejno ściągać. Podwinęła jeansy na moich łydkach i skinęła głową. – Proszę – powiedziała z dumą.
– Trochę lepiej.

Rozśmieszyła mnie tym zadowoleniem z siebie, więc złapałem ją i przyciągnąłem tak, że musiała się na mnie położyć.

– Proszę – powtórzyłem. – Trochę lepiej.
Zachichotała, obdarowując mnie szybkim całusem.
– A teraz?
– O wiele lepiej – zażartowałem oschle. – O wiele, wiele lepiej.

Poppy zaśmiała się głośniej. Obróciłem się, by mogła położyć się obok. Wciąż trzymała rękę na moim ciele. Powiodłem palcami po jej miękkiej, odsłoniętej skórze.

Milcząc, wpatrywałem się w niebo. Poppy również się nie odzywała, po chwili nagle rzuciła:

– Niedługo po twoim wyjeździe byłam bardzo zmęczona, tak zmęczona, że nie byłam w stanie wyjść z łóżka.

Zamarłem. W końcu chciała mi powiedzieć. Opowiedzieć o tym, co zaszło, gdy mnie nie było. Wyznać prawdę.

– Mama zabrała mnie do lekarza, który zlecił badania. – Pokręciła głową. – Prawdę mówiąc, wszyscy myśleli, że zachowuję się tak dziwnie z powodu twojego wyjazdu. – Zamknęła oczy i odetchnęła. – Bo tak było... – dodała, trzymając mnie mocno. – Przez kilka pierwszych dni starałam się udawać, że wyjechałeś na wakacje. Jednak gdy mijały tygodnie, pustka, którą po sobie zostawiłeś, bolała coraz mocniej. Moje serce całkowicie się rozpadło. Doszedł do tego ból mięśni. Przesypiałam wiele godzin, nie umiejąc wykrzesać z siebie energii. – Zamilkła na chwilę. – Jakiś czas później udaliśmy się do Atlanty na dodatkowe badania. Gdy lekarze próbowali rozstrzygnąć, co mi jest, zatrzymaliśmy się u cioci DeeDee. – Uniosła głowę i przytrzymała dłoń na moim policzku, sprawiając, że spojrzałem jej w oczy. – Nie powiedziałam ci o tym, Rune. Utrzymywałam pozory, że wszystko było w porządku, ponieważ nie potrafiłam sprawić ci bólu. Widziałam, że nie radzisz sobie za dobrze. Z każdą naszą wideorozmową zauważałam, że rośnie w tobie wściekłość z powodu powrotu do Oslo. Nie byłeś sobą.

– Więc pojechaliście do DeeDee, bo byłaś chora – wtrąciłem. – Nie były to zwykłe odwiedziny, jak wcześniej twierdziłaś?

Skinęła głową, a w jej zielonych oczach zabłyszczały wyrzuty sumienia.

– Znałam cię, Rune. Widziałam, że nie dajesz rady. Zawsze miałeś ponure usposobienie, twoja natura była mroczniejsza niż innych. Jednak w mojej obecności zachowywałeś się inaczej. Wyobrażałam sobie, jak zachowasz się, gdy się dowiesz, że jestem chora. – Poppy odchyliła lekko głowę i położyła ją na mojej piersi. – Niedługo później postawiono diagnozę... zaawansowane stadium ziarnicy złośliwej. Rak. Ta informacja wstrząsnęła moją rodziną. Początkowo mną również, trudno się dziwić. – Przytuliłem ją, ale po chwili nieco się odsunęła. – Wiem, Rune, że nigdy nie patrzyłam na świat tak jak pozostali. Każdy dzień starałam się przeżywać w pełni. Zdaję sobie sprawę, że zajmowałam się rzeczami, które innych nie interesowały. Chyba podświadomie czułam, że nie będę mieć czasu, by czerpać z życia jak wszyscy. Czułam to w głębi duszy. Kiedy lekarz powiedział, że zostało mi zaledwie kilka lat nawet po zastosowaniu kuracji, nie było to dla mnie zaskoczeniem. – Jej oczy zaczęły błyszczeć od łez. Moje również. – Zostaliśmy w Atlancie, mieszkaliśmy z ciocią DeeDee. Ida i Savannah chodziły do nowej szkoły, tata podróżował do pracy, a ja uczyłam się w domu lub w szpitalu. Było dobrze, trzymałam się, choć brałam chemię i straciłam włosy. – Zamrugała, by znikły łzy, i dodała: – Jednak twoja nieobecność niemal mnie zabiła. To ja cię odsunęłam, to ja podjęłam tę decyzję. Wina leży po mojej stronie. Chciałam cię ocalić, Rune. Oszczędzić ci tego widoku. Na co dzień byłam świadkiem tego, co moja choroba wyrządzała rodzicom i siostrom. Jednak ciebie mogłam przed tym uchronić. Mogłam dać ci to, czego nie miała moja rodzina. Wolność. Życie... bez niepotrzebnego cierpienia.

– Nie udało się – wydusiłem.

Poppy opuściła głowę.

– Teraz to wiem. Myślałam o tobie każdego dnia, możesz mi wierzyć. Wyobrażałam sobie ciebie, modliłam się za ciebie. Wyobrażałam sobie, że moja nieobecność sprawi, że mrok ogarniający twoje serce zacznie znikać. – Ponownie oparła głowę o moje ciało. – Powiedz, Rune, powiedz, co się z tobą działo.

Zacisnąłem usta, nie chcąc wracać do tego, co wtedy czułem. Nie potrafiłem jednak odmówić mojej dziewczynie. Było to po prostu niemożliwe.

– Byłem wściekły – powiedziałem, odsuwając włosy z jej ślicznej twarzy. – Nikt nie chciał powiedzieć, gdzie pojechałaś, dlaczego się ode mnie odsunęłaś. Rodzice ciągle się czepiali, ojciec wkurzał mnie nieustannie. Za wszystko obwiniałem właśnie jego. Wciąż tak jest.

Poppy otworzyła usta, chcąc coś powiedzieć, ale pokręciłem głową.

– Nie próbuj tego robić. – Milczała, więc zamknąłem oczy i zmusiłem się, by mówić dalej: – Chodziłem do szkoły, ale nie upłynęło wiele czasu i wpadłem w towarzystwo osób wściekłych na ten świat podobnie jak ja. Zacząłem imprezować, pić, palić... Zachowywałem się tak, by zrobić na złość ojcu.

– Rune – powiedziała ze smutkiem Poppy, ale nie dodała nic więcej.

– Takie stało się właśnie moje życie. Odstawiłem aparat. Spakowałem też wszystko, co mi o tobie przypominało. – Parsknąłem pustym śmiechem. – Szkoda, że nie mogłem spakować serca i jego również wyrzucić, bo ta cholera nie dawała mi o tobie zapomnieć, nie zważając na moje wysiłki. Kiedy wróciłem tutaj i zobaczyłem cię na korytarzu, cały gniew, który wciąż w sobie miałem, zmienił się w niszczącą falę. – Obróciłem się na bok, otworzyłem oczy i pogłaskałem Poppy po policzku. – Byłaś taka piękna... Wszystkie moje wyobrażenia o tym, jak będziesz wyglądać w wieku siedemnastu lat, rozpadły się w pył. W chwili, w której zobaczyłem cię z brązowymi włosami i utkwionym we mnie spojrzeniem zielonych oczu, wiedziałem, że wszelkie próby zapomnienia o tobie poszły na nic. Jedno twoje spojrzenie unicestwiło wszystkie moje starania. – Przełknąłem z trudem ślinę. – A kiedy powiedziałaś mi o... – urwałem, a Poppy pokręciła głową.

– Nie – powiedziała. – Wystarczy. Powiedziałeś już zbyt wiele.

– A ty? – zapytałem. – Dlaczego wróciłaś?

– Ponieważ zapadł wyrok – stwierdziła z westchnieniem. – Nic nie działało. Każdy nowy lek dawał takie same rezultaty. Onkolog powiedział wprost, że nic nie da się zrobić. To wystarczyło, by podjąć decyzję. Chciałam być w domu. Chciałam przeżyć swoje ostatnie dni w domu, wśród tych, których kochałam najbardziej. – Przysunęła się do mnie, pocałowała mnie w skroń, policzek, wreszcie w usta. – A teraz mam i ciebie. Wierzę, że to przeznaczenie. Los chciał, byśmy w tym momencie oboje znaleźli się tutaj. W domu.

Poczułem, że po moim policzku spływa samotna łza, jednak Poppy natychmiast otarła ją kciukiem. Położyła się na mojej piersi i powiedziała:

– Przyszło mi zrozumieć, że śmierć dla chorych nie jest aż tak trudna. Jest nadzieją, że nasz ból wreszcie się skończy i odejdziemy do lepszego miejsca. Choć wtedy jeszcze bardziej wzrośnie cierpienie naszych bliskich. – Wzięła mnie za rękę i przytknęła ją sobie do policzka. – Naprawdę wierzę, że opowieści o stracie nie zawsze muszą być smutne i bolesne. Chcę, by moje życie zostało zapamiętane jako wielka przygoda, ponieważ starałam się je przeżyć najlepiej, jak potrafiłam. Nie powinniśmy marnować żadnego oddechu. Jak można bezczelnie marnować coś tak wartościowego? Powinniśmy dążyć, by móc wziąć każdy taki cenny oddech w wyjątkowych chwilach. Powinniśmy przeżyć ich jak najwięcej podczas tego krótkiego czasu, który został nam ofiarowany na ziemi. Właśnie taki przekaz chcę po sobie pozostawić. Taką piękną pamiątkę dla tych, których kocham.

Jeśli, jak wierzyła Poppy, każde serce śpiewało swoją pieśń, moje w tej chwili zawodziło z dumą... Z nieskończonym uwielbieniem, które czułem do ukochanej dziewczyny i jej sposobu patrzenia na życie. Jej starań o to, bym i ja uwierzył. Uwierzył, że ponad tym ziemskim czekało na nas inne życie.

Byłem pewien, że to nie przypadek. Widziałem jej determinację. Niesłabnące zdecydowanie.

– Teraz wszystko już wiesz – przyznała i położyła głowę na mojej piersi. – Więc nie mówmy o tym więcej. Musimy odkrywać przyszłość. Nie chcę być więźniem przeszłości. – Zamknąłem oczy, gdy poprosiła: – Przyrzeknij, Rune.

Szepnąłem:

– Przyrzekam.

Walczyłem z kłębiącymi się we mnie uczuciami. Nie chciałem, by widziała mój smutek. Dziś pragnąłem być przy niej tylko szczęśliwy.

Poppy starała się uspokoić oddech, gdy głaskałem ją po głowie. Owiała nas ciepła bryza, zabierając ze sobą utrzymujące się w nas napięcie.

Zamyśliłem się, sądząc, że Poppy również pogrążyła się w myślach, ale nagle zapytała:

– Jak według ciebie wygląda raj, Rune?

Spiąłem się, jednak ona zaczęła zataczać kółka na mojej piersi, uwalniając moje ciało spod ciężaru, jaki sprowadziło jej pytanie.

– Nie wiem – stwierdziłem. Poppy nie odpowiedziała, nieruchomo spoczywała na miejscu. Przesunąłem ją więc nieznacznie, by móc objąć jej ciało, i powiedziałem:

– Musi być piękny i spokojny. Musi być miejscem, gdzie ponownie się spotkamy.

Poczułem, że uśmiechnęła się przy mojej koszulce.

– Też tak uważam – zgodziła się cicho i pocałowała mnie w mostek.

Po chwili byłem pewny, że zasnęła. Rozejrzałem się po plaży, zauważyłem, że niedaleko nas stoi para seniorów. Starsi ludzie trzymali się mocno za ręce. Nim kobieta usiadła, mężczyzna rozłożył koc. Pocałował ją w policzek, a potem pomógł jej zająć miejsce.

Poczułem się zazdrosny, ponieważ nam nie było to dane.

Nie mogliśmy się razem zestarzeć. Nie mogliśmy mieć dzieci. Ślubu. Nie mogliśmy prowadzić wspólnego życia. Jednak gdy spojrzałem na Poppy – na jej gęste brązowe włosy i delikatne ręce ułożone na mojej piersi – byłem wdzięczny, że mogłem z nią być przynajmniej teraz. Nie wiedziałem, co przyniesie przyszłość, ale w tej chwili Poppy była moja.

Była moja, odkąd skończyliśmy pięć lat.

Uświadomiłem sobie, dlaczego tak mocno kochałem ją od tak wczesnych lat. Właśnie wtedy mieliśmy swój czas, mogliśmy przeżywać go razem już niemal od samego początku naszego życia. Poppy w głębi duszy przeczuwała, że odejdzie młodo. Zaczynałem myśleć, że być może ja też podświadomie to czułem.

Upłynęła godzina. Moja dziewczyna wciąż spała. Ostrożnie ułożyłem ją na kocu i usiadłem. Słońce przesuwało się po niebie, fale uderzały o brzeg.

Chciało mi się pić, więc otworzyłem koszyk piknikowy i wyciągnąłem butelkę wody. Ugasiłem pragnienie, a mój wzrok spoczął na plecaku, który Poppy wyjęła uprzednio z bagażnika.

Zastanawiając się, co jest w środku, przesunąłem plecak nieznacznie i ostrożnie rozsunąłem zamek. Początkowo zobaczyłem jedynie kolejną małą czarną torbę. Był to futerał. Wyciągnąłem go, a moje serce puściło się galopem, gdy uświadomiłem sobie, co trzymam.

Westchnąłem i zamknąłem oczy.

Położyłem zawartość plecaka na kocu i otarłem twarz. Kiedy uniosłem głowę, otworzyłem oczy i zapatrzyłem się na ocean. Ponownie obserwowałem poruszające się w oddali łodzie. Wróciły do mnie słowa Poppy...

Uważam, że pasażerowie tych statków pragną zostawić wszystko za sobą. Któregoś dnia obudzili się pewni, że gdzieś daleko czeka na nich coś więcej. Zakochani dziewczyna i chłopak postanowili, że będą zwiedzać świat. Sprzedali wszystko, co mieli, i kupili łódź... Ona uwielbia tworzyć muzykę, a on kocha uwieczniać chwile na kliszy.

Odwróciłem wzrok od futerału na aparat, który tak dobrze znałem. Już rozumiałem, skąd wzięła się jej teoria o łodziach.

On kocha uwieczniać chwile na kliszy.

Próbowałem zezłościć się na Poppy. Dwa lata temu porzuciłem robienie zdjęć, nie było to już częścią mnie. Nie było to już moją pasją. Nie planowałem studiować w Nowym Jorku. Teraz też nie chciałem wyciągać aparatu, ale poczułem mrowienie w palcach i wściekły na samego siebie otworzyłem futerał, zaglądając do środka.

Czekał tam na mnie spokojnie stary srebrno-czarny canon. Czułem, jak krew odpływa mi z twarzy, by wypełnić serce, które obijało się o żebra. Kiedyś wyrzuciłem ten aparat, a wraz z nim wszystko, co dla mnie znaczył.

Nie miałem pojęcia jak, u licha, trafił w ręce mojej dziewczyny. Zastanawiałem się, czy nie kupiła podobnego. Wyjąłem go jednak z futerału, obróciłem i zobaczyłem wydrapane z tyłu moje imię. Wydrapałem je na swoje trzynaste urodziny, gdy rodzice podarowali mi aparat.
Był to dokładnie ten sam egzemplarz.
Poppy go odnalazła.
Otworzyłem go i zobaczyłem, że założyła nową kliszę. W futerale znajdowały się również znajome obiektywy. Mimo upływu lat nie zapomniałem, który z nich jest najlepszy do pejzażu, portretu... Świetnie wiedziałem, który z nich sprawdzi się w nocy, w dzień, na zewnątrz, w studio...

Usłyszałem za sobą szelest, więc spojrzałem przez ramię. Poppy siedziała na kocu, przyglądając mi się. Jej wzrok skierował się po chwili w stronę aparatu. Przesuwając się nerwowo, powiedziała:

– Zapytałam o niego twojego tatę. Chciałam wiedzieć, co się stało z tym sprzętem. Powiedział, że go wyrzuciłeś. – Przechyliła głowę na bok. – Nigdy ci o tym nie powiedział, ale... zauważył go w śmieciach. Zauważył, że pozbyłeś się aparatu, niszcząc go wcześniej. Soczewki i inne części popękały. – Zaciskałem usta tak mocno, że zaczęły boleć mnie zęby, ale Poppy wodziła palcem po wierzchu mojej dłoni spoczywającej na kocu. – Twój tata naprawił wszystko bez twojej wiedzy. Trzymał twój aparat u siebie przez te wszystkie lata. Miał nadzieję, że powrócisz do fotografowania. Wiedział, jak bardzo to uwielbiałeś. Winił siebie również za to, że dałeś sobie z tym spokój.

Instynktownie miałem ochotę otworzyć usta i syknąć, że przecież to jego wina... że wszystko jest jego zasługą. Jednak siedziałem cicho. Z jakiegoś powodu ściśnięty z nerwów żołądek nie dawał mi nic powiedzieć.

Oczy Poppy zaczęły błyszczeć.

– Powinieneś był go wczoraj widzieć, kiedy zapytałam o aparat. Zareagował bardzo uczuciowo, Rune. Nawet twoja mama nie wiedziała, że zatrzymał ten sprzęt. Założył w nim nawet kliszę. Jeśli chciałbyś go odzyskać i znów robić zdjęcia...

Przeniosłem wzrok z twarzy Poppy na przedmiot trzymany w palcach. Nie wiedziałem, jak się z tym czuć. Próbowałem być zły, ale – ku mojemu zdziwieniu – gniew nie chciał nadejść. Z jakiegoś powodu nie potrafiłem wyzbyć się obrazu ojca własnoręcznie czyszczącego i naprawiającego aparat.

– Przygotował nawet ciemnię, która na ciebie czeka.

Kiedy wypowiedziała ostatnie zdanie, zamknąłem oczy. Milczałem. Nie potrafiłem odpowiedzieć. Przez moją głowę przewijało się zbyt wiele myśli, zbyt wiele obrazów. Miałem mieszane uczucia. Jeszcze niedawno zarzekałem się, że już nigdy nie zrobię ani jednego zdjęcia.

Jednak coś zupełnie innego czułem, trzymając w swoich dłoniach przedmiot, od którego niegdyś byłem uzależniony. Patrzyłem na coś, z czym przyrzekałem sobie walczyć, przeciw czemu chciałem się buntować, co chciałem wyrzucić. Podobnie jak ojciec wyrzucił moje uczucia, gdy zdecydował o powrocie do Oslo. W moim sercu zapłonął żar. Oczekiwany gniew. Ogień, którego nadejścia się spodziewałem.

Odetchnąłem głęboko pewien, że zaraz ogarnie mnie przytłaczający mrok, ale Poppy nagle poderwała się z miejsca.

– Idę do wody – powiedziała i odeszła, pozostawiając mnie bez słowa. Przyglądałem się, jak się oddala. Wpatrywałem się, jak jej stopy zapadają się w piasku, a lekki wiatr rozwiewa jej włosy. Zahipnotyzowała mnie, wchodząc za linię wody i pozwalając, by fale rozbijały się o jej nogi. Uniosła brzeg sukienki, by jej nie zmoczyć.

Odchyliła głowę, unosząc twarz ku słońcu. Chwilę później popatrzyła na mnie. Popatrzyła i roześmiała się. Wolna, beztroska... jakby nie miała żadnych zmartwień.

Ta chwila coraz bardziej mnie fascynowała. Promień słońca odbił się od fal i zabłyszczał na jej policzku, a zielone oczy w nowym świetle stały się szmaragdowe.

Dech uwiązł mi w gardle, musiałem walczyć, by nabrać powietrza, ponieważ Poppy wyglądała teraz oszałamiająco. Nim uświadomiłem sobie, co robię, ściskałem już w dłoniach aparat. Szybko poczułem, że coś ciąży mi w palcach. Zamknąłem oczy, pozwalając, by zawładnęło mną pragnienie, by użyć znajomego sprzętu.

Uniosłem powieki i przysunąłem wizjer do oka. Otworzyłem obiektyw i ustawiłem się pod odpowiednim kątem do tańczącej na falach dziewczyny.

Zrobiłem zdjęcie.

Gdy wciskałem przycisk, moje serce kołatało wraz z klikaniem migawki, świadome, że utrwalam niezwykle cenne chwile. Szczęście Poppy.

W mojej krwi zaczęła krążyć adrenalina, gdy wyobraziłem sobie moment, w którym wywołam te zdjęcia. Właśnie dla tych chwil używałem klasycznego aparatu. Dla podniecenia w ciemni, oczekiwania na gratyfikację, by zobaczyć cud, który udało się uchwycić. Momentów, w których oczom ukazywał się efekt wielu poświęceń i trudu w pracy z aparatem – doskonałe ujęcie.

Ułamek sekundy spokoju.

Magia.

Poppy w jej własnym świecie biegająca po brzegu z zaczerwienionymi od słońca policzkami, unosząca ręce do nieba, upuszczająca brzeg sukienki, który moczą nadpływające fale...

Nagle obróciła się do mnie. Przystanęła nieruchomo. Jak serce w mojej piersi. Z palcem nad przyciskiem migawki czekałem na odpowiedni moment. Nadszedł. Była to chwila, gdy na jej twarzy zagościł wyraz czystej rozkoszy. Chwila, gdy zamknęła oczy i odchyliła głowę do tyłu, jakby odczuła wielką ulgę... jakby ogarnęło ją niczym niezmącone szczęście.

Kiedy Poppy wyciągnęła rękę, opuściłem aparat. Wstałem i przeszedłem po piasku podekscytowany odczuciem powracającej pasji.

Wziąłem Poppy za rękę, a ona przyciągnęła mnie do siebie i pocałowała. Pozwoliłem, by przejęła inicjatywę. Pozwoliłem, by pokazała mi, ile to dla niej znaczy. Ile znaczy ta chwila. Sam również chciałem to poczuć. Na ten krótki moment zdusiłem w sobie wściekłość, która służyła mi zawsze jako tarcza. Zatraciłem się w pocałunku. Zdołałem jednak unieść aparat. Nawet z zamkniętymi oczami i bez ustawiania do zdjęcia byłem przekonany, że będzie to najlepsze ujęcie.

Poppy odsunęła się i nic nie mówiąc, poprowadziła mnie z powrotem na koc. Gdy usiedliśmy, oparła głowę na moim ramieniu. Objąłem ją jedną ręką i przytuliłem do siebie. Spojrzała w górę, gdy leniwie pocałowałem ją w skroń. Popatrzyła mi w oczy. Westchnąłem i oparłem głowę o jej czoło.

– Proszę – szepnęła i odwróciła wzrok, by przyglądać się oceanowi.

Od dawna się tak nie czułem. Nie odczuwałem wewnątrz takiego spokoju, odkąd nas rozdzielono. Byłem wdzięczny Poppy.

Więcej niż wdzięczny.

Nagle z jej ust wymknęło się ciche sapnięcie.

– Rune, patrz – szepnęła, wskazując ręką coś w oddali. Zastanawiałem się, co też takiego chciała mi pokazać. Uprzedziła moje pytanie, mówiąc: – Odciski naszych stóp na piasku. – Uniosła głowę i uśmiechnęła się. – Dwie pary. Cztery ślady. Jak w tej przypowieści. – Skonsternowany zmarszczyłem brwi. Poppy położyła rękę na moim ugiętym kolanie. Nadal się do mnie tuląc, wyjaśniła: – To moja ulubiona historia. Babcia też ją uwielbiała.

– A o czym? – zapytałem, uśmiechając się na widok małych śladów stóp Poppy przy moich wielkich.

– Jest piękny, ma duchowe przesłanie… ale nie wiem, co ty o tym pomyślisz – posłała mi zaczepne spojrzenie.

– Powiedz – nalegałem, by tylko móc słyszeć jej głos. Słyszeć zachwyt, który emanował z niej, kiedy dzieliła się czymś, co kochała.

– To historia o człowieku, który miał sen. W tym śnie znajdował się na plaży. Zupełnie takiej jak ta. Jednak szedł nią obok Boga.

Zmrużyłem oczy, a Poppy przewróciła swoimi.

– Mówiłam ci, że ma duchowe przesłanie! – powiedziała ze śmiechem.

– No tak – odparłem i przesunąłem podbródkiem po jej głowie. – Mów dalej.

Westchnęła, leniwie kreśląc palcem na piasku jakiś znak. Moje serce przystanęło, gdy zobaczyłem, że to znak nieskończoności.

– Kiedy Bóg i człowiek szli po plaży, na ciemnym niebie nad nimi ukazywały się wszystkie momenty z życia człowieka. Zauważył on, że przy ukazywanych chwilach na piasku tworzą się dwie pary odcisków stóp. Mężczyzna i Bóg szli dalej, a każdej scenie na niebie odpowiadały nowe ślady na plaży. – Poppy spojrzała na te nasze. – Kiedy na niebie zostały przedstawione ostatnie obrazy z życia człowieka, ten odwrócił się, by popatrzeć na ślady, ale zauważył coś dziwnego. Uświadomił sobie, że przy miejscach, w których wysoko widniały najsmutniejsze, najbardziej rozpaczliwe momenty z jego życia, na piasku pozostawała tylko jedna para odciśniętych śladów, jednak przy tych, gdzie ukazały się szczęśliwe chwile, zawsze były dwie pary.

Ściągnąłem brwi, zastanawiając się, o co chodziło w tej historii.

Poppy uniosła głowę i zamrugała w jasnym słońcu. Spojrzała na mnie oczami pełnymi łez i opowiadała dalej:

– Człowiek zmartwił się, jednak Bóg powiedział, że gdy człowiek poświęca życie Jemu, On będzie towarzyszył człowiekowi zarówno w radosnych, jak i w smutnych momentach. Mężczyzna zapytał więc Boga, dlaczego nie ma Jego śladów przy tych najgorszych chwilach. Czy opuścił wtedy człowieka... Czy nie było Go wtedy przy nim...

Na twarzy Poppy zagościł spokój.

– I co dalej? – zapytałem. – Co odpowiedział Bóg?

Po jej policzku spłynęła samotna łza.

– Odparł, że był z człowiekiem przez całe życie... Wyjaśnił, że pojedyncze ślady powstały, ponieważ w najgorszych momentach Bóg nie szedł obok człowieka, lecz go niósł. – Pociągnęła nosem i dodała: – Nieważne, że nie jesteś religijny, Rune. Ta przypowieść nie jest tylko dla wierzących. Każdy z nas ma kogoś, kto niesie go w trudnych chwilach przez wydarzenia, od których nie sposób się uwolnić. Bez względu na to, czy chodzi o Boga, o ukochaną osobę lub o Stwórcę i człowieka razem, kiedy czujemy, że nie możemy iść dalej, zawsze jest ktoś, kto nam pomaga... kto nas niesie.

Położyła głowę na mojej piersi, wtulając się we mnie.

Wpatrywałem się zamglonym, nieobecnym wzrokiem w nasze ślady na piasku. W tej chwili nie wiedziałem już, kto komu pomaga w naszym związku. Choć Poppy sugerowała, że to ja pomagam jej przetrwać ostatnie miesiące, zaczynałem wierzyć w coś zupełnie odwrotnego. W jakiś sposób to ona ratowała mnie.

Była pojedynczym śladem stóp w mojej duszy.

Obróciła twarz w moją stronę i zobaczyłem, że jej policzki są mokre od łez. Łez szczęścia. Łez podziwu... Jej łez.

– Prawda, że to piękne, Rune? Czy to nie najpiękniejsza historia, jaką kiedykolwiek słyszałeś?

Skinąłem jedynie głową. Nie był to czas na słowa. To, co właśnie opowiedziała, nie podlegało dyskusji. Nawet nie próbowałem tego komentować.

Rozglądałem się po plaży i rozmyślałem. Zastanawiałem się, czy ktokolwiek usłyszał kiedyś coś tak wstrząsającego, tak dogłębnie poruszającego... Zastanawiałem się, czy gdziekolwiek na świecie istnieje osoba, która tak bardzo otworzyłaby się przed kimś, kogo kocha, uwalniając wszystkie swoje najskrytsze, najprawdziwsze – najczystsze – uczucia.

– Rune? – zapytała cicho Poppy.

– Tak, kochanie? – odpowiedziałem czule. Popatrzyła na mnie i posłała mi słaby uśmiech. – Dobrze się czujesz? – zapytałem, wodząc palcami po jej pięknej twarzy.

– Jestem zmęczona – przyznała niechętnie. Łamało mi się serce. W ciągu ostatniego tygodnia zacząłem zauważać rosnące na jej twarzy zmęczenie pojawiające się, gdy jakieś czynności wymagały od niej zbyt dużego wysiłku.

Co najgorsze, dostrzegałem również, że Poppy była z tego powodu bardzo niezadowolona, gdyż przez osłabienie nie mogła czerpać radości z życiowych przygód.

– Możesz być zmęczona, *Poppymin*. To wcale nie oznacza słabości.

Pokonana spuściła głowę.

– Po prostu tego nie znoszę. Zawsze uważałam, że spanie to strata czasu.

Roześmiałem się, widząc uroczy grymas na jej twarzy. Poppy przyglądała mi się, czekając, aż coś powiem. Odparłem z powagą:

– Widzę to tak... Gdy się wyśpisz, będziesz miała siłę, byśmy mogli robić różne rzeczy. – Potarłem nosem o jej nos. – Nasze przygody staną się dzięki temu bardziej wyjątkowe. Poza tym wiesz, że lubię, gdy zasypiasz w moich ramionach. Zawsze uważałem, że wyglądasz w nich idealnie.

Westchnęła i, rzuciwszy ostatnie spojrzenie na wodę, powiedziała:

– Tylko ty, Runie Kristiansenie. Tylko ty w tak piękny sposób potrafiłeś sprawić, że coś tak przeze mnie znienawidzonego zyskało nowy sens.

Pocałowałem ją w policzek, po czym wstałem, by pozbierać nasze rzeczy. Kiedy wszystko zostało spakowane, obróciłem się i popatrzyłem na molo, a następnie znów na Poppy. Wyciągnąłem do niej rękę i powiedziałem:

– Chodź, śpiochu. Zrobimy to jak za dawnych czasów.

Spojrzała na molo, a z jej ust wymknął się niekontrolowany chichot. Pomogłem jej wstać. Szliśmy wolno po plaży, trzymając się za ręce. Wreszcie stanęliśmy pod molo. W miejscu, w którym się znajdowaliśmy, rozchodził się hipnotyczny dźwięk niewielkich fal uderzających o drewniane bele.

Nie chcąc tracić czasu, przycisnąłem Poppy plecami do jednej z nich, objąłem rękami jej twarz i pocałowałem w usta. Zamknąłem oczy, rozkoszując się ciepłem policzków Poppy pod moimi dłońmi. Całowałem ją namiętnie, oddychając pospiesznie, a jej włosy rozwiewał wiatr.

Kończąc pocałunek, potarłem o siebie wargami, ciesząc się smakiem słońca i wiśni.

Poppy otworzyła oczy. Na widok malującego się w nich ogromnego zmęczenia szepnąłem za nią:

– Pocałunek numer czterysta trzydzieści trzy. Z moją Poppy, pod molo. – Uśmiechnęła się nieśmiało, czekając na następne słowa. – Serce niemal wyrwało mi się z piersi. – Jej szeroki uśmiech podkreślił prawdę moich słów... Była to idealna okazja, by dodać: – Ponieważ kocham moją Poppy. Kocham ją bardziej, niż potrafię to wyrazić. Jest moim pojedynczym śladem stóp na piasku.

Popatrzyła na mnie szeroko otwartymi zielonymi oczami, które natychmiast zaczęły błyszczeć. Po jej policzkach płynęły łzy. Mój puls przyspieszył, spróbowałem je otrzeć, ale Poppy chwyciła mnie za rękę i wtuliła w nią twarz. Przytrzymując moją dłoń przy swoim policzku, spojrzała mi w oczy i szepnęła:

– Ja też cię kocham, Runie Kristiansenie. Nigdy nie przestałam. – Stanęła na palcach i przyciągnęła mnie bliżej do siebie. – Jesteś moją bratnią duszą. Moim sercem...

Rozkwitł we mnie spokój. Ukojenie emanujące od tulącej się do mnie Poppy, której ciepło docierało do mnie nawet przez koszulkę.

Objąłem ją, tuliłem, rozkoszując się nowym uczuciem... Ziewnęła. Uniosłem jej głowę i powiedziałem:

– Jedźmy do domu, moja ślicznotko.

Przytaknęła, więc objąłem ją ramieniem i poprowadziłem z powrotem do naszych rzeczy, a następnie do samochodu. Wyjąłem kluczyki z jej torebki i otworzyłem przed nią drzwi pasażera.

Chwyciłem ją w talii dwiema rękami i wsadziłem do środka. Sięgnąłem za nią, by zapiąć jej pas. Kiedy się cofałem, pocałowałem ją czule w głowę. Słyszałem, jak jej oddech przyspieszył pod wpływem mojego dotyku. Wyprostowałem się, ale chwyciła mnie za rękę. Szepnęła ze łzami:

– Przepraszam, Rune. Bardzo mi przykro.

– Dlaczego, kochanie? – zapytałem, ale mój głos załamał się z powodu jej smutku.

Odsunąłem włosy z jej twarzy, a Poppy wyjaśniła:

– Za to, że się od ciebie odsunęłam.

Żołądek ścisnął mi się boleśnie. Patrzyła mi głęboko w oczy, jej twarz wykrzywiał ból. Łzy jak grochy płynęły po jej bladej skórze. Podbródek zadrżał, gdy walczyła, by uspokoić urywany oddech.

– Hej – powiedziałem, obejmując jej twarz.

Spojrzała na mnie.

– Mogło być tak zawsze, gdybym nie była taka głupia. Moglibyśmy wymyślić sposób, byś wrócił do domu. Mógłbyś być ze mną przez cały ten czas. Mógłbyś mnie tulić... Mógłbyś mnie kochać. Kochałbyś mnie, a ja ciebie równie mocno. – Głos jej drżał, mimo to udało jej się dokończyć: – Jestem złodziejką. Ukradłam nam cenny czas. Dwa lata. Zmarnowaliśmy je zamiast przeżyć razem...

Poczułem w sercu fizyczny ból, gdy Poppy szlochała, trzymając się kurczowo mojej ręki, jakby się bała, że od niej odejdę. Dlaczego nie potrafiła pojąć, że nic nie mogło mnie z nią rozdzielić?

– Ciii – koiłem, kładąc dłoń na jej ręce. – Oddychaj, kochanie – powiedziałem cicho. Położyłem jej palce na mojej piersi. Spojrzała mi w oczy. – Oddychaj – powtórzyłem i uśmiechnąłem się. Poppy skupiła się na rytmie mojego serca, by się uspokoić.

Otarłem jej mokre policzki, roztkliwiając się, gdy pociągnęła nosem, a z jej piersi ponownie wydarł się szloch. Widząc, że na mnie patrzy, powiedziałem:

– Nie przyjmuję tych przeprosin, ponieważ nie masz za co przepraszać. Powiedziałaś wcześniej, że przeszłość się nie liczy, że ważna jest tylko chwila obecna. – Uspokoiłem się i dodałem: – Nasza ostateczna przygoda. Muszę dać ci tak wiele pocałunków, by wypełnił się nasz słój, a ty... ty musisz być sobą. Musimy się kochać. Po wsze czasy... – umilkłem.

Cierpliwie patrzyłem w jej oczy. Uśmiechnąłem się dopiero wtedy, gdy dodała:

– Na wieki wieków.

Zamknąłem oczy, próbując przedrzeć się przez jej ból. Kiedy uniosłem powieki, Poppy zachichotała ochryple.

– No i jest moja Poppy. – Złożyłem pocałunek na każdym z jej policzków.

– No i jestem – powtórzyła – całkowicie w tobie zakochana.

Uniosła głowę i pocałowała mnie. Chwilę później opadła na siedzenie i wyczerpana zamknęła oczy. Przyglądałem się jej. Gdy chciałem zamknąć drzwi, usłyszałem, jak szepcze:

– Pocałunek numer czterysta trzydzieści cztery. Z moim Runem, na plaży... Kiedy jego miłość odnalazła drogę do domu.

Widziałem przez szybę, że zasypia. Jej policzki były czerwone od płaczu, jednak kąciki jej ust unosiły się nawet we śnie. Zdawała się uśmiechać.

Jak to możliwe, że istniał ktoś tak idealny...

Obchodząc samochód, wyciągnąłem z kieszeni papierosy i zapalniczkę. Zaciągnąłem się łapczywie dymem i zamknąłem oczy, gdy nikotyna zaczęła mnie uspokajać. Uniosłem powieki i spojrzałem na zachodzące słońce, które połyskiwało różem i czerwienią, znikając za horyzontem. Plaża niemal opustoszała, jednak starsza para, którą widziałem wcześniej, nadal siedziała na poprzednim miejscu.

Spoglądając tym razem na tę dojrzałą miłość, nie pozwoliłem sobie na żal. Popatrzyłem na śpiącą w samochodzie Poppy i poczułem... szczęście. Pozwoliłem sobie poczuć szczęście, mimo że tak bardzo bolało. Czułem się szczęśliwy.

No i jestem... całkowicie w tobie zakochana.

Kochała mnie.

Poppymin. Moja dziewczyna. Kochała mnie.

– Wystarczy – rzuciłem na wiatr. – Na tę chwilę to wystarczy.

Wyrzuciłem niedopałek, wsiadłem cicho do auta i uruchomiłem silnik. Opuściłem plażę z przekonaniem, że musimy ją odwiedzić ponownie. A jeśli będzie to niemożliwe, jak powiedziała moja dziewczyna, najważniejsze, że przeżyliśmy wspólnie tę chwilę. Mieliśmy kolejne wspomnienie. Poppy miała swój pocałunek.

Ja miałem jej miłość.

***

O zmroku wjechałem na podjazd. Na niebie zaczynały pojawiać się już pierwsze gwiazdy. Poppy przespała całą podróż do domu. Jej płytki, rytmiczny oddech koił mnie, gdy w ciemności przemierzaliśmy drogę.

Zaparkowałem. Wysiadłem i obszedłem auto. Tak cicho, jak tylko mogłem, otworzyłem drzwi, odpiąłem pas i wziąłem Poppy na ręce.

Zdawało mi się, że nic nie waży. Instynktownie przywarła do mojej piersi, a ciepło jej oddechu owiało mi szyję. Podszedłem do drzwi, które otworzyły się, gdy stanąłem na werandzie. Na progu stanął pan Litchfield.

Nie zatrzymałem się, więc zszedł mi z drogi, pozwalając, bym wniósł Poppy do domu. Przystanąłem dopiero wtedy, gdy zauważyłem jej mamę i siostry oglądające w salonie telewizję.

Pani Litchfield poderwała się z miejsca.

– Wszystko z nią dobrze? – zapytała szeptem.

Skinąłem głową.

– Jest tylko zmęczona.

Kobieta pochyliła się i pocałowała córkę w czoło.

– Słodkich snów, skarbie – szepnęła.

Serce ścisnęło mi się na ten widok. Jej matka skinęła głową, bym zaniósł Poppy do sypialni.

Przemierzyłem korytarz i wszedłem do jej pokoju. Położyłem ją na łóżku tak ostrożnie, jak tylko potrafiłem. Uśmiechnąłem się, gdy spostrzegłem, że instynktownie szuka mnie na materacu w miejscu, które zazwyczaj zajmowałem.

Kiedy jej oddech ponownie się wyrównał, usiadłem na skraju łóżka i przetarłem twarz. Pochyliłem się, pocałowałem miękki policzek Poppy i szepnąłem:

– Kocham cię, *Poppymin*. Na wieki wieków.

Wstałem i znieruchomiałem na widok pana Litchfielda stojącego w drzwiach. Wpatrywał się we mnie... Słyszał.

Spojrzałem mężczyźnie w oczy i zacisnąłem usta. Odetchnąłem głęboko przez nos, ominąłem ojca Poppy w ciszy i odszedłem korytarzem, kierując się do samochodu, by zabrać aparat.

Potem wróciłem do ich domu, chcąc zostawić kluczyki na stoliku w korytarzu. Gdy wszedłem, pan Litchfield wychodził właśnie z salonu. Zatrzymałem się, speszony kołysząc na piętach. Mężczyzna wyciągnął rękę po swoją własność.

Oddałem mu kluczyki i odwróciłem się, by wyjść. Nim zdołałem przekroczyć próg, zapytał:

– Dobrze się bawiliście?

Spiąłem się. Z obowiązku popatrzyłem mu w oczy i skinąłem głową. Pomachałem jego żonie i córkom, po czym wyszedłem na werandę i zbiegłem po schodkach. Gdy byłem na ostatnim, usłyszałem:

– Ona też cię kocha, wiesz?

Znów się zatrzymałem. Nie odwracając się, odpowiedziałem:

– Wiem.

Przemierzyłem trawnik. Udałem się wprost do swojego pokoju. Rzuciłem aparat na łóżko. Zamierzałem poczekać kilka godzin, by wejść przez okno do Poppy, ale im dłużej jednak wpatrywałem się w futerał, tym bardziej pragnąłem zobaczyć, jak wyszły zdjęcia.

Obrazy Poppy tańczącej wśród fal.

Nie dając sobie szans na zmianę decyzji, złapałem aparat i poszedłem po cichu do piwnicy, gdzie mieściła się ciemnia. Dotarłem do drzwi, otworzyłem je i zaświeciłem światło. Westchnąłem. Poczułem się dziwnie... Zrozumiałem, że Poppy miała rację. Ojciec naprawdę przygotował dla mnie to pomieszczenie. Rozstawił sprzęt dokładnie tam, gdzie znajdował się on dwa lata temu. Czekały na mnie kuwety na płyny i sznurki do suszenia.

Samo wywoływanie zdjęć nie sprawiło mi trudności, jakbym w ogóle nie zrobił sobie w tym przerwy. Cieszyłem się, mogąc znów przeżywać każdy ze znajomych etapów pracy. Niczego nie zapomniałem, jakbym był do tego stworzony. Jakbym posiadał wyjątkowy dar. Poppy wiedziała, że potrzebowałem tego w życiu, choć sam byłem zbyt zaślepiony przeszłością, by sobie to uświadomić.

Do mojego nosa trafił zapach chemikaliów. Upłynęła godzina, nim wyprostowałem się, spoglądając na obrazy nabierające kształtów, z sekundy na sekundę ujawniające zatrzymane w czasie chwile.

Mimo czerwonego światła udało mi się dostrzec cuda, które uchwyciłem. Kiedy przechodziłem pod sznurkami, na których schły pełne życia obrazy, nie potrafiłem zapanować nad rosnącym podekscytowaniem. Nie mogłem nie uśmiechać się do tych fotografii.

Nagle zatrzymałem się.

Przystanąłem przy zdjęciu, które mnie zauroczyło. Była na nim Poppy. Trzymała rąbek sukienki, tańcząc w płytkiej wodzie. Na twarzy miała beztroski uśmiech. Śmiała się całym sercem, a wiatr rozwiewał jej włosy. Jej oczy były jasne, skóra zaróżowiona... Spoglądała na mnie przez ramię. Słońce jaśniało pięknie na jej twarzy. Zdawało się podświetlać szczęście przyciągane przez radość młodej kobiety.

Uniosłem rękę, zatrzymując palce na centymetr od fotografii. Opuszką palca powiodłem po promiennej twarzy, miękkich ustach i czerwonych policzkach... Właśnie wtedy to poczułem. Poczułem obezwładniającą pasję do tego zawodu, która zapłonęła we mnie, budząc się ponownie do życia. Jedno zdjęcie. Tylko ta fotografia potwierdziła przeczucia, które towarzyszyły mi niemal od samego początku.

Właśnie to musiałem robić w życiu.

Nie bez przyczyny akurat to zdjęcie utwierdziło mnie w tym przekonaniu – przedstawiało dziewczynę, która była dla mnie wszystkim.

Rozbrzmiało pukanie do drzwi. Nie odrywając wzroku od obrazu, odpowiedziałem:

– *Ja?*

Drzwi uchyliły się powoli. Nie musiałem podnosić głowy, by wiedzieć, kto przez nie wchodzi – czułem to. W ciemni, zaledwie kilka kroków od progu stał ojciec. Spojrzałem na niego, lecz po chwili odwróciłem wzrok, widząc emocje, które pojawiły się na jego twarzy, gdy wpatrywał się w zdjęcia wiszące na sznurkach w pomieszczeniu.

Nie miałem zamiaru mierzyć się z nowym uczuciem. Jeszcze nie.

Upłynęła dłuższa chwila absolutnej ciszy, nim tata powiedział cicho:

– Jest przepiękna, synu.

Ścisnęło mnie w piersi, gdy jego wzrok zatrzymał się na zdjęciu, przed którym wciąż stałem.

Nie odpowiedziałem. Ojciec stał zmieszany w progu, również się nie odzywając. W końcu obrócił się, by wyjść. Kiedy zamykał za sobą drzwi, wydusiłem zaledwie:

– Dziękuję... za aparat.

Kątem oka zauważyłem, że znieruchomiał. Słyszałem, jak bierze powolny, nierówny oddech. Po chwili odparł:

– Nie masz mi za co dziękować, synu. Naprawdę. – Zamknął za sobą drzwi.

Zostałem w ciemni dłużej, niż zamierzałem, słowa taty nieustannie przewijały mi się w głowie.

W końcu wspiąłem się na górę i udałem do siebie, trzymając w ręce dwa zdjęcia. Kiedy mijałem pokój Altona, zauważyłem, że brat siedzi na łóżku, oglądając telewizję.

Nie widział, że przeszedłem, ale gdy usłyszałem jego śmiech, moje stopy same zatrzymały się na podłodze i zmusiły mnie, bym zawrócił.

Kiedy wszedłem do sypialni braciszka, Alton spojrzał na mnie i uśmiechnął się tak szeroko, że poczułem, jak pęka mi serce.

– *Hei*, Rune – powiedział cicho i przesunął się na łóżku, robiąc miejsce.

– *Hei* – odparłem. Podszedłem do niego i ruchem głowy wskazałem na telewizor. – Co oglądasz?

Alton spojrzał na ekran, następnie znów na mnie.

– *Swamp Monsters*. – Przechylił głowę na bok i założył długie włosy za uszy. Żołądek ścisnął mi się na ten widok. – Chcesz pooglądać ze mną? – zapytał zdenerwowany i zwiesił głowę.

Był przekonany, że odmówię. Zaskakując zarówno jego, jak i siebie, powiedziałem:

– Jasne.

Niebieskie oczy Altona przypominały spodki. Położył się sztywno na łóżku. Kiedy się przybliżyłem, przesunął się na koniec wąskiego materaca.

Położyłem się obok niego, a on przytulił się do mojego boku i oglądaliśmy razem bajkę. Gdy wyczułem, że braciszek mi się przygląda, odwróciłem wzrok od ekranu.

Kiedy popatrzyłem mu w oczy, zaczerwienił się i powiedział:

– Lubię, gdy ze mną oglądasz, Rune.

Odetchnąłem ciężko. Jego słowa wywołały we mnie nieznane uczucie. Poczochrałem długie włosy malca i odparłem:

– Ja też lubię z tobą oglądać, Alt. Naprawdę lubię.

Ponownie się do mnie przytulił. Leżał tak, póki nie zasnął. Chwilę później telewizor sam się wyłączył, a pokój spowiła ciemność.

Wstałem i minąłem mamę, która w ciszy przyglądała się nam z korytarza. Skinąłem do niej głową i wszedłem do siebie, zamykając drzwi. Przekręciłem zamek, odłożyłem jedno ze zdjęć na biurko, wyszedłem przez okno i pobiegłem do Poppy.

Kiedy wszedłem, nadal spała. Zdjąłem koszulkę i zbliżyłem się do miejsca, w którym leżała. Zdjęcie, na którym całowaliśmy się, stojąc razem w wodzie, położyłem po drugiej stronie na poduszce. Chciałem, by Poppy zobaczyła je, gdy tylko otworzy oczy.

Gdy się położyłem, instynktownie odnalazła mnie w ciemności, oparła głowę na mojej piersi i objęła mnie w pasie.

Podwójne ślady stóp na piasku.

11
ROZPOSTARTE SKRZYDŁA I GASNĄCE GWIAZDY

Poppy
Trzy miesiące później

– Gdzie moja Poppy?

Przetarłam zaspane oczy i usiadłam na łóżku. Gdy usłyszałam dźwięk ulubionego głosu, wzrosło moje podekscytowanie.

– Ciocia DeeDee? – szepnęłam pod nosem. Nasłuchiwałam, sprawdzając, czy to na pewno ona. Z korytarza dobiegały przytłumione głosy, nagle otworzyły się drzwi do mojego pokoju. Podparłam się na rękach, choć te zaczęły drżeć, gdy zmusiłam do wysiłku osłabione mięśnie.

Widząc, że w progu stanęła ciocia DeeDee, znów się położyłam. Ciemne włosy upięła w kok. Miała na sobie mundur stewardesy. Jej makijaż jak zwykle został wykonany perfekcyjnie. Na ustach gościł wielki, zaraźliwy uśmiech.

Spojrzenie jej zielonych oczu złagodniało, gdy tylko skupiło się na mnie.

– Tutaj jest – powiedziała spokojnym głosem, podchodząc do mojego łóżka. Usiadła na skraju materaca i pochyliła się, by mnie objąć.

– Co tu robisz, ciociu?

Pogłaskała mnie po zmierzwionych od snu włosach i szepnęła konspiracyjnie:

– Przyjechałam cię porwać.

Nie rozumiejąc, ściągnęłam brwi. Ciocia DeeDee spędziła z nami święta Bożego Narodzenia oraz Nowy Rok, została z nami przez dodatkowe siedem dni, a było to zaledwie dwa tygodnie temu. Wiedziałam, że przez następny miesiąc jej harmonogram będzie mocno napięty.

Nie mogłam więc pojąć, dlaczego już wróciła.

– Nie rozumiem – stwierdziłam, spuszczając nogi z łóżka. Spędziłam w nim kilka dni, ponieważ niedawne badania wykazały zbyt niski poziom białych krwinek. Miałam transfuzję i podano mi dodatkowe leki. Trochę pomogło, ale stałam się przez to jeszcze bardziej zmęczona. Musiałam zostać w domu, by nie złapać jakiejś infekcji. Lekarz chciał zatrzymać mnie w szpitalu, ale odmówiłam. Nie chciałam tracić cennego czasu. Nie teraz, gdy byłam świadoma, że rak coraz śmielej mnie trawi. Każda sekunda miała jeszcze większą wartość.

Dom stał się moją oazą szczęścia.

Rune, który całował mnie słodko, był moją bezpieczną przystanią.

Potrzebowałam tylko tego.

Rzuciłam okiem na zegar, zauważając, że była niemal szesnasta. Niedługo miał zjawić się Rune. Przez ostatnie kilka dni musiałam używać podstępu, by chodził do szkoły. Nie chciał w niej przebywać, jeśli mnie tam nie było. Jednak był to jego ostatni rok w szkole średniej. Chłopak musiał mieć dobre stopnie, by dostać się na studia. Nawet jeśli w tej chwili protestował przeciw temu pomysłowi i mówił, że ma to gdzieś.

Nie przeszkadzało mi to. Przejmowałam się za nas oboje. Nie mogłam przecież pozwolić, by z mojego powodu Rune odsunął na bok własne życie.

Ciocia wstała.

– Dobra, Poppy, idź pod prysznic. Mamy godzinę do wyjścia. – Popatrzyła na moje włosy. – Nie myj włosów, mam znajomą, która zajmie się nimi na miejscu.

Pokręciłam głową, pragnąc zadać więcej pytań, ale ciotka zdążyła już wyjść z mojego pokoju. Przeciągnęłam się, wzięłam głęboki wdech, zamknęłam oczy i uśmiechnęłam się. Czułam się lepiej niż przez kilka ostatnich dni. Byłam odrobinę silniejsza.

Na tyle silna, by wyjść z domu.

Złapałam ręcznik i poszłam wziąć szybki prysznic. Wytarłam się i nałożyłam lekki makijaż. Związałam włosy w kok i przypięłam swoją białą kokardę. Założyłam ciemnozieloną sukienkę, a na nią biały sweter.

Zakładałam właśnie ulubione kolczyki z symbolami nieskończoności, gdy nagle ktoś otworzył drzwi mojego pokoju. Usłyszałam podniesione głosy, pośród których dominował głos taty.

Obróciłam się i zobaczyłam wchodzącego Rune'a, spojrzenie jego niebieskich oczu natychmiast spoczęło na mojej twarzy. Przyjrzał się jej badawczo, nim uśmiechnął się z ulgą. Bez słowa przemierzył pokój. Zatrzymał się dopiero wtedy, gdy mógł mnie objąć i przytulić. Oplotłam go rękami w pasie i odetchnęłam jego świeżym zapachem.

– Lepiej wyglądasz – powiedział.

Ścisnęłam go odrobinę mocniej.

– I lepiej się czuję.

Odsunął się i objął moją twarz. Długo patrzył mi w oczy, nim złożył słodki pocałunek na moich wargach. Westchnął, gdy się odsunął.

– Cieszę się. Martwiłem się, że nie będziemy mogli jechać.

– Gdzie? – zapytałam, a moje serce zaczęło bić trochę szybciej.

Tym razem uśmiechnął się od ucha do ucha i obwieścił:

– Na kolejną wyprawę.

Moje serce puściło się galopem.

– Kolejną wyprawę?

Nic więcej nie wyjaśniając, wyprowadził mnie z pokoju. W tej chwili tylko jego mocno zaciśnięte palce na mojej dłoni zdradzały, jak bardzo martwił się o moje ostatnie dni. Doskonale o tym wiedziałam. Widziałam strach w oczach Rune'a za każdym razem, gdy zmieniałam pozycję, leżąc w łóżku. Pytał, czy dobrze się czuję. Za każdym razem, gdy przychodził do mnie po szkole, wpatrywał się we mnie intensywnie i czekał… Czekał, by się przekonać, że to już.

Był przerażony.

Z kolei ja nie bałam się postępującej choroby. Ból i najbliższa przyszłość nie wzbudzały we mnie strachu. Jednak widok wpatrzonego we mnie w ten sposób Rune'a – tak zdesperowanego i sparaliżowanego – sprawiał, że sama zaczynałam się bać. Bardzo go kochałam i widziałam, że on także kochał mnie całym sercem. Jednak ta miłość, połączenie naszych dusz stało się kotwicą dla mojego serca. Serca, które musiało darować sobie to życie.

Nigdy nie bałam się śmierci. Moja wiara była niezachwiana, dobrze wiedziałam, że po ziemskim życiu istniało kolejne. Jednak w tej chwili do mojej podświadomości wkradł się strach. Bałam się opuścić Rune'a. Bałam się, że go przy mnie nie będzie... Bałam się, że nie poczuję wokół siebie jego ramion, że nie dostanę od niego więcej pocałunków.

Spojrzał na mnie, jakby wyczuł, że pęka mi serce. Skinęłam jedynie głową. Nie byłam pewna, czy zrobiłam to dość przekonująco, bo na jego twarzy wciąż gościła troska.

– Nie pojedzie! – zagrzmiał w korytarzu tata. Rune przytulił mnie do siebie, obejmując tak, że cała niemal zatonęłam w jego ramionach. W wejściu do salonu zastaliśmy rodziców i ciotkę DeeDee. Twarz ojca była czerwona, ciocia trzymała ręce skrzyżowane na piersi, a mama głaskała tatę po plecach, próbując go w ten sposób uspokoić.

Ojciec uniósł głowę i posłał mi wymuszony uśmiech.

– Poppy – powiedział i zbliżył się do mnie, jednak Rune mnie nie puścił. Tata to zauważył i spiorunował go wzrokiem. Zdawało się, że jednym spojrzeniem zrówna chłopaka z ziemią.

Jednak Rune nawet nie drgnął.

– Co się stało? – zapytałam, wyciągając rękę do taty. Ten gest odebrał mu mowę. Spojrzałam na mamę. – Mamo?

– Planowaliśmy to z DeeDee od świąt. – Mama zbliżyła się, a ja spojrzałam na ciocię, która uśmiechała się po szelmowsku. – Rune chciał cię ze sobą zabrać. Poprosił DeeDee, by mu w tym pomogła. – Westchnęła. – Jednak nie spodziewaliśmy się, że poziom białych krwinek spadnie ci tak szybko. – Położyła rękę na ramieniu ojca.
– Tata uważa, że nie powinnaś jechać.
– Ale gdzie? – zapytałam.
– To niespodzianka – wtrącił stojący za mną Rune.
Tata odsunął się nieco i spojrzał mi w oczy.
– Poppy, spadł ci poziom białych krwinek, co oznacza, że spadła ci również odporność na zakażenia. Istnieje wysokie ryzyko, że zachorujesz. Uważam, że podróż samolotem w twoim stanie to nie jest dobry pomysł...
– Samolotem? – przerwałam mu. Popatrzyłam na Rune'a. – Samolotem? – powtórzyłam.
Szybko skinął głową, ale nic nie wyjaśnił.
Mama położyła rękę na moim ramieniu.
– Pytałam lekarza, który powiedział – odchrząknęła – powiedział, że jeśli chcesz jechać, będąc w tym stadium choroby nowotworowej, powinnaś to zrobić. – Zrozumiałam ukryty sens tych słów. *Jedź, nim będzie za późno, by gdziekolwiek podróżować.*
– Chcę jechać – stwierdziłam z niezachwianą pewnością, ściskając Rune'a w pasie. Pragnęłam, by wiedział, że jestem zdecydowana. Spojrzałam mu prosto w oczy, uśmiechnęłam się i powiedziałam: – Jadę z tobą.
Pocałował mnie. Choć nie było to żadną nowością, zaskoczył mnie. Zrobił to mocno i szybko na oczach całej mojej rodziny. Odsunął się i stanął obok mojej ciotki,

która czekała z walizką. Bez słowa wziął od kobiety bagaż i poszedł do samochodu.

Moje serce ożywiło się podekscytowane.

Tata ścisnął moją rękę. Gest ten ponownie mnie zmartwił i wprowadził lęk.

– Poppy – powiedział stanowczo.

Nim jednak zdołał dodać coś więcej, przysunęłam się i pocałowałam go w policzek. Popatrzyłam mu w oczy.

– Tato, jestem świadoma ryzyka. Walczę z tą chorobą już tak długo... Wiem, że się martwisz i nie chcesz, by stała mi się krzywda. Jednak choćby jeden dzień dłużej w więzieniu czterech ścian... Czuję się w tym pokoju jak ptak w klatce. To bardziej mnie rani. Nigdy nie lubiłam siedzieć bezczynnie. Chcę tego wyjazdu, tato. Potrzebuję go. – Pokręciłam głową, gdy poczułam, że łzy napływają mi do oczu. – Nie mogę spędzić reszty czasu, który mi pozostał, umartwiając się wciąż, że mi się pogorszy. Muszę żyć... Potrzebuję tej podróży.

Tata westchnął ciężko, ale w końcu się zgodził. Aż zakręciło mi się w głowie. Pozwolił mi!

Rzuciłam mu się na szyję, a on mnie uściskał.

Pocałowałam mamę i popatrzyłam na ciotkę, która wyciągnęła do mnie rękę. Chwyciłam ją, a tata powiedział:

– Ufam, że będziesz się nią opiekować, DeeDee.

Ciocia westchnęła.

– Wiesz przecież, że ta dziewczyna jest moim sercem, James. Uważasz, że pozwoliłabym, by coś jej się stało?

– I mają mieszkać w osobnych pokojach!

Przewróciłam tylko oczami.

Tata rozmawiał jeszcze z DeeDee, ale już ich nie słuchałam. Przestałam uważać, gdy mój wzrok powędrował do otwartych drzwi i chłopaka ubranego na czarno, który opierał się o barierkę na werandzie. Chłopaka w skórzanej kurtce, trzymającego papierosa w wargach. Chłopaka, który cały czas mi się przyglądał. Spojrzenie jego krystalicznie niebieskich oczu ani na chwilę nie opuściło mojej twarzy.

Rune wypuścił chmurkę dymu, rzucił niedopałek na ziemię, po czym kiwnął głową i wyciągnął rękę.

Puściłam dłoń DeeDee i na sekundę zamknęłam oczy, zapisując w pamięci, jak chłopak wyglądał w tej chwili.

Mój norweski łobuz.

Moje serce.

Otworzyłam oczy i ruszyłam do drzwi. Stanęłam na górnym stopniu i wskoczyłam w ramiona Rune'a, który natychmiast mnie objął. Zachichotałam, czując na twarzy podmuch wiatru. Mój chłopak, nadal trzymając mnie mocno, zapytał:

– Gotowa na wyprawę, *Poppymin*?

– Tak – odparłam bez tchu.

Oparł czoło o moje i zamknął oczy.

– Kocham cię – szepnął po dłuższej chwili.

– Ja też cię kocham – odparłam cicho.

Obdarował mnie wyjątkowym uśmiechem.

Postawił mnie, wziął za rękę i zapytał ponownie:

– Gotowa?

Przytaknęłam i odwróciłam się do rodziców stojących na werandzie. Pomachałam im na do widzenia.

– Chodźcie, dzieci – rzuciła DeeDee. – Musimy zdążyć na samolot.

Rune, trzymając mnie jak zawsze za rękę, zaprowadził mnie do samochodu. Usiedliśmy z tyłu. Odjeżdżając, wyglądałam przez szybę. Wpatrywałam się w chmury, wiedząc, że wkrótce znajdę się wśród nich.

Lecąc na wyprawę.

Przygodę z moim Runem.

***

– Nowy Jork – powiedziałam zadowolona, czytając napis wyświetlany nad naszą bramką.

Rune się uśmiechnął.

– Zawsze planowaliśmy go odwiedzić. Wizyta będzie jednak krótsza, niż zakładaliśmy.

Oniemiała objęłam go w pasie i oparłam twarz na jego piersi. Ciocia DeeDee wróciła ze stanowiska odprawy.

– Chodźcie – powiedziała, wskazując ręką na wyjście w kierunku samolotu. – Wsiadajmy na pokład.

Poszliśmy za nią. Szczęka mi opadła, gdy ciocia zaprowadziła nas na miejsca z przodu – w pierwszej klasie. Spojrzałam na nią, ale tylko wzruszyła ramionami.

– Jaki jest sens pracy w pierwszej klasie, jeśli nie można rozpieścić ulubionej siostrzenicy, korzystając z przywilejów?

Uścisnąłam ją. Tuliła mnie nieco dłużej niż zwykle.

– Siadajcie – powiedziała, przesuwając mnie w kierunku fotela, jednak ja nadal stałam, przyglądając się, jak odchodzi.

Rune wziął mnie za rękę.

– Nic jej nie będzie – uspokoił mnie i wskazał miejsce przy oknie. – Dla ciebie – dodał. Mimowolnie zachichotałam, gdy je zajęłam i popatrzyłam przez okienko na pracujących pod nami ludzi.

Obserwowałam ich, póki samolot nie został załadowany bagażami. Zaczęliśmy jechać po pasie startowym. Wzdychając ze szczęścia, obróciłam się do Rune'a, który nieustannie mi się przyglądał. Wzięłam go za rękę i powiedziałam:

– Dziękuję.

– Chciałem, żebyś zobaczyła Nowy Jork. – Wzruszył ramionami. – Chciałem go zobaczyć z tobą.

Przysunął się, by mnie pocałować, ale położyłam palce na jego wargach, powstrzymując go.

– Pocałuj mnie nad ziemią. Na dwunastu tysiącach kilometrów. Pocałuj mnie w niebie. Pocałuj mnie pośród chmur.

Choć owiał mnie jego miętowy oddech, Rune w końcu oparł się w fotelu. Zaczęłam się śmiać, gdy samolot nagle przyspieszył i wzbiliśmy się w powietrze.

Kiedy oderwaliśmy się od pasa startowego, moje usta spotkały się wreszcie z jego ustami, który położył ręce na mojej głowie i przywarł do mnie w łapczywym pocałunku. Musiałam czegoś się przytrzymać, więc złapałam za koszulkę Rune'a. Westchnęłam cicho, gdy splotły się nasze języki.

Odsunął ode mnie ciepłe wargi, oddychając pospiesznie, więc szepnęłam:

– Pocałunek numer osiemset osiem. Na dwunastu tysiącach kilometrów wysokości. Z moim Runem... Serce niemal wyrwało mi się z piersi.

Gdy kończyliśmy lot, miałam wiele nowych pocałunków do dodania do mojego słoja.

***

– To dla nas? – zapytałam, niedowierzając. Rozglądałam się po apartamencie absurdalnie kosztownego hotelu, który zarezerwowała nam ciotka na Manhattanie.

Spojrzałam na Rune'a i wiedziałam, że on również był oszołomiony, choć minę miał zwyczajną.

Ciocia DeeDee zatrzymała się przy nas.

– Poppy, twoja mama jeszcze nie wie, ale… Cóż, od jakiegoś czasu spotykam się z kimś. – Uśmiechnęła się czule i ciągnęła dalej: – Powiedzmy, że ten pokój to prezent dla was od niego.

Wpatrywałam się w nią osłupiała, ale czułam rozprzestrzeniające się w moim wnętrzu ciepło. Zawsze martwiłam się o DeeDee. Często była sama. Po wyrazie jej twarzy poznałam, jak dzięki temu mężczyźnie była teraz szczęśliwa.

– Zapłacił za to? Za nas? Za mnie? – zapytałam.

DeeDee milczała przez chwilę, po czym wyjaśniła:

– Tak naprawdę… nie musiał płacić. Jest właścicielem tego hotelu.

Jeśli to w ogóle możliwe, szczęka opadła mi jeszcze bardziej. Rune musiał unieść ją, chwytając mnie za podbródek. Zagapiłam się na niego.

– Wiedziałeś?

Wzruszył ramionami.

– DeeDee pomagała mi wszystko zaplanować.

– Więc wiedziałeś? – powtórzyłam.

Śmiejąc się ze mnie, pokręcił głową, następnie zaniósł nasze walizki do głównej sypialni znajdującej się po prawej. Najwyraźniej zamierzaliśmy zignorować instrukcje mojego taty odnośnie osobnych pokoi.

Kiedy Rune zniknął za drzwiami, ciocia powiedziała:

– Ten chłopak chodziłby dla ciebie po rozżarzonych węglach, Pops.

Moje serce wypełniło się światłem.

– Wiem – szepnęłam z lekkim przestrachem.

Ciocia wzięła mnie za rękę. Ścisnęłam ją w odpowiedzi.

– Dziękuję – powiedziałam.

Kobieta pocałowała mnie w głowę.

– Nic nie zrobiłam, Pops. To wszystko zasługa Rune'a – umilkła na chwilę. – Nigdy jeszcze nie widziałam tak mocno zakochanych w sobie nastolatków. – Odsunęła się ode mnie, by spojrzeć mi w oczy. – Ciesz się tymi chwilami, Pops. Ten chłopak cię kocha. Musiałabyś być ślepa, by tego nie zauważyć.

– Dobrze – szepnęłam.

DeeDee podeszła do drzwi.

– Spędzimy tu dwie noce. Będę z Tristanem w jego apartamencie. Zadzwoń, gdybyś czegoś potrzebowała. Jestem niedaleko.

– Okej – odparłam.

Obróciłam się, zachwycając się eleganckim pomieszczeniem. Sufit znajdował się tak wysoko, że musiałam zadrzeć głowę, by zobaczyć wzór na białym tynku. Pomieszczenie było tak ogromne, że zmieściłby się w nim cały dom. Podeszłam do okna i spojrzałam na panoramę Nowego Jorku.

Odetchnęłam.

Odetchnęłam, patrząc na znajome miasto, które widywałam tylko na pocztówkach i w filmach. Podziwiałam Empire State Building, Central Park, Flatiron Building... a także Statuę Wolności i Wieżę Wolności.

Tyle miejsc czekało, by je odwiedzić... Moje serce przyspieszyło, nie mogąc się już doczekać. To właśnie było miasto, w którym chciałam wieść swoje życie. Miasto, które miało stać się moim domem. W Blossom Grove były moje korzenie, ale to w Nowym Jorku zawsze chciałam rozwinąć skrzydła.

A Rune Kristiansen miał być mój na wieki wieków. Po wsze czasy miał pozostać u mego boku.

Zauważyłam, że po lewej znajdują się drzwi, więc podeszłam do nich i pociągnęłam za klamkę. Przeszłam przez próg i gwałtownie wciągnęłam powietrze, gdy owiał mnie chłodny wiatr. Zostałam tam jednak przez chwilę, rozkoszując się tym, co odkryłam.

Był to ogród zimowy.

Pełen kwiatów taras, na którym ustawione zostały ławki i z którego – co najważniejsze – rozpościerał się jeszcze wspanialszy widok. Zapięłam kurtkę i wyszłam na zewnątrz. Płatki śniegu opadły na moje włosy. Chciałam poczuć je również na twarzy, więc odchyliłam głowę do tyłu. Zimne drobinki wylądowały na moich rzęsach, łaskocząc.

Śmiałam się, gdy moja skóra stawała się coraz bardziej mokra. Podeszłam kilka kroków i powiodłam palcami po błyszczących liściach. Wreszcie stanęłam przy ścianie, która kończyła się widokiem na miasto. Przede mną, podana jak na tacy, rozciągała się panorama Manhattanu.

Odetchnęłam głęboko, napełniając płuca chłodnym powietrzem. Nagle na mojej talii zamknęły się ciepłe dłonie, a na moim ramieniu spoczął podbródek Rune'a.

– Podoba ci się, kochanie? – zapytał cicho. Jego głos brzmiał niemal jak szept. Jakby celowo nie chciał zakłócać spokoju naszej małej oazy.

Pokręciłam głową z niedowierzaniem i obróciłam się powoli, stając z nim twarzą w twarz.

– Nie mogę uwierzyć, że zrobiłeś to wszystko dla mnie – odparłam. – Nie wierzę, że mi to wszystko dajesz... – Wskazałam na roztaczające się pod nami miasto. – Jeszcze nie dociera do mnie, że mnie tutaj przywiozłeś.

Rune pocałował mnie w policzek.

– Jest późno, a jutro czeka nas wiele atrakcji. Chcę mieć pewność, że dobrze wypoczniesz, byśmy mogli zobaczyć wszystko, co mam w planie. – Zaświtała mi w głowie pewna myśl.

– Rune?

– *Ja?*

– Czy ja również mogę cię gdzieś jutro zabrać?

Zmarszczył czoło i ściągnął brwi.

– Oczywiście – zgodził się. Widziałam, że z zaciekawieniem wpatruje mi się w oczy, zastanawiając się, co też takiego wymyśliłam. Jednak o nic nie zapytał. Ucieszyło mnie to. Na pewno odmówiłby, gdyby miał czas to przemyśleć.

– Super – powiedziałam zadowolona i uśmiechnęłam się do siebie. Zabrał mnie w tę podróż i wszystko zaplanował, ale ja również chciałam mu coś pokazać, aby przypomnieć mu o jego własnych marzeniach. Marzeniach, które mógłby urzeczywistnić, kiedy mnie już nie będzie.

– Musisz iść spać, *Poppymin* – stwierdził i pochylił się, by pocałować mnie w szyję.

Wzięłam go za rękę.

– Z tobą u boku.

Poczułam przy skórze, że kiwa głową. Ponownie mnie pocałował.

– Przygotowałem ci kąpiel i zamówiłem jedzenie. Najpierw się umyjesz, potem zjemy, a później pójdziemy spać.

Stanęłam na palcach i objęłam jego twarz. Była zimna.

– Kocham cię, Rune – wyznałam cicho. Często to powtarzałam i zawsze płynęło to z głębi serca. Chciałam, by nieustannie pamiętał, jak bardzo go uwielbiałam.

Westchnął i pocałował mnie powoli.

– Też cię kocham, *Poppymin* – odparł, trzymając wargi tuż przy moich.

Zabrał mnie do środka i zaczekał, aż wezmę kąpiel. Następnie zjedliśmy kolację i poszliśmy spać.

Leżałam pośrodku wielkiego łóżka obejmowana przez Rune'a, którego ciepły oddech owiewał mi twarz. Uważnie śledził każdy mój ruch spojrzeniem jasnych niebieskich oczu.

Zasnęłam utulona w jego ramionach, z uśmiechem zarówno na ustach, jak i w sercu.

12
PIEŚŃ SERCA I ODNALEZIONE PIĘKNO

Poppy

Myślałam, że zdążyłam już poczuć wiatr we włosach. Było to jednak nic w porównaniu z podmuchami, które smagały mi twarz, gdy staliśmy na szczycie Empire State Building.

Myślałam, że całowałam się już z Runem w każdy możliwy sposób. Było to jednak nic w porównaniu z pocałunkami pod baśniowym zamkiem w Central Parku. Z pocałunkiem na szczycie zatłoczonej Statuy Wolności oraz tym pośrodku Time Square, gdzie świeciły jasne światła, a inni mijali nas w pośpiechu, jakby zaraz miał się skończyć świat.

Ludzie spieszyli się zawsze. Mimo że mieli mnóstwo czasu. Ja, mimo że miałam go tak mało, wciąż pilnowałam, by spędzać go bardzo powoli. Przeżywałam go intensywnie, zgłębiając jego sens. Pragnęłam nasycić się każdym nowym doświadczeniem. Chłonąć je. Zatracić się w każdym nowym widoku, zapachu i dźwięku.

Pragnęłam zatrzymać się, odetchnąć i móc zachwycić.

Pocałunki Rune'a różniły się od siebie. Niektóre z nich były powolne i czułe, delikatne jak muśnięcie piórkiem. Inne mocne, szybkie... porywające. Jednak wszystkie pozbawiały mnie tchu. Wszystkie znalazły się w słoju.

Wszystkie zachowałam w sercu.

Po lunchu u Ellen Stardust, której restauracja stała się trzecim moim ulubionym miejscem na ziemi, wyszliśmy na zewnątrz. Gdy znaleźliśmy się za rogiem, zapytałam::
– Teraz moja kolej, dobrze? – Złapał mnie za kurtkę i zapiął ją szczelnie po samą szyję. Spojrzał na zegarek. Przyglądałam się z ciekawością jego twarzy, zastanawiając się, dlaczego Rune nieustannie pilnuje czasu. Zauważył, że się w niego wpatruję.

Objął mnie i odparł:
– Masz do dyspozycji kilka godzin. Potem znów będziemy musieli trzymać się mojego grafiku.

Zmarszczyłam nos, widząc jego poważną minę, i dla rozluźnienia atmosfery pokazałam mu język. Na jego widok oczy Rune'a zapłonęły namiętnie. Pochylił się i pocałował mnie, natychmiast wsuwając mi język do ust. Pisnęłam, trzymając się go mocno, gdy odchylił mnie i dopiero w tej pozycji przerwał pocałunek.

– Nie kuś – rzucił zaczepnie. W jego oczach znów zabłysnął żar. Moje serce zgubiło rytm. Odkąd Rune powrócił do mojego życia, nieustannie się całowaliśmy. Całowaliśmy się, rozmawialiśmy i... tuliliśmy się niebywale mocno. Nigdy nie prosił o więcej, lecz w miarę upływu czasu ponownie zapragnęłam mu się oddać.

W mojej głowie pojawiły się wspomnienia naszej nocy sprzed dwóch lat. Sceny były tak żywe i przepełnione miłością, że ścisnęło mi się serce. Wciąż pamiętałam, jak na mnie wtedy patrzył... Pamiętałam ciepło przepływające przeze mnie, gdy tuliłam go w ramionach.

Pamiętałam, jak czule dotykał mojej twarzy, włosów, ust. Pamiętałam jego rozpromienioną twarz. Malujący się na niej wyraz uwielbienia, którego nie można było z niczym porównać. Uwielbienia, które uświadomiło mi, że choć byliśmy bardzo młodzi, zrobiliśmy coś, co nieodwracalnie nas zmieniło.

Połączyło nasze ciała, umysły i dusze.

Uczyniło nasz związek nieskończonym.

Byliśmy razem na wieki wieków.

– Gdzie pójdziemy, *Poppymin*? – zapytał, wyrywając mnie z zamyślenia. Wierzchem dłoni dotknął moich rozpalonych policzków. – Masz ciepłą skórę – stwierdził z silnym akcentem. Ten idealny dźwięk opłynął mnie jak chłodna bryza.

– Nic mi nie jest – powiedziałam nieśmiało. Wzięłam go za rękę i spróbowałam poprowadzić ulicą, ale pociągnął mnie, bym przystanęła. Kiedy to zrobiłam, zauważyłam na jego twarzy troskę.

– Poppy...

– Nic mi nie jest – przerwałam mu, zaciskając usta, by wiedział, że mówię poważnie.

Jęcząc z rozdrażnieniem, zarzucił mi rękę na ramiona i poprowadził ulicą. Rozglądałam się, szukając nazw i numerów, zastanawiając się nad trasą, którą musieliśmy obrać.

– Powiesz mi, gdzie idziemy? – zapytał.

Pewna, że zmierzamy we właściwym kierunku, pokiwałam głową. Pocałował mnie w skroń i odpalił papierosa. Skorzystałam z okazji, by się rozejrzeć. Uwielbiałam Nowy Jork. Kochałam w nim wszystko. Mozaikę osobowości – od biznesmenów po artystów i marzycieli – wplecioną w gigantyczną patchworkową kołdrę tutejszego życia. Zatłoczone ulice, klaksony samochodów i krzyki ludzi tworzące idealną symfoniczną ścieżkę dźwiękową miasta, które nigdy nie zasypiało.

Odetchnęłam rześkim, chłodnym powietrzem i przytuliłam się mocniej do Rune'a.

– Robilibyśmy to – powiedziałam z uśmiechem, na chwilę zamykając oczy.

– Co? – zapytał. Poczułam znajomy zapach dymu papierosowego.

– To – powiedziałam. – Chodzilibyśmy Broadwayem. Przemierzalibyśmy to miasto, idąc na spotkanie z przyjaciółmi, na uczelnię... wracając do mieszkania. – Szturchnęłam go. – Obejmowałbyś mnie dokładnie tak samo i rozmawialibyśmy, idąc. Opowiadalibyśmy sobie nawzajem, jak minął nam dzień. – Uśmiechnęłam się na myśl o tych prozaicznych obrazkach. Jednak nie potrzebowałam wcale wielkich gestów ani życia jak z bajki. Wystarczyłaby mi najzwyklejsza codzienność u boku ukochanego chłopaka.

Nawet w tej chwili było to warte więcej niż cokolwiek innego.

Nie odpowiedział. Nauczyłam się już, że gdy mówiłam tak otwarcie o wszystkim, czego nie uda mi się doświadczyć, Rune milczał. Jednak nie przeszkadzało mi to. Rozumiałam, dlaczego musiał osłonić swoje popękane serce.

Gdybym mogła je uchronić, zrobiłabym to. Jednak to przecież ja byłam przyczyną jego cierpienia. To ja byłam jego chorobą.

Modliłam się jedynie do wszystkiego, co dobre, bym mogła być zarazem antidotum na ten smutek.

Na jednym ze starych budynków dostrzegłam baner, więc spojrzałam na Rune'a i powiedziałam:

– Jesteśmy prawie na miejscu.

Rozejrzał się zdezorientowany, co bardzo mnie ucieszyło. Nie chciałam, by domyślił się, gdzie jesteśmy. Nie chciałam widzieć jego złości będącej reakcją na moją sugestię. Nie chciałam, by cierpiał, gdy pokażę mu przyszłość, która wciąż była dla niego w zasięgu ręki.

Skierowałam się w lewo, w stronę budynku. Rune wyrzucił niedopałek na chodnik i wziął mnie za rękę. Podeszłam do kasy i poprosiłam o bilety, ale chłopak wyjął mi rękę z torebki, gdy próbowałam wyciągnąć portfel. Zapłacił, choć wciąż nie wiedział za co. Stanęłam na palcach i pocałowałam go w policzek.

– Jaki z ciebie dżentelmen – droczyłam się, widząc, jak przewraca oczami.

– Nie wydaje mi się, żeby twój tata podzielał twoje zdanie.

Nie potrafiłam powstrzymać się od śmiechu. Gdy tak beztrosko chichotałam, Rune przystanął i zaczął mi się przyglądać. Wyciągnął do mnie rękę. Podałam mu swoją i pozwoliłam się przytulić. Pochylił głowę i szepnął mi do ucha:

– Dlaczego gdy się tak śmiejesz, mam przemożną ochotę zrobić ci zdjęcie?

Spojrzałam mu w oczy, mój śmiech ucichł.

– Ponieważ potrafisz uchwycić ludzkie emocje, ukazać obecne w człowieku dobro, zło, prawdę... – Wzruszyłam ramionami i dodałam: – Ponieważ bez względu na to, jak bardzo się zamykasz i pozwalasz, by w twoim sercu gościł mrok, wciąż dążysz do szczęścia. Pragniesz być szczęśliwy.

– Poppy. – Odwrócił wzrok i się odsunął. Jak zwykle uciekał od prawdy. Jednak ta, choć ukryta głęboko na dnie jego serca, była niezaprzeczalna. Chciał być szczęśliwy, będąc przy mnie.

Ja natomiast pragnęłam, by nauczył się przeżywać szczęście w samotności, kiedy ja będę w jego sercu.

– Rune – powiedziałam cicho. – Chodź ze mną.

Z bólem w oczach spojrzał na moją wyciągniętą rękę. Ustąpił i ścisnął ją. Uniosłam nasze złączone palce i pocałowałam grzbiet jego dłoni, którą przytknęłam po chwili do swojego policzka. Rune wypuścił powietrze przez nos. W końcu zarzucił rękę na moje ramiona, a ja objęłam go w pasie i poprowadziłam przez podwójne drzwi na wystawę.

Znaleźliśmy się w ogromnej otwartej przestrzeni. Na ścianach wokół zawieszone były znane na całym świecie, oprawione zdjęcia. Rune znieruchomiał, a ja spojrzałam na niego. Zauważyłam jego zaskoczenie i ekscytację, które wywołała w nim wystawa poświęcona jego pasji. Fotografie, które ukształtowały historię ludzkości.

Momenty, które zmieniły świat.

Idealnie zatrzymane w czasie.

Jego klatka piersiowa poruszała się powoli. Odetchnął głęboko i wypuścił powietrze, starając się uspokoić. Spojrzał na mnie i otworzył usta, jednak nie wydobył się z nich żaden dźwięk. Nie popłynęło ani jedno słowo.

Pogłaskałam Rune'a po torsie, tuż pod wiszącym na niej aparatem, i powiedziałam:

– Dowiedziałam się wczoraj, że ta wystawa tu jest, więc chciałam, byś ją obejrzał. Za rok wciąż tu będzie, ale zapragnęłam być tu z tobą właśnie teraz. Chciałam... chciałam dzielić z tobą ten moment.

Zamrugał, jego twarz pozostawała bez wyrazu. Jedyną widoczną reakcję stanowiły zaciśnięte mocno wargi. Nie byłam pewna, jak mam to odbierać – jako dobry czy zły objaw.

Wydostałam się spod ramienia chłopaka i puściłam jego rękę. Spojrzałam do przewodnika, który ze sobą przyniosłam, i odszukałam pierwsze zdjęcie na wystawie. Uśmiechnęłam się na widok marynarza stojącego pośrodku Time Square i całującego pielęgniarkę.

– *Nowy Jork, czternasty sierpnia tysiąc dziewięćset czterdziestego piątego roku.* V-J Day in Times Square. *Zdjęcie wykonane przez Alfreda Eisenstaedta* – przeczytałam, czując na widok fotografii tak wielką lekkość i ekscytację, jakbym tam wtedy była, dzieląc tę chwilę ze wszystkimi obecnymi.

Spojrzałam na Rune'a. Przyglądał się ekspozycji. Jego mina pozostała niezmienna, ale nie zaciskał już ust. Przechylił głowę na bok.

Jego palce drgnęły tuż przy moich.

Ponownie się uśmiechnęłam.

Widziałam, że był poruszony i bez względu na to, jak bardzo próbował się temu opierać, podobało mu się. Wyczuwałam to z taką łatwością, jak mogłam poczuć śnieg opadający na moją skórę, gdy byliśmy na zewnątrz. Pociągnęłam chłopaka do kolejnego zdjęcia. Spojrzałam na nie, szeroko otwierając oczy na widok dramatycznej sceny. Na drodze jadącego w konwoju czołgu stał mężczyzna. Z mocno bijącym sercem pospiesznie przeczytałam informację:

– *Plac Tiananmen w Pekinie, piąty czerwca tysiąc dziewięćset osiemdziesiątego dziewiątego roku. Fotografia przedstawia manifest jednego człowieka przeciwko militarnemu tłumieniu protestów wobec działań chińskiego rządu.*

Zbliżyłam się do ściany, przełykając z trudem ślinę.

– To takie smutne – powiedziałam.

Rune jedynie skinął głową.

Każdy kolejny obraz zdawał się budzić inne emocje. Przyglądając się tym utrwalonym momentom, zaczęłam w pełni rozumieć, dlaczego Rune tak bardzo kochał robić zdjęcia. Wystawa ukazywała ogromny wpływ pojedynczych ujęć na społeczeństwo. Na fotografiach została przedstawiona ludzkość w swoim najlepszym i najgorszym wydaniu.

Najprawdziwsze życie bez dodatków i ozdób.

Kiedy przeszliśmy do kolejnego zdjęcia, natychmiast odwróciłam wzrok, nie mogąc dłużej patrzeć na obraz. Miałam przed sobą sępa, który cierpliwie czekał przy wychudzonym dziecku. Scena od razu napełniła mnie niewyobrażalnym smutkiem.

Odeszłam, jednak Rune zbliżył się do fotografii. Uniosłam głowę, by mu się przyjrzeć. Obserwowałam, jak z uwagą studiował każdy fragment zdjęcia. Widziałam, że jego oczy zapłonęły, a dłonie zacisnęły się w pięści.

Obudziła się w nim pasja.
Nareszcie.

– Ta fotografia jest jedną z najbardziej kontrowersyjnych, jakie kiedykolwiek zrobiono – poinformował mnie cicho, wciąż się w nią wpatrując. – Fotograf przygotowywał reportaż na temat głodu panującego w Afryce. W trakcie pracy zauważył dziecko idące po pomoc oraz sępa cierpliwie czekającego na śmierć malca. – Wziął wdech. – To jedno zdjęcie obrazuje sytuację w tych krajach lepiej niż wszystkie wcześniejsze raporty razem wzięte. – Spojrzał na mnie. – Sprawia, że ludzie zatrzymują się i zwracają uwagę na problem. Jego brutalna prawda pozwala zrozumieć, jak wielkie nieszczęście spotkało mieszkańców Afryki – Wskazał na dziecko klęczące na ziemi. – Dzięki tej fotografii wzrosła pomoc, a prasa wypełniła się wiadomościami na temat walki o przetrwanie. – Wziął głęboki wdech. – To zdjęcie odmieniło życie cierpiących ludzi.

Spędziliśmy przy tym obrazie mnóstwo czasu, więc przeszliśmy dalej.

– Wiesz coś na temat tej fotografii?

Miałam problem, by patrzeć na większość prezentowanych tu zdjęć, ponieważ przedstawiały one ból i cierpienie. Jednak choć niesamowita grafika tych scen mogła wstrząsnąć odbiorcą, każdy fotograf z pewnością zauważyłby istniejący w nich pewnego rodzaju poetycki wdzięk. Mimo że były to tylko pojedyncze momenty, niosły ze sobą głęboki, nieskończony przekaz.

– Została zrobiona podczas protestu przeciwko wojnie w Wietnamie. Buddyjski mnich podpalił się na oczach wszystkich. – Rune zwiesił nieco głowę i przechylił ją na bok, przyglądając się zdjęciu pod innym kątem. – Mnich nawet nie drgnął. Przyjął cały ból, by podkreślić, że powinien zapanować pokój. Pragnął zwrócić uwagę na tę trudną sytuację i bezsens wojny.

Czas mijał. Rune opowiadał niemal o każdym zdjęciu. Dotarliśmy do ostatniego. Było ono czarno-białe i przedstawiało młodą kobietę. Musiało zostać zrobione dawno, po makijażu i fryzurze dziewczyny oceniałam je na lata sześćdziesiąte. Kobieta miała może dwadzieścia pięć lat. Uśmiechała się.

Na widok tego uśmiechu ja również się uśmiechnęłam.

Spojrzałam na Rune'a, który wzruszył ramionami, przekazując mi bez słów, że nie wie nic na temat tej fotografii. Widniał pod nią jedynie tytuł. *Esther*. Otworzyłam przewodnik, chcąc znaleźć jakąś informację. Kiedy przeczytałam opis, moje oczy natychmiast wypełniły się łzami. Wiedziałam już, dlaczego to zdjęcie się tu znajdowało.

– Co się stało? – zapytał zmartwiony Rune.

– To Esther Rubenstein. Nieżyjąca żona fundatora tej wystawy. – Zamrugałam i dokończyłam: – Zmarła na raka, gdy miała dwadzieścia sześć lat. – Przełknęłam emocje, które blokowały mi gardło, i zbliżyłam się do jej portretu. – Zdjęcie zostało umieszczone na tej wystawie przez męża tej kobiety. Nigdy już ponownie się nie ożenił. To on wykonał to zdjęcie. Pragnął, by umieszczono je na tej wystawie. Napisano tu, że nie zmieniło ono naszego świata, lecz Esther zmieniła świat tego człowieka.

Łzy spłynęły powoli po moich policzkach. Te słowa były piękne. Wierność tego mężczyzny zapierała dech.

Otarłam twarz i spojrzałam na Rune'a, który nie patrzył już na fotografię. Gdy przed nim stanęłam, pękało mi serce. Stał ze spuszczoną głową. Odsunęłam włosy z jego twarzy. Jego pełne udręki oczy rozdzierały moją duszę.

– Dlaczego mnie tu przyprowadziłaś? – wydusił przez zaciśnięte gardło.

– Ponieważ zdjęcia to coś, co kochasz. – Wskazałam na salę. – Rune, to Nowy Jork. To tu chciałeś studiować. Pragnęłam ci pokazać, co pewnego dnia możesz osiągnąć. Marzyłam, byś zobaczył, jak może wyglądać twoja przyszłość.

Rune zamknął oczy. Kiedy je otworzył, zauważył, że ziewam, choć starałam się to ukryć.

– Jesteś zmęczona.

– Nic mi nie jest – spierałam się, nie chcąc zmieniać tematu. Jednak byłam już naprawdę zmęczona i nie wiedziałam, ile czasu zdołam wytrzymać bez porządnego odpoczynku.

Rune wziął mnie za rękę i powiedział:

– Odpocznijmy przed wieczorem.

– Rune – próbowałam się kłócić, by dłużej z nim porozmawiać, ale on obrócił się i powiedział cicho:

– *Poppymin*, dosyć, proszę. – Jego głos brzmiał surowo. – Nowy Jork był naszym wspólnym marzeniem. Nie istnieje dla mnie bez ciebie. Proszę więc... – urwał, po czym szepnął ze smutkiem: – Przestań.

Nie chcąc patrzeć na jego cierpienie, skinęłam głową. Pocałował mnie miękko w czoło. Dziękował mi.

Wyszliśmy z wystawy. Rune złapał taksówkę. Kilka minut później byliśmy już w hotelu. Gdy tylko znaleźliśmy się w apartamencie, położyliśmy się razem do łóżka.

Gdy odpływałam w sen, Rune milczał. Zasypiałam, myśląc o Esther. Zastanawiałam się, jak jej mąż poradził sobie, gdy już wróciła do domu.

Zastanawiałam się, czy kiedykolwiek zdołał uporać się z cierpieniem.

***

– *Poppymin?* – Obudziłam się w ciemnym pokoju, słysząc słodki głos Rune'a. Zamrugałam, czując na policzku delikatne palce. – Hej, kochanie – powiedział cicho, kiedy obróciłam się do niego twarzą.

Włączyłam lampkę. W jej świetle zobaczyłam, że kuca obok łóżka. Uśmiechnęłam się. Pod brązową marynarkę założył opiętą białą koszulkę. Na nogach miał zwykłe czarne jeansy i zamszowe buty. Pociągnęłam za klapy jego marynarki.

– Wyglądasz naprawdę dobrze, kochanie.

Uśmiechnął się krzywo. Pochylił się i pocałował mnie czule. Zauważyłam, że niedawno mył i suszył włosy. Choć prawie nigdy tego nie robił, dziś nawet je uczesał. Czułam pod palcami jedwabiście gładkie złote pasma.

– Jak się czujesz? – zapytał.

Przeciągnęłam się.

– Jestem zmęczona... Nogi trochę bolą mnie od chodzenia. Poza tym w porządku.

Na jego czole pojawiło się zmartwienie.

– Na pewno? Jeśli nie czujesz się na siłach, możemy zostać.

Przesunęłam się na poduszce w jego stronę. Gdy znalazłam się centymetry od jego twarzy, powiedziałam:

– Nic mnie tu dziś nie zatrzyma. – Powiodłam palcami po gładkiej marynarce. – Zwłaszcza że się tak wystroiłeś. Nie mam pojęcia, co zaplanowałeś, ale jeśli zrezygnowałeś ze skórzanej kurtki, musi to być coś niezwykłego.

– Chyba jest – odparł po wyjątkowo długiej chwili.

– Więc zdecydowanie musimy iść – stwierdziłam stanowczo, pozwalając, by pomógł mi usiąść. Nagle tak prosta czynność okazała się niezwykle trudna.

Nadal kucając przy łóżku, Rune wpatrywał się w moją twarz.

– Kocham cię, *Poppymin*.

– Ja też cię kocham, kochanie – odparłam. Zarumieniłam się, wstając z jego pomocą. Z każdym dniem stawał się coraz bardziej przystojny, ale to jego dzisiejsza aparycja sprawiła, że moje serce puściło się galopem.

– Co powinnam założyć? – zapytałam. Zaprowadził mnie do części salonowej apartamentu, gdzie czekała kobieta. Przed nią poustawiane były przedmioty służące do wykonywania makijażu i fryzur.

Spojrzałam oszołomiona na Rune'a, który ze zdenerwowaniem założył sobie włosy za uszy.

– To pomysł twojej ciotki. – Wzruszył ramionami. – Zorganizowała to, byś wyglądała idealnie. Choć już tak wyglądasz.

Kobieta pomachała dłonią i poklepała krzesło. Rune pocałował mnie w rękę.

– Idź, bo za godzinę musimy wyjść.

– Co powinnam założyć? – powtórzyłam.

– Tym też się zajęliśmy. – Zaprowadził mnie na miejsce i posadził, zatrzymując się jedynie po to, by przedstawić mnie stylistce.

Odszedł i usiadł na kanapie po drugiej stronie pomieszczenia. Ucieszyłam się, gdy zobaczyłam, że z leżącego na stole futerału wyjął aparat. Przyglądałam się, jak uniósł go do twarzy, gdy Jayne zaczęła zajmować się moimi włosami. Przez kolejne czterdzieści minut utrwalał jej pracę.

Nawet gdybym się starała, nie mogłabym być bardziej szczęśliwa.

***

Jayne pochyliła się, wpatrując się w moją twarz. Po raz ostatni pociągnęła pędzlem po moim policzku i odsunęła się z uśmiechem.

– No i proszę. Gotowe. – Zaczęła pakować wszystkie rzeczy. Kiedy skończyła, pocałowała mnie w policzek. – Miłego wieczoru, kochana.

– Dziękuję – odparłam i odprowadziłam ją do drzwi.

Gdy się odwróciłam, Rune stał już przede mną. Dotknął moich świeżo zakręconych włosów.

– *Poppymin* – powiedział ochryple. – Wyglądasz przepięknie.

Pochyliłam głowę.

– Tak?

Uniósł aparat i pstryknął zdjęcie. Opuścił sprzęt i przytaknął.

– Idealnie.

Wziął mnie za rękę i zaprowadził do sypialni, gdzie na drzwiach wisiała czarna sukienka z wysokim stanem.

Stojące na pluszowej wykładzinie buty miały niewielki obcas.

– Rune – szepnęłam, dotykając miękkiego materiału.
– Jaka śliczna.

Zdjął sukienkę z drzwi i położył na łóżku.

– Załóż ją, kochanie, i wychodzimy.

Przytaknęłam, wciąż oszołomiona. Zostawił mnie samą, zamykając za sobą drzwi. Przygotowania zajęły mi zaledwie kilka minut. Kiedy stanęłam przed lustrem, westchnęłam zaskoczona na swój widok. Miałam idealnie ułożone loki, wszystkie kosmyki znajdowały się dokładnie na swoich miejscach. Moje oczy zostały przyciemnione makijażem. Co najważniejsze, w moich uszach wciąż znajdowały się kolczyki z symbolami nieskończoności, które połyskiwały w świetle lampy.

Ktoś nieśmiało zapukał do drzwi.

– Proszę! – krzyknęłam. Nie potrafiłam oderwać wzroku od własnego odbicia.

Stał za mną Rune. Moje serce urosło, gdy zobaczyłam w lustrze jego przystojną twarz, na której malowało się oczarowanie.

Chwycił mnie za ramiona, pochylił głowę i odsunął moje włosy na bok, by pocałować mnie w szyję. Oddech uwiązł mi w gardle, gdy Rune robił to, wciąż patrząc mi w oczy w lustrze.

Czarna sukienka miała spory dekolt odsłaniający skórę. Szerokie ramiączka spoczywały na skraju ramion. Rune ponownie pocałował mnie w szyję, chwycił za podbródek i uniósł moją głowę, by dotknąć ust. Gdy jego ciepłe wargi opadły na moje, westchnęłam, odczuwając niezmącone szczęście.

Sięgnął do komody i wyjął z niej białą kokardę. Wpiął mi ją we włosy. Obdarował mnie nieśmiałym uśmiechem i powiedział:

– Teraz jest perfekcyjnie. Teraz jesteś moją Poppy.

Wszystko przewróciło mi się w żołądku, gdy usłyszałam ten ochrypły głos, a mój chłopak, trzymając mnie za rękę, wyprowadził mnie z sypialni. W części salonowej czekał już płaszcz, który Rune – jak przystało na prawdziwego dżentelmena – przytrzymał, bym mogła go założyć.

Kiedy obróciłam się do niego twarzą, zapytał:

– Gotowa?

Przytaknęłam, więc poszliśmy do windy. Przy ulicy czekała na nas limuzyna. Kierowca w eleganckim uniformie otworzył nam tylne drzwi. Chciałam zapytać Rune'a, jak udało mu się to wszystko zorganizować, nim jednak zdążyłam cokolwiek powiedzieć, szepnął:

– DeeDee.

Kierowca zamknął za nami drzwi. Kiedy przemierzaliśmy zatłoczone ulice, mocno ściskałam dłoń Rune'a, obserwując przez szybę Manhattan.

Budynek, do którego mieliśmy się udać, zauważyłam, nim jeszcze zdążyliśmy wysiąść. Moje serce przyspieszyło z podniecenia. Chciałam popatrzyć mojemu chłopakowi w twarz, ale ten wysiadł wcześniej. Stał teraz przy drzwiach, otworzywszy je uprzednio. Podał mi rękę.

Wysiadłam i spojrzałam na ogromny budynek.

– Rune – szepnęłam. – To Carnegie Hall. – Zakryłam ręką usta.

Zamknął drzwi limuzyny, która od razu odjechała. Przytulił mnie i powiedział:

– Chodź ze mną.

W drodze do wejścia starałam się czytać wszystkie plakaty, by dowiedzieć się, na czyj koncert przyszliśmy. Mimo że usilnie próbowałam znaleźć jakąś informację, nie potrafiłam odkryć, kto miał dzisiaj zagrać.

Przeszliśmy przez podwójne drzwi, za którymi powitał nas mężczyzna, wskazując, w którą stronę mamy się udać. Rune przeprowadził mnie przez foyer... Weszliśmy do głównego audytorium. Moje wcześniejsze podekscytowanie okazało się niczym w porównaniu z uczuciem, które wypełniało moje serce teraz – gdy stałam w sali, o której marzyłam od dziecka.

Kiedy już nasyciłam wzrok rozległą elegancką przestrzenią i zachwyciłam się złotymi balkonami, pluszowymi czerwonymi fotelami oraz wykładzinami, zmarszczyłam brwi, uświadamiając sobie, że jesteśmy tu całkiem sami. Nie było publiczności. Nie było też orkiestry.

– Rune?

Mój chłopak, kołysząc się nerwowo na piętach, wskazał na scenę. Popatrzyłam na nią i zauważyłam stojące tam samotnie pośrodku krzesło i opartą o nie wiolonczelę.

Choć usiłowałam zrozumieć, co to wszystko mogło oznaczać, wciąż nie potrafiłam tego pojąć. Przecież to Carnegie Hall. Jedna z najsłynniejszych sal koncertowych na całym świecie.

Rune bez słowa sprowadził mnie ku scenie, zatrzymując się przy tymczasowych schodkach. Uniosłam głowę. Popatrzył mi w oczy.

– *Poppymin*, gdyby wszystko ułożyło się inaczej... – Wziął wdech, a kiedy się uspokoił, powtórzył: – Gdyby wszystko ułożyło się inaczej, pewnego dnia wystąpiłabyś tutaj jako profesjonalistka. Grałabyś dokładnie w tym miejscu z wymarzoną orkiestrą. – Ścisnął moją dłoń. – Zagrałabyś na tej scenie również solo, tak jak zawsze tego pragnęłaś. – Z jego oka spłynęła pojedyncza łza. – Wiem, że w przyszłości będzie to niemożliwe, życie jest tak cholernie niesprawiedliwe... Jednak chciałem, byś miała taką możliwość właśnie teraz. Chciałem, byś mogła poczuć, że spełniasz to marzenie. Chciałem, byś miała szansę stanąć w świetle reflektorów. W świetle, na które według mnie zasługujesz nie tylko dlatego, że jesteś osobą, którą kocham najbardziej na świecie, ale także dlatego, że jesteś wspaniałą wiolonczelistką. Bardzo utalentowanym muzykiem.

Wtedy mnie olśniło. Uświadomiłam sobie znaczenie tego gestu, powoli trafiało ono do mojego otwartego serca. Moje oczy wypełniły się łzami, więc przysunęłam się do Rune'a i położyłam dłonie na jego piersi. Zamrugałam, starając się powstrzymać łzy. Nie mogąc opanować emocji, próbowałam zapytać:

– Jak ty... Jak ci się udało... to zrobić...?

Rune pomógł mi wejść po schodkach. Stanęłam na scenie, która była moim życiowym celem. Przytulił mnie ponownie i powiedział:

– Dziś ta scena jest twoja, *Poppymin*. Przepraszam, że tylko ja będę świadkiem twojego występu, ale chciałem, by przynajmniej w ten sposób ziściło się twoje marzenie. Chciałem, byś zagrała na tej sali. Chciałem, by twoja muzyka rozbrzmiewała w tym audytorium. Chciałem, by twój talent wypełnił echem te ściany.

Zbliżył się, objął moją twarz i opuszkami kciuków otarł moje mokre policzki. Oparł czoło o moje i szepnął:

– Zasługujesz na to, Poppy. Powinnaś mieć więcej czasu, by móc zrealizować swoje marzenia, ale... ale...

Chwyciłam go za nadgarstki, gdy starał się dokończyć. Zacisnęłam powieki, a z moich oczu popłynęło jeszcze kilka łez.

– Nie – szepnęłam i uniosłam jego rękę, by pocałować ją w miejscu, gdzie bił szaleńczy puls. Położyłam ją sobie na sercu i dodałam: – W porządku, kochanie. – Odetchnęłam i uśmiechnęłam się słabo, gdyż poczułam zapach drewna. Gdybym zamknęła oczy wystarczająco mocno, mogłabym usłyszeć echo muzyki granej przez wszystkich, którzy gościli na tej drewnianej scenie. Wybitnych muzyków, którzy prezentowali w tym miejscu swój talent i geniusz. – Jesteśmy tu teraz – dokończyłam i odsunęłam się. Otworzyłam oczy i zamrugałam, patrząc z podwyższenia na audytorium. Wyobraziłam sobie, że jest ono pełne publiczności. Zobaczyłam elegancko ubranych ludzi, mężczyzn i kobiety, dla których muzyka była prawdziwą pasją. Uśmiechnęłam się, widziałam to wszystko tak wyraźnie...

Kiedy wróciłam spojrzeniem do chłopaka, który zadbał o to, bym mogła się tu znaleźć, zabrakło mi słów. Nie potrafiłam wyrazić, ile to dla mnie znaczyło. Był to prezent podarowany prosto z serca... Czystego, kochanego serca, które pragnęło, by spełniło się moje największe marzenie.

Milczałam, nie mogąc nic powiedzieć.

Puściłam ręce Rune'a i podeszłam do czekającego na mnie krzesła. Powiodłam palcami po czarnej skórze, wyczuwając jej fakturę. Podeszłam do wiolonczeli, instrumentu, który w momencie gry stawał się niemal przedłużeniem mojego ciała. Instrumentu napełniającego mnie radością, której nie dało się zrozumieć, póki się jej nie poczuło. Wszechogarniającą radością przynoszącą największy spokój, błogość i zadowolenie – delikatną miłość, której nie mogło mi dać nic innego.

Rozpięłam płaszcz, zdjęłam go z pomocą znajomych dłoni, które prześlizgnęły się po mojej skórze. Spojrzałam przez ramię na Rune'a, który złożył czuły pocałunek na moim obojczyku, a następnie zszedł ze sceny.

Nie widziałam, gdzie usiadł mój chłopak, bo reflektor znajdujący się nad moim miejscem rzucił mocniejsze światło, a lampy na widowni zostały przygaszone. Patrzyłam na podświetlone krzesło z mieszaniną ekscytacji i zdenerwowania.

Zrobiłam krok do przodu. Stukot obcasa odbił się echem od ścian. Dźwięk ten dotarł aż do moich kości. Przedarł się przez osłabione mięśnie i pobudził je do życia.

Pochyliłam się i chwyciłam wiolonczelę, zaciskając palce na jej gryfie. Do prawej ręki wzięłam smyczek. Jego smukła konstrukcja wydawała się idealnie leżeć w moich palcach.

Usiadłam i przechyliłam instrument, by ustawić jego nóżkę na odpowiedniej wysokości. Ułożyłam przy sobie najpiękniejszą wiolonczelę, jaką w życiu widziałam. Zamknęłam oczy i położyłam palce na strunach, poruszając każdą z osobna, by sprawdzić ich nastrojenie.

Było idealne.

Przesunęłam się na krawędź krzesła i ustawiłam stopy na drewnianej podłodze. Poczułam, że jestem gotowa.

Dopiero wtedy uniosłam głowę. Odchyliłam ją w stronę reflektora tak, jakbym kierowała ją ku słońcu. Wzięłam głęboki wdech, zamknęłam oczy i przyłożyłam smyczek do strun.

Zaczęłam grać.

Po sali popłynęły pierwsze nuty *Preludium* Bacha, wypełniając ją niebiańskim dźwiękiem. Kołysałam się owładnięta wypływającą ze mnie muzyką, która odsłaniała całkowicie moją duszę.

W moim przekonaniu sala była pełna. Każde miejsce zajęte przez głodnych wrażeń melomanów przybyłych, by posłuchać melodii domagającej się wysłuchania. Osób spragnionych tonów, które nie każdy mógł odnaleźć, tonów rodzących się z pasji, która napełniała serca i dotykała ducha.

Uśmiechnęłam się w świetle reflektora rozgrzewającego moje mięśnie i uśmierzającego ich ból. Utwór zbliżał się do końca. Zaczęłam grać kolejny. Grałam tak długo, aż zaczęły boleć mnie palce.

Gdy uniosłam smyczek, na sali zapanowała ogłuszająca cisza. Uwolniłam samotną łzę na myśl o utworze, który chciałam zagrać w tej chwili. Wiedziałam, że muszę go wykonać. Nie mogłabym tego nie zrobić, będąc w tym miejscu.

Był wyjątkowy, od zawsze marzyłam, by zagrać go właśnie na tej prestiżowej scenie. Tylko on tak wymownie przemawiał do mojej duszy. Miał pozostać na tej sali wtedy, gdy mnie już nie będzie. Wykonując go tutaj, chciałam pożegnać się z moją pasją. Po wysłuchaniu perfekcyjnego echa na tej wspaniałej sali nie śmiałabym zagrać tego utworu w innym miejscu. Wiedziałam, że już nigdy więcej nie zobaczę wiolonczeli.

To tutaj musiałam zostawić część swojego serca. Pożegnać się z talentem, dzięki któremu miałam w sobie tak wiele siły... Z talentem, który był moim zbawieniem, gdy czułam się samotna i zagubiona.

To właśnie tutaj miałam zostawić swoje nuty, by tańczyły w powietrzu w nieskończoność.

Ręce mi drżały, gdy czekałam, by zacząć grać. Czułam, że ciężkie łzy spływają po moich policzkach, choć nie wywoływał ich smutek. Pragnęłam ofiarować te łzy przyjaciołom – muzyce i życiu, które ją stworzyło. Przyjaciołom, którzy teraz musieli się rozstać, choć któregoś dnia znów będą razem.

W końcu przyłożyłam smyczek do strun i zaczęłam grać partię *Łabędzia* ze suity *Karnawał zwierząt*. Kiedy moje zdecydowane dłonie poczęły tworzyć melodię, którą tak kochałam, poczułam ucisk w gardle. Każda nuta brzmiała jak szeptana modlitwa, każde crescendo jak głośny hymn dziękczynny za to, że Bóg ofiarował mi taki dar – talent do muzyki, zdolność do przeżywania jej duszą.

Utwór ten był również podziękowaniem dla wspaniałego instrumentu, na którym mogłam grać z tak wielką gracją.

Instrumentu, który sprawił, że pokochałam muzykę, która stała się częścią mojej istoty, mojego jestestwa.

Delikatne tony utworu płynące subtelnie ze sceny wyrażały moją dozgonną wdzięczność dla chłopaka siedzącego na cichej, ciemnej sali. Jego talentem była fotografia, moim natomiast muzyka. Rune był całym moim życiem. Oddał mi dobrowolnie swoje serce, gdy był jeszcze dzieckiem. Choć moja choroba go załamała, kochał mnie tak głęboko, że był gotów podarować mi tę chwilę. Podarował mi marzenie, które nie mogło ziścić się w przyszłości.

Był moją bratnią duszą skupioną na uwiecznianiu chwil.

Gdy wybrzmiewała ostatnia nuta, ręce ponownie mi zadrżały. Na drewnianą podłogę skapnęły moje łzy. Uniosłam rękę, gdy w powietrzu unosił się jeszcze ostatni ton... Jego echo zmieniło się w szept i uleciało do nieba, by zająć miejsce między gwiazdami.

Zamarłam, otwierając się na to pożegnanie.

Wstałam najciszej, jak potrafiłam. Uśmiechnęłam się, wyobrażając sobie audytorium pełne klaszczących widzów. Skłoniłam się. Położyłam wiolonczelę na drewnianej podłodze, umieszczając na instrumencie smyczek, i odsunęłam się w cień. Moje obcasy stukały w równym rytmie, gdy schodziłam po schodkach. Kiedy stanęłam na ostatnim, nad widownią ponownie rozpaliły się lampy. W ich świetle nikły okruchy mojego marzenia.

Wzięłam głęboki wdech i rozejrzałam się po pustych czerwonych fotelach. Skierowałam wzrok na wiolonczelę nadal spoczywającą na scenie. Czekała cierpliwie, by obdarzyć swą łaską kolejnego młodego muzyka.

Dla mnie ta przygoda już się zakończyła.

Rune wstał powoli. Żołądek ścisnął mi się na widok jego czerwonych od emocji policzków, serce natomiast przyspieszyło, gdy spojrzałam na jego przystojną twarz.

Rozumiał mnie. Rozumiał moją prawdę.

Rozumiał, że zagrałam po raz ostatni w swoim życiu. Widziałam wyraźnie tę mieszaninę smutku i dumy, która wypełniała teraz jego oczy.

Kiedy przy mnie stanął, nie otarł moich mokrych policzków, a ja nie dotknęłam jego dłoni. Po prostu zamknął oczy i mnie pocałował. W tym pocałunku okazał całą swoją miłość. Poczułam ją. Poczułam tę miłość, którą zostaliśmy obdarzeni w tak młodym wieku.

Miłość, która nie znała granic.

Miłość, która stanowiła inspirację dla muzyki tworzonej od wieków.

Miłość, którą każdy powinien przeżyć i docenić, zgłębiając jej sens.

Rune odsunął się i spojrzał mi w oczy. Wiedziałam, że zapiszę ten pocałunek na różowym papierowym serduszku z większym oddaniem, niż robiłam to kiedykolwiek wcześniej.

Pocałunek numer osiemset dziewiętnaście był inny niż wszystkie. Udowadniał, że długowłosy cichy chłopak z Norwegii i ekscentryczna dziewczyna z południa Stanów mogli odnaleźć miłość dorównującą najsilniejszym uczuciom tego świata.

Pokazywał, że miłość to nic innego jak upór. Pewność, że nasza druga połowa jest doceniana w każdy możliwy sposób. Każdej minuty, każdego dnia. Potwierdzał, że miłość musiała opierać się na najszczerszej czułości.

Rune odetchnął głęboko i szepnął:

– Nie potrafię znaleźć słów... w żadnym z moich języków.

Odpowiedziałam wątłym uśmiechem, ponieważ również nie wiedziałam, co powiedzieć.

Wzięłam go za rękę i poprowadziłam za drzwi, aż do foyer. Zimny podmuch lutowego wiatru był dla mnie miłą odmianą, gdy wspomniałam żar panujący we wnętrzu budynku. Nasza limuzyna czekała już przy chodniku, najwyraźniej Rune dał znać kierowcy.

Wsiedliśmy przez tylne drzwi, chwilę później auto ruszyło. Rune przytulił mnie do siebie, chętnie się temu poddałam, wdychając jego świeży zapach. Moje tętno przyspieszało z każdym zakrętem branym przez samochód. Kiedy dojechaliśmy na miejsce, wzięłam Rune'a za rękę i poprowadziłam do hotelu.

Podczas podróży nie padło między nami ani jedno słowo. Ani jeden dźwięk nie wydobył się z naszych ust, gdy wjeżdżaliśmy windą na górę. Sygnał elektronicznej karty otwierającej zamek u drzwi brzmiał w pustym korytarzu jak grom. Weszliśmy do apartamentu, stukot moich obcasów rozległ się na drewnianej podłodze salonu.

Bez zatrzymania skierowałam się do sypialni, rzucając okiem przez ramię, by mieć pewność, że Rune idzie za mną. Jednak on stał w drzwiach, przyglądając się moim krokom.

Nasze spojrzenia skrzyżowały się. Potrzebowałam go bardziej niż powietrza, więc powoli uniosłam rękę. Pragnęłam go.

Musiałam pokazać mu, że go kocham.

Widziałam, jak wziął głęboki wdech. Po chwili ruszył w moim kierunku. Zbliżył się do mnie ostrożnie. Podał mi rękę, a jego dotyk sprawił, że moje ciało zapłonęło żarem.

Oczy Rune'a stały się ciemne, prawie czarne. Rozszerzone źrenice niemal wypierały błękit tęczówek. Jego pożądanie było równie silne jak moje, nasza miłość pewna, nie miało granic wzajemne zaufanie.

Moje ciało ogarnęła fala spokoju. Chłonęłam go. Zaprowadziłam go do sypialni i zamknęłam za nami drzwi. Rosło między nami napięcie. Przyglądał mi się intensywnie, śledząc każdy mój ruch.

Wiedząc, że skupiam całą uwagę Rune'a, puściłam jego dłoń i zrobiłam krok do tyłu. Drżącymi palcami zaczęłam rozpinać masywne guziki płaszcza. Gdy moje nakrycie wylądowało na podłodze, nie odrywaliśmy spojrzeń od naszych twarzy.

Rune miał zaciśnięte usta i dłonie. Po chwili jednak rozluźnił pięści.

Zdjęłam buty i stanęłam bosymi stopami na miękkiej wykładzinie. Wzięłam głęboki wdech i odważnie podeszłam do chłopaka. Kiedy zatrzymałam się przed nim, uniosłam głowę, patrząc na niego spod ciężkich od uczuć powiek.

Jego klatka szybko unosiła się i opadała. Pod białą koszulką ukazały się mięśnie. Zaczerwieniłam się i położyłam ręce na jego piersi. Znieruchomiał, gdy spoczęły na nim moje ciepłe palce. Patrząc mu nieprzerwanie w oczy, przesunęłam dłonie na jego ramiona i zsunęłam mu marynarkę, która opadła na podłogę.

Odetchnęłam trzykrotnie, próbując zapanować nad zdenerwowaniem. Rune nadal się nie poruszał. Stał całkowicie nieruchomo, pozwalając mi, bym go dotykała. Powiodłam palcami po jego brzuchu i ramieniu, wreszcie wzięłam go za rękę. Uniosłam nasze złączone dłonie do ust i powtórzyłam znajomy gest, całując nasze splecione palce.

– Zawsze powinno tak być – szepnęłam, wpatrując się w nie.

Przełknął ślinę i przytaknął.

Idąc tyłem, zaprowadziłam go do łóżka, które prawdopodobnie posłała pokojówka. Im bliżej byliśmy celu, tym mniejsze stawało się moje zdenerwowanie. Na jego miejscu pojawił się spokój, ponieważ czułam, że postępujemy właściwie. Nikt nie mógł temu zaprzeczyć.

Zatrzymałam się przy skraju materaca i puściłam dłoń Rune'a. Drżąc z pożądania, chwyciłam za brzeg jego koszulki i powoli uniosłam ją, by zdjąć mu ubranie przez głowę. Pomógł mi w tym, szybko rzucając koszulkę na podłogę i stając przede mną z nagim torsem.

Spał tak każdej nocy, ale teraz w powietrzu między nami krążyły odmienne emocje, dzisiejszy wieczór sprawił, że czułam się zupełnie inaczej.

Wszystko było inne.

Bardziej wzruszające.

Jednak to wciąż byliśmy my.

Uniosłam ręce i położyłam je na jego nagiej skórze. Powiodłam po wzgórzach i dolinach mięśni. Napięły się pobudzone moim dotykiem. Przez lekko rozchylone usta chłopaka wydostał się płytki oddech.

Przesuwając palcami po jego torsie, przysunęłam się i pocałowałam miejsce, gdzie znajdowało się serce, które trzepotało w tej chwili jak skrzydła kolibra.

– Runie Kristiansenie, jesteś idealny – szepnęłam.

Wsunął dłoń w moje włosy, jednocześnie unosząc moją głowę. Do ostatniej chwili trzymałam spuszczone oczy, a kiedy spojrzałam w jego kryształowo niebieskie tęczówki, zobaczyłam, że błyszczą.

Rozchylił pełne usta i szepnął:

– *Jeg elsker deg.*

Kochał mnie.

Skinęłam głową, dając mu znać, że słyszałam, gdyż jego czuły dotyk sprawił, że głos uwiązł mi w gardle. Gdy się odsunęłam, Rune śledził wzrokiem każdy mój ruch.

Chciałam tego.

Uniosłam palce do ramiączka sukienki, uspokoiłam się i je zsunęłam. Oddech Rune'a przyspieszył, gdy zrobiłam to samo z drugim z nich. Jedwabna sukienka wyglądała u moich stóp jak morze. Opuściłam ręce, odsłoniłam niemal całe moje ciało przed chłopakiem, którego kochałam najbardziej na świecie.

Stałam naga, ujawniając blizny, jakich dorobiłam się w ciągu ostatnich dwóch lat. Pokazywałam mu siebie całą – dziewczynę, którą znał od zawsze naznaczoną po ostatniej stoczonej bitwie.

Prześledził wzrokiem moje ciało, jednak w jego oczach nie było obrzydzenia. Widziałam w nich jedynie czystą miłość. Widziałam pragnienie, pożądanie i... całkiem bezbronne serce.

Odkrywające się przede mną.

Jak zawsze.

Zbliżył się, a jego ciepła pierś przywarła do mojej. Czułym gestem założył mi włosy za ucho, musnął palcami moją szyję i obojczyk.

Zatrzepotałam powiekami, przeżywając nowe emocje. Przeszył mnie dreszcz. Poczułam zapach mięty, gdy Rune pochylił się i przywarł miękkimi wargami do mojej szyi, całując czule jej skórę.

Chwyciłam go za silne ramiona, przytrzymując się ich.

– *Poppymin* – szepnął ochryple, gdy jego usta znalazły się przy moim uchu.

Odetchnęłam głęboko i powiedziałam szeptem:

– Kochaj się ze mną, Rune.

Zamarł na chwilę. Wyprostował się, a jego twarz znalazła się tuż przy mojej. Spojrzał mi w oczy i przywarł ustami do moich warg. Pocałunek był słodki jak ten wieczór i delikatny jak dotyk chłopaka. Wydawał się inny niż pozostałe pocałunki. Był zapowiedzią tego, co miało dopiero nadejść, obietnicą, czułym zapewnieniem, że Rune kocha mnie dokładnie tak jak ja jego.

Położył silną dłoń na moim karku, nie przerywając powolnej pracy swoich warg. Chwilę później, gdy zaczęło brakować mi tchu, chwycił mnie w talii i ostrożnie podniósł, a następnie położył na łóżku.

Opadłam plecami na miękki materac, przyglądając się z samego środka łóżka, jak Rune do końca się rozbiera. Gdy wszedł na łóżko i położył się obok, nie spuszczał ze mnie oka.

Intensywny wyraz jego przystojnej twarzy sprawił, że moje serce rosło, bijąc równym, szybkim rytmem. Obróciłam się twarzą do niego, dotknęłam jego policzka i wyszeptałam:

– Ja też cię kocham, Rune.

Zamknął oczy, jakby potrzebował tych słów bardziej niż powietrza. Położył się na mnie, całując moje usta. Powiodłam palcami po jego umięśnionych plecach i dotknęłam jego długich włosów. Rune wodził opuszkami palców po mojej twarzy, a potem uwolnił mnie z pozostałych ubrań, które rzucił na inne leżące już na podłodze.

Brakowało mi tchu, gdy zawisł nade mną, popatrzył mi w oczy i zapytał:

– Jesteś pewna, *Poppymin*?

Odparłam z uśmiechem:

– Bardziej niż czegokolwiek w życiu.

Zamknęłam oczy, gdy ponownie mnie pocałował, jednocześnie zgłębiając rękami moje ciało, niegdyś tak dobrze mu znane. Uczyniłam to samo. Moje zdenerwowanie znikało z każdym naszym dotykiem i pocałunkiem... Znów staliśmy się Poppy i Runem. Nie mieliśmy już ani początku, ani końca.

Całowaliśmy się i pieściliśmy, a atmosfera między nami stawała się gorętsza. Wreszcie Rune ułożył się między moimi nogami i – patrząc mi głęboko w oczy – znów uczynił mnie w pełni swoją.

Gdy staliśmy się jednością, moje ciało napełniło się życiem i światłem. W moim sercu zagościła tak wielka miłość, że zaczęłam się obawiać, że nie zmieści się we mnie całe to szczęście.

Tuliłam Rune'a, gdy wracaliśmy na ziemię, trzymając go mocno za ramiona. Położył głowę tuż przy mojej szyi, jego ciepła skóra połyskiwała od potu.

Zamknęłam oczy, nie chcąc tracić tej cennej chwili. Tego idealnego momentu. W końcu ukochany uniósł głowę. Na widok czułości malującej się na jego twarzy pocałowałam go delikatnie. Tak czule, jak on się ze mną kochał. Tak delikatnie, jak trzymał w dłoniach moje kruche serce.

Rune objął moją twarz, przytrzymując ją. Gdy pocałunek dobiegł końca, popatrzyłam mu w rozkochane oczy i szepnęłam:

– Pocałunek numer osiemset dwadzieścia. Z moim Runem, w najpiękniejszym dniu mojego życia. Po tym, jak się kochaliśmy... A serce niemal wyrwało mi się z piersi.

Oddech uwiązł mu w gardle. Ponownie mnie pocałował. Obrócił się na bok i wziął mnie w ramiona.

Zamknęłam oczy i odpłynęłam w lekki sen. Tak lekki, że czułam, jak Rune całuje mnie w głowę i wstaje z łóżka. Kiedy zamknął za sobą drzwi, zamrugałam w ciemnym pokoju, rozpoznając dźwięk otwieranych drzwi tarasowych.

Odkryłam kołdrę, założyłam szlafrok wiszący na drzwiach oraz kapcie, które znalazłam obok łóżka na podłodze. Przechodząc przez pokój, uśmiechałam się, ponieważ wciąż czułam na sobie zapach Rune'a.

Weszłam do części salonowej i skierowałam się w stronę drzwi tarasowych, ale natychmiast przystanęłam, ponieważ przez ich szybę spostrzegłam, że mój chłopak klęczy na posadzce i płacze.

Gdy zobaczyłam go ubranego jedynie w jeansy pośród chłodu nocy, poczułam, jakby ktoś fizycznie rozerwał mi serce. Po policzkach płynęły łzy, jego ciało trzęsło się od szlochu.

Ja również się rozpłakałam. Mój Rune. Tak załamany i samotny, klęczący niemal nago pośród padającego śniegu.

– Rune, mój kochany – szepnęłam do siebie, podchodząc do drzwi. Nacisnęłam klamkę gotowa przyjąć bezbrzeżny smutek.

Cienka warstewka śniegu chrupnęła pod podeszwami moich pantofli, ale Rune zdawał się tego nie słyszeć. Ja jednak wciąż rozpoznawałam jego urywany oddech, szloch. Obezwładniający ból. Gdy Rune pochylił się i wsparł na rękach na zimnej posadzce, dostrzegłam również jego charakterystyczną sylwetkę.

Nie potrafiąc powstrzymać łez, rzuciłam się do przodu, by go objąć. Jego naga skóra była lodowata. Nie zważając jednak na chłód, opadł na moje kolana, szukając pocieszenia w moich ramionach.

Całkowicie się załamał, po jego policzkach wciąż spływały strumienie łez, a jego płytki oddech zdradzały białe chmurki pary ulatującej w mroźne powietrze.

Kołysałam się w tył i w przód, tuląc go mocno.

– Ciii – koiłam, starając się oddychać mimo własnego bólu. Bólu, który czułam, patrząc na cierpienie ukochanego. Bólu, który przynosiła świadomość, że niedługo odejdę do domu, choć całym sercem chciałabym pozostać tutaj.

Musiałam pogodzić się z myślą, że moje życie gaśnie, mimo że chciałam walczyć, by zostać z Runem. Pragnęłam dla niego walczyć, lecz dobrze wiedziałam, że przegram tę walkę.

Nie byłam panią własnego losu.

– Rune – szepnęłam. Moje łzy zniknęły w długich pasmach jego włosów spoczywających na moich kolanach.

Gdy spojrzał w górę, na jego twarzy widać było głęboki żal. Szepnął ochrypłym głosem:

– Dlaczego? Dlaczego muszę cię stracić? – Pokręcił głową, starając się zapanować nad bólem. – Nie mogę cię stracić, *Poppymin*. Nie mogę patrzeć, jak odchodzisz. Nie mogę znieść myśli, że nie będę z tobą do końca życia. – Zdusił szloch i udało mu się powiedzieć: – Taka miłość jak nasza nie może skończyć się w ten sposób... Jak możesz zostać wyproszona z tego świata w tak młodym wieku?

– Nie wiem, kochanie – szepnęłam, odwracając wzrok, by się pozbierać. W oddali pobłyskiwały światła Nowego Jorku. Stłumiłam w sobie żal, który przytłoczył mnie, gdy usłyszałam pytania mojego chłopaka. – Tak już jest, Rune – stwierdziłam ze smutkiem. – Padło akurat na mnie, nie ma konkretnego powodu. Na moim miejscu równie dobrze mógłby się znaleźć ktoś inny. Nikt nie zasługuje na taki los, mimo to muszę... – urwałam, a po chwili udało mi się dodać: – Ciągle wierzę, że to wszystko ma głębszy sens. Inaczej poddałabym się już na początku, czując żal, że będę musiała zostawić wszystko, co jest mi bliskie. – Westchnęłam i powiedziałam: – Po dzisiejszym dniu i nocy, gdy się z tobą kochałam, musiałabym całkowicie się załamać.

Rune spojrzał w moje oczy pełne łez. Próbując zachować spokój, wstał i wziął mnie na ręce. Cieszyłam się, że to zrobił, ponieważ czułam się zbyt słabo, by ruszyć się o własnych siłach. Nie byłam pewna, czy udałoby mi się samej podnieść z zimnej, mokrej posadzki, nawet gdybym próbowała.

Objęłam go za szyję, położyłam głowę na jego piersi i zamknęłam oczy, gdy wniósł mnie do środka i zaniósł do sypialni. Odgarnął kołdrę, położył mnie, po czym spoczął obok i wziął mnie w ramiona tak, że nasze twarze znajdowały się zwrócone ku sobie na jednej poduszce.

Jego oczy były zaczerwienione, długie włosy mokre od śniegu, a skóra policzków naznaczona głębokim smutkiem. Uniosłam rękę i pogłaskałam go po twarzy. Był lodowaty.

Wtulił się w moją dłoń.

– Kiedy stałaś dziś na tej scenie, wiedziałem, że to twoje pożegnanie i... – urwał, ale odchrząknął i dokończył: – Było to tak prawdziwe... – Do jego oczu napłynęły świeże łzy. – Uświadomiłem sobie, że to się naprawdę dzieje. – Wziął mnie za rękę, którą oparł sobie na sercu, ściskając ją lekko. – Nie mogę oddychać. Nie mogę oddychać, próbując wyobrazić sobie życie bez ciebie. Raz spróbowałem, nie poszło mi za dobrze. Jednak... jednak przynajmniej będziesz gdzieś tam, gdzie indziej. Wkrótce... Wkrótce...

– umilkł, gdy popłynęły łzy. Odwrócił ode mnie wzrok. – Położyłam dłoń na jego policzku. Rune zamrugał. – Boisz się, *Poppymin*? Bo ja jestem przerażony. Przerażony tym, jak może wyglądać życie bez ciebie.

Milczałam przez moment, starając się przemyśleć jego pytanie i poczuć to, co dzieje się ze mną naprawdę, bym mogła być szczera z moim chłopakiem.

– Rune, nie boję się śmierci. – Spuściłam głowę. Nagle ból, którego nigdy wcześniej nie czułam, wypełnił każdą komórkę mojego ciała. Oparłam czoło o jego skroń i szepnęłam: – Jednak odkąd cię odzyskałam, odkąd moje serce ponownie zaczęło dzięki tobie bić, jest we mnie wiele uczuć, których wcześniej nie doświadczałam. Modlę się częściej, by móc przeżyć więcej dni w twoich ramionach. Modlę się dłużej, byś mógł dać mi więcej pocałunków. – Wzięłam wdech i dodałam: – Co najgorsze, zaczynam odczuwać strach. – Rune przysunął się nieco i mocniej objął mnie w talii. Ponownie położyłam drżącą dłoń na jego twarzy. – Nie mogę cię zostawić. Nie boję się śmierci, Rune, ale przeraża mnie pójście gdziekolwiek bez ciebie. – Zamknął oczy i syknął, jakby fizycznie cierpiał. – Bez ciebie nie wiem, kim jestem – dodałam cicho. – Nawet gdy byłeś w Oslo, wyobrażałam sobie twoją twarz i pamiętałam dotyk twojej dłoni. Grałam twoje ulubione piosenki i czytałam pocałunki z mojego słoja. – Uśmiechnęłam się. – Pamiętałam noc, gdy się kochaliśmy, i uczucie spokoju, który wypełnił wtedy moje serce.

Pociągnęłam nosem i pospiesznie otarłam wilgotne policzki. – Choć nie było cię ze mną, cały czas gościłeś w moim sercu. Wystarczało mi to, choć nie byłam

szczęśliwa. – Pocałowałam go w usta, by tylko poczuć ich smak. – Jednak teraz, gdy ponownie spędzamy razem tyle czasu, zaczynam się bać, ponieważ nie wiem, kim jesteśmy bez siebie nawzajem.
– Poppy – powiedział ochryple Rune.
Mimowolnie zapłakałam.
– Skrzywdziłam cię, kochając tak bardzo. A teraz, kiedy muszę udać się w podróż bez ciebie, nie potrafię znieść ogromu twojego bólu. Nie mogę cię zostawić w samotności i cierpieniu.
Przyciągnął mnie do swojej piersi, przy której wciąż szlochałam. On również płakał. Dzieliliśmy ten sam strach, poczucie straty i miłość. Położyłam dłonie na jego plecach, chłonąc ciepło jego ciała.
Kiedy nasz płacz nieco ucichł, Rune odsunął się ostrożnie i wpatrzył intensywnie w moją twarz.
– Poppy – zapytał ochryple – jak według ciebie wygląda raj?
Widziałam po jego minie, że rozpaczliwie chciał się tego dowiedzieć. Opanowałam się i odpowiedziałam:
– Jest jak sen.
– Sen – powtórzył, a jego usta uniosły się nieznacznie z jednej strony.
– Czytałam kiedyś, że jeśli śnisz, to tak naprawdę odwiedzasz dom. Dom, Rune. Niebo. – To wyobrażenie zaczęło napełniać mnie ciepłem, które rozprzestrzeniło się po całym moim ciele, aż dotarło do palców u stóp.
– W moim raju będziemy siedzieć razem pod ogromną kwitnącą wiśnią w sadzie. I pozostaniemy tam już na zawsze, mając wiecznie po siedemnaście lat. – Wzięłam

w palce pasmo jego włosów, uważnie przyglądając się jego barwie. – Śniłeś kiedyś bardzo wyraźny sen? Budząc się, myślałeś, że wydarzyło się to naprawdę? Czułeś, jakby to było prawdziwe?

– *Ja* – przyznał cicho.

– W pewnym sensie było prawdziwe, Rune. Zatem w nocy, gdy zamkniesz oczy, będę tam... Spotkamy się w sadzie. – Przysunęłam się i dodałam: – A kiedy nadejdzie czas, byś i ty wrócił do domu, to ja cię w nim powitam. Wtedy nie będzie już ani zmartwień, ani bólu, ani strachu. Tylko miłość. – Westchnęłam szczęśliwa. – Wyobraź to sobie, Rune. Miejsce, gdzie nie ma bólu ani cierpienia. – Zamknęłam oczy i się uśmiechnęłam. – Kiedy myślę o tym w ten sposób, już się nie boję.

Musnął ustami moje wargi.

– Brzmi idealnie – powiedział z akcentem. – Życzę ci, by tak było, *Poppymin*.

Otworzyłam oczy. Na jego twarzy zobaczyłam wyraz prawdy i akceptacji.

– Właśnie tak będzie, Rune – powiedziałam z niezachwianą pewnością. – To nie jest dla nas koniec. Nigdy go nie będzie.

Obrócił mnie tak, że leżałam na jego piersi. Ponownie zamknęłam oczy ukołysana hipnotyzującym dźwiękiem jego głębokiego oddechu. Już prawie zasypiałam, gdy Rune zapytał:

– *Poppymin*?

– Tak?

– Czego oczekujesz od czasu, który ci jeszcze pozostał?

Przemyślałam to pytanie, ale niewiele przyszło mi do głowy.
– Chcę po raz ostatni zobaczyć, jak kwitną drzewa w sadzie. – Uśmiechnęłam się przy jego piersi. Chcę zatańczyć z tobą na balu… – Uniosłam głowę i zauważyłam, że uśmiecha się do mnie. – …gdy będziesz miał na sobie smoking oraz włosy zaczesane do tyłu, odsłaniające twoją twarz. – Pokręcił głową z rozbawieniem. Westchnęłam, czując spokój szczęścia, które udało nam się odnaleźć, i powiedziałam: – Chcę zobaczyć ostatni idealny wschód słońca. – Podniosłam się, popatrzyłam Rune'owi prosto w oczy i dokończyłam: – Jednak ponad wszystko chcę wrócić do domu z twoim pocałunkiem na ustach. Chcę przejść do nowego życia, czując twoje ciepłe wargi na swoich. – Ponownie spoczęłam na jego piersi, zamknęłam oczy i szepnęłam: – O to najbardziej się modlę. O wystarczająco dużo czasu, by móc zrobić to wszystko.

– Brzmi idealnie, kochanie – odparł szeptem, głaszcząc mnie po głowie.

Zasnęłam, bezpieczna w jego objęciach.

Śniłam o spełnieniu tych marzeń.

I byłam szczęśliwa.

13
CIEMNE CHMURY I NIEBIESKIE NIEBA

Rune

Gdy nauczyciel nawijał coś o jakichś związkach chemicznych, powoli kreśliłem w zeszycie leniwe okręgi. Moje myśli krążyły wokół Poppy. Zawsze tak było, ale dziś pochłaniały mnie one bardziej niż zwykle. Od naszego powrotu z Nowego Jorku minęły zaledwie cztery dni, a moja dziewczyna stawała się coraz bardziej cicha.

Nieustannie pytałem, co się dzieje, ale ona wciąż odpowiadała, że nic. Jednak wiedziałem lepiej. Tego ranka było gorzej niż zwykle.

Jej ręka, która trzymała moją w drodze do szkoły, wydawała się słaba... Jej skóra była rozpalona. Zapytałem Poppy, czy czuje się chora, ale tylko pokręciła głową i się uśmiechnęła.

Myślała, że dzięki jej uśmiechom przestanę się martwić.

Wcześniej tak właśnie by było, ale nie dziś.

Czułem, że coś jest nie tak. Moje serce pękało, gdy wracałem myślami do lunchu, podczas którego siedzieliśmy z przyjaciółmi. Poppy opierała się o mnie. Nie odzywała się, kreśliła tylko palcem wzory na mojej dłoni.

Popołudnie ciągnęło się niemiłosiernie wypełnione troską o jej zdrowie. Zbliżał się czas, gdy będzie musiała odejść. Wyprostowałem się, walcząc z paniką, którą przyniosła ta myśl. Jednak nic to nie dało.

Kiedy rozbrzmiał ostatni dzwonek, sygnalizując koniec dzisiejszych zajęć, poderwałem się z miejsca i ruszyłem pospiesznie korytarzem, by zaczekać przy szafce Poppy. Na miejscu zastałem Jorie.

– Gdzie ona jest? – zapytałem nagląco.

Zaskoczona koleżanka cofnęła się i wskazała na tylne drzwi. Skierowałem się ku nim pospiesznie, ale Jorie krzyknęła:

– Nie wyglądała dobrze na lekcjach, Rune. Naprawdę się martwię.

Choć wyszedłem na ciepłe powietrze, przeszył mnie zimny dreszcz. Rozejrzałem się po podwórzu i dostrzegłem Poppy. Stała pod drzewem naprzeciw parku. Przepchnąłem się przez grupę uczniów i podbiegłem do niej.

Nie zauważyła mnie, patrzyła przed siebie, pogrążona w transie. Na jej twarzy błyszczały niewielkie krople potu, skóra jej rąk i nóg wydawała się bledsza.

Stanąłem bezpośrednio przed nią. Jej oczy były zamglone, zamrugała i powoli skupiła na mnie wzrok. Posłała mi wymuszony uśmiech.

– Rune – szepnęła słabo.

Dotknąłem jej czoła, ze zmartwieniem ściągając brwi.

– Poppy? Co się dzieje?

– Nic – stwierdziła bez przekonania. – Jestem po prostu zmęczona.

Serce zaczęło kołatać mi w piersi, gdy usłyszałem to kłamstwo. Wiedziałem, że muszę ją odprowadzić, więc objąłem ją ramieniem. Miała rozpalony kark. Zdusiłem przekleństwo.

– Chodźmy do domu, kochanie – powiedziałem cicho. Objęła mnie słabą ręką w pasie. Zdawałem sobie sprawę, że zrobiła to po to, by się na mnie wesprzeć. Wiedziałem, że protestowałaby, gdybym chciał ją zanieść.

Na sekundę zamknąłem oczy, gdy weszliśmy na ścieżkę prowadzącą przez park. Starałem się zapanować nad strachem, który rozpychał się w moim wnętrzu. Strachem o jej zdrowie. O to, że to początek...

Poppy milczała, ale im dłużej szliśmy, tym bardziej jej oddech stawał się urywany. Kiedy weszliśmy do wiśniowego sadu, nogi odmówiły jej posłuszeństwa. Spojrzałem na nią i zobaczyłem, że straciła całą swoją siłę.

– Poppy! – zawołałem i zdążyłem ją złapać, nim upadła. Trzymając ją, odsunąłem wilgotne włosy z jej twarzy. – Poppy? Poppy, kochanie, co się dzieje?

Jej spojrzenie zaczęło tracić ostrość, ale wciąż ściskała moją dłoń tak mocno, jak tylko potrafiła. Dla mnie jednak ten uścisk był słaby.

– Rune – próbowała powiedzieć, ale zbyt szybko oddychała. Walczyła, próbując nabrać wystarczającą ilość powietrza, by wydobyć z siebie głos.

Wyciągnąłem komórkę z kieszeni i zadzwoniłem na pogotowie. Kiedy tylko zgłosiła się operatorka, podałem adres Poppy i przekazałem informacje o jej chorobie.

Wziąłem ją na ręce i już miałem zacząć biec, gdy jej słaba dłoń znalazła się na moim policzku. Spojrzałem Poppy w twarz, po której płynęła łza.

– Nie... nie... nie jestem gotowa – wydusiła i straciła przytomność, a głowa opadła jej do tyłu.

Jej duch się poddawał. Patrzyłem na jej osłabione ciało i pękało mi serce, mimo to puściłem się sprintem. Biegłem mocniej i szybciej niż kiedykolwiek wcześniej.

– Rune? – zawołała moja mama, gdy zobaczyła mnie z nieprzytomną dziewczyną na rękach. Szepnęła ostro:
– Nie!

W oddali słychać już było syrenę karetki. Nie tracąc czasu, kopniakiem otworzyłem drzwi domu Poppy. Wbiegłem do salonu, ale nikogo w nim nie zastałem.

– Pomocy! – krzyknąłem, jak tylko potrafiłem najgłośniej. Nagle rozległy się głośne kroki.

– Poppy! – Gdy układałem ją na kanapie, zza rogu wyłoniła się jej mama. – O Boże! Poppy. – Pani Litchfield kucnęła obok, głaszcząc córkę po głowie. – Co się stało? Co się dzieje? – pytała.

Pokręciłem głową.

– Nie wiem. Zemdlała. Wezwałem pogotowie.

Kiedy to powiedziałem, usłyszałem syrenę karetki wjeżdżającej na naszą ulicę. Mama Poppy wybiegła przed dom. Przyglądałem się, jak wychodzi, a krew ścięła mi się w żyłach. Pogłaskałem moją dziewczynę po włosach, nie wiedząc, co innego mógłbym zrobić. Zimna dłoń wylądowała na mojej ręce.

Otworzyłem oczy i zobaczyłem, że Poppy walczy o oddech. Posmutniałem na ten widok. Pochyliłem się, pocałowałem ją w rękę i szepnąłem:

– Wszystko będzie dobrze, *Poppymin*. Przyrzekam.

Dyszała, ale udało jej się położyć rękę na moim policzku i powiedzieć niemal bezgłośnie:

– Nie... idę jeszcze... do domu...

Przytaknąłem i ponownie pocałowałem jej dłoń, ściskając ją mocno.

Nagle do środka weszli sanitariusze, stanęli za mną, więc wstałem, by zrobić im miejsce. Jednak gdy to zrobiłem, Poppy zacisnęła mocniej palce. Z jej oczu pociekły łzy.

– Jestem przy tobie, kochanie – szepnąłem. – Nie zostawię cię.

W jej oczach ukazała się wdzięczność. Za plecami usłyszałem szloch. Obróciłem się i zobaczyłem stojące z boku Idę i Savannah, które przyglądały się całej scenie, płacząc w swoich objęciach. Pani Litchfield przysunęła się do kanapy i pocałowała córkę w czoło.

– Będzie dobrze, kochanie – szepnęła, ale kiedy na mnie spojrzała, zauważyłem, że nie wierzy w swoje własne słowa.

Również myślała, że nadszedł już czas.

Sanitariusz założył Poppy maseczkę z tlenem. Wciąż trzymała mnie za rękę, nie chcąc rozluźnić palców. Kiedy wynosili ją z domu, musiałem iść obok, ponieważ nie chciała mnie puścić – wpatrzona w moją twarz walczyła, by utrzymać w górze powieki.

Pani Litchfield biegła za nami, ale na widok naszych złączonych mocno dłoni powiedziała:

– Jedź z nią, Rune. Wezmę dziewczynki i pojadę za wami.

Na jej twarzy dostrzegłem dezorientację. Kobieta również chciała wsiąść z córką do karetki.

– Wezmę je, Ivy, ty jedź z Poppy i Runem – powiedziała moja matka gdzieś z tyłu. Wskoczyłem za noszami do karetki, pani Litchfield wsiadła za mną.

Mimo że w drodze do szpitala Poppy zamknęła oczy, nawet na chwilę nie puściła mojej dłoni. Gdy siedząca obok pani Litchfield zaczęła szlochać, drugą ręką uścisnąłem i ją.

***

Biegłem przy mojej dziewczynie, kiedy wieziono ją na onkologię. Moje serce galopowało, gdy pojawili się przy nas lekarze i pielęgniarki, poruszając się w rozmytym tańcu.

Walczyłem z uciskiem w gardle. Starałem się powstrzymać paraliżujący lęk. Poppy została skłuta igłami, pobrano jej krew, zmierzono temperaturę, wykonano inne badania. Moja kochana walczyła. Kiedy wyrównał się jej oddech i mogła już normalnie oddychać, uspokoiła się. Choć jej ciało wyraźnie chciało odpocząć, walczyła, by jej oczy pozostały otwarte… by pozostały skupione na mnie, gdy niemal bezgłośnie wypowiadała moje imię.

Musiałem być dla niej silny. Nie chciałem, by była świadkiem mojego załamania.

Musiała widzieć, że się trzymam.

Pani Litchfield stała obok, trzymając mnie za rękę. Chwilę później z aktówką w ręce i przekrzywionym krawatem wbiegł pan Litchfield.

– Ivy – rzucił zdyszany – co się stało?

Kobieta otarła mokre policzki i wzięła męża za rękę.

– Zemdlała, gdy wracali z Runem do domu. Lekarz podejrzewa infekcję. System odpornościowy Poppy jest osłabiony, więc nie może jej zwalczyć. – Pan Litchfield spojrzał na mnie, gdy jego żona dodała: – Rune przyniósł ją do domu na rękach. Przybiegł, a wcześniej wezwał karetkę. Uratował ją, James. Uratował naszą córeczkę.

Słysząc jej słowa, przełknąłem z trudem ślinę. Pan Litchfield skinął mi głową – domyśliłem się, że chciał mi w ten sposób podziękować – i zbliżył się do córki. Widziałem, że wziął ją za rękę, jednak personel kazał mu się odsunąć.

Minęło pięć minut, nim lekarz zechciał z nami porozmawiać. Stanął przed nami z twarzą bez wyrazu.

– Proszę państwa, organizm Poppy próbuje zwalczyć infekcję. Jak już państwo wiedzą, jej system odpornościowy jest mocno osłabiony.

– To wszystko? – zapytała pani Litchfield przez ściśnięte żalem gardło.

Słowa lekarza docierały do mnie powoli. Gdy zaczął mi się przyglądać, odwróciłem od niego wzrok. Personel rozsunął się i przez chwilę mogłem zobaczyć śliczną twarz Poppy zakrytą maseczką oraz jej ręce, do których poprzyczepiane były kroplówki. Spojrzenie zielonych oczu, które tak uwielbiałem, nadal było we mnie utkwione. Jej ręka zwisała na bok.

– Zrobimy wszystko, co w naszej mocy. Damy jej chwilę, zanim wszystko przygotujemy, by wprowadzić ją w śpiączkę.

Słyszałem, jak lekarz opowiada o tym zabiegu. Śpiączka farmakologiczna miała pomóc Poppy zwalczyć infekcję. Doktor powiedział, że będziemy mieli czas, by zobaczyć się z nią, nim to się stanie. Jednak stopy same mnie do niej poniosły. Widziałem, że wyciąga do mnie rękę. Gdy ją za nią wziąłem, Poppy spojrzała mi głęboko w oczy i słabo pokręciła głową. Na sekundę zamknąłem oczy, ale gdy je otworzyłem, nie potrafiłem powstrzymać wymykających się łez. Wydała dźwięk spod maseczki, nie musiałem jej odchylać, by wiedzieć, co powiedziała. Nie opuszczała mnie jeszcze. Widziałem tę obietnicę w jej oczach.

– Rune, synu – powiedział pan Litchfield. – Możemy zostać na chwilę z Poppy, by ją utulić i z nią porozmawiać?

Przytaknąłem i odsunąłem się, jednak moja dziewczyna ponownie wydała dźwięk i pokręciła głową. Znów ścisnęła moją dłoń. Nie chciała, bym odchodził.

Pochyliłem się i pocałowałem ją w czoło. Czując jej ciepło, zaciągnąłem się jej słodkim zapachem.

– Będę niedaleko, *Poppymin*. Nie zostawię cię, przyrzekam.

Wpatrywała się we mnie, gdy się odsunąłem. Widziałem, jak rodzice mówią cicho do córki, całują ją i trzymają za rękę.

Oparłem się o ścianę tej niewielkiej sali. Zaciskałem dłonie w pięści, próbując się jakoś trzymać. Musiałem być silny dla Poppy. Nie znosiła łez. Nie znosiła być ciężarem dla bliskich.

Nie mogłem dopuścić do tego, by zobaczyła moje załamanie.

Jej matka wyszła, a kiedy wróciła, przyprowadziła młodsze córki. Musiałem odwrócić głowę, gdy zobaczyłem ból w oczach Poppy. Uwielbiała swoje siostrzyczki, nie chciała, by oglądały ją w takim stanie.

– Poppy – załkała Ida, podbiegając do łóżka. Położyła powoli dłoń na twarzy młodszej siostry. Ida pocałowała ją w policzek i wycofała się w ramiona matki. Następna podeszła Savannah, która rozpłakała się otwarcie, widząc swoją bohaterkę w takim stanie. Poppy trzymała ją za rękę, gdy siostra szepnęła:
– Kocham cię, Pops. Proszę... proszę, nie zostawiaj nas. Jeszcze nie.
Poppy pokiwała głową, po czym znów spojrzała na mnie. Podszedłem, ale każdy krok był bardzo ciężki. W moim wnętrzu rozpętała się straszliwa burza, jednak gdy tylko wziąłem ukochaną za rękę, huragan wewnątrz mnie uspokoił się. Poppy zamrugała, długie rzęsy zatrzepotały przy jej policzkach. Usiadłem na skraju łóżka, pochyliłem się i odsunąłem włosy z jej twarzy.
– *Hei, Poppymin* – powiedziałem cicho, choć z siłą, którą zdołałem z siebie wykrzesać. W reakcji na moje słowa zamknęła oczy. Wiedziałem, że uśmiecha się pod maseczką tlenową. Kiedy ponownie na mnie spojrzała, powiedziałem: – Muszą na jakiś czas cię uśpić, by twoje ciało mogło poradzić sobie z infekcją. – Przytaknęła ze zrozumieniem. – Będziesz śniła, kochanie – dodałem i sam się uśmiechnąłem. – Złożysz wizytę babci, nabierzesz sił i wrócisz do mnie. – Westchnęła, łza wymknęła się z kącika jej oka. – Mamy kilka rzeczy do zrobienia, zanim wrócisz do domu, pamiętasz? – Skinęła głową, więc pocałowałem ją w policzek. Odsunąłem się i szepnąłem: – Śpij, kochanie. Będę tu czekał, aż do mnie wrócisz.
Głaskałem ją po włosach, aż zamknęła oczy i zaczęła odpływać w sen.

Chwilę później przyszedł lekarz.
– Proszę przejść do poczekalni. Gdy już wszystko przygotujemy, będziemy informowali państwa na bieżąco.

Spojrzałem na wychodzących bliskich Poppy i na spoczywającą w mojej dłoń dziewczyny. Dłoń, której nie chciałem puścić. Ktoś chwycił mnie za ramię. Uniosłem głowę i zobaczyłem wpatrującego się we mnie lekarza.

– Zajmiemy się nią, synu. Obiecuję.

Po raz ostatni pocałowałem moją Poppy w rękę i zmusiłem się, by ją puścić i wyjść z sali. Gdy drzwi się za mną zamknęły, zobaczyłem jej bliskich siedzących w przeciwległym pomieszczeniu. Nie mogłem jednak tam wejść. Musiałem się przewietrzyć. Potrzebowałem tego...

Udałem się w kierunku wyjścia do niewielkiego ogrodu na końcu korytarza. Owiał mnie ciepły wiatr. Rozejrzałem się. Gdy przekonałem się, że jestem sam, powlokłem się do stojącej pośrodku ławki. Opadłem na nią i pozwoliłem, by przytłoczył mnie smutek.

Kiedy po mojej twarzy zaczęły spływać łzy, pochyliłem się i zakryłem ją dłońmi. Usłyszałem dźwięk otwieranych drzwi. Opuściłem ręce i uniosłem głowę, przy wejściu zobaczyłem własnego ojca.

Czekałem na uderzenie gniewu, który zwykle budził się we mnie na widok mężczyzny, jednak w tej chwili wściekłość została pogrzebana pod gęstą warstwą żalu. Tata milczał. Podszedł jednak i usiadł obok, choć nie zrobił nic, by mnie pocieszyć. Wiedział, że nie chciałem, by mnie dotykał. Po prostu siedział przy mnie, gdy straciłem kontrolę nad emocjami.

Po trosze byłem mu za to wdzięczny, ale nigdy bym mu o tym nie powiedział. Choć za nic bym się do tego nie przyznał, nie chciałem być teraz sam.

Nie wiedziałem, ile minęło czasu, gdy usiadłem wreszcie prosto i założyłem włosy za uszy. Otarłem twarz.

– Rune, ona…

– Wyzdrowieje – powiedziałem, przerywając mu, cokolwiek chciał powiedzieć. Spojrzałem na rękę ojca spoczywającą na jego kolanie, otwartą, jakby rozważał, czy mnie dotknąć.

Zacisnąłem usta. Nie życzyłem sobie tego.

Mój czas z Poppy się kończył i była to jego wina, że miałem go tak niewiele… Zamarłem na tę myśl. Nie wiedziałem, ile jeszcze dni zostało mi z moją dziewczyną.

Nim ojciec zdążył cokolwiek zrobić, otworzyły się drzwi i dołączył do nas pan Litchfield. Tata wstał i natychmiast uścisnął mu rękę.

– Przykro mi, James – powiedział.

Sąsiad poklepał go po ramieniu i zapytał:

– Mógłbym porozmawiać przez chwilę z Runem?

Spiąłem się, każdy mięsień w moim ciele przygotował się na gniew mężczyzny. Ojciec spojrzał na mnie, ale skinął głową.

– Zostawię was samych.

Wyszedł, a pan Litchfield podszedł powoli do miejsca, w którym siedziałem, po czym usiadł tuż obok. Wstrzymałem oddech, czekając, aż tata Poppy coś powie. Wciąż milczał, więc zacząłem:

– Nie zostawię jej. Niech mnie pan nawet o to nie prosi, bo nigdzie się nie wybieram.

Wiedziałem, że w moim głosie słychać było gniew i agresję, jednak serce mocno tłukło mi się o żebra na samą myśl o tym, że mężczyzna mógłby kazać mi stąd odejść. Jeśli nie mogłem zostać z Poppy... dokąd miałem pójść?

Mężczyzna spiął się i zapytał:

– Dlaczego?

Zaskoczony jego pytaniem spojrzałem na sąsiada, starając się wyczytać z jego twarzy emocje. Przyglądał mi się z powagą. Naprawdę był tego ciekaw. Nie odrywając od niego wzroku, powiedziałem:

– Ponieważ ją kocham. Kocham ją najbardziej na świecie. – Mój głos ciął ściśnięte gardło. Odetchnąłem głęboko i wydusiłem: – Przyrzekłem, że jej nie opuszczę. Nawet jeśli bym jej tego nie obiecał, nie byłbym zdolny jej zostawić. Moje serce, moja dusza, wszystko jest związane z Poppy. – Zamknąłem dłonie w pięści. – Nie mogę jej teraz zostawić. Nie wtedy, kiedy najbardziej mnie potrzebuje. I nie odejdę, póki nie puści mojej ręki.

Pan Litchfield westchnął i przetarł twarz. Oparł się o ławkę.

– Kiedy wróciłeś do Blossom Grove, Rune, wystarczyło rzucić na ciebie okiem, by dostrzec, jak bardzo się zmieniłeś. Nie mogłem w to uwierzyć. Rozczarowałeś mnie – przyznał. Był to dla mnie cios, poczułem, jak ściska mnie w piersi. Mężczyzna pokręcił głową. – Widziałem, jak się zachowujesz, jak palisz... Zakładałem, że nie jesteś już chłopakiem, którym byłeś wcześniej. Tym, który kochał moją córkę tak mocno, jak ona kochała jego. Chłopakiem, który dla mojej córki rzuciłby się w ogień, dałbym sobie za to głowę uciąć. Ewidentna zmiana w twoim postępowaniu sprawiła, że nie mogłem oczekiwać, że będziesz nadal kochał Poppy tak, jak na to zasługuje. – W głosie pana Litchfielda zabrzmiał ból. Mężczyzna odchrząknął więc i dodał: – Walczyłem z tobą. Kiedy zobaczyłem, że do siebie wróciliście, chciałem odsunąć ją od ciebie, jednak zawsze byliście jak dwa magnesy przyciągające się nieznaną siłą. – Parsknął krótkim śmiechem. – Babcia Poppy mawiała, że jesteście razem dla wyższego celu, który zrozumiemy dopiero wtedy, gdy przyjdzie na to czas. Powiedziała, że nie bez przyczyny łączy was tak wielka miłość… że jesteście sobie przeznaczeni z ważnego powodu – urwał i przyglądając mi się, powiedział: – Teraz już go znam.

Popatrzyłem mu prosto w oczy, a mężczyzna położył rękę na moim ramieniu.

– Musieliście być razem, byś teraz, gdy to wszystko się dzieje, mógł być jej światłem. Zostałeś stworzony, aby czas mojej córki stał się niezwykły. Aby jej ostatnie dni wypełniało to wszystko, czego my z żoną nie moglibyśmy jej dać. – Uderzył we mnie ból, więc zamknąłem oczy. Kiedy ponownie je otworzyłem, pan Litchfield zabrał rękę, jednak ja nadal na niego patrzyłem. – Rune, byłem ci przeciwny, choć widziałem, jak Poppy cię kocha. Nie miałem jednak pewności, czy kochasz ją równie mocno.

– Kocham – odparłem szczerze. – Nigdy nie przestałem.

Przytaknął.

– Nie wiedziałem o tym aż do waszej wycieczki do Nowego Jorku. Nie chciałem, by Poppy tam z tobą jechała. – Odetchnął i powiedział: – Jednak po waszym powrocie zauważyłem, że na nowo odzyskała spokój. Powiedziała, co dla niej zrobiłeś. Carnegie Hall? – Pokręcił głową. – Sprawiłeś, że ziściło się największe marzenie mojej córeczki. Zorganizowałeś to wszystko tylko dlatego, by mogła poczuć, że je spełnia. By była szczęśliwa... Kochałeś ją.

– Ona dała mi więcej – odpowiedziałem i zwiesiłem głowę. – Samo przebywanie z nią było o wiele więcej warte.

– Rune, jeśli Poppy z tego wyjdzie...
– Kiedy – poprawiłem. – Kiedy z tego wyjdzie.

Uniosłem głowę i zobaczyłem, że jej tata mi się przygląda.

– Kiedy – powiedział z westchnieniem. – Nie będę stał ci na drodze. – Pochylił się i zakrył twarz dłońmi. – Nie była szczęśliwa po twoim wyjeździe, Rune. Wiedziałem, że ty również nie mogłeś sobie poradzić, nie mając jej przy sobie. Musiałbym być ślepy, by nie zauważyć, że za całą sytuację oskarżasz swojego ojca. Jesteś wściekły, że cię wtedy zabrał. Jednak czasami życie nie jest takie, jak byśmy tego chcieli. Nie spodziewałem się, że moja córka odejdzie przede mną, ale to właśnie ona nauczyła mnie, że nie mogę być zły. Ponieważ, synu – powiedział i spojrzał mi w twarz – jeśli Poppy nie jest zła o to, że jej życie tak wcześnie się kończy, jak któryś z nas mógłby odczuwać gniew za nią?

Patrzyłem na niego, milcząc, choć moje serce przyspieszyło, gdy usłyszałem jego słowa. Przed oczami stanęła mi Poppy uśmiechająca się szeroko w kwitnącym sadzie, wdychająca woń kwiatów. Przypomniałem sobie, że ten sam uśmiech widziałem, gdy tańczyła na brzegu oceanu, wyciągając ręce w górę i unosząc twarz ku słońcu.

Była szczęśliwa. Mimo diagnozy, mimo bólu i rozczarowania z powodu nieskuteczności leczenia – była szczęśliwa.

– Cieszę się, że wróciłeś, synu. Sprawiasz, że ostatnie dni Poppy będą tak wyjątkowe, jak tylko mogłyby być.

Pan Litchfield wstał. W geście, który widziałem jedynie u Poppy, uniósł głowę i wystawił twarz ku słońcu, zamykając oczy. Kiedy ponownie ją opuścił, ruszył do drzwi. Stojąc przy nich, spojrzał na mnie i powiedział:

– Możesz tu zostać, ile tylko chcesz, Rune. Myślę, że gdy będziesz przy niej, Poppy z tego wyjdzie. Zwalczy infekcję tylko po to, by spędzić z tobą jeszcze kilka dni. Widziałem to w jej oczach, gdy leżała w szpitalnym łóżku. Nigdzie się jeszcze nie wybiera. Obaj wiemy, że jeśli ta dziewczyna coś sobie postanowi, zrealizuje to z determinacją.

Posłałem mu słaby uśmiech. Zostawił mnie samego w ogrodzie. Wyciągnąłem z kieszeni papierosy. Już miałem jednego odpalić, gdy nagle zamarłem. Przed oczami stanęła mi twarz Poppy, jej zmarszczony nos, ilekroć paliłem. Wyciągnąłem papierosa z ust i rzuciłem go na ziemię.

– Dość – powiedziałem na głos. – Koniec z tym.

Odetchnąłem głęboko, wstałem i wróciłem do środka. Wszedłem do poczekalni, gdzie znajdowała się cała rodzina Poppy oraz moi rodzice z bratem. Kiedy tylko Alton mnie zobaczył, uniósł głowę i pomachał.

Postępując tak, jak pragnęłaby tego Poppy, zająłem miejsce obok niego.

– *Hei*, mały – powiedziałem i niemal rozpłakałem się, gdy braciszek wdrapał mi się na kolana i objął mnie za szyję. Czułem, jak się trzęsie. Kiedy się odsunął, zauważyłem jego mokre policzki.

– Czy *Poppymin* jest chora? – Odchrząknąłem i skinąłem głową. Jego dolna warga zadrżała. – Ale ją kochasz, prawda? – szepnął, łamiąc mi tym serce. Ponownie przytaknąłem, a on położył mi głowę na piersi. – Nie chcę, żeby odchodziła. Sprawiła, że znów ze mną rozmawiasz. Sprawiła, że znów się ze mną przyjaźnisz. – Pociągnął nosem. – Nie chcę, żebyś znowu był zły.

Każde jego słowo było jak nóż wbijany w moje serce. Jednak przez rany zaczęło sączyć się światło, kiedy pomyślałem o tym, jak Poppy przywiodła mnie do brata. Pomyślałem, jak bardzo byłaby rozczarowana, gdybym go dalej ignorował.

Przytuliłem go więc i szepnąłem:

– Nie będę cię już lekceważył, mały. Przyrzekam.

Uniósł głowę i otarł oczy. Kiedy założył włosy za uszy, mimowolnie się uśmiechnąłem. Braciszek odpowiedział uśmiechem i mocno mnie objął. Nie chciał mnie puścić. Do pokoju wszedł lekarz. Powiedział, że możemy iść do Poppy i zobaczyć się z nią, jednak nie wszyscy naraz.

Pierwsi weszli jej rodzice, potem przyszła kolej na mnie. Przeszedłem przez drzwi i zamarłem.

Leżała na łóżku pośrodku sali otoczona maszynami. Pękało mi serce. Wyglądała tak mizernie, tak krucho...

Nie śmiała się ani nie uśmiechała.

Podszedłem do niej i usiadłem na krześle przy łóżku. Wziąłem ją za rękę, którą uniosłem do ust, i pocałowałem jej grzbiet.

Nie mogłem znieść tej ciszy, więc zacząłem opowiadać Poppy o chwili, w której pierwszy raz ją pocałowałem. Opowiadałem jej o każdym pocałunku, który pamiętałem, odkąd mieliśmy po osiem lat. Opowiadałem, jak się wtedy czułem, wiedząc, że jeśli mnie słyszy, moje słowa będą jej się podobały.

Przypominałem jej więc o każdym z najcenniejszych pocałunków.

O wszystkich dziewięćset dwóch, które udało nam się do tej pory uzbierać.

Wspomniałem też o dziewięćdziesięciu ośmiu, które były jeszcze przed nami.

Kiedy Poppy się obudzi.

Wróci.

Musieliśmy wypełnić jej słój.

14
KWITNĄCE KWIATY I PRZYWRÓCONY SPOKÓJ

Rune
Tydzień później

– Cześć, Rune.

Podniosłem głowę znad kartki, na której pisałem. W drzwiach szpitalnej sali Poppy stanęła Jorie. Judson, Deacon i Ruby stali za nią w korytarzu. Kiwnąłem głową, by weszli.

Poppy wciąż była w śpiączce. Po kilku dniach lekarz poinformował nas, że największe zagrożenie minęło, więc mogli ją odwiedzać również inni goście. Moja Poppy zwalczyła bakterie. Tak jak obiecała, walczyła, by nie wracać jeszcze do domu. Wiedziałem, że tak będzie. Składając tę obietnicę, trzymała mnie za rękę. Patrzyła mi w oczy.

Musiała więc dotrzymać słowa.

W ciągu kilku następnych dni lekarze mieli powoli ją wybudzać. Chcieli stopniowo zmniejszyć dawkę środka znieczulającego, zaczynając od dzisiejszego popołudnia. Nie mogłem się doczekać. Tydzień bez Poppy ciągnął się nieskończenie długo, wszystko wydawało się złe i nie na swoim miejscu. Tak wiele zmieniła w moim świecie swoim zniknięciem, choć na zewnątrz wszystko dla kontrastu pozostało takie samo.

Jednak informacja o tym, że Poppy nie zostało już wiele czasu, wstrząsnęła całą szkołą. Z tego co słyszałem, wszyscy byli w szoku, każdemu było przykro. Znaliśmy większość tych ludzi od przedszkola. Chociaż inni nie kolegowali się z Poppy tak dobrze jak nasza niewielka grupka przyjaciół, również to przeżywali. Ludzie z parafii modlili się za Poppy, aby w jakiś sposób połączyć się z nią i wesprzeć duchowo. Wiedziałem, że gdyby miała tego świadomość, przyniosłoby jej to spokój.

Lekarze nie byli pewni, czy Poppy będzie miała wystarczająco dużo siły, gdy się obudzi. Niechętnie szacowali, ile pozostało jej jeszcze czasu. Lekarz prowadzący stwierdził, że ta infekcja poważnie osłabiła jej organizm. Powiedział, że musimy być przygotowani, że kiedy się obudzi, zostaną jej zaledwie tygodnie życia.

Choć ten cios bolał i rozrywał mi serce, próbowałem cieszyć się z tego niewielkiego zwycięstwa. Dostałem parę tygodni, by móc spełnić ostatnie marzenia Poppy. Dostałem czas, by właściwie się z nią pożegnać, by posłuchać jej śmiechu, by całować jej miękkie usta.

Jorie i Ruby weszły jako pierwsze. Usiadły po drugiej stronie łóżka Poppy, naprzeciwko miejsca, gdzie siedziałem, cały czas trzymając jej drobną dłoń.

Deacon i Judson stanęli przy mnie, położyli ręce na moich ramionach. W chwili, w której wieści o stanie Poppy rozeszły się po szkole, nasi przyjaciele opuścili lekcje, by ze mną porozmawiać. Kiedy tylko zobaczyłem ich w korytarzu, byłem pewny, że wszyscy już wiedzą. Od tamtej pory ta niewielka grupka mnie nie odstępowała.

Byli bardzo zmartwieni, że ani ja, ani Poppy nic nikomu z wyjątkiem Jorie nie powiedzieliśmy. Jednak w końcu zrozumieli, dlaczego Poppy nie chciała im mówić. Myślę, że dzięki temu pokochali ją jeszcze bardziej. Zobaczyli przez to jej prawdziwą siłę.

Od tygodnia nie chodziłem do szkoły, więc moi przyjaciele oddawali moje prace nauczycielom. Troszczyli się o mnie tak, jak ja o Poppy. Deacon i Judson twierdzili, że zrobią wszystko, bym nie zawalił swojego ostatniego roku. W ogóle nie przejmowałem się szkołą, ale doceniałem ich starania.

Tak naprawdę ten tydzień uświadomił mi, ile dla mnie znaczyli. Choć to Poppy była moim życiem, zdałem sobie sprawę, że mogę oczekiwać miłości także ze strony innych. Miałem przyjaciół, którzy poszliby za mną w ogień. Moja mama pojawiała się w szpitalu każdego dnia. Ojciec też. Nie wydawał się przejmować tym, że przeważnie go ignorowałem. Nie przejmował się również tym, że zazwyczaj siedzieliśmy w milczeniu. Wyglądało na to, że zależało mu jedynie na tym, by być na tej sali ze mną. Chciał mi towarzyszyć.

Nie wiedziałem, co z tym zrobić.

Jorie uniosła głowę i spojrzała mi w twarz.

– Jak się dzisiaj miewa?

Podniosłem się z krzesła i usiadłem na łóżku, obok Poppy. Splotłem z nią palce i ścisnąłem dłoń. Pochyliłem się, odsunąłem jej włosy i pocałowałem w czoło.

– Z każdym dniem jest coraz silniejsza – powiedziałem cicho, po czym szepnąłem Poppy do ucha: – Przyszli nasi przyjaciele, kochanie. Są tu, by się z tobą zobaczyć.

Moje serce przyspieszyło, gdy zobaczyłem, że drgają jej rzęsy. Jednak gdy wpatrzyłem się w nie nieco dłużej, zrozumiałem, że to tylko moja wyobraźnia. Zbyt wiele godzin czekałem z desperacją, by się obudziła. Rozluźniłem się jednak, bo przypomniałem sobie, że za kilka dni Poppy otworzy oczy nie tylko w moich marzeniach. Stanie się to naprawdę.

Przyjaciele zajęli miejsce na kanapie pod oknem.

– Lekarze zadecydowali, że dziś po południu zaczną ją wybudzać – powiedziałem. – Jej powrót do pełnej świadomości, może potrwać nawet kilka dni. Jednak stopniowe wybudzanie jest według nich najlepsze. System odpornościowy Poppy został wzmocniony. Zwalczyła infekcję. Jest gotowa, by do nas wrócić. – Westchnąłem i dodałem cicho: – W końcu. W końcu znów będę mógł spojrzeć w jej oczy.

– Cieszę się, Rune – odparła Jorie i posłała mi słaby uśmiech.

Nastała cisza, wszyscy patrzyli kolejno po sobie.

– No co? – zapytałem, starając się odczytać cokolwiek z wyrazu ich twarzy.

Ruby odpowiedziała:

– Jaka będzie, gdy się obudzi?

Ścisnął mi się żołądek.

– Słaba – szepnąłem. Spojrzałem ponownie na swoją dziewczynę i pogłaskałem ją po policzku. – Jednak znów będzie z nami. Nie obchodzi mnie to, że być może będę musiał ją nosić do miejsc, które będziemy chcieli odwiedzić. Chcę jedynie zobaczyć jej uśmiech. Znów będzie ze mną. Będzie tam, gdzie jej miejsce… Przynajmniej przez chwilę.

Usłyszałem pociąganie nosem i zobaczyłem, że Ruby płacze. Jorie przytuliła ją.

Westchnąłem ze współczuciem, ale powiedziałem stanowczo:

– Wiem, że ją kochasz, Ruby. Jednak kiedy Poppy się obudzi, kiedy odkryje, że wszyscy wiedzą o jej stanie, zachowuj się normalnie. Nienawidzi smutku bliskich. To dla niej w tej chorobie najgorsze. – Ścisnąłem palce śpiącej Poppy. – Kiedy się obudzi, musimy sprawić, by była szczęśliwa. Tak jak ona starała się to robić dla innych. Nie możemy okazywać jej smutku.

Ruby przytaknęła, po czym zapytała:

– Nie wróci już do szkoły, prawda?

Pokręciłem głową.

– Ja też nie. Dopóki… – urwałem, nie chcąc wypowiadać tych słów. Nie byłem gotowy, by je zwerbalizować. Nie byłem gotowy, by stawić im czoła.

Jeszcze nie.

– Rune – powiedział Deacon z powagą. – Co zamierzasz robić w przyszłym roku? Wybierasz się na studia? Chcesz składać gdzieś papiery? – Złączył ręce. – Martwię się, bo wszyscy wyjedziemy, a ty o niczym nawet nie wspominałeś. Naprawdę się o ciebie martwimy.

– Nawet nie wybiegam tak daleko myślami – odparłem. – Moje życie skupia się tylko na tym, co ma miejsce tu i teraz. Koncentruję się na tej chwili. Na wszystko inne przyjdzie czas. Teraz muszę być przy Poppy. Zależy mi tylko na niej. W dupie mam to, co będę robił za rok.

Zapadła wymowna cisza. Z twarzy Deacona wyczytałem, że chciał rozwinąć temat, jednak się nie odważył.

– Da radę pójść na bal?

Serce zamarło mi, gdy Jorie popatrzyła smutno na przyjaciółkę.

– Nie wiem – odpowiedziałem. – Bardzo chciała, ale to dopiero za sześć tygodni. – Wzruszyłem ramionami. – Lekarze nie wiedzą. – Spojrzałem na Jorie. – Było to jedno z jej ostatnich marzeń. Uczestniczyć w balu na zakończenie szkoły. – Przełknąłem ślinę i popatrzyłem ponownie na Poppy. – Pragnęła doczekać tego balu i móc spędzić swoje ostatnie dni, będąc całowana. Tylko o to prosiła. To nic wielkiego, nic ważnego... ale tego właśnie pragnęła. Chciała ze mną zatańczyć.

Dałem przyjaciółkom chwilę, ponieważ Jorie i Ruby zaczęły płakać. Jednak ja się nie załamywałem. W duchu odliczałem minuty, które dzieliły mnie od chwili, gdy znów do mnie wróci. Wyobrażałem sobie moment, w którym ponownie zobaczę jej uśmiech. Moment, w którym na mnie spojrzy. Uściśnie moją dłoń.

Minęła może godzina... Nasi przyjaciele zaczęli się zbierać. Judson zostawił zeszyty na niewielkim stoliku obok łóżka Poppy. Wąski blat służył mi za biurko.

– Matma i geografia, stary. Nauczyciele wszystko ci napisali. Terminy egzaminów i takie tam.

Wstałem, by pożegnać się ze wszystkimi, dziękując za odwiedziny. Po wyjściu przyjaciół zająłem miejsce przy stoliku, by dokończyć zadanie domowe. Gdy je odrobiłem, wyszedłem z sali, uprzednio biorąc aparat. Aparat, którego od tygodni nie zdejmowałem z szyi.

Co kilka godzin wracałem i wychodziłem z sali, utrwalając na kliszy dzisiejszy dzień. Wieczorem pojawiła się rodzina Poppy, przyszli też lekarze. Wstałem z krzesła i przetarłem zaspane oczy. Zaczął się proces wybudzania Poppy ze śpiączki farmakologicznej.

– Rune – przywitał się pan Litchfield. Podszedł i mnie objął. Odkąd Poppy znalazła się w szpitalu, zapanował między nami rozejm. Jej ojciec rozumiał mnie, a ja jego. Nawet Savannah zaczęła ufać, że nie złamię serca jej siostrze, ponieważ odkąd Poppy tu trafiła, nie zostawiłem jej ani razu, by wrócić do domu. Jeśli moja dziewczyna musiała tu być, to ja też. Moje poświęcenie potwierdzało, że kochałem ją bardziej, niż ktokolwiek z nich mógł przypuszczać.

Podeszła do mnie również Ida, która objęła mnie w pasie. Pani Litchfield pocałowała mnie w policzek.

Wszyscy czekaliśmy, aż lekarz zakończy badania.

Kiedy odwrócił się do nas, powiedział:

– Poziom białych krwinek Poppy jest tak dobry, jak zakładaliśmy, biorąc pod uwagę to stadium choroby nowotworowej. Będziemy stopniowo zmniejszać dawkę znieczulenia, by ją wybudzić. Kiedy nabierze sił, będziemy mogli odpiąć ją od niektórych maszyn. – Serce kołatało mi pospiesznie, dłonie same zaciskały się w pięści. – A teraz – ciągnął lekarz – musimy się skupić na tym, by przywrócić Poppy świadomość. Kiedy do nas wróci, może majaczyć, przez chwilę nie być sobą. Taki właśnie wpływ ma śpiączka farmakologiczna. Jednak za kilka dni Poppy powinna dojść do siebie i wydobrzeć. Powinna znowu być sobą. – Lekarz uniósł ręce. – Będzie słaba. Póki nie odzyska pełni świadomości, nie będziemy wiedzieć, jak bardzo osłabiła ją ta infekcja. Pokaże to tylko czas. Być może Poppy nie będzie mogła się sprawnie poruszać i robić wielu rzeczy. Jest mało prawdopodobne, że kiedykolwiek odzyska pełnię sił.

Zamknąłem oczy, modląc się do Boga, by z moją dziewczyną było dobrze. Jeśli natomiast miało być źle, zamierzałem pomóc Poppy przez to przejść – zrobić wszystko, by spędzić z nią jeszcze trochę czasu. Bez względu na to, co będzie trzeba poświęcić, zamierzałem to zrobić.

Następne kilka dni niemiłosiernie się ciągnęło. Początkowo Poppy drżały powieki i zaczęła leciutko poruszać palcami. Gdy minęła druga doba, jej oczy zaczęły się otwierać. Trwało to jedynie przez kilka sekund, jednak wystarczało, by napełnić mnie ekscytacją i nadzieją. Trzeciego dnia do sali wmaszerował orszak lekarzy i pielęgniarek, rozpoczynając proces odłączania jej od maszyn. Przyglądałem się zdenerwowany, gdy wyjmowali jej z gardła rurkę umożliwiającą oddychanie. Czekałem, aż zabiorą maszyny, by ponowie móc patrzeć na moją Poppy.

Serce mi urosło.

Była blada, jej zazwyczaj miękkie usta były spierzchnięte. Jednak widząc ją bez tych wszystkich urządzeń, byłem pewien, że nigdy nie wyglądała bardziej idealnie.

Siedziałem cierpliwie na krześle przy jej łóżku, trzymając ją za rękę. Właśnie wpatrywałem się w sufit, gdy Poppy delikatnie ścisnęła moje palce. Oddech uwiązł mi w gardle. Płuca odmówiły współpracy. Natychmiast na nią spojrzałem. Poruszała palcami drugiej ręki.

Rzuciłem się do ściany i, naciskając przycisk, wezwałem pielęgniarkę. Kiedy weszła, powiedziałem:

– Chyba się budzi. – Przez całą dobę wykonywała drobne ruchy, jednak nie aż tak częste jak teraz.

– Wezwę lekarza – odparła kobieta i wyszła.

Niedługo później przyszli rodzice Poppy, pragnąc jak co dzień odwiedzić córkę.

Po chwili pojawił się lekarz. Kiedy stanął przy łóżku, odsunąłem się. Podszedłem do jej rodziców, pozwalając personelowi ją zbadać.

Gałki oczne Poppy poruszały się pod powiekami, które uniosły się bardzo powoli. Odetchnąłem głęboko, gdy spojrzenie zaspanych zielonych oczu prześlizgnęło się po otoczeniu.

– Poppy? Poppy, jak się czujesz? – zapytał cicho lekarz. Widziałem, że obróciła głowę w jego stronę, ale nie mogła skupić wzroku. W moim sercu coś drgnęło, gdy wyciągnęła rękę. Szukała mnie. Nawet będąc pod wpływem leków, szukała mojej dłoni.

– Poppy, spałaś przez dłuższy czas. Już wszystko w porządku, choć będziesz się czuła zmęczona. Wiedz jednak, że wszystko jest dobrze.

Pisnęła, jakby chciała coś powiedzieć.

Lekarz zwrócił się do pielęgniarki:

– Proszę przynieść lodu na jej wargi.

Nie mogłem dłużej stać z boku, więc podbiegłem do Poppy, ignorując pana Litchfielda, który prosił, bym się zatrzymał. Stanąłem po drugiej stronie jej łóżka, pochyliłem się i wziąłem ją za rękę. Gdy to zrobiłem, uspokoiła się, powoli obróciła głowę w moją stronę. Uniosła powieki i spojrzała wprost na mnie.

– *Hei, Poppymin* – szepnąłem przez ściśnięte gardło.

Uśmiechnęła się. Był to niewielki, niemal niezauważalny uśmiech, jednak widziałem go. Wątłymi palcami, tak mocno jak tylko zdołała, ścisnęła moją dłoń. Jednak zaraz potem ponownie zasnęła.

Wypuściłem wstrzymywane w płucach powietrze. Ręka Poppy nie opuściła mojej. Nie ruszyłem się zatem z miejsca, usiadłem na krześle, by z nią zostać.

Minął kolejny dzień, podczas którego Poppy budziła się coraz częściej. Nie wróciła do pełni świadomości, ale uśmiechała się, gdy jej spojrzenie odnajdywało moją twarz. Wiedziałem, że choć była odurzona, zdawała sobie sprawę z mojej obecności.

Jej słabe uśmiechy potwierdzały, że byłem we właściwym miejscu.

Nieco później, tego samego dnia, gdy pielęgniarka przyszła, by wypełnić swoje obowiązki podczas dyżuru i wszystko skontrolować, zapytałem:

– Mogę przesunąć jej łóżko?

Kobieta przerwała swoją pracę i uniosła brwi.

– Gdzie chciałbyś je ustawić?

Podszedłem do okna.

– Tutaj – powiedziałem. – Tak by po przebudzeniu mogła wyjrzeć na zewnątrz. – Zaśmiałem się cicho. – Uwielbia oglądać wschód słońca. – Zerknąłem przez ramię. – Pomyślałem, że teraz, gdy podłączona jest jedynie do kroplówki, byłoby to możliwe.

Pielęgniarka przyglądała mi się przez chwilę. Widziałem w jej oczach współczucie. Nie chciałem, by mi współczuła. Chciałem jedynie, by mi pomogła. By pomogła mi dać Poppy choć tyle.

– Jasne – odparła w końcu. – Nie widzę przeszkód.

Ulżyło mi. Złapałem za łóżko, pielęgniarka zrobiła to samo z drugiej strony i przesunęliśmy je pod okno z widokiem na ogród oddziału onkologii dziecięcej. Ogród znajdujący się pod jasnym błękitnym niebem.

– Tak może być? – zapytała, naciskając blokadę przy kółkach.

– Jest idealnie – odparłem z uśmiechem.

Niedługo później przyszli rodzice Poppy. Jej matka uściskała mnie.

– Spodoba jej się – powiedziała.

Gdy usiedliśmy wokół łóżka, Poppy poruszyła się kilkakrotnie, jednak nie trwało to dłużej niż kilka sekund.

Przez ostatnie dni jej rodzice na zmianę siedzieli nocami w przyległym pokoju dla odwiedzających. Gdy jedno z nich było w szpitalu, drugie zajmowało się młodszymi córkami w domu. Chociaż zdawało się, że częściej przebywała tu mama Poppy.

Ja zostawałem na sali z moją dziewczyną.

Co noc kładłem się obok niej w wąskim łóżku. Spałem, trzymając ją za ręce i czekając, aż Poppy się obudzi.

Wiedziałem, że jej rodzicom nie do końca to odpowiadało, lecz nie komentowali tego. Po co mieliby to robić? Nie chcieli mi tego zabraniać. Nie teraz. Nie w takich okolicznościach. Zresztą gdyby nawet nie zgodzili się, bym zostawał z ich córką, byłem cholernie pewny, że i tak bym nie posłuchał.

Mama opowiadała śpiącej Poppy o jej siostrach. Mówiła właśnie, jak radzą sobie w szkole, gdy rozbrzmiało ciche pukanie do drzwi.

Uniosłem głowę i zobaczyłem mojego ojca. Pomachał pani Litchfield i spojrzał na mnie.

– Rune? Możemy porozmawiać?

Spiąłem się i ściągnąłem brwi. Tata czekał w drzwiach, wciąż się we mnie wpatrując. Westchnąłem i wstałem. Ojciec odsunął się od drzwi, gdy podszedłem. Na korytarzu zobaczyłem, że trzyma coś w ręce.

Zdenerwowany kołysał się na piętach.

– Wiem, że mnie o to nie prosiłeś, ale wywołałem twoje filmy.

Zamarłem.

– Pamiętam, że chciałeś tylko, bym zabrał je do domu, ale widziałem cię, Rune, obserwowałem, jak robisz te zdjęcia... Jestem przekonany, że są dla Poppy. – Wzruszył ramionami. – Teraz, gdy się budzi, pomyślałem, że chciałbyś je mieć przy sobie, by jej pokazać.

Nie mówiąc nic więcej, podał mi album wypełniony fotografiami, które zrobiłem, gdy Poppy spała. Były to wszystkie chwile, które ją ominęły.

Poczułem ucisk w gardle. Nie wracałem do domu. Nie mogłem wywołać tych zdjęć na czas... ale ojciec...

– Dziękuję – wychrypiałem i wbiłem wzrok w podłogę.

Kątem oka zauważyłem, że tata się rozluźnił, jego ciało przestało być sztywne. Uniósł rękę, jakby chciał dotknąć mojego ramienia. Widząc ten gest, znieruchomiałem. Ojciec zatrzymał dłoń w połowie drogi. Jednak postanowił dokończyć to, co rozpoczął. Położył dłoń na moim ramieniu i mocno je ścisnął.

Zamknąłem oczy, czując jego dotyk. Po raz pierwszy od tygodnia mogłem oddychać. W tym momencie tata pokazywał, że jest przy mnie. Wreszcie naprawdę odetchnąłem.

Jednak im dłużej staliśmy w tej pozycji, tym bardziej nie wiedziałem, co powinienem zrobić. Od dawna nie było między nami bliskości. Nie pozwalałem ojcu do siebie podchodzić.

Nie potrafiłem sobie z tym poradzić, więc musiałem się odsunąć. Skinąłem tacie głową i wróciłem do sali. Zamknąłem drzwi i usiadłem z albumem na kolanach. Pani Litchfield nie pytała, co to takiego, a ja sam nie zacząłem o tym mówić. Kobieta nadal opowiadała córce historie.

Kiedy wyszła, ściągnąłem buty i rozsunąłem zasłony, tak jak czyniłem to każdej nocy. Wreszcie ułożyłem się obok Poppy.

Pamiętałem, że wpatrywałem się w gwiazdy... Poczułem, że ktoś głaszcze mnie po ręce. Zamrugałem zdezorientowany i zobaczyłem, że do pokoju wpadają promienie wczesnego słońca.

Próbowałem się obudzić. Poczułem na nosie łaskotanie włosów, a na twarzy ciepło oddechu. Uniosłem głowę, znów zamrugałem zaspany, ale moje spojrzenie spoczęło na parze najśliczniejszych zielonych oczu, jakie w życiu widziałem.

Moje serce zgubiło rytm, za to na twarzy Poppy zagościł szeroki uśmiech, który sprawił, że w jej bladych policzkach pojawiły się dołeczki. Zaskoczony uniosłem głowę, wziąłem ją za rękę i szepnąłem:

– *Poppymin?*

Zamrugała kilkakrotnie, rozglądając się wokół. Przełknęła ślinę i się skrzywiła. Na widok jej suchych warg wziąłem szklankę wody stojącą na stoliku i podsunąłem podsunąłem jej do ust.

Upiła kilka małych łyczków i odsunęła od siebie naczynie.

Westchnęła z ulgą. Wziąłem jej ulubiony wiśniowy balsam i nałożyłem cieniutką warstwę na jej wargi, którymi Poppy zaczęła pocierać. Uśmiechnęła się pięknie i szeroko, nadal się we mnie wpatrując.

W mojej piersi zajaśniało od światła, więc pochyliłem się i przywarłem do jej ust. Był to leciutki pocałunek, ale gdy się odsunąłem, Poppy przełknęła ślinę i szepnęła ochrypłym głosem:

– Pocałunek numer... – Zmarszczyła brwi, a na jej twarzy pojawiła się dezorientacja.

– Dziewięćset trzy – podpowiedziałem.

Skinęła głową.

– Kiedy wróciłam do Rune'a – dodała, patrząc mi w oczy i trzymając mnie słabo za rękę – tak jak obiecałam.

– Poppy – szepnąłem w odpowiedzi i pochyliłem głowę, układając ją przy jej szyi. Tuliłbym ją tak mocno, jak tylko bym zdołał, ale Poppy wydała mi się teraz kruchą porcelanową laleczką, którą tak łatwo można było uszkodzić...

Położyła rękę na moich włosach. Wykonując ruch tak znajomy jak oddychanie, przeciągnęła palcami po ich pasmach. Jej lekki oddech owiał moją twarz.

Uniosłem głowę i spojrzałem na nią. Chłonąłem wzrokiem każdy szczegół jej oblicza i oczu. Rozkoszowałem się tą chwilą.

Momentem, w którym Poppy do mnie wróciła.
– Jak długo? – zapytała.
Odsunąłem włosy z jej twarzy.
– W stanie śpiączki przebywałaś tydzień, jednak budziłaś się przez kilka dni.
Zamknęła oczy, po chwili znów je otwierając.
– Ile czasu... zostało?
Dumny z własnej siły pokręciłem głową i odpowiedziałem szczerze:
– Nie wiem. – Przytaknęła ledwie zauważalnie. Poczułem na karku ciepło, więc obróciłem się w kierunku okna. Uśmiechnąłem się ponownie, patrząc na Poppy, i powiedziałem: – Obudziłaś się razem ze słońcem, kochanie.
Zmarszczyła brwi, na widok czego odsunąłem się, by mogła popatrzeć. Kiedy to zrobiłem, usłyszałem, jak gwałtownie wciąga powietrze. Spojrzałem na jej twarz i zobaczyłem na niej pomarańczowe promienie całujące jej skórę. Zamknęła oczy, a kiedy ponownie je otworzyła, jej usta rozciągnęły się w uśmiechu.
– Piękny – szepnęła. Ułożyłem się na poduszce tuż obok, obserwując, jak niebo rozjaśnia się i nadchodzi nowy dzień. Poppy milczała, wpatrując się we wschód słońca. Cały pokój skąpany był w świetle, wypełniony ciepłem.
Ścisnęła moją dłoń.
– Czuję się słaba.
Skurczył mi się żołądek.
– Miałaś poważną infekcję, która zrobiła swoje.
Poppy przytaknęła ze zrozumieniem i ponownie zatraciła się w widoku wczesnego poranka.

– Brakowało mi tego – powiedziała, wskazując palcem na okno.
– Pamiętasz coś?
– Nie – odparła cicho. – Ale wiem, że mi tego brakowało. – Spojrzała na nasze ręce i dodała: – Pamiętam, że mnie trzymałeś, chociaż... to dziwne. Nie pamiętam nic więcej, ale właśnie tego jestem pewna.
– *Ja?* – zapytałem.
– Tak – odpowiedziała. – Chyba już zawsze będę pamiętała dotyk twoich dłoni.
Sięgnąłem za siebie po album, który przyniósł tata, położyłem go sobie na kolanach i otworzyłem. Na pierwszym zdjęciu widniało słońce wynurzające się zza ciemnej chmury. Jego promienie przesączały się przez korony sosen, załamując się na ich gałęziach.
– Rune – szepnęła Poppy, dotykając palcami zdjęcia.
– Zrobiłem je pierwszego dnia, gdy spałaś. – Wzruszyłem ramionami. – Nie chciałem, żebyś przegapiła któryś ze wschodów.
Poppy oparła głowę na moim ramieniu – wiedziałem już, że miałem dobry pomysł, robiąc te zdjęcia. W jej dotyku czułem szczęście. Jej dotyk był lepszy niż najpiękniejsze słowa.
Przerzucałem strony albumu, pokazując Poppy drzewa i kwiaty na zewnątrz. Krople deszczu na szybie, gdy padało, i gwiazdy na niebie oraz księżyc w pełni, ptaki wijące gniazda...
Kiedy skończyliśmy przeglądać fotografie, Poppy uniosła głowę i spojrzała mi w oczy.
– Uchwyciłeś wszystkie chwile, które przegapiłam.

Poczułem, że się rumienię, i spuściłem wzrok.
– Oczywiście. Dla ciebie wszystko.
Westchnęła.
– Nawet gdy już mnie tu nie będzie... musisz utrwalać te chwile. – Zdenerwowałem się. Nim jednak zdołałem coś powiedzieć, położyła mi dłoń na policzku. Był to niezwykle delikatny gest. – Przyrzeknij – domagała się. Milczałem, więc nie dawała za wygraną: – Przyrzeknij mi, Rune. Te zdjęcia są zbyt cenne, by ich nie robić. – Uśmiechnęła się. – Pomyśl o wszystkim, co uda ci się sfotografować w przyszłości. Pomyśl tylko, jak wiele masz możliwości.
– Przyrzekam – odparłem cicho. – Przyrzekam, *Poppymin*.
Odetchnęła.
– Dziękuję.
Przysunąłem się i pocałowałem ją w policzek, po czym obróciłem się do niej twarzą.
– Tęskniłem za tobą, *Poppymin*.
Uśmiechnęła się i odpowiedziała szeptem:
– Ja za tobą też.
– Gdy już stąd wyjdziesz, musimy zrobić wiele rzeczy – powiedziałem, przyglądając się ekscytacji budzącej się w jej oczach.
– Tak – odparła. Potarła wargami i zapytała: – Ile zostało czasu, by na wiśniach pojawiły się pierwsze kwiaty?
Wiedziałem, o czym myśli, więc pękało mi serce. Starała się ocenić, ile zostało jej jeszcze czasu i czy dotrwa, by to zobaczyć. Czy dożyje chwili, w której spełnią się jej ostatnie marzenia.

– Chyba tydzień, może nawet mniej.
Tym razem nic nie tłumiło szczęścia bijącego z jej szerokiego uśmiechu.
Zamknęła oczy.
– Tyle wytrzymam – stwierdziła z przekonaniem i ścisnęła moją dłoń nieco mocniej.
– Wytrzymasz dłużej – zapewniłem. Skinęła głową.
– Do tysięcznego pocałunku chłopaka – zgodziła się. Pogłaskałem ją po policzku i powiedziałem:
– Dam ci ich więcej.
– Tak. – Uśmiechnęła się. – Po wsze czasy.

***

Tydzień później wypisano Poppy ze szpitala. W ciągu kilku dni lekarze rozpoznali ogrom zniszczeń, jakich dokonała infekcja. Poppy nie mogła chodzić. Straciła całą siłę w nogach. Onkolog powiedział, że gdyby rak został wyleczony, odzyskałaby siłę. Wiedzieliśmy, że to niemożliwe, co oznaczało, że Poppy już nigdy nie będzie mogła chodzić.

Siedziała na wózku. W niczym jej to nie przeszkadzało – nie pozwoliła na to, znów będąc sobą.

– Będę szczęśliwa, póki wciąż będę mogła wyjechać nim z domu, by poczuć na twarzy słońce – powiedziała, gdy lekarz przekazał jej złe wieści. Spojrzała na mnie i dodała: – Póki nadal będę mogła trzymać Rune'a za rękę, nie dbam o to, czy kiedykolwiek stanę na własnych nogach.

Bardzo mnie to wzruszyło.

Ściskając w dłoni nowe zdjęcia, przebiegłem przez trawnik łączący nasze domy i stanąłem przed oknem Poppy. Kiedy przez nie wszedłem, zobaczyłem, że śpi. Tego dnia przywieziono ją do domu. Musiała być zmęczona, ale nie mogłem nie pokazać jej tych fotografii. Była to moja niespodzianka. Mój prezent powitalny.

Spełnienie jednego z jej marzeń.

Kiedy stanąłem przed nią, otworzyła oczy i się uśmiechnęła.

– Łóżko bez ciebie było zimne – stwierdziła, głaszcząc miejsce, które zazwyczaj zajmowałem.

– Musiałem ci coś przynieść – powiedziałem, siadając na materacu. Pochyliłem się i pocałowałem ją w usta. Całowałem głęboko. Uśmiechnąłem się, gdy policzki Poppy spowił róż. Wychyliła się, wyjęła ze słoika puste serduszko i coś na nim zapisała.

Patrzyłem na niemal pełny słój, gdy wrzuciła je do środka.

Mieliśmy prawie komplet.

Poppy obróciła się i podniosła, by usiąść.

– Co tam masz? – zapytała z ekscytacją.

– Zdjęcia – przyznałem, a jej twarz rozpromieniła się ze szczęścia.

– Mój ulubiony prezent – stwierdziła. Wiedziałem, że powiedziała to szczerze. – Uchwycone przez ciebie magiczne chwile.

Podałem jej kopertę, którą otworzyła. Zaparło jej dech, gdy zobaczyła, co jest w środku. Przyglądała się każdemu zdjęciu z podnieceniem, po czym spojrzała na mnie z nadzieją.

– Pierwsze kwiaty?

Uśmiechnąłem się i skinąłem głową.

Zakryła ręką usta, a jej oczy zaczęły błyszczeć radością.
– Kiedy je zrobiłeś?
– Kilka dni temu – odparłem, widząc, że opuszcza rękę, by ujawnić uśmiech.
– Rune – szepnęła i wzięła moją dłoń, którą położyła sobie na twarzy. – To znaczy...
Wstałem.
Obszedłem łóżko i wziąłem ją w ramiona. Chwyciła mnie za szyję. Pocałowałem ją, a następnie zapytałem: – Zrobisz to ze mną?
Westchnęła szczęśliwa i odparła:
– Zrobię to z tobą.
Posadziłem ją ostrożnie na wózku, nakryłem kocem jej nogi i złapałem za uchwyty. Gdy szedłem korytarzem, pchając wózek, Poppy odchyliła głowę do tyłu. Spojrzałem na nią.
– Dziękuję – szepnęła.
Pocałowałem uniesione usta.
– Wychodzimy.
Zaraźliwy chichot niósł się po domu, gdy wiozłem ją do drzwi, przez które wydostaliśmy się na świeże powietrze. Zniosłem ją ze schodów. Kiedy ponownie znalazła się bezpiecznie na wózku, popchnąłem go przez trawę w kierunku sadu. Było ciepło, słońce świeciło z bezchmurnego nieba.
Poppy odchyliła głowę, chłonąc ciepłe promienie. Jej policzki nabrały życia. Kiedy otworzyła oczy, wiedziałem, że wyczuła zapach kwitnących drzew, nim jeszcze zdołała je zobaczyć.
– Rune – szepnęła, chwytając się wózka.

Zbliżaliśmy się do sadu, a moje serce biło coraz szybciej. Kiedy minęliśmy róg i naszym oczom ukazały się kwitnące wiśniowe drzewa, wstrzymałem oddech.

Poppy westchnęła głośno. Zdjąłem z szyi aparat i stanąłem przed nią, chcąc uchwycić pod odpowiednim kątem jej twarz w wizjerze. Wielokrotnie nacisnąłem przycisk migawki, ale Poppy nawet tego nie zauważyła, całkowicie zatraciła się w cudzie malującym się przed nią. Jak zahipnotyzowana wyciągnęła rękę i opuszką kciuka czule pogładziła świeży pąk. Zamknęła oczy, odchyliła głowę i wyciągnęła ręce ku górze, a jej śmiech poniósł się po całym sadzie.

Trzymając palec na przycisku aparatu, modliłem się o następną chwilę. Nadeszła. Zachwycona widokiem Poppy otworzyła oczy i spojrzała na mnie. Jej uśmiechnięta twarz tętniła życiem na tle morza różu i bieli – nacisnąłem przycisk.

Opuściła powoli ręce. Popatrzyła wprost na mnie, a jej uśmiech złagodniał. Odsunąłem aparat od twarzy i odpowiedziałem spojrzeniem. Patrzyłem na nią siedzącą wśród wiśniowych drzew pełnych życia i koloru, tworzących wokół niej symboliczną aureolę. Wtedy zrozumiałem. Poppy, moja Poppy była kwiatem.

Poppymin była kwiatem wiśni.

Niesamowicie piękna, obdarzona tak krótkim istnieniem. Zbyt cudowna, by móc trwać dłużej. Przyszła wzbogacić nasze życie, by po chwili zniknąć na wietrze. Jednak nigdy nie zostanie zapomniana. Będzie nam przypominać, że musimy czerpać z życia, które jest kruche, choć w delikatności tkwi jego siła. Miłość. Cel. Poppy przypomni nam, że nasze dni i oddechy są policzone, a przeznaczenia nie można zmienić, nawet jeśli mocno staralibyśmy się z nim walczyć.

Właśnie dzięki niej będziemy pamiętać, że nie warto tracić ani sekundy. Trzeba żyć z całych sił i jeszcze mocniej kochać. Spełniać marzenia, przeżywać przygody... utrwalać chwile.

Otaczać się pięknem.

Te myśli wciąż wirowały w mojej głowie. Przełknąłem ślinę.

Moja dziewczyna wyciągnęła rękę.

– Zabierz mnie do sadu, kochanie – poprosiła cicho.
– Chcę się tam znaleźć z tobą.

Powiesiłem aparat na szyi, stanąłem za wózkiem i popchnąłem go polną ścieżką. Poppy oddychała powoli, spokojnie. Moja ukochana chłonęła otoczenie całą sobą. Rozkoszowała się pięknem tej chwili. Spełnionym marzeniem.

Gdy znaleźliśmy się pod naszym drzewem, którego gałęzie przyozdobione były różowymi kwiatami, chwyciłem zapasowy koc leżący z tyłu wózka i rozłożyłem go na trawie. Wziąłem Poppy na ręce i posadziłem pod naszym drzewem, by mogła podziwiać rozciągający się przed nią sad.

Oparła się o mój tors. Westchnęła, wzięła mnie za dłoń spoczywającą na moim brzuchu i szepnęła:

– Udało się.

Odsunąłem włosy z jej szyi i pocałowałem ciepłą skórę.
– Tak, kochanie.

Milczała przez chwilę.

– To jak sen... Albo obraz. Chcę, by raj wyglądał dokładnie tak jak to miejsce.

Słysząc te słowa, nie czułem bólu czy smutku. Chciałem po prostu, by było tak, jak mówiła Poppy. Pragnąłem każdą, nawet najmniejszą częścią swej istoty, by mogła pozostać w tym miejscu na zawsze.

Widziałem jej zmęczenie. Wiedziałem, że cierpi. Nigdy o tym nie mówiła, jednak nie musiała. Jej ciało przemawiało za nią.

Byłem pewien, że zostanie, aż będę gotów pozwolić jej odejść.

– Rune? – zapytała, wyrywając mnie z zamyślenia. Oparłem się o drzewo i podniosłem ją. Z moją pomocą położyła się na moich nogach, bym mógł widzieć jej twarz. Bym mógł zapamiętać każdy szczegół dzisiejszego dnia.

– *Ja?* – odpowiedziałem i powiodłem palcami po jej twarzy, po jej czole zmarszczonym troską. Wyprostowałem się nieco.

Wzięła głęboki wdech i powiedziała:

– Co jeśli zapomnę?

Na widok strachu goszczącego na jej twarzy pękło mi serce. Poppy nigdy wcześniej niczego się nie bała. Teraz jednak ogarnęły ją obawy.

– O czym zapomnisz, kochanie?

– O wszystkim – szepnęła, a jej głos załamał się nieznacznie. – O tobie, rodzinie... o pocałunkach. Chcę przeżywać te pocałunki do chwili, gdy pewnego dnia do mnie dołączysz.

Pilnując, by nie okazać smutku, zapewniłem ją:

– Nie zapomnisz.

Odwróciła wzrok.

– Przeczytałam gdzieś, że dusze zapominają o ziemskim życiu, gdy odchodzą do innego świata. Zapominają, bo raj nie mógłby wtedy istnieć. Dusze nie zaznałyby spokoju, pamiętając o ziemskim życiu. – Kreśliła palcem znaki na mojej ręce. – Jednak ja nie chcę zapomnieć – dodała niemal bezgłośnie. – Chcę to wszystko pamiętać. – Patrząc na mnie ze łzami w oczach, dodała: – Nie mogę o tobie zapomnieć. Musisz zawsze przy mnie być. Chcę widzieć, jak żyjesz. Patrzeć, jak wiedziesz wspaniałe życie. Chcę oglądać zrobione przez ciebie zdjęcia. – Przełknęła ślinę. – A co najważniejsze, chcę mieć te tysiąc pocałunków. Nie mogę zapomnieć o tym, co dzieliliśmy. Chcę o nich zawsze pamiętać.

– Znajdę sposób, byś mogła je widzieć – powiedziałem, a smutek Poppy uleciał wraz z wiejącym przez sad wiatrem.

– Znajdziesz? – szepnęła z nadzieją w cichym głosie.

Przytaknąłem.

– Przyrzekam. Nie wiem jeszcze, jak to zrobię, ale znajdę sposób. Nic, nawet Bóg mnie nie powstrzyma...

– Kiedy będę czekać na ciebie w naszym sadzie – powiedziała z rozmarzonym, nieobecnym uśmiechem.

– *Ja*.

Tuląc się do mnie, szepnęła:

– Byłoby miło. – Odchyliła głowę i powiedziała: – Ale poczekaj rok.

– Rok?

Skinęła głową.

– Czytałam, że przejście zajmuje duszy aż rok. Nie wiem, czy to prawda, gdyby jednak tak było, poczekaj rok, by przypomnieć mi o naszych pocałunkach. Nie chcę tego przegapić... Nie chcę przegapić niczego, co będziesz robić.

– Dobrze – zgodziłem się, ale musiałem zamilknąć. Czułem, że mogę się załamać.

Ptaki skakały z gałęzi na gałąź, niknąc w gęstwinie sadu.

Biorąc mnie za rękę, Poppy powiedziała:

– Dałeś mi to, Rune. Spełniłeś moje marzenie.

Nie potrafiłem odpowiedzieć. Dech uwiązł mi w gardle. Objąłem ją mocniej i chwytając za podbródek, uniosłem jej usta, by móc je pocałować. Z miękkich warg spijałem słodycz. Kiedy cofnąłem głowę, Poppy nie otworzyła oczu, ale powiedziała:

– Pocałunek numer dziewięćset trzydzieści cztery. W kwitnącym sadzie wiśniowym. Z moim Runem... a serce niemal wyrwało mi się z piersi.

Uśmiechnąłem się i poczułem ból szczęścia mojej dziewczyny. Byliśmy niemal u celu. Widać już było kres jej przygody.

– Rune? – zapytała.

– Hmm?

– Rzuciłeś palenie.

Odetchnąłem i odparłem:

– *Ja*.

– Dlaczego?

Przez chwilę nie odzywałem się, rozważając odpowiedź. Wreszcie wyznałem:

– Ktoś, kogo kocham, nauczył mnie, że życie jest cenne. Nauczył mnie, bym nie marnował własnej przygody. W końcu posłuchałem.

– Rune – powiedziała Poppy łamiącym się głosem. – Jest cenne – szepnęła. – Bardzo cenne. Nie zmarnuj nawet sekundy. – Wtuliła się we mnie ponownie, obserwując piękno sadu. Odetchnęła głęboko i przyznała cicho: – Chyba nie doczekam balu, Rune. – Spiąłem się. – Czuję, że jestem naprawdę zmęczona. – Próbując mocno mnie uścisnąć, powtórzyła: – Naprawdę zmęczona.

Zamknąłem oczy i ją przytuliłem.

– Cuda się zdarzają, kochanie – odpowiedziałem.

– Tak – powiedziała cicho – zdarzają. – Uniosła moją dłoń do ust i pocałowała każdy palec. – Bardzo bym chciała zobaczyć cię w smokingu. I z chęcią zatańczyłabym z tobą do piosenki, która kojarzy mi się z nami.

Czując, że zaczyna zasypiać w moich ramionach, zapanowałem nad bólem, który wywołały jej słowa, i powiedziałem:

– Wracajmy do domu, kochanie.

Wstałem, ale Poppy sięgnęła po moją rękę. Spojrzałem w dół.

– Zostaniesz przy mnie, prawda?

Kucnąłem i objąłem jej twarz.

– Na zawsze.

– Dobrze – szepnęła. – Nie jestem jeszcze gotowa, by cię opuścić. Jeszcze nie.

Prowadząc wózek do domu, modliłem się w duchu do Boga. Prosiłem Go, by dał mojej dziewczynie jeszcze dwa tygodnie, nim zabierze ją do domu. Wtedy będzie gotowa i ja będę gotów. Na razie chciałem spełnić wszystkie jej marzenia.

Pozwól, bym spełnił jej ostatnie życzenie.

Muszę to zrobić.

Ostatni raz pragnąłem podziękować jej za miłość, którą mnie obdarzyła.

Tylko to mogłem jej dać.

15
UŚMIECHY Z PROMIENIAMI SŁOŃCA
I SERCA Z POŚWIATĄ KSIĘŻYCA

Poppy
Dwa tygodnie później

Siedziałam na wózku w łazience, a mama malowała mi rzęsy. Przyglądałam się jej jak jeszcze nigdy wcześniej. Uśmiechała się. Wpatrywałam się w nią nie bez powodu, chciałam zapisać w pamięci każdy szczegół jej twarzy. Zaczynałam odchodzić. Byłam tego świadoma. Myślę, że każdy człowiek potrafi to przeczuć. Każdego ranka, gdy budziłam się przy Runie, czułam się bardziej zmęczona, coraz bardziej słaba.

Jednak serce miałam mocne, choć coraz wyraźniej słyszałam z jego głębi głos, który wzywał mnie do domu. Z minuty na minutę czułam przyzywający mnie do siebie spokój.

I byłam już niemal gotowa.

Przez ostatnie kilka dni obserwowałam swoją rodzinę. Miałam już pewność, że wszyscy sobie poradzą. Moje siostry były szczęśliwe i silne, rodzice mocno je kochali. Wiedziałam, że wszystko będzie dobrze.

No i Rune. Mój Rune, którego najtrudniej było mi opuścić... dojrzał. Nie zdawał sobie jeszcze z tego sprawy, ale nie był już humorzastym, wkurzonym chłopakiem, który wrócił do nas z Norwegii.

Był pełen energii.
Uśmiechał się.
Znów robił zdjęcia.
Jednak najważniejsze było to, że otwarcie mnie kochał. Chłopak, który wrócił do mnie, nie krył się już za zasłoną mroku. Jego serce było otwarte i światło dostawało się do jego duszy.
Poradzi sobie.
Mama podeszła do szafy. Kiedy wróciła do łazienki, przyniosła śliczną białą sukienkę. Wyciągnęłam rękę i przesunęłam palcami po materiale.
– Piękna – powiedziałam i uśmiechnęłam się do niej.
– Ubierzemy cię w nią, dobrze?
Zamrugałam zdezorientowana.
– Dlaczego? Co się dzieje?
Mama machnęła tylko ręką.
– Wystarczy tych pytań, córeczko. – Pomogła mi założyć sukienkę, a także wsunąć białe buty.
Obróciłam się, gdy usłyszałam otwierane drzwi, i zobaczyłam stojącą w nich ciocię DeeDee trzymająca się za serce.
– Poppy – powiedziała ze łzami w oczach. – Wyglądasz przepięknie.
Spojrzała na swoją siostrę i wyciągnęła do niej rękę. Mama przytuliła ją. Stały razem, wpatrując się we mnie. Uśmiechając się na widok ich min, zapytałam:
– Mogę zobaczyć?
Mama zawiozła mnie przed lustro. Widząc swoje odbicie, zamarłam. Sukienka była cudowna, śliczniejsza, niż się tego spodziewałam. Włosy miałam ściągnięte na bok

w kok, nad którym została upięta moja ulubiona biała kokarda.

W moich uszach jak zwykle dumnie prezentowały się kolczyki ze znakami nieskończoności.

Powiodłam palcami po materiale sukienki.

– Nie rozumiem... Wygląda, jakbym była ubrana na bal... – Spojrzałam w lustrze na mamę i DeeDee. Moje serce zgubiło rytm. – Mamo? – zapytałam. – Jestem ubrana na bal? Ale przecież on ma się odbyć dopiero za dwa tygodnie. Jak... – Przerwał mi dźwięk dzwonka do drzwi. Mama i ciotka popatrzyły po sobie. Pierwsza z nich poleciła:

– Otwórz, DeeDee. – Ciotka ruszyła do wyjścia, ale mama złapała ją za ramię i zatrzymała. – Nie, czekaj, weźmiesz wózek, bo muszę znieść Poppy po schodach.

Mama podniosła mnie z łóżka. DeeDee wyszła, a z dołu dobiegł przytłumiony głos taty i kogoś jeszcze. Choć w mojej głowie pojawiło się mnóstwo domysłów, nie śmiałam nawet przypuszczać, że spełnią się moje marzenia. Mimo to bardzo chciałam, by moje nadzieje się ziściły.

– Gotowa, kochanie? – zapytała mama.

– Tak – odparłam wzruszona.

Trzymałam się jej, gdy schodziła ze mną ze schodów i udała się do drzwi. Gdy wyszła zza rogu, zebrani w korytarzu tata i siostry spojrzeli na mnie. Choć czułam się bardzo słaba, mama zaniosła mnie do drzwi, o których futrynę opierał się Rune. W ręce trzymał kwitnącą gałązkę wiśni i... był ubrany w smoking.

W moim sercu zajaśniało od światła.

Mój chłopak spełniał moje życzenie.

Kiedy tylko nasze spojrzenia się skrzyżowały, Rune wyprostował się. Widziałam, jak przełknął ślinę, gdy mama posadziła mnie na wózku. Odsunęła się, a Rune kucnął, nie zważając na spojrzenia innych, i szepnął:

– *Poppymin*. – Dech uwiązł mi w gardle, gdy dodał: – Przepięknie wyglądasz.

Pociągnęłam go za pasmo jasnych włosów.

– Uczesałeś się, bym mogła oglądać twoją przystojną twarz. I założyłeś smoking.

Uśmiechnął się krzywo.

– Mówiłem ci, że to zrobię.

Wziął mnie za rękę i ostrożnie założył mi na nadgarstek gałązkę z doczepioną gumką. Powiodłam palcami po małych listkach, mimowolnie się przy tym uśmiechając.

Spoglądając w niebieskie oczy Rune'a, zapytałam:

– Czy to się dzieje naprawdę?

Pochylił się, pocałował mnie i odpowiedział szeptem:

– Idziesz na bal.

Wymknęła mi się pojedyncza łza. Widziałam, że Rune przestał się uśmiechać. Roześmiałam się i powiedziałam:

– To łzy szczęścia, kochanie. Jestem szczęśliwa. – Rune przełknął ślinę, gdy dotknęłam jego twarzy. – Sprawiasz, że jestem niesamowicie szczęśliwa.

Żywiłam nadzieję, że zrozumie głęboki sens moich słów. Nie miałam na myśli jedynie dzisiejszego wieczoru. Dzięki Rune'owi od zawsze byłam najszczęśliwszą dziewczyną na ziemi. I właśnie to chciałam mu przekazać. Musiał o tym wiedzieć.

Musiał poczuć tę prawdę.

Wziął mnie za rękę i ucałował jej grzbiet.

– Ty też mnie uszczęśliwiasz.

Wiedziałam, że zrozumiał.

Patrzyliśmy sobie w oczy. Nagle ochrypły głos mojego taty przerwał nam tę cudowną chwilę:

– Dobra, dzieciaki, lepiej jeźdźcie. – Wiedziałam, że chciał się nas pozbyć, bo było to dla niego nie do zniesienia.

Rune podniósł się z kolan i stanął za wózkiem.

– Gotowa, kochanie?

– Tak – odparłam stanowczo.

Całe moje zmęczenie zniknęło w jednej chwili, ponieważ Rune w jakiś sposób sprawił, że ziściło się moje marzenie.

Nie zamierzałam tracić ani sekundy.

Zawiózł mnie do samochodu mamy. Wziął mnie na ręce i posadził na przednim siedzeniu. Uśmiechałam się szeroko. Właściwie nie przestałam się uśmiechać przez całą drogę.

Kiedy podjechaliśmy pod szkołę, usłyszałam dobiegającą z niej muzykę. Otworzyłam szerzej oczy, rozkoszując się widokiem parady limuzyn podjeżdżających jedna za drugą oraz elegancko ubranych uczniów wchodzących na salę gimnastyczną.

Rune jak zawsze ostrożnie wyciągnął mnie z samochodu i posadził na wózku, po czym pochylił się, by mnie pocałować. Całował z przekonaniem. Jakby wiedział, podobnie jak ja, że te pocałunki miały się wkrótce skończyć.

Sprawiał, że każdy z nich był wyjątkowy. Całowaliśmy się już niemal tysiąc razy, mimo to właśnie kilka ostatnich pocałunków było najbardziej niezwykłych. Kiedy wiesz, że coś niedługo dobiegnie końca, starasz się to bardziej docenić.

Chwilę później objęłam twarz Rune'a i powiedziałam:

– Pocałunek numer dziewięćset dziewięćdziesiąt cztery. Na balu maturalnym. Z moim Runem... Serce niemal wyrwało mi się w piersi.

Rune wziął głęboki wdech i pocałował mnie w policzek. Zawiózł mnie do sali, przed którą powitali nas nauczyciele. Ich przyjazna reakcja rozgrzała mi serce. Uśmiechali się, obejmowali mnie – pragnęli, bym czuła się lubiana.

W środku dudniła muzyka. Bardzo chciałam zobaczyć, jak wygląda sala. Wkrótce Rune otworzył drzwi i zaparło mi dech... Udekorowano ją na biało, w pastelowych barwach i jasnych różach. Była cudownie przyozdobiona moimi ulubionymi kwiatami.

Zakryłam dłonią usta i zachwycona szepnęłam:

– Kwiat wiśni jako motyw przewodni. – Spojrzałam na Rune'a, który wzruszył jedynie ramionami.

– Jakżeby inaczej?

– Rune – szepnęłam, gdy wprowadził mnie do sali.

Tańczący nieopodal uczniowie zatrzymali się na mój widok. Przez chwilę czułam się nieręcznie w ogniu ich spojrzeń. To pierwszy raz, gdy większość znajomych widziała mnie po tym, jak... Jednak moje odczucie pospiesznie minęło, kiedy wszyscy zaczęli do mnie podchodzić, witali się i życzyli mi zdrowia. Po chwili, widząc, że jestem tym już trochę zmęczona, Rune zawiózł mnie do stolika ustawionego tak, bym mogła popatrzeć na tańczących.

Uśmiechnęłam się na widok siedzących przy nim naszych przyjaciół. Jorie i Ruby zauważyły mnie jako pierwsze. Poderwały się z miejsca i przybiegły do mnie. Rune odsunął się, gdy mnie dopadły.

– Cholera, Pops, wyglądasz przepięknie – rzuciła Jorie.

Roześmiałam się i wskazałam na jej niebieską sukienkę.

– Ty też, kochana.

Przyjaciółka odpowiedziała uśmiechem, gdy stanął za nią Judson, biorąc ją za rękę. Na widok ich złączonych dłoni ponownie się uśmiechnęłam.

Jorie popatrzyła mi w oczy i wzruszyła ramionami.

– Wiedziałam, że to się kiedyś stanie.

Cieszyłam się, widząc ich razem. Podobało mi się, że wreszcie była z chłopakiem, którego darzyła uczuciem. Nieustannie była dla mnie cudowna.

Chwilę potem zaczęli ściskać mnie chłopcy, wreszcie Ruby. Po powitaniu Rune przysunął mnie do stołu. Oczywiście zajął miejsce obok i natychmiast wziął mnie za rękę.

Widziałam, że przygląda mi się uważnie, ani na chwilę nie spuszczając ze mnie oka. Patrząc na niego, zapytałam:

– Dobrze się czujesz, kochanie?

Skinął głową i przysunął się, mówiąc:

– Nie widziałem jeszcze, byś kiedykolwiek wyglądała tak pięknie. Nie potrafię oderwać od ciebie wzroku.

Przechyliłam głowę na bok, przypatrując się jego ubraniu.
– Podobasz mi się w smokingu – przyznałam.
– Jest okej. – Poprawił sobie muszkę. – Ale graniczyło z cudem, by ją zawiązać.
– Jednak ci się udało – droczyłam się z nim.
Odwrócił wzrok, po czym znów na mnie spojrzał.
– Tata mi pomógł.
– Tak? – zapytałam cicho.
Skinął głową.
– I pozwoliłeś mu? – nalegałam na widok uporu w jego postawie. Moje serce biło pospiesznie, gdy czekałam na odpowiedź. Rune nie wiedział, że w duchu pragnęłam, by naprawił swoją relację z ojcem.
Wkrótce będzie go potrzebował.
A tata mocno go kochał.
Pragnęłam, by pokonał tę ostatnią przeszkodę.
Rune westchnął.
– Pozwoliłem.
Nie potrafiłam zapanować nad uśmiechem cisnącym mi się na usta. Oparłam głowę o jego ramię. Spojrzałam w górę i powiedziałam:
– Jestem z ciebie dumna, Rune.
Zacisnął usta i nic nie odpowiedział.
Uniosłam głowę i rozejrzałam się po sali, przyglądając się tańczącym kolegom i koleżankom. Podobała mi się ich zabawa. Wpatrywałam się po kolei w osoby, z którymi się wychowywałam. Zastanawiało mnie, jacy będą ci ludzie, kiedy dorosną. Kogo poślubią i czy będą mieli dzieci.

W pewnej chwili moje spojrzenie spoczęło na znajomej twarzy po drugiej stronie sali. Avery siedziała pośród innych znajomych. Kiedy dostrzegła, że na nią patrzę, uniosłam rękę i jej pomachałam. Uśmiechnęła się i odmachała.

Gdy wróciłam spojrzeniem do stolika, Rune wpatrywał się w nią. Położyłam rękę na jego ramieniu. Westchnął i pokręcił głową.

– Tylko ty – powiedział. – Zawsze tylko ty.

Spędzając miły wieczór, przyglądałam się szczęśliwa zabawie przyjaciół. Ceniłam ten czas. Ceniłam widok tych wszystkich zadowolonych twarzy, które miałam przed sobą.

Rune objął mnie.

– Jak udało ci się to wszystko zorganizować? – zapytałam.

Wskazał na Jorie i Ruby.

– To one, *Poppymin*. Chciały, byś spełniła swoje marzenie. Wszyscy tego chcieli. Przenieśli datę balu. Zmienili motyw przewodni, zajęli się wszystkim...

Popatrzyłam na niego sceptycznie.

– Dlaczego mam przeczucie, że to nie tylko ich sprawka?

Zarumienił się i nonszalancko wzruszył ramionami. Wiedziałam, że zrobił w tej sprawie więcej, niż chciał przyznać.

Przysunęłam się, objęłam jego twarz i powiedziałam:

– Kocham cię, Runie Kristiansenie. Bardzo, bardzo cię kocham.

Na sekundę zamknął oczy. Odetchnął głęboko przez nos, po czym unosząc powieki, wyznał:

– Też cię kocham, *Poppymin*. Bardziej niż mogłabyś się tego spodziewać.

Rozejrzałam się po sali gimnastycznej z uśmiechem.

– Wiem, Rune... Wiem.

Przytulił mnie i poprosił do tańca, ale nie chciałam wjeżdżać wózkiem na zatłoczony parkiet. Byłam szczęśliwa, obserwując taniec innych.

W pewnej chwili zauważyłam Jorie pochodzącą do DJ-a. Popatrzyła na mnie, jednak nie potrafiłam nic wyczytać z wyrazu jej twarzy. Wkrótce z głośników popłynęły dźwięki *If I Could Fly* One Direction.

Zamarłam. Powiedziałam kiedyś Jorie, że ta piosenka przywodzi mi na myśl Rune'a. Sprawiała, że myślałam o nim, gdy był w Norwegii. A co najważniejsze – przypominała mi, jaki był dla mnie, gdy zostawaliśmy sami. Czuły tylko dla mnie. Tylko w moich oczach. Gdy całemu światu pokazywał swoją złą naturę, mnie dawał znać, że jest zakochany.

I był kochany.

W pełni.

Powiedziałam kiedyś przyjaciółce, że gdybyśmy się z Runem pobrali, to byłaby nasza piosenka. Melodia naszego pierwszego tańca.

Najwyraźniej Jorie mu o tym powiedziała.

Powoli wstał. Kiedy się pochylił, pokręciłam głową, nie chcąc wjeżdżać wózkiem na parkiet. Jednak ku mojemu zaskoczeniu Rune wziął mnie w ramiona i zaniósł na parkiet. Tym gestem całkowicie skradł mi serce.

– Rune – zaprotestowałam słabo, obejmując go za szyję.

Pokręcił głową, milcząc, i zaczął się ze mną kołysać.

Nie chcąc patrzeć nigdzie indziej, skupiłam wzrok na ukochanych oczach. Wiedziałam, że Rune słyszy słowa piosenki. Z wyrazu jego twarzy wyczytałam, że rozumie, że ta piosenka jest dla nas i o nas.

Tulił mnie, kołysząc się delikatnie w takt muzyki. Jak to z nami często bywało, reszta świata znów przestała mieć dla nas znaczenie. Zostaliśmy tylko my dwoje. Tańczący pośród kwiatów wiśni, zakochani w sobie po uszy.

Dwie połówki całości.

Kiedy piosenka osiągnęła punkt kulminacyjny, powoli zbliżając się do końca, pochyliłam się i zapytałam:

– Rune?

– *Ja?* – odparł.

– Zabierzesz mnie gdzieś?

Zmarszczył jasne brwi, ale kiwnął głową na znak, że się zgadza. Kiedy piosenka się skończyła, pocałował mnie. Jego wargi nieznacznie drżały przy moich. Równie pełna emocji uwolniłam pojedynczą łzę. Wreszcie wzięłam głęboki wdech i ją otarłam.

Szepnęłam:

– Pocałunek numer dziewięćset dziewięćdziesiąt pięć. Z moim Runem. Podczas tańca na balu. Serce niemal wyrwało mi się z piersi.

Rune oparł czoło o moje.

Kiedy niósł mnie do stolika, spojrzałam na środek parkietu, gdzie stała Jorie, która miała łzy w oczach. Patrząc jej w twarz, położyłam sobie rękę na sercu i powiedziałam bezgłośnie:

– Dziękuję... Kocham cię... Będę tęsknić.

Przyjaciółka zamknęła oczy. Kiedy ponownie je otworzyła, odpowiedziała w ten sam sposób:
– Też cię kocham i też będę tęsknić.
Pomachała, a Rune popatrzył mi w oczy.
– Gotowa?
Przytaknęłam, więc posadził mnie na wózku i wywiózł z sali. Niedługo potem wsadził mnie do samochodu, usiadł za kierownicą i spojrzał na mnie.
– Gdzie jedziemy, *Poppymin*?
Szczęśliwa westchnęłam i wyznałam:
– Na plażę. Chcę zobaczyć na niej wschód słońca.
– Na naszej plaży? – zapytał, uruchamiając samochód. – Podróż zajmie sporo czasu, a jest już późno.
– Nieważne – odparłam. – Najważniejsze, że zdążymy na wschód słońca. – Usiadłam i chwyciłam Rune'a za rękę. Rozpoczęliśmy naszą ostatnią wyprawę na wybrzeże.

***

Kiedy byliśmy na miejscu, noc miała się ku końcowi. Od wschodu słońca dzieliło nas zaledwie kilka godzin. Cieszyło mnie to.
Chciałam spędzić ten czas wyłącznie z Runem.
Gdy zaparkowaliśmy, mój chłopak spojrzał na mnie.
– Chcesz usiąść na piasku?
– Tak – odparłam pospiesznie, wpatrując się w jasne gwiazdy na niebie.
Rune milczał przez chwilę.
– Może być tam dla ciebie za zimno.
– Mam ciebie – powiedziałam. Jego wyraz twarzy złagodniał w jednej chwili.

– Poczekaj. – Wysiadł. Usłyszałam, jak wyjmuje coś z bagażnika. Na plaży było ciemno, światło rzucał jedynie wiszący nad nią księżyc. W jego poświacie Rune rozłożył koc na piasku, a także ułożył dodatkowe pledy wyjęte z samochodu.

Wrócił, rozwiązał muchę i rozpiął kilka guzików koszuli. Wpatrując się w niego, pytałam samą siebie, jak to możliwe, że mam tak wielkie szczęście. Ten chłopak mnie kochał i to tak mocno, że nic nie mogło się z tym równać.

Choć moje życie było krótkie, dane mi było doświadczyć pięknej miłości. To mi wystarczało.

Rune otworzył drzwi i wziął mnie w swoje silne ręce. Zachichotałam, gdy ułożył mnie sobie w ramionach.

– Nie jestem za ciężka? – zapytałam go, gdy zamknął drzwi.

Popatrzył mi w oczy.

– Wcale, *Poppymin*. Trzymam cię.

Uśmiechając się, pocałowałam go w policzek i położyłam głowę na jego piersi, gdy szedł w stronę koca. Wokół słychać było szum fal uderzających o brzeg. Lekki wiatr rozwiewał mi włosy.

Rune ukląkł ostrożnie i mnie posadził. Oddychając słonym powietrzem, zamknęłam oczy.

Otworzyłam je, czując na ramionach ciepły materiał, gdy Rune owijał mnie pledem. Odchyliłam głowę, by spojrzeć na niego, gdy znajdował się za mną. Zauważając mój uśmiech, pocałował mnie w nos. Zachichotałam, gdy objął mnie mocno, otulając szczelnie.

Wyciągnął nogi po bokach mojego ciała, a ja oparłam głowę o jego pierś. Odprężyłam się.

Rune pocałował mnie w policzek.

– Dobrze się czujesz, *Poppymin*? – zapytał.

Przytaknęłam.

– Jest idealnie – odparłam.

Odgarnął mi włosy z twarzy.

– Jesteś zmęczona?

Pokręciłam głową, chcąc jednak wyznać prawdę, powiedziałam:

– Tak, jestem zmęczona, Rune.

Czułam, że westchnął głęboko.

– Udało ci się, kochanie – powiedział z dumą. – Kwitnący sad, bal…

– Zostały tylko twoje pocałunki – dokończyłam. Czułam, że kiwa głową. – Rune? – zapytałam, chcąc wiedzieć, że mnie słyszy.

– *Ja*?

Zamknęłam oczy i uniosłam rękę do ust.

– Pamiętaj, tysięczny pocałunek ma mieć miejsce, gdy będę wracać do domu. – Spiął się przy mnie, ale złapałam go mocniej za rękę i zapytałam: – Zrobisz to dla mnie?

– Zrobię dla ciebie wszystko – odpowiedział, ale słyszałam chrypkę w jego głosie, co podpowiedziało mi, że musiało być mu ciężko.

– Nie mogę wyobrazić sobie bardziej spokojnego i pięknego pożegnania niż to, któremu będzie towarzyszyć uczucie twoich ust na moich wargach. Uczucie, że kończy się nasza przygoda. Przygoda trwająca dziewięć lat. – Spojrzałam mu głęboko w oczy i uśmiechnęłam się. – Chcę, byś wiedział, że nie żałuję ani jednego dnia, Rune. Wszystko między nami było idealne. – Wzięłam go za rękę i dodałam: – Chcę, byś wiedział, jak bardzo cię kochałam. – Obróciłam się w jego ramionach, by patrzeć mu prosto w oczy. – Przyrzeknij, że wybierzesz się na wyprawę dookoła świata. Odwiedzisz inne kraje i będziesz czerpać z życia garściami.

Przytaknął, ale czekałam, aż obieca mi to na głos.

– Przyrzekam – odparł.

Skinęłam głową, wypuszczając wstrzymywane powietrze, i ponownie oparłam się na jego torsie.

Milczeliśmy przez dłuższą chwilę. Wpatrywałam się w gwiazdy połyskujące na niebie. Przeżywałam ten moment.

– *Poppymin*?

– Tak, kochanie?

– Byłaś szczęśliwa? Byłaś… – Odchrząknął. – Kochałaś swoje życie?

Odpowiedziałam całkowicie zgodnie z prawdą:

– Kochałam swoje życie. Kochałam w nim wszystko. Kochałam ciebie. Choć brzmi to banalnie, mnie wystarczyło. Spotkania z tobą były najlepszą częścią każdego mojego dnia. To dzięki tobie na mojej twarzy wciąż gościł uśmiech. – Zamknęłam oczy i przypomniałam sobie nasze najlepsze momenty. Gdy ściskałam go, a on ściskał mnie mocniej. Gdy całowałam go, a on całował mnie głębiej. A co najważniejsze, gdy go kochałam, a on zawsze kochał mnie bardziej. – Tak, Rune – odparłam z całkowitą pewnością. – Kochałam swoje życie.

Wypuścił powietrze, jakby moja odpowiedź uwolniła jego serce od ciężaru.

– Ja też.
Zmarszczyłam brwi. Patrząc na niego, stwierdziłam:
– Rune, ale twoje życie jeszcze się nie kończy.
– Poppy, ja...
Uniosłam rękę, by przerwać cokolwiek chciał powiedzieć.
– Nie, Rune. Posłuchaj. – Wzięłam głęboki wdech. – Być może, gdy odejdę, poczujesz, że tracisz połowę serca, ale nie możesz żyć przez to na pół gwizdka. Przecież druga połowa twojego serca zostanie. Pamiętaj, że zawsze będę przy tobie. Nigdy nie przestanę trzymać cię za rękę. Jestem częścią twojej istoty, a ty już zawsze będziesz istniał jako część mojej duszy. Będziesz kochał, śmiał się i doświadczał wszystkiego... za nas oboje. – Ścisnęłam jego dłoń, zmuszając, by mnie wysłuchał. Odwrócił wzrok, ale po chwili ponownie spojrzał mi w oczy, tak jak tego chciałam. – Zawsze się zgadzaj, Rune. Zawsze mów „tak" nowym przygodom.

Gdy wpatrywałam się w jego oczy, uniosły się kąciki jego ust. Powiódł palcem po mojej twarzy.

– Dobrze, *Poppymin*. Tak zrobię.

Uśmiechnęłam się, jednak natychmiast spoważniałam i powiedziałam:

– Rune, masz tak wiele do zaoferowania światu. Jesteś chłopakiem, który dał mi pocałunki i spełnił moje ostatnie marzenia. Ten chłopak nie może się zatrzymać tylko dlatego, że będzie cierpiał z powodu straty. Ten chłopak musi się podnieść, tak jak słońce, które wschodzi każdego ranka. – Westchnęłam. – Przetrwaj burzę, Rune, i pamiętaj.

– O czym? – zapytał.

Zapominając o frustracji, uśmiechnęłam się i wyjaśniłam:

– O uśmiechach z promieniami słońca i sercach z poświatą księżyca.

Przegrawszy walkę, Rune zaczął się głośno śmiać... i było to piękne. Zamknęłam oczy, gdy dotarł do mnie jego głęboki baryton.

– Wiem, *Poppymin*. Wiem.

– To dobrze – powiedziałam triumfalnie i oparłam się o niego. Gdy na horyzoncie ukazała się poświata dnia, ścisnęło mi się serce. Ponownie wzięłam Rune'a za rękę.

Ten wschód słońca nie potrzebował narracji. Powiedziałam już Rune'owi wszystko, co chciałam. Kochałam go. Chciałam, by żył. I wiedziałam, że kiedyś znów go zobaczę.

Osiągnęłam spokój.

Byłam gotowa, by odejść.

Wyczuwając wołanie mojej duszy, przytulił mnie mocniej, gdy pierwsze promienie słońca ukazały się nad niebieską tonią wody, przeganiając gwiazdy z nieboskłonu.

Gdy siedziałam zadowolona w ramionach Rune'a, zaczęły ciążyć mi powieki.

– *Poppymin?*

– Mmm?

– Wystarczałem ci? – Chrypka w jego głosie sprawiła, że serce zaczęło mi pękać, ale przytaknęłam lekko.

– Więcej niż wystarczałeś – potwierdziłam i dodałam z uśmiechem: – Byłeś tak niezwykły, jak to tylko możliwe.

W odpowiedzi wciągnął gwałtownie powietrze.

Kiedy słońce znalazło się na swoim stałym miejscu, opiekując się niebem, powiedziałam:

– Jestem gotowa wrócić do domu, Rune.

Ścisnął mnie po raz ostatni, po czym odsunął się, by wstać. Wyciągnęłam do niego słabą rękę i chwyciłam go za nadgarstek.

Spojrzał na mnie, mrugając, by zniknęły łzy.

– Chodziło mi o to... że jestem gotowa wrócić do domu.

Zamknął na chwilę oczy. Uklęknął i objął moją twarz. Kiedy uniósł powieki, skinął głową.

– Wiem, kochanie. Wyczułem moment, gdy o tym zdecydowałaś.

Uśmiechnęłam się. Po raz ostatni spojrzałam na roztaczający się przede mną widok.

Nadszedł czas.

Rune ostrożnie wziął mnie na ręce. Przyglądałam się jego pięknej twarzy, gdy niósł mnie po piasku. On również patrzył mi w oczy.

Po raz ostatni wystawiłam twarz do słońca i spojrzałam na złoty piasek. Moje serce napełniło się jasnym światłem, więc szepnęłam:

– Spójrz, Rune. Popatrz na ślady stóp na piasku.

Spuścił wzrok i rozejrzał się po plaży. Dech uwiązł mu w gardle, gdy ponownie popatrzył mi w oczy. Dolna warga zadrżała mi, gdy szepnęłam:

– Niesiesz mnie. W najtrudniejszych chwilach, gdy nie mogłam iść... niosłeś mnie.

– Zawsze – odparł ochryple. – Na wieki wieków.

Wzięłam głęboki wdech, oparłam twarz na jego piersi i powiedziałam niemal bezgłośnie:
– Zabierz mnie do domu, kochanie.

Kiedy prowadził, ścigając budzący się dzień, ani na sekundę nie oderwałam od niego wzroku.

Chciałam go takim zapamiętać.

Na zawsze.

Póki na dobre nie wróci w moje ramiona.

16
PRZYRZECZONE SNY I UTRWALONE CHWILE

Rune

Stało się to dwa dni później.

Dwa dni leżałem obok niej w łóżku, zapamiętywałem szczegóły jej twarzy. Trzymałem Poppy za rękę, całowałem ją – dotarliśmy do pocałunku numer dziewięćset dziewięćdziesiąt dziewięć.

Gdy powróciliśmy z plaży, łóżko dziewczyny zostało ustawione pod oknem, tak jak w szpitalu. Słabła z każdą godziną, ale – jak to bywało z Poppy – w każdej minucie wypełniało ją szczęście. Jej uśmiech zapewniał nas, że wszystko jest w porządku.

Byłem z niej bardzo dumny.

Stałem w głębi pokoju, przyglądając się pożegnaniom dziewczyny z rodziną. Słuchałem, jak siostry i ciotka DeeDee mówią, że ponownie się z nią spotkają. Byłem silny, gdy rodzice płakali nad swoją córeczką.

Kiedy jej mama się odsunęła, widziałem, że Poppy wyciągnęła rękę. Sięgała po moją. Odetchnąłem głęboko. Zmuszając stopy do ruchu, podszedłem do jej łóżka.

Była taka piękna… Wciąż zapierała mi dech w piersiach.

– *Hei, Poppymin* – powiedziałem, siadając na skraju jej materaca.

– Hej, kochanie – odparła. Jej głos brzmiał jak leciutki szept. Wziąłem ją za ręce i pocałowałem w usta.

Uśmiechnęła się, co bardzo mnie wzruszyło. Głośny powiew wiatru uderzył o szybę. Poppy odetchnęła głęboko. Spojrzałem w okno i zobaczyłem to, na co patrzyła.

Na wietrze fruwało mnóstwo kwiatów wiśni.

– Odchodzą... – powiedziała.

Zamknąłem na chwilę oczy. Nie bez przyczyny Poppy miała odejść tego samego dnia, kiedy wiśnie traciły swoje kwiaty.

Te kwiaty miały zaprowadzić jej duszę do domu.

Oddychała płytko, więc pochyliłem się, wiedząc, co to oznacza. Po raz ostatni oparłem czoło o jej skroń. Poppy pogłaskała mnie po włosach.

– Kocham cię – szepnęła.

– Ja też cię kocham, *Poppymin*.

Kiedy się odsunąłem, popatrzyła mi w oczy i powiedziała:

– Spotkamy się w snach.

Próbując zapanować nad emocjami, odpowiedziałem ochryple:

– Spotkamy się w snach.

Westchnęła. Na jej twarzy zagościł pełen spokoju uśmiech. Zamknęła oczy i uniosła usta do ostatniego pocałunku, ściskając mnie jednocześnie za rękę.

Złożyłem czuły, najbardziej znaczący pocałunek na jej miękkich wargach. Poczułem jej słodki zapach.

Poppy wypuściła powietrze przez nos, lecz nie wzięła już kolejnego oddechu.

Cofnąłem się niechętnie. Otworzyłem oczy i zobaczyłem, że zasnęła na wieczność. Jeszcze nigdy nie była tak piękna.
Nie mogłem od niej odejść. Pocałowałem ją w policzek.
– Tysiąc i jeden – szepnąłem. Składałem kolejne pocałunki. Tysiąc i dwa, tysiąc i trzy, tysiąc i cztery…
Ktoś chwycił mnie za ramię, więc uniosłem wzrok. Pan Litchfield kręcił ze smutkiem głową.
W moim wnętrzu kłębiło się tak wiele uczuć, że nie wiedziałem, co ze sobą zrobić. Nieruchoma dłoń Poppy nadal spoczywała w mojej, nie chciałem jej puszczać. Jednak gdy na nią spojrzałem, wiedziałem, że wróciła do domu.
– *Poppymin* – szepnąłem i popatrzyłem przez okno na wirujące na wietrze różowe kwiaty wiśni. Rozejrzałem się po pokoju i zobaczyłem stojący na półce słój wypełniony pocałunkami, a obok niego puste serduszko i długopis. Wstałem, wziąłem to wszystko i wybiegłem na werandę. Kiedy tylko świeże powietrze uderzyło w moją twarz, oparłem się o ścianę, próbując zapanować nad wylewającymi się z oczu łzami.
Osunąłem się na podłogę, położyłem serduszko na kolanie i zapisałem na nim:

Pocałunek numer tysiąc.
Z Poppymin.
Kiedy odeszła do domu.
A serce wyrwało mi się z piersi.

Otworzyłem słój i włożyłem do środka różowe serce, dopełniając jego zawartość. Zamknąłem szczelnie wieko i…
Nie wiedziałem, co ze sobą zrobić. Rozejrzałem się, próbując znaleźć coś, co mogłoby mi pomóc, jednak na

próżno. Położyłem słoik obok siebie, objąłem ugięte nogi i zacząłem się kołysać.

Zatrzeszczały deski w podłodze. Kiedy uniosłem głowę, zobaczyłem stojącego przy mnie ojca. Popatrzyłem mu w oczy. To wystarczyło, by zrozumiał, że Poppy odeszła. Jego oczy natychmiast wypełniły się łzami. Widząc je, nie potrafiłem zapanować nad swoimi, zacząłem głośno szlochać. Poczułem, jak tata mnie objął. Spiąłem się, bo wiedziałem, kto mnie tuli.

Jednak tym razem potrzebowałem tego.

Potrzebowałem taty.

Wyrzuciłem z serca urazę, którą żywiłem do tego mężczyzny, odpowiedziałem uściskiem i uwolniłem wszystkie tłumione uczucia. Pozwolił mi na to. Został ze mną na werandzie, póki dzień nie zmienił się w noc. Tulił mnie bez słowa.

Był to czwarty, ostatni moment, który znacząco wpłynął na moje życie. Moment, w którym straciłem swoją dziewczynę. Mając tego świadomość, tata po prostu trzymał mnie w ramionach.

Wiedziałem, że gdybym wsłuchał się wystarczająco mocno w wiejący dookoła wiatr, usłyszałbym śmiech Poppy, która tańczyła w drodze do domu.

***

Poppy została pochowana tydzień później. Miała piękny pogrzeb. Zasługiwała na to. Uroczystość odbyła się w niewielkim kościele, idealnym miejscu na pożegnanie dziewczyny, która całym sercem kochała rodzinę i przyjaciół.

Gdy było już po wszystkim, nie poszedłem na stypę do domu jej rodziców. Zamknąłem się w swoim pokoju.

Dwie minuty później rozległo się pukanie do drzwi. Do pokoju weszła mama, a za nią tata.

Ojciec trzymał pudło. Zmarszczyłem czoło, gdy położył je na moim łóżku.

– Co to? – zapytałem zdezorientowany.

Tata usiadł obok i położył rękę na moim ramieniu.

– Prosiła, byśmy dali ci to po pogrzebie, synu. Poppy przygotowała to jakiś czas temu, przed swoim odejściem. – Serce zakołatało mi w piersi. Tata postukał palcem w zamknięte pudełko. – Zgodnie z jej prośbą masz zacząć od przeczytania listu, który znajdziesz w środku. Oprócz niego jest tam jeszcze kilka mniejszych pudełek. Są ponumerowane w kolejności, w jakiej powinieneś je otwierać.

Ojciec wstał. Kiedy zamierzał odejść, chwyciłem go za rękę.

– Dziękuję – powiedziałem ochrypłym głosem.

Tata pochylił się i pocałował mnie w czoło.

– Kocham cię, synu – powiedział cicho.

– Też cię kocham – odparłem szczerze.

W ciągu ostatniego tygodnia poprawiły się nasze stosunki. Krótkie życie Poppy czegoś mnie nauczyło. Nauczyło mnie wybaczać. Musiałem kochać i musiałem żyć. Od tak dawna obwiniałem o wszystko tatę. Ostatecznie przyniosło to jedynie ból.

Serca z poświatą księżyca i uśmiechy z promieniami słońca.

Mama pocałowała mnie w policzek.

– Będziemy niedaleko, gdybyś nas potrzebował, dobrze? – Martwiła się o mnie, jednak widziałem, że również nieco jej ulżyło. Z pewnością dlatego, że odbudowałem relacje z ojcem oraz wyrzuciłem z serca cały gniew, który żywiłem.

Przytaknąłem i poczekałem, aż wyjdą. Upłynęło piętnaście minut, nim zebrałem się w sobie i otworzyłem karton. Mój wzrok natychmiast spoczął na znajdującym się na wierzchu liście.

Upłynęło kolejne dziesięć minut, nim zdecydowałem się rozerwać kopertę.

Rune,

pozwól, że zacznę od tego, że bardzo Cię kocham. Wiem, że o tym wiesz... Nie wydaje mi się, by była na ziemi choć jedna osoba, która nie zauważyłaby, jak idealnie do siebie pasowaliśmy.

Jednakże jeśli czytasz ten list, oznacza to, że jestem w domu. Nawet pisząc to, wiem, że się nie bałam.

Domyślam się, że ostatni tydzień był dla Ciebie kiepski. Wyobrażam sobie, ile kosztowało Cię, by zaczerpnąć tchu, by każdego dnia położyć się spać... Wiem o tym, ponieważ tak właśnie czułabym się na tym świecie bez Ciebie. Rozumiem, że wciąż boli Cię moja nieobecność.

Gdy chorowałam, najgorszy był dla mnie widok cierpienia bliskich. Świadomość, że od środka spalała Cię wściekłość. Proszę, nie pozwól, by to się powtórzyło.

Zrób to dla mnie i nadal bądź człowiekiem, którym się stałeś. Najlepszym, jakiego znałam.

Zrozumiesz, po co dałam Ci to pudełko.

Kilka tygodni temu poprosiłam Twojego tatę, by mi z tym pomógł. Bez wahania zgodził się spełnić moją prośbę. Bardzo Cię kocha.

Mam nadzieję, że o tym wiesz.

W pudełku znajdziesz kolejną dużą kopertę. Proszę, otwórz ją teraz, a ja zaraz wszystko wyjaśnię.

Moje serce pędziło galopem, gdy ostrożnie położyłem list od Poppy na łóżku. Wsadziłem drżące dłonie do pudełka i wyjąłem sporą kopertę. Natychmiast ją rozerwałem, z niecierpliwością pragnąc zobaczyć, co zawiera. Ze środka wyciągnąłem list. Zdezorientowany ściągnąłem brwi, jednak gdy zobaczyłem nagłówek, moje serce przestało bić.

Uniwersytet Nowojorski. Tisch School of the Arts.

Rzuciłem okiem na pierwszą stronę.

Panie Kristiansen,

w imieniu komisji rekrutacyjnej mam zaszczyt oraz przyjemność poinformować Pana, że został Pan przyjęty na nasz kierunek Fotografia i Obrazowanie...

Przeczytałem list do końca. Dwukrotnie.

Nie mogąc pojąć, co się dzieje, wróciłem do listu Poppy, by czytać dalej.

Gratulacje!

Wiem, że w tej chwili jesteś zdezorientowany. Jasne brwi, które tak uwielbiam, są teraz ściągnięte, a na Twojej twarzy pojawił się znajomy grymas.

Ale to nic.

Spodziewałam się, że będziesz zdziwiony i przypuszczam, że początkowo będziesz się opierał. Nie rezygnuj jednak z tej szansy, Rune. Od dziecka marzyłeś o tej szkole i choć nie ma mnie przy Tobie, bym również mogła spełniać własne marzenia, nie oznacza to, że Ty powinieneś poświęcić swoje.

Tak dobrze Cię znam... Wiem, że podczas moich ostatnich tygodni na ziemi porzucisz wszystko, by móc przy mnie być. Kocham Cię za to bardziej, niż możesz zrozumieć. Kocham Cię za troskę, za opiekę... Za to, że mnie tuliłeś i słodko całowałeś.

Nie ma nic, co chciałabym zmienić.

Wiem, że Twoja miłość nie zna granic, co może oznaczać, że poświęcisz swoją przyszłość.

Nie mogę na to pozwolić. Runie Kristiansenie, urodziłeś się, by utrwalać magiczne chwile. Nigdy nie widziałam talentu tak wielkiego jak Twój. Nie znałam również nikogo, kto miałby tak wielką pasję. Twoim przeznaczeniem jest robić zdjęcia.

Musiałam dopilnować, by doszło to do skutku.

Tym razem to ja muszę ponieść Ciebie.

Zanim poproszę, byś spojrzał na inne rzeczy, chcę, żebyś wiedział, że to Twój tata pomógł mi stworzyć portfolio, które zapewniło Ci miejsce na uczelni. Zapłacił również za pierwszy semestr Twoich studiów oraz mieszkanie w akademiku. Mimo że nadal go raniłeś, zrobił to wszystko tak bezinteresownie, że wzruszyłam się do łez. Zrobił to z tak wielką dumą, że brakło mi słów.

Bardzo Cię kocha.

Jesteś kochany, Rune.

A teraz proszę, otwórz pudełko z numerem jeden.

Opanowałem zdenerwowanie i wyjąłem pudełko oznaczone jedynką. Otworzyłem je. W środku znajdowało się portfolio. Przerzuciłem jego strony. Poppy i tata wybrali zdjęcia przyrody, wschodów i zachodów słońca. Były to prace, z których mogłem być naprawdę dumny.

Gdy dotarłem do ostatniej strony, zamarłem. Na fotografii znajdowała się Poppy. Tańczyła na plaży i patrzyła na mnie, pozwalając uchwycić się na kliszy w tym jednym idealnym momencie. Zdjęcie emanowało pięknem. Wdziękiem, którego żadne słowa nie były w stanie opisać.

Było to moje ulubione spośród wszystkich zdjęć.

Mrugając, by zniknęły łzy, opuszkiem palca dotknąłem twarzy Poppy.

Była dla mnie tak idealna...

Powoli odłożyłem portfolio, wziąłem list i ponownie zacząłem czytać.

Imponujące, prawda? Jesteś bardzo utalentowany, Rune. Kiedy wysyłaliśmy Twoje prace, wiedziałam, że zostaniesz przyjęty. Może nie jestem ekspertem w dziedzinie fotografii, jednak nawet ja umiem zauważyć, że potrafisz uchwycić obrazy jak nikt inny. Masz styl, który jest całkowicie unikalny.

Tak wyjątkowy... jak Ty sam.

Zdjęcie na końcu jest moim ulubionym. Nie dlatego, że przedstawia mnie. Widoczna jest na nim Twoja pasja. Tamtego dnia na plaży czułam, jak jedna iskra rozpaliła na nowo Twój wewnętrzny ogień.

Był to również pierwszy dzień, gdy zaczęłam nabierać pewności, że poradzisz sobie po moim odejściu. To wtedy zaczęłam rozpoznawać Rune'a, którego znałam dawniej, i powracającą do niego miłość. Chłopaka, który będzie żył za nas dwoje. Chłopaka, który został uzdrowiony.

Spoglądając na twarz Poppy patrzącą na mnie z oprawionego zdjęcia, mimowolnie pomyślałem o wystawie w Nowym Jorku. Tamtego dnia musiała już wiedzieć, że dostałem się na uczelnię.

Przypomniałem sobie ostatnie zamieszczone na tej wystawie zdjęcie. *Esther*. Fotografia, którą fundator umieścił na samym końcu. Obraz jego własnej żony, która odeszła tak młodo... Zdjęcie nie zmieniło naszej rzeczywistości, jednak ukazywało kobietę, która zmieniła świat jednego człowieka.

Żadne inne słowa nie mogły lepiej opisać fotografii, którą miałem właśnie przed sobą. Poppy Litchfield była zaledwie siedemnastoletnią dziewczyną z małego miasteczka w Georgii. Mimo to, odkąd tylko się poznaliśmy, całkowicie zmieniła mój świat. Miała na niego ogromny wpływ nawet teraz, po śmierci. Wzbogacała go i wypełniała bezinteresownym pięknem, z którym nic nigdy nie mogło się równać.

Ponownie wziąłem do rąk list, pragnąc przeczytać go do końca.

Dotarliśmy do ostatniego pudełka, Rune. Tego, które wywoła Twój największy protest, chociaż będziesz musiał się poddać.

Wiem, że teraz nic nie rozumiesz, jednak nim pozwolę Ci odejść, musisz o czymś wiedzieć.

Twoja miłość była najwspanialszym doświadczeniem, które przeżyłam w swoim życiu. Nie trwało ono jednak długo, nie mogłam towarzyszyć Ci tak długo, jak tego chciałam. Jednak zarówno podczas wspólnie spędzonych z Tobą lat, jak i ostatnich miesięcy, gdy znów byliśmy razem, poznałam smak prawdziwej miłości. Pokazałeś mi ją. Sprowadziłeś uśmiech do mojego serca i rozświetliłeś duszę.

A co najważniejsze, dałeś mi swoje pocałunki.

Pisząc te słowa i wspominając ostatnie miesiące, kiedy powróciłeś do mojego życia, nie potrafię czuć goryczy. Nie mogę być smutna tylko dlatego, że nasz czas był ograniczony. Nie mogę mieć żalu, że nie spędzę u Twego boku całego życia. Miałam Cię tak długo, jak mogłam. Było idealnie. Wystarczy mi, że ponownie pokochałeś mnie tak głęboko i płomiennie.

Jednak Tobie nie może to wystarczać. Zasługujesz na to, by być kochanym, Rune.

Kiedy dowiedziałeś się o mojej chorobie, zmagałeś się zapewne z uczuciem bezradności, że nie jesteś w stanie mnie wyleczyć, uratować... Im dłużej jednak o tym myślę, tym bardziej odnoszę wrażenie, że to nie Ty byłeś moim ocaleniem... że to bardziej ja ratowałam Ciebie.

Być może moje odejście, nasza wspólna przygoda pomoże Ci odnaleźć drogę powrotną do samego siebie. Będzie to o wiele ważniejsza wyprawa niż jakakolwiek z tych przeżywanych ze mną.

Pokonałeś mrok i wpuściłeś światło.

To światło jest czyste i mocne, poniesie Cię... Zaprowadzi do miłości.

Wyobrażam sobie, że czytając te słowa kręcisz głową. Życie jest krótkie, Rune, to prawda. Jednak nauczyłam się, że miłość jest nieograniczona, a serce ogromne.

Otwórz więc swoje, Rune. Pozostaw je otwarte i pozwól sobie kochać i być kochanym.

Chcę, byś za chwilę otworzył ostatnie pudełko, jednak najpierw pragnę Ci po prostu podziękować.

Dziękuję, Rune. Dziękuję, że kochałeś mnie tak bardzo, że czułam to każdego dnia o każdej porze. Dziękuję za uśmiechy, za to, że trzymałeś mnie mocno za rękę...

Dziękuję za pocałunki. Wszystkie tysiąc. Doceniałam każdy z nich. Każdy z nich uwielbiałam.
Tak jak Ty.
Musisz wiedzieć, Rune, że choć mnie nie ma, nigdy nie będziesz sam. Zawsze już będę trzymała Cię za rękę.
Będę szła obok Ciebie, zostawiając ślady na piasku.
Kocham Cię, Runie Kristiansenie. Całym sercem.
Nie mogę doczekać się, kiedy spotkamy się w snach.

Opuściłem list, a po policzkach spłynęły mi ciche łzy. Otarłem je, wziąłem głęboki wdech i położyłem ostatnie pudełko na łóżku. Było większe niż pozostałe.

Otworzyłem je ostrożnie i wyciągnąłem jego zawartość. Zamknąłem oczy, gdy zrozumiałem, co to jest. Przeczytałem informację zapisaną odręcznie przez Poppy i przyczepioną do wieczka.

Rozpocznij nową przygodę, Rune.
Na wieki wieków,
Poppy

Wpatrywałem się w wielki słój, w nagromadzone w nim niezliczone niebieskie serca. Puste papierowe serduszka przyciśnięte do szkła. Etykieta na słoju głosiła: TYSIĄC POCAŁUNKÓW DZIEWCZYNY.

Przycisnąłem słój do piersi i położyłem się na łóżku. Nie byłem pewien, ile czasu tak leżałem, oddychając, gapiąc się w sufit i odtwarzając w pamięci chwile, które dane mi były z moją Poppy.

Jednak gdy zapadła noc, a ja przypomniałem sobie o wszystkim, co zrobiła moja dziewczyna, uśmiechnąłem się szczęśliwy.

Moje serce wypełnił spokój.

Nie byłem pewien, dlaczego to poczułem, lecz wiedziałem, że Poppy patrzy na mnie. Gdzieś tam... z dołeczkami w cudownych policzkach i białą kokardą we włosach.

***

Rok później
Blossom Grove, Georgia

– Gotowy? – zapytałem Altona, gdy przybiegł korytarzem i podał mi rękę.
– *Ja* – powiedział, a na jego twarzy pojawił się szczerbaty uśmiech.
– Dobrze, wszyscy powinni być już na miejscu.
Wyszedłem i zaprowadziłem brata do sadu wiśniowego. Wieczór wydawał się idealny. Niebo było czyste, błyszczały na nim gwiazdy i oczywiście doskonale widzieliśmy księżyc.
Na szyi miałem aparat, wiedziałem, że będzie mi dziś potrzebny. Wiedziałem, że muszę uchwycić tę chwilę, utrwalić ją na zawsze.
Złożyłem *Poppymin* obietnicę.
Najpierw dotarły do mnie odgłosy rozmów osób zgromadzonych w sadzie. Alton spojrzał na mnie wielkimi oczami.
– Chyba jest tam dużo ludzi – powiedział zdenerwowany.
– Tysiąc osób – odparłem, gdy skręciliśmy we właściwą ścieżkę. Uśmiechnąłem się. Różowo-białe kwiaty rozkwitały w pełni. Zamknąłem na chwilę oczy, przypominając sobie ostatni raz, gdy tu byłem. Kiedy ponownie

uniosłem powieki, po moim ciele rozprzestrzeniło się ciepło wywołane widokiem zebranych tu ludzi zgromadzonych na tak niewielkiej przestrzeni.

– Rune! – Z zamyślenia wyrwał mnie głos Idy. Uśmiechnąłem się, gdy siostra Poppy przebiegła wśród zebranych i wpadła w moje ramiona, obejmując mnie w pasie. Zaśmiałem się, gdy zadarła głowę, by na mnie spojrzeć. Przez chwilę w jej młodej twarzy ujrzałem twarz Poppy. Zielone oczy Idy przepełnione były szczęściem. Odpowiedziała uśmiechem, a w jej policzkach pojawiły się dołeczki. – Bardzo za tobą tęskniliśmy! – powiedziała, odsuwając się.

Chwilę później objęła mnie Savannah. Przyszli też ich rodzice oraz moja mama i mój tata.

Pani Litchfield pocałowała mnie w policzek, a jej mąż uścisnął mi dłoń, po czym objął mnie serdecznie i odsunął się z uśmiechem.

– Dobrze wyglądasz, synu. Naprawdę dobrze.

Skinąłem głową.

– Pan również.

– Jak tam Nowy Jork? – zapytała jego żona.

– Dobrze – stwierdziłem, widząc jednak, że czekają na coś więcej, dodałem: – Podoba mi się. Pod każdym względem – urwałem, po czym powiedziałem cicho: – Jej również by się podobał.

W oczach pani Litchfield zabłyszczały łzy. Kobieta wskazała ludzi zebranych za nami.

– To też by jej się podobało, Rune. – Pokiwała głową i otarła wilgotne policzki. – I nie mam żadnych wątpliwości, że zobaczy to z nieba.

Nie odpowiedziałem. Nie mogłem.

Rodzina Poppy zrobiła miejsce, gdy mój tata położył rękę na moim ramieniu. Alton wciąż ściskał mocno moją dłoń. Nie odstępował mnie na krok, odkąd przyjechałem do domu.

– Wszyscy są gotowi, synu – poinformował mnie ojciec.

Pośrodku sadu zostało przygotowane niewielkie podium z mikrofonem. Skierowałem się w to miejsce, ale na mojej drodze stanęli Deacon, Judson, Jorie i Ruby.

– Rune! – wykrzyknęła Jorie, obejmując mnie z szerokim uśmiechem. Reszta poszła w jej ślady.

Deacon poklepał mnie po plecach.

– Wszyscy są gotowi, czekają na znak. Nie trzeba było wiele, by rozeszła się wieść o twoich przygotowaniach. Zebraliśmy nawet więcej ochotników, niż było trzeba.

Przytaknąłem i rozejrzałem się po osobach trzymających lampiony. Na każdej z papierowych lamp czarnym markerem zapisany został każdy pocałunek, który dałem Poppy. Spojrzałem po tych, które znajdowały się tuż przede mną.

Pocałunek numer dwieście trzy, w deszczu na ulicy, a serce niemal wyrwało mi się z piersi...

Pocałunek numer dwadzieścia trzy, w świetle księżyca w ogrodzie, z moim Runem, a serce niemal wyrwało mi się z piersi...

Pocałunek numer dziewięćset jeden, w łóżku, z moim Runem, a serce niemal wyrwało mi się z piersi...

Przełknąłem intensywne, obezwładniające emocje i zatrzymałem się przed lampionem czekającym na mnie na podium. Rozejrzałem się, szukając tego, kto go zostawił. Odnalazłem w tłumie przyglądającego mi się uważnie tatę. Patrzyłem mu w oczy, nim spuścił głowę i odszedł.

Pocałunek numer tysiąc... Z moją Poppy... Kiedy wróciła do domu... A serce wyrwało mi się z piersi...

Dobrze, że właśnie ten miałem wysłać sam. Poppy chciałaby, bym wysłał go własnoręcznie.

Stanąłem na podium z Altonem, chwyciłem mikrofon, a w sadzie zalegla cisza. Zamknąłem oczy, zbierając w sobie siłę, po czym uniosłem głowę. Zobaczyłem morze gotowych do lotu lampionów. Było idealnie. Lepiej niż mógłbym to sobie wymarzyć.

Uniosłem mikrofon, wziąłem głęboki wdech i powiedziałem:

– Nie będę się rozwodził. Nie jestem dobry w publicznych przemowach. Chciałem tylko podziękować wam za to, że tu dzisiaj przyszliście... – umilkłem. Brakowało mi słów. Przeczesałem włosy palcami i, odzyskując spokój, powiedziałem: – Zanim odeszła moja Poppy, poprosiła mnie, bym wysłał jej te pocałunki, aby mogła zobaczyć je w raju. Wiem, że większość z was jej nie znała, ale była najlepszą osobą na... Ta chwila wiele by dla niej znaczyła. – Uśmiechnąłem się krzywo na myśl o jej uśmiechu, kiedy by to wszystko zobaczyła. Bardzo by jej się to podobało. – Proszę więc, zapalcie lampiony i pomóżcie moim pocałunkom dotrzeć do mojej dziewczyny.

Opuściłem mikrofon. Alton westchnął z zachwytem, gdy rozpaliły się wszystkie latarnie i pomknęły ku nocnemu niebu. Jedna za drugą popłynęły w mrok, rozświetlając cały nieboskłon.

Pochyliłem się, chwyciłem lampion leżący u moich stóp. Patrząc na Altona, powiedziałem:
– Gotowy wysłać go do *Poppymin*, mały?
Brat przytaknął i podpalił knot. Chwilę później uwolniliśmy tysięczny – ostatni – pocałunek. Wyprostowałem się, obserwując, jak frunie w górę ku innym, spiesząc do swojego nowego domu.
– Wow – szepnął Alton i wziął mnie za rękę. Ścisnął mocno moje palce.
Zamknąłem oczy i powiedziałem w duchu: *Oto twoje pocałunki, Poppymin. Obiecałem, że ci je wyślę. Znalazłem sposób.*
Nie potrafiłem oderwać wzroku od rozświetlonego nieba, ale braciszek pociągnął mnie za rękę.
– Rune? – zapytał, więc spojrzałem na niego.
– *Ja*?
– Dlaczego musieliśmy zrobić to tutaj? W sadzie?
– Bo było to ulubione miejsce *Poppymin* – odparłem cicho.
Mały przytaknął.
– Ale dlaczego musieliśmy poczekać, aż zakwitną wiśnie?
Wziąłem głęboki wdech i wyjaśniłem:
– Ponieważ *Poppymin* była niczym kwiat wiśni, Alt. Jej życie trwało równie krótko, jednak jej piękno nigdy nie zostanie zapomniane. Coś tak pięknego nie może trwać wiecznie. Była kwiatem wiśni, motylem... spadającą gwiazdą... Była idealna... Jej życie było krótkie... ale była moja. – Wziąłem kolejny wdech i dodałem: – Tak jak ja byłem jej.

EPILOG

Rune
Dziesięć lat później

Zamrugałem, budząc się, a przed oczami stanął mi wiśniowy sad. Czułem na twarzy ciepłe promienie słońca, intensywny zapach liści wypełnił moje płuca. Wziąłem głęboki wdech i uniosłem głowę. Ciemne niebo wysoko nade mną wypełniały światła – w powietrzu unosiło się tysiąc lampionów wysłanych przed laty. Światełka zawisły idealnie w miejscu. Tam, gdzie powinny być.

Usiadłem i rozejrzałem się po kwitnącym sadzie. Zostaliśmy obdarowani mnóstwem różowych płatków. Jednak tutaj zawsze tak było. Piękno w tym miejscu miało wieczną postać.

Tak jak ona.

Przy wejściu do sadu usłyszałem śpiew. Moje serce puściło się galopem. Wstałem i z zapartym tchem czekałem, by się pojawiła.

Właśnie wtedy ją zobaczyłem.

Moją istotę wypełniło światło, gdy zza rogu wyszła Poppy, unosząc ręce, by czule dotknąć kwitnących gałązek. Widziałem, jak się do nich uśmiechała. Chwilę później zauważyła mnie pośrodku sadu. Widziałem, jak szeroki uśmiech zagościł na jej twarzy.

– Rune! – zawołała z ekscytacją i podbiegła do mnie. Uśmiechając się, poderwałem ją z ziemi, gdy objęła mnie za szyję. – Tęskniłam za tobą! – szepnęła mi do ucha, gdy mocno ją tuliłem. – Tak bardzo za tobą tęskniłam!

Odsunąłem się, by móc spojrzeć w jej piękną twarz, i odpowiedziałem szeptem:

– Ja też za tobą tęskniłem, kochanie.

Zarumieniła się, a w jej policzkach pojawiły się dołeczki. Wziąłem ją za rękę. Westchnęła, gdy to zrobiłem, i popatrzyła mi w oczy. Spojrzałem na nasze dłonie. Na nasze siedemnastoletnie dłonie. Kiedy przychodziłem tu w snach, nieustannie miałem siedemnaście lat. Tak jak marzyła o tym Poppy.

Byliśmy dokładnie tacy, jak wtedy.

Poppy stanęła na palcach i ponownie zwróciła na siebie moją uwagę. Położyłem dłoń na jej policzku, pochyliłem się i ją pocałowałem. Westchnęła przy moich ustach, więc całowałem ją głębiej. Całowałem czule, nie chcąc już nigdy jej puścić.

Po chwili odsunąłem się, a Poppy otworzyła oczy. Uśmiechnąłem się. Zachęcona moim uśmiechem poprowadziła mnie do naszego ulubionego drzewa, byśmy pod nim usiedli. Gdy zajęliśmy nasze miejsce, objąłem ją, więc oparła się plecami o mój tors. Odsunąłem włosy z jej szyi i złożyłem kilka pocałunków na jej słodkiej skórze. Kiedy tu przebywałem, kiedy Poppy znajdowała się w moich ramionach, dotykałem jej tak często, jak tylko mogłem. Całowałem ją… Tuliłem, wiedząc, że wkrótce będę musiał opuścić to miejsce.

Poppy westchnęła szczęśliwa. Kiedy uniosła głowę, zauważyłem, że przygląda się światłu na niebie. Wiedziałem, że robiła to dość często. Papierowe lampiony sprawiały, że była szczęśliwa. Oznaczały nasze pocałunki i były przeznaczone specjalnie dla niej.

Opierając się o mnie, zapytała:

— Jak tam moje siostry, Rune? Jak Alton? Jak nasi rodzice?

Przytuliłem ją mocniej.

— Dobrze, kochanie. Twoje siostry i rodzice są szczęśliwi. I Alt też, jest idealny. Ma dziewczynę, którą kocha ponad życie, a jego kariera baseballisty rozwija się naprawdę dobrze. U rodziców też wszystko w porządku. U wszystkich okej.

— To dobrze — odpowiedziała zadowolona.

Zapadła między nami cisza.

Zmarszczyłem brwi. W snach Poppy pytała o pracę — o wszystkie te miejsca, które odwiedzałem, o zdjęcia, które ostatnio opublikowano i które pomogły światu... Jednak dziś było inaczej. Milczała, siedząc w moich ramionach. Zdawało się, że jest bardziej spokojna. Jeśli w ogóle było to możliwe.

Wreszcie Poppy przesunęła się i zapytała zaciekawiona:

— Żałowałeś kiedyś, że nie znalazłeś kogoś, kto by cię kochał, Rune? Żałowałeś, że przez cały ten czas nie pocałowałeś nikogo innego prócz mnie? Nie zakochałeś się w nikim innym? Nie wypełniłeś słoja, który ci dałam, pocałunkami?

— Nie — odparłem szczerze. — Przecież kochałem. Kochałem rodzinę. Kochałem pracę. Kochałem przyjaciół i wszystkich tych, których poznałem na swoich wyprawach. Miałem dobre i szczęśliwe życie, *Poppymin*. I kocham, kocham pełnym sercem... Ciebie, kochanie. Nigdy nie przestałem cię kochać. Wystarczyłaś mi na całe życie. – Westchnąłem. – A mój słój został wypełniony... został wypełniony wraz z twoim. Nie ma więcej pocałunków do zebrania. – Chwyciłem ją za podbródek i obróciłem jej twarz, by na mnie spojrzała. Powiedziałem: – Te usta są twoje, *Poppymin*. Wiele lat temu przyrzekłem ci je i nic się nie zmieniło.

Poppy uśmiechnęła się szeroko i szepnęła:

– Tak jak moje usta są twoje, Rune. Zawsze były twoje i zawsze już będą.

Kiedy przesunąłem się na ziemi i oparłem na niej rękę, zdałem sobie sprawę, że trawa wydaje się bardziej realna, niż wtedy gdy bywałem tu poprzednio. Kiedy odwiedzałem Poppy w snach, sad zawsze jawił mi się tak, jakby był wyobrażony. Wiedziałem, że siedzę na trawie, ale nie czułem jej źdźbeł. Czułem wiatr, ale nie jego temperaturę. Gdy dotykałem drzew, nie wyczuwałem struktury kory...

Śniąc wciąż dzisiejszy sen, uniosłem głowę i poczułem na twarzy ciepłą bryzę. Była prawdziwa, tak prawdziwa, jakbym nie spał. Pod palcami czułem źdźbła trawy i szorstką ziemię. Gdy pocałowałem Poppy w ramię, poczułem na ustach ciepło jej ciała, które pokryło się gęsią skórką.

Poczułem też na sobie spojrzenie Poppy, która przyglądała mi się wyczekująco.

Wtedy zrozumiałem.

Uświadomiłem sobie, dlaczego to wszystko wydawało mi się teraz takie prawdziwe. Serce zabiło mi mocniej.

To wszystko mogło istnieć naprawdę... jeśli tylko by się nad tym dobrze zastanowić...

– *Poppymin?* – zapytałem, biorąc uprzednio głęboki wdech. – To nie jest sen... Prawda?

Obróciła się przede mną na kolanach i objęła czule moją twarz.

– Nie, kochanie – szepnęła, patrząc mi prosto w oczy.

– Jak to się stało? – zapytałem zdezorientowany.

Wyraz jej twarzy złagodniał.

– Szybko i bezboleśnie, Rune. Twoja rodzina już sobie z tym poradziła. Są szczęśliwi, że jesteś w lepszym miejscu. Miałeś krótkie, choć pełne życie. Dobre, takie, którego zawsze ci życzyłam.

Zamarłem, ale po chwili zapytałem:

– To znaczy...

– Tak, kochanie – odpowiedziała. – Wróciłeś do domu. Przyszedłeś tutaj, do mnie.

Uśmiechnąłem się szeroko, gdy poczułem wielkie, czyste, nieograniczone szczęście. Nie mogąc się powstrzymać, pocałowałem czekającą Poppy. W chwili, w której posmakowałem jej słodkich ust, wypełnił mnie głęboki spokój. Odsunąłem się i oparłem czoło na jej skroni.

– Zostanę tu z tobą? Na zawsze? – zapytałem, modląc się, by była to prawda.

– Tak – odpowiedziała cicho. W jej głosie usłyszałem spokój. – To nasza następna przygoda.

Więc to prawda.

Wszystko to działo się naprawdę.

Ponownie ją pocałowałem, tym razem powoli i czule.

Poppy jeszcze przez chwilę trzymała zamknięte oczy. Na jej ślicznych policzkach z dołeczkami odmalował się rumieniec. Wyszeptała:

– Pocałunek po wsze czasy. Z moim Runem, w wiśniowym sadzie, kiedy mój chłopak w końcu wrócił do domu.

Uśmiechnęła się.

Odpowiedziałem uśmiechem.

Po chwili dodała:

– A serce niemal wyrwało mi się z piersi.

PLAYLISTA

Wiele piosenek pomogło mi napisać tę historię, jednak główną inspirację czerpałam z twórczości dwóch zespołów. Na co dzień słucham przeróżnych gatunków muzyki, ale w tym miejscu chciałabym pozostać wierna tym, które stały się dla mnie bodźcem twórczym. Dlatego przedstawię Wam tutaj utwory, które pomogły mi stworzyć opowieść o Poppy i Runie.

One Direction: *Infinity, If I Could Fly, Walking in the Wind, Don't Forget Where You Belong, Strong, Fireproof, Happily, Something Great, Better Than Words, Last First Kiss, I Want to Write You a Song, Love You Goodbye.*

Little Mix: *Secret Love Song Pt II, I Love You, Always Be Together, Love Me or Leave Me, Turn Your Face.*

Inni wykonawcy:

Years & Years – *Eyes Shut*
Tom Odell – *Heal*
Bahamas – *Can't Take You With Me*
Dotan – *Let The River In*
Suzan & Freek – *Are You With Me*
José González – *Stay Alive*
Aiden Hawken – *Beautiful World*
Camille Saint-Saëns – *The Swan (From Carnival of the Animals)*
Adele – *When We Were Young*
Sia – *Footprints*
Little Big Town – *Lonely Enough*
Nathan Sykes – *Over and Over Again*

PODZIĘKOWANIA

Mamo i tato, dziękuję Wam za wsparcie, którego potrzebowałam, pisząc tę książkę. Wasza walka z rakiem zmieniła nie tylko mnie, lecz także całą naszą małą rodzinę. Wasza odwaga, a co ważniejsze – Wasze pozytywne nastawienie oraz niezłomna postawa w zmaganiach z tak okropnym doświadczeniem – sprawiły, że spojrzałam na życie zupełnie inaczej. Choć ostatnie lata były dla nas niesamowicie trudne, spowodowały, że zaczęłam doceniać każdy oddech, każdy dzień. Nieskończenie bardziej doceniam Was oboje – najlepszych rodziców na świecie. Bardzo Was kocham! Dziękuję, że pozwoliliście mi wykorzystać w tej historii Wasze doświadczenia. To dzięki Wam jest ona tak prawdziwa. Realna.

Babciu, straciliśmy Cię tak wcześnie... Byłaś moją przyjaciółką i niezmiernie Cię kochałam. Nadal Cię kocham. Zawsze byłaś zabawna, uśmiechnięta i promienna... Stałaś się dla mnie inspiracją, gdy kreowałam postać babci Poppy. Też byłam „Twoim oczkiem w głowie" i „najlepszą towarzyszką". Nawet teraz, gdy Cię tu nie ma, mam nadzieję, że będziesz dumna z tej książki! Wierzę, że uśmiechacie się z dziadkiem w Waszym małym wiśniowym sadzie.

Jim, teściu, walczyłeś dzielnie do samego końca. Można było brać z Ciebie przykład. Byłeś człowiekiem, z którego syn i żona są naprawdę dumni. Tęsknimy za Tobą.

Dziękuję mężowi za to, że zachęcił mnie do pisania powieści *young adult*. Dawno temu przedstawiłam Ci pomysł na tę historię. Od tamtego czasu nalegałeś, bym ją zapisała, choć tak bardzo różniła się ona od tego, co piszę zazwyczaj. Tę książkę zawdzięczam Tobie. Kocham Cię na wieki wieków. Po wsze czasy.

Dziękuję Samowi, Marcowi, Taylorowi, Isaacowi, Archiemu i Eliasowi. Kocham Was wszystkich.

Dziękuję wspaniałym konsultantkom: Thessie, Kii, Rebecce, Rachel i Lynn. OGROMNE podziękowania dla Was. Ta historia wzrusza, jednak musiałam ją napisać, mimo że większość z Was przez nią płakała! Kocham Was wszystkie.

Dziękuję Thessie, mojej gwieździe i mega asystentce, która prowadziła moją stronę na Facebooku i informowała mnie o tym, co się dzieje. Dziękuję za wszystkie poprawki, ale głównie za to, że naciskałaś, bym napisała epilog do tej historii – przeżyłyśmy trochę nerwów, co? Dobra, WIELE! Jednak dzielnie mnie wspierałaś. Kocham Cię za to. Nigdy nie olałaś moich fantastycznych SMS-ów wysyłanych późno w nocy. Nie mogłabym prosić o lepszą przyjaciółkę.

Dziękuję Gitte'owi, mojemu kochanemu norweskiemu wikingowi, który zechciał wyruszyć wraz ze mną w tę podróż. Od chwili, gdy przedstawiłam Ci pomysł na wzruszającą książkę dla młodzieży, której bohaterem miał być Norweg, zachęcałeś mnie, bym ją napisała. Dziękuję za wielokrotne tłumaczenia. Moja muzo – byłby z Ciebie idealny Rune! Dziękuję Ci za to, że jesteś sobą. To najważniejsze. Jesteś prawdziwym i niezwykłym przyjacielem. Nieustannie mnie wspierasz. Kocham Cię, *pus, pus*!

Kia, tworzyłyśmy cudowną drużynę! Byłaś najlepszą redaktorką i korektorką, jaką w życiu miałam. To dla Ciebie pierwsza z wielu moich historii. Dziękuję Ci za całą ciężką pracę. Dziękuję za muzykę! Moja koleżanko od smyczka (podobnie jak Rachel). Któż mógłby przypuszczać, że lata spędzone na wspólnej grze na wiolonczeli będą aż tak owocne?

Dziękuję Liz, mojej wspaniałej agentce. Kocham Cię. To mój pierwszy skok w ten gatunek literacki!

Podziękowania dla Gitte'a i Jenny (tym razem dla Was obojga!) z TotallyBooked Book Blog. Ponownie mogę jedynie powtórzyć, że Wam dziękuję i że Was kocham. Nieustannie mnie motywowaliście. Poparliście pomysł, bym spróbowała napisać coś w innym gatunku, poparliście zmianę, na którą się zdecydowałam. Jesteście jednymi z najlepszych ludzi, jakich znam. Doceniam Waszą przyjaźń... Jest „tak wyjątkowa, jak tylko może być".

Ogromne podziękowania dla wielu innych blogerów za wpieranie i promowanie mojej pracy. Dla Celeshy, Tiffany, Stacii, Milasy, Nedy, Kinky Girls, Vilmy... Rany! Mogłabym tak wymieniać w nieskończoność.

Ogromne podziękowania dla Tracey-Lee, Thessy i Kerri za prowadzenie mojego fanklubu *The Hangmen Harem*. Ubóstwiam Was!

Dziękuję moim *@FlameWhores* zarówno za te tłuste, jak i chude lata. Uwielbiam Was dziewczyny!

Dziękuję członkom moich fanklubów – KOCHAM WAS!!!

Podziękowania dla Jodi i Alycii, tak drogim mojemu sercu. Uwielbiam Was dziewczyny.

Dziękuję moim *IG girls*! Kocham Was wszystkie!

Dziękuję również moim wspaniałym czytelnikom, którzy przeczytali tę opowieść. Wyobrażam sobie, że macie teraz podpuchnięte oczy i policzki czerwone od płaczu, jednak liczę na to, że pokochaliście Poppy i Rune'a tak bardzo jak ja. Żywię nadzieję, że ich historia zostanie w Waszych sercach na zawsze.

Nie dałabym rady bez Ciebie.

Kocham Cię.

Po wsze czasy.

Na wieki wieków.

O AUTORCE

Tillie Cole pochodzi z małego miasteczka w północno--wschodniej Anglii. Wychowywała się na farmie z matką Angielką i ojcem Szkotem oraz starszą siostrą i niezliczoną ilością bezpańskich zwierząt. Gdy tylko nadarzyła się okazja, Tillie porzuciła sielskie życie na wsi i przeniosła się do wielkiego miasta.

Po ukończeniu nauki na Uniwersytecie Newcastle, Tillie przez dekadę jeździła za swoim mężem, zawodowym graczem rugby, po całym świecie. W międzyczasie została nauczycielką i z prawdziwą radością uczyła nauk społecznych w liceum, nim napisała swoją pierwszą książkę.

W tej chwili mieszka w Austin w Teksasie. Wreszcie może poświęcić się pisaniu, zanurzając się w świat fantazji i niesamowitych osobowości swoich bohaterów.

Jest autorką niezależną, często jednak współpracuje z wydawcami, pisząc zarówno tradycyjne oraz mroczne romanse, jak i powieści dla młodzieży i dorosłych.

Kiedy nie pisze, Tillie uwielbia siedzieć na kanapie i oglądać filmy. Pije zbyt duże ilości kawy i przekonuje siebie samą, że wcale nie potrzebuje dodatkowej porcji czekolady.

Znajdziecie Tillie na:
https://www.facebook.com/tilliecoleauthor
https://www.facebook.com/groups/tilliecolestreetteam

https://twitter.com/tillie_cole
https://www.tsu.co/authortilliecole
na Instragramie:@authortilliecole
na stronie: http://tilliecole.com
lub pod adresem: authortilliecole@gmail.com

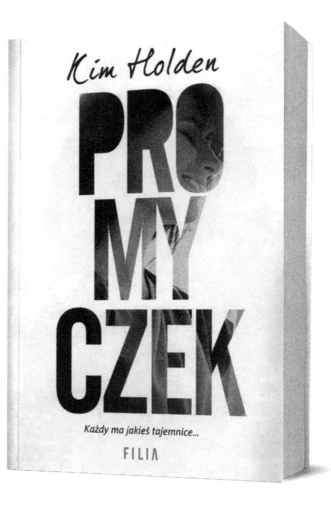

Oboje to czują.
Oboje mają powód, by z tym walczyć.
Oboje skrywają tajemnice.

FILIA

Córka Króla Piratów nadchodzi!

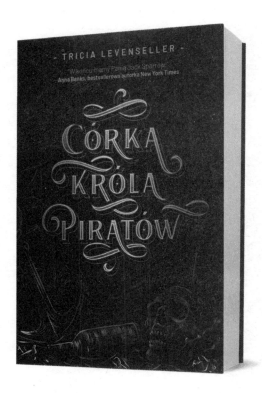

„Czytelnicy powinni zacząć się cieszyć, ponieważ właśnie dostaliśmy w nasze ręce Panią Jack Sparrow!"
- Anna Banks, bestsellerowa autorka New York Times

FILIA

„W końcu mamy Panią Jack Sparrow!"
Anna Banks, bestsellerowa autorka New York Times

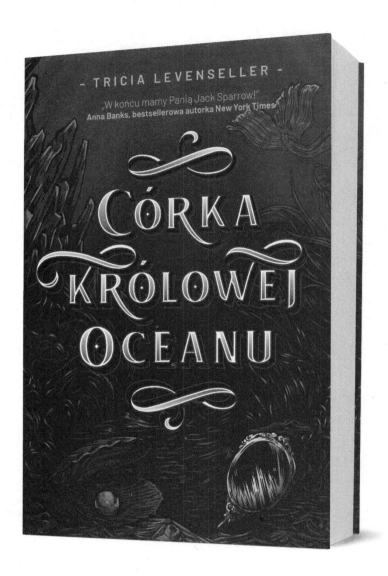